古典文獻研究輯刊

二一編

曾永義 主編

第 1 冊

〈二一編〉總目

編輯部編

女神的生命隱喻及其文學表現

林雪鈴 著

國家圖書館出版品預行編目資料

女神的生命隱喻及其文學表現／林雪鈴 著 — 初版 — 新北市：
花木蘭文化事業有限公司，2020〔民 109〕
目 4+258 面：19×26 公分
（古典文學研究輯刊 二一編：第 1 冊）
ISBN 978-986-518-048-5（精裝）
1. 宗教文學 2. 神話 3. 文學評論
820.8   109000500

ISBN-978-986-518-048-5

9 789865 180485

古典文學研究輯刊
二一編 第一冊   ISBN：978-986-518-048-5

女神的生命隱喻及其文學表現

作　　者　林雪鈴
主　　編　曾永義
總 編 輯　杜潔祥
副總編輯　楊嘉樂
編　　輯　許郁翎、張雅淋　美術編輯　陳逸婷
出　　版　花木蘭文化事業有限公司
發 行 人　高小娟
聯絡地址　235 新北市中和區中安街七二號十三樓
　　　　　電話：02-2923-1455／傳真：02-2923-1452
網　　址　http://www.huamulan.tw 信箱 hml810518@gmail.com
印　　刷　普羅文化出版廣告事業
初　　版　2020 年 3 月
全書字數　229933 字
定　　價　二一編 16 冊（精裝）新台幣 35,000 元

〈二一編〉總目

編輯部　編

《古典文學研究輯刊》二一編　書目

《古典文學研究輯刊》二一編
各書作者簡介・提要・目次

第一冊 女神的生命隱喻及其文學表現

作者簡介

　　林雪鈴，現職爲文藻外語大學應用華語文系副教授，學術專長爲唐代文學、宗教文學、中國神話與傳說、華語文教學、閱讀寫作。著有專書《唐詩中的女冠》、《唐代文人神仙書寫研究》、《女神的生命隱喻及其文學表現》等；學報論文〈唐代敦煌在地作品中的場域記憶及其特徵〉、〈脈絡中的學習：章法結構在第二語言華語閱讀教學中的應用〉等 20 餘篇。

提　要

　　本書引用精神分析學及結構主義符號學方法，針對女神形象擬塑、女神文學的表現形式進行分析研究。透過精神分析學探討女神文學主題之獨特性，並嘗試結合結構主義符號學建立其表現形式架構。提出女神神話與文學，透過「橫向組合：母子對待關係的展開」、「縱向聚合：母性力量象徵的運用」傳達生命隱喻內涵之觀點；認爲女神主題之文學創作，具有在想像虛構中重建最初的母懷樂園，並將自我的生命處境化現其中，形成自我觀照，彌衡心靈疏離之傷的獨特高度。

目　次

第二冊　思與詩——中國古代詩學的思維方式與話語方式

作者簡介

　　趙霞，女，山東棗莊人，東北師範大學文藝學博士，現居於吉林長春。自幼喜愛文學，尤好中國古代詩歌，常常沉醉其中。進入大學後，對中國古代詩學產生了濃厚的興趣，常驚歎於中國古代詩學的運思方式之奇和話語方式之妙，遂以中國古代詩學的思維方式與話語方式作為自己的研究方向。把在此過程中的種種發現與感想付諸筆端，於是就有了眼前《思與詩——中國古代詩學的思維方式與話語方式》這本書。

提　要

　　本書試圖從思維方式入手，探尋中國古代詩學話語形成的思維路徑，追溯中國古代詩學的運思方式和話語方式，從而揭示中國古代詩學內在的精神實質和民族特色，為中國古代詩學價值的重估與當代文論的建構提供一定的參照作用。

　　全書包括緒論、正文、結語三個部分。

　　緒論部分梳理了本論題的研究現狀，對所討論的三個核心範疇——中國古代詩學、中國古代詩學的思維方式、中國古代詩學的話語方式進行了詳細的闡述，並對要解決的問題、研究目標、思路及意義進行了簡要的說明。

　　正文部分由五章構成。第一章，論述語言對中國古代思維方式及詩學的影響。包括兩節內容。第二、三、四章是核心部分，分別論述了象思維、整體思維、關聯性思維對中國古代詩學話語方式的影響。第五章，對中國古代詩學的思維方式和話語方式進行反思。

　　結語部分，總括全書。簡要概括主要研究內容與結論、創新點與意義、研究過程中遇到的問題、研究存在的不足等。在筆者看來，中國古代詩學內容豐富而龐雜，要在豐富而龐雜的內容中探尋出像思維方式與話語方式這樣普遍性的東西絕非易事。探尋的過程是艱苦的，但結果卻是有價值和意義的。

目 次

第三冊　中古文學觀念研究

作者簡介

　　王芳（本名王芳尊），1974 年 9 月 11 日生於江西省南昌市。自幼在外祖父——書法金石家許亦農先生的教養下，嗜好讀書。長大卻學業草草，不得不工作謀生。2005 年意外考取江西師範大學古代文學碩士，師從胡耀震教授研習魏晉南北朝文學三年，2008 年以碩士論文《千載賞詩 猶未厭足——鮑照

詩歌情境分析》畢業。此後又跟從江西師範大學陶水平教授攻讀古代文學理論博士學位四年，2013 年以博士論文《文化詩學視域下前四史文學觀念研究》畢業。畢業後身體較差，未進入高校教書，在中國國電公司檔案室供職。筆者生平無所道哉，學術興趣倒有三變：青少年時期愛好詩詞歌賦、文學創作；研究生階段由文藝轉向儒學，服膺孔孟，在家開設義學；為人母之後卻萌發了對科學的濃厚興趣，猶如小學生般從頭學習生物、天文，樂此不疲。

提　要

　　本文從文化詩學的視角，以《史記》、《漢書》、《後漢書》、《三國志》中兩漢三國時期的史料為研究線索，對廣義界定下的前四史中文學觀念的形成和演變進行了歷史文化意義上的追溯和分析。兩漢三國屬於我們通常意義上的中國中古時期，其文學觀念的形成和演變對整個中古及後世文學活動的影響深遠。

　　《史記》、《漢書》、《三國志》是兩漢三國時人所著，其史家的文學觀念和史書中歷史人物的文學觀念具有同時性，與其所處的時代亦有內在的同步性。而《後漢書》雖非時人修史，但作為東漢時期現存的、較為豐富可靠的歷史材料，也能夠提供東漢文學觀念形成的歷史文化場景。

　　本文發現前四史中呈現的文學觀念，是以儒學為根基建立起來的，並且具有相當的積極意義。儒學對於中國早期文學觀念的形成和發展，提供了義理和現實上的原動力。

　　依據《史記》和《漢書》的材料，我們可以看到在實用原則影響下的西漢初年諸學混雜的文學觀念，在西漢中葉收束為具有實際政治力量和廣泛社會感染力的儒學文學觀念。西漢中葉及其後儒學獨尊的社會意識形態和話語系統中，存在著曾經被我們在狹義界定的文學觀念研究中所忽略的文學生長力：由儒學傳習所帶來的學術自由辯論之風；在儒學學術義理薰陶下西漢士人表現出依經立義、直言極諫的精神獨立品格；依歸於儒家宗旨的文章之藝開啟西漢社會的重文之風。

　　而《後漢書》的史料則展示了儒學學術內部生長力推動東漢文學觀念由獨守一經向博通眾學轉化的文化發展趨勢，導致今文經學與古文經學匯通、儒家五經之學與黃老、刑名諸學兼通、學術與文章之義貫通，使東漢文章呈現出宗旨義理化和篇章典雅化的整體趨勢。然而探究東漢博通文學觀念形成的深層原因時，本文發現以儒學為中心兼通眾學的文學觀念進展，並非一個

　　自然而然的演化過程，是東漢士人的私門教授保障了儒學學術發展的相對自主性，以及儒學自主發展形成的士林自由輿論所帶來的士人文學權的彰顯。

　　《三國志》及裴松之的補注展現了曹魏時期儒學專業學術規模內縮，而兩漢儒學培養的具有獨立精神的士人群體，將文學觀念擴容爲學術與文章並立的泛化狀態。一方面五經之學成爲士人的基本學養，士人持守儒家義理，據義而行，使兩漢以來士人的群體性獨立精神向名士高行分散，以士人的尊嚴，逸出了君臣等級體制的精神籠罩，產生出個體自守道義的獨立精神；另一方面士人由於經學規模內縮而有餘裕將興趣擴展至老易玄談，使士人群體性的獨立精神亦向超脫塵世的理想發展，從而逸出儒家以天下爲己任的經世致用思想，進而產生個體超逸於俗世的獨立精神。此即劉咸炘先生所言「儒者狷而醇，道者狂而肆」的自由品貌。曹魏時期廣義界定下文學觀念的擴容，正是士人獨立精神自我選擇的體現。比如曹丕、曹植及建安諸子截然不同的文學取向便彰示了曹魏時期士人將文學之業泛用到自己好尙中的傾向。

　　所以廣義界定下兩漢三國文學觀念的發展變化，是儒學道統支持下學術相對自主、士人精神獨立的結果。而且兩漢三國文學觀念對整個中古文學觀念多元化發展有重要的奠基作用，並對整個中國古代文學觀念的演變提供了基本範式。

目　次

第四冊　跨文化視野下的隴右地方文學

作者簡介

　　霍志軍（1969～），甘肅天水人，天水師範學院教授，文學博士，碩士生導師，中國語言文學一級學科碩士點中國古典文獻學學科帶頭人，甘肅省高校重點人文社科基地隴右文化研究中心副主任，甘肅省「飛天學者」特聘教授。2001 年考入江蘇師範大學，師從著名學者孫映逵先生攻讀碩士學位，2004年獲文學碩士學位。2007 年考入陝西師範大學師從傅紹良先生攻讀博士學位，2010 年獲得博士學位，主要研究方向爲唐代文學、隴右地方文獻。迄今主持 2005 年度甘肅省社科規劃專案「伏羲文化與民族認同」1 項，2007 年度國家社科基金項目「隴右地方文獻與中國文學地圖的重繪」（編號：07CZW019）、2017 年度國家社科基金項目「絲綢之路甘肅段考古發現與古代文學研究的新拓展」（編號：17XZW040）2 項，主持國家社科重大專案「唐至北宋時期絲綢之路驛站、古蹟、關隘、寺廟與文人活動、文學創作、文化傳播」子項目「唐至北宋時期絲綢之路關隘與文人活動、文學創作、文化傳播」1 項，國家「211 工程」子項目「盛唐士人求仕活動與文學研究」1 項，參加國家古籍整理規劃項目「《全唐文》點校」工程，點校《全唐文》50 萬字。在《文藝研究》、《光明日報》、《甘肅社會科學》、《唐史論叢》、《明清小

說研究》等刊物發表論文 70 餘篇，被《新華文摘》、《高等學校文科學術文摘》轉載多篇。出版專著《官吏良鑒》、《法曹圭臬》、《隴右文學概論》（合著）、《盛唐士人求仕活動與文學》、《唐代御史制度與文人》、《隴東南民間文藝與社會生活》等 6 部，在臺灣地區出版《唐代御史與文學》（上、下卷），《唐御史臺職官編年匯考》（初盛唐、中唐、晚唐卷）等 5 部。《盛唐士人求仕活動與文學》

獲甘肅省高校社科優秀成果一等獎，《隴右文學概論》獲天水市社科成果三等獎，《唐代御史制度與文人》獲甘肅省高高校社科成果三等獎。社會兼職有中國人文社會科學核心期刊評審專家、甘肅省古代文學學會常務理事、甘肅省唐代文學學會理事及中國唐代文學學會、遼金文學學會、遼金史研究會等多個學會會員。

提　要

隴右地區位於青藏高原、內蒙古高原和黃土高原的結合部，獨特的地理、歷史原因，使其成爲中西文化交流、融合、傳播的橋樑和多民族的棲息地。自遠古迄今，氐、羌、鮮卑、党項、藏、吐谷渾、回、漢、裕固、保安、東鄉族等眾多民族棲息於此。東西文化、游牧文明、農業文明乃至伊斯蘭、基督教文明都在這裡交匯撞擊，原生態的地方文獻異常豐富。

本書將隴右地方文學置於中國文學發展的大文化背景下加以考察觀照，縱橫交叉，進行學術研究和理論闡釋，首次考察了隴右地區異常豐富的雅文學與俗文學、書面文學與口傳文學、中原文學與各少數民族文學相激相蕩所產生的獨一的文學基因、文學生態、文學內容。中華民族在長期融合的過程中，中原文學的巨大凝聚力和輻射力影響深遠；各邊地民族文學以質樸性孕育開放性、以獨特性展示原創性、以民族性呈現無比絢麗的多樣性，不但彌補了中原文學的結構缺陷，而且提供了中原文學所未見的審美形式。本書不以精貶雜、以雅貶俗、以漢貶胡，重新發現隴右地區豐富多彩的文學、文化遺存對形成多元一體的中國文學的重大作用。

目　次

第五冊　文學史上的一個切片——宋代梅花詩中梅花的形象及其象徵

作者簡介

李心銘，國立東華大學中國語文學系博士班畢業，曾任國立東華大學中國語文學系兼任講師。

提　要

梅花詩不論是質還是量，在兩宋均產生極大的變化。《全宋詩》中詠梅的就有 4700 多首，這些梅花詩不再是感傷的寄託，而是有了道德意義的徵候。梅花的高標形象及其象徵從此也成了一種研究趨向。然而在數量繁多的梅花詩中梅花形象及其象徵應是多樣性的，未必僅侷限在道德面向。

本研究以北京大學古文獻研究所出版《全宋詩》中的梅花詩為材料，運用文化學方法、意象理論、美學方法、語境分析以及傳記研究法，綜合處理新訂的論題《文學史上的一個切片——宋代梅花詩中梅花的形象及其象徵》。探討梅花如何分布於宋代士人兼及庶民的食、衣、住、行和娛樂中，而士人更是透過寫詩記錄梅花佔據了他們的物質生活，並自覺的運用各種文學技巧形塑梅花的崇高樣貌，作為道德的自我象徵，也使得梅花的高標形象一枝獨秀。但從整體上來看，宋代梅花詩中梅花形象十分多元，而各種形象也都象徵著詩人的情感，這是一種文人在不自覺間所製造出的梅花其他意象。人類的情感多樣且複雜，無法絕對區分，如同梅花的生長歷程從枯枝、冷蕊、滿開、搖落到著實，它的多元形象象徵高情、俗情和閒情，以表達詩人的生命際遇。這是本研究根據《全宋詩》中的詠梅作品輔以詩人的生平背景所歸納的結果，並由此觀察宋代士大夫的心態和他們的社會生活，也就是文學和社會的互動，則是本研究的結論。

目　次

第六冊　清代書院與桐城文派的傳衍

作者簡介

　　陳春華，男，1976 年出生於江蘇省宿遷縣，1999 年畢業於蘇州大學文學院漢語言文學教育專業，2006 年獲教育學碩士學位，2013 年獲古代文學博士學位，長期從事中小學語文教學和青少年蒙學教育工作，先後發表《論蓮池書院與桐城文派在河北的興起》《清代書院與乾嘉漢學的發展》《論吳德旋、梅曾亮與桐城文派在廣西的傳衍》《論曾國藩與晚清書院及文教的復興》等論文 30 餘篇。

提　要

　　書院作為有別於傳統官學體系的教育形式，通過創建者的學術提倡、著

名學者的學術示範和生徒間的相互影響，在學術發展、學風形成、流派傳衍的過程中，發揮了相當重要的作用。

本文選取了清代書院與桐城文派傳衍的關係作爲研究對象，著力探尋書院在桐城文派確立、發展及傳衍過程中所起的重要作用。

本文共分五個部分進行論述。第一章：書院對清代學術及文學的影響。從整體上把握清代書院政策的變遷及其對主要學術思潮和文學流派的影響。第二章：姚鼐與書院。論述姚鼐的文學理論體系、書院教育歷程以及姚門弟子對桐城文論的繼承與發揚，突出書院在桐城文派發展壯大過程中的重要價值。第三章：嶺西五大家與書院。論述「嶺西五大家」的古文理論、成長歷程和通過書院教學致力於桐城文論傳播的文化貢獻。第四章：曾國藩與書院。論述曾國藩對桐城文派的繼承與改造、對書院的扶持和建設以及曾門弟子對桐城文派的傳承與發揚。第五章：古文文選與桐城文派的發展。論述桐城代表人物編選的古文文選對桐城文派確立、發展及其傳衍的作用。

目　次

第七冊　蘇軾詩論與佛學關係研究

作者簡介

周燕明，女（1982～）江蘇宿遷人，首都師範大學文藝學專業博士，河北大學博士後研究人員，研究方向為中國古典文學理論。發表論文主要有：《蘇軾「空故納萬境」與般若空觀》；《蘇軾「靜故了群動」詩學觀與禪宗止觀》；《周濟「寄托出入說」三論》；《詞體弱德之美審美範式》；《從和陶詩看陶淵明人格的詩體意義》等。

提　要

蘇軾詩論與佛學關係，通過編年梳理出佛學對蘇軾生平及詩學影響，進而探討佛學對蘇軾詩學空靜論、自然論、中道觀以及詩禪說的影響。

第一章，蘇軾佛禪活動編年。以編年體例，從歷史材料中鉤輯出蘇軾生平與佛學有關佛禪活動和交遊，及詩作中的佛學典故，總結出其佛學思想主要體現在人生苦觀、人生如夢感慨以及出世入世不二的人生態度。並將其一生分為四個階段，依此可以看出蘇軾佛學思想在貶謫黃州以後漸趨成熟並達到高峰。

第二章，分析蘇軾佛學思想成因主要在三個方面：宋代禪宗盛行，家庭氣氛的薰陶和跌宕起伏的政治生涯經歷。分析佛學思想在蘇軾人生中的地位和作用。蘇軾一生得意時儒家思想為主，積極入世；失意時，以佛道思想調節內心，呈現出儒表釋內的圓融態度。

第三章，蘇軾詩學空靜論與佛學。探討佛教般若空觀和佛禪靜觀對蘇軾

詩論影響，並從與韓愈詩論「不平則鳴」對比角度，分析佛學空靜論對蘇軾詩論的美學影響。

第四章，蘇軾詩學自然論與佛學。在佛教自然觀與道教自然觀比較的視域中，概括佛道自然觀對蘇軾詩學自然觀的影響，體現在情感之自然、表達之自然以及摹物之自然，形成其長於議論的文風、直抒胸臆的表達方式以及晚年平淡美學追求。從與受道家自然觀影響的陶淵明詩論自然觀不同比較中，總結出佛學對蘇軾詩論自然觀的影響主要體現在「心安即是歸處」人生態度，唯心淨土思想及山水詩之理趣三方面。

第五章，蘇軾詩學中道觀與佛學。從「出新意於法度，寄妙理於豪放」，「端莊雜流麗，剛健含婀娜」，「發纖穠於簡古，寄至味於淡泊」三點入手，分析蘇軾詩論的中道思想，並在與杜甫詩論中庸觀以及皎然詩論中道觀的比較中分析蘇軾詩論中道觀文質兼取、形神並重、尚意及詩本位等特點。

第六章，蘇軾詩禪說。關於詩與禪的關係，蘇軾說：「暫借好詩消永夜，每逢佳處輒參禪。」

本章從蘇軾禪詩入手，疏證以詩入禪的歷史脈絡，探討詩與禪之異同。

目　次

第八冊　李慈銘文學思想研究

作者簡介

　　井禹潮，女，1984 年生。先後就讀於武漢大學、中國社會科學院研究生院、首都師範大學，2016 年獲中國古代文學博士學位。曾發表論文《論悲劇的「卡塔西斯」》《寫給朱安的日記──〈傷逝〉的另一種解讀》《莊子命觀重探》《劉熙載文論中的心學思想》《論李慈銘「眞杜」文學思想的成因》等。現供職於教育部語文出版社，主要研究方向爲近代文學思想、近代文學現代化等。

提　要

　　李慈銘學識淵博，承乾嘉漢學之餘緒，治經學、史學，蔚然可觀，被稱爲「舊文學的殿軍」。

　　身處急劇變革的晚清社會，李慈銘針對當時文壇積弊，主張破除門戶之見，並提出了「法正」「清」和「尊古厚今」等一系列文學主張，並形成了「眞杜」文學觀。「眞杜」文學觀是以「法正」「清」與「尊古厚今」等支脈相互勾連、互爲因果的一系列文學主張。李慈銘「眞杜」的文學思想在諸多復古名目下的晚清文壇中獨樹一幟。它承襲了中國傳統文學的精髓，是對傳統雅

正文學脈絡的梳理與復歸。其現實目的是以文救國。就晚清文壇而言，它重塑了晚清文壇的格局，打破了崇古復古的局面。而對於後世而言，李慈銘傳道授業，以「眞杜」的開放性和多元性陶鑄後學，爲晚清及近代培養了一批有用之材。此外，李慈銘的文學思想雖然在文學現代化的過程中沒有起到積極的推動作用，但他將中國傳統文學的精髓集中於杜甫，也是對中國傳統文學的自我裁汰與去粗取精。李慈銘「眞杜」文學思想對中國傳統文學的溯源與總結，對於今人進一步瞭解傳統文學、研究傳統文學和傳承傳統文學都有極爲重要的意義。

目　次

第九、十冊　譚瑩譚宗浚生平交遊考辨與年譜

作者簡介

徐世中，男，1969 年出生於安徽宿松，文學博士，現任教於廣東第二師範學院中文系，主要從事中國古典文學的教學與研究，發表學術論文數十篇，完成省部級多項科研專案。現正主持全國高等院校古籍整理研究工作委員會科研專案《樂志堂詩文集》點校整理。

提　要

譚瑩是與陳澧齊名的晚清嶺南著名文史學者。譚宗浚爲譚瑩之子，也是近代著名駢文家、詩人和學者。由於譚瑩一生主要在嶺南活動，而譚宗浚又過早辭世，他們的影響未能遍及全國，故目前國內外學界對他們的研究十分有限，仍有許多尚可開拓深化之處。

本書通過採用中國古代文學的傳統研究方法，並以闡釋學、文化學、心理學等研究方法爲輔助手段，從歷史背景和文學演進兩個角度對譚氏父子的家世、生平、交遊等方面進行系統研究，將有利於反映晚清時期的文人特質和心路歷程，從側面展現晚清社會的眞實面貌，推進近代文學及近代文化研究。

本書分緒論、上編、下編及附錄四部分，上編爲譚瑩譚宗浚生平交遊詩文考辨，下編爲譚瑩譚宗浚年譜。

緒論部分簡要介紹了論文的研究緣起，並對相關研究情況進行概括性回顧。在此基礎上，對本書的研究目標及方法進行扼要闡述。

　　上編共分四章。第一章、第二章主要依據各種材料，首次對譚氏父子之家世、生平及交遊作了詳盡考述，提出了自己的見解。第三章首次集中對譚氏父子的集外詩文進行輯考，豐富了譚氏父子的作品內容，從而爲全面深入研究譚瑩、譚宗浚打下堅實基礎。第四章首次對譚氏父子與嶺南詩派的關係進行了探討，提出了如下見解：譚氏父子一方面受到嶺南詩派的重大影響，另一方面，他們也爲嶺南詩派的發展作出了以下四方面的貢獻：（1）豐富了嶺南詩派的思想內容。（2）保存了嶺南詩派的珍貴資料。（3）充實了嶺南詩派的詩歌理論。（4）培養了嶺南詩派的創作隊伍。

　　下編通過對譚氏父子詩文等作品及其相關文獻的搜輯、研讀、考證，並參考大量史料如傳記、筆記、方志及清人別集、日記、書信等，首次編成一部翔實的年譜，清晰勾勒了譚氏父子一生的活動，還原了他們的生平行誼、思想面貌。

　　附錄部分爲譚氏父子傳記資料彙編。

目　次

上　冊

第十一冊　從三元觀點論《聊齋誌異》中的家庭互動關係

作者簡介

　　林邠芬，國立新竹師範學院語文教育學系學士，國立中興大學中國文學系碩士，現任國小教師。著有單篇論文〈聊齋疾病詞研究〉，收錄於《思辨集》。

提　要

　　《聊齋誌異》雖事涉狐鬼，卻也是一本關乎世教之書，書中有大量的家庭互動描述。前人多透過此類情節來深究作者蒲松齡對倫理、愛情及性別的價值觀，而本論文希望別闢蹊徑，向家庭系統理論取經，以三元觀點重新看待小說中家庭成員間的互動樣態。此間包括橫向的婚姻關係、縱向的親子關係，以及橫向與縱向交涉的姻親關係。希望透過現象的觀察，讓明末清初時部分的家庭互動樣貌從《聊齋誌異》中豁顯。

目　次

第十二冊 《剪燈新話》、《剪燈餘話》敘事比較研究

作者簡介

　　陳映竹，台南人，2014 年於中國文學研究所畢業，研究領域為中國古典小說、西方文學理論。

　　曾任宜蘭市復興國中國文老師，回西部後轉換跑道，駐足於設計領域。

提　要

　　瞿佑《剪燈新話》為明初文言短篇小說，在明代十分受歡迎而有許多仿作，仿作又以李昌祺的《剪燈餘話》為代表。但現代學者的關注焦點多在白話小說上，而對文言的《剪燈新話》的研究較少，與它的研究的價值不相符，且對它的敘事評價偏低。因此，本論文將透過敘事學，分析《剪燈新話》，並與《剪燈餘話》作比較。期以客觀地方式分析二書的敘事技巧，探究影響明代文言小說甚多的二書的敘事情形。

　　本論文以《剪燈新話》與《剪燈餘話》二書中共四十三篇故事為研究對象，第一章緒論，對二書的版本及前人研究成果進一步探討。第二章以熱拉爾‧熱奈特的時序理論為主，探討二書在時間倒錯的使用，以及各自的組合與功能情形。第三章以熱拉爾‧熱奈特的時距理論，探討二書各種與時間速度有關的寫作手法與節奏情形。第四章以熱拉爾‧熱奈特的頻率、查特曼的敘述者干預，對敘述話語進行比較與分析，討論文本更深層的意涵與雙聲情

形。除透過熱拉爾・熱奈特及查特曼的敘事理論外，並輔以羅鋼、胡亞敏、
譚君強等學者的敘事理論，透過客觀的分析，對《剪燈新話》與《剪燈餘話》
在敘事時間與敘述話語方面進行比較，探究二書中在敘事方面的特色。

目　次

第十三冊　南朝分文體散文史

作者簡介

　　劉濤，男，1974 年生，山東臨沂人。現爲廣東省韓山師範學院文學與新
聞傳播學院教授，文學博士，中國古代文學學科負責人，雲南大學、深圳大

學碩士研究生導師，廣東省高等學校「千百十工程」第六批校級培養對象（2010
～ 2014，培養期滿考核結果爲良好）。學術兼職有中國駢文學會常務理事，
中國古代散文學會會員。主要從事駢文研究、魏晉南北朝文學研究，已在《光
明日報》（理論版）、《中國文學研究》、《齊魯學刊》、《北方論叢》、《東吳學術》
等報刊上獨立發表相關學術論文近 40 篇；主持 2018 年度國家社科基金一般
項目 1 項；主持 2014、2017 年度廣東省社科規劃項目 2 項。

提　要

　　著者不囿於清人嚴分駢、散的觀念，故本書中的「散文」實取廣義，即
合駢文與散體文爲一體。南朝散文體類繁夥，數量眾多，名篇騰湧。自梁代
《昭明文選》（至唐有李善注本、五臣注本）迄清世《駢體文鈔》（有李兆洛、
譚獻評點）等諸多選本，無不多選其文，或注或評，於後人治學多有裨益。

　　本書以文體爲單元，以時代先後爲次序，對南朝宋、齊、梁、陳四代散
文的題材內容與藝術成就展開較詳細的論述，力爭再現其創作原貌。全書約
二十萬字，共分六章，分門別類地對序體文、書牘文、奏論文、詔策文、誄
祭碑銘文、傳狀雜文六大類加以論述。結合各體文章的題材內容，具體來說，
本書中所涉及的文體類型包括序（含詩序、賦序、文序、文集序、子書序、
紀志傳序、自序、其他類序）、書、箋、上書、啓、家誡家訓、表、議、疏、
彈事、政論、佛論、論、史論、敕、詔、教、令、策文（含策問、策封）、誄
文、祭文、哀策文、碑文、墓誌、銘文、史傳文、單篇傳記文、行狀、山水
雜記、移文、頌讚、詼諧文等四十餘種。

　　在論述各體文章的創作成就時，著者分別按照探討文體名稱起源、梳理
文體發展線索、概括文體體制特徵、歸納文體寫作規範、列舉各體代表作品
並予以批評鑒賞的程序依次展開介紹和分析闡釋。其間，尤其注重廣徵博引，
意圖在於呈現前代學者對相關問題的解讀和詮釋，此舉無疑有助於讀者加深
對該問題的思考。

目　次

第十四、十五冊　中國古代文化與戲曲文學研究

作者簡介

　　黎羌：男，本名李強。陝西西安翻譯學院文學與傳媒學院特聘教授，博士生導師。中外民族戲劇學研究中心主任，絲綢之路文化研究所所長，中國西域藝術研究會秘書長。兼任山西師範大學戲曲文物研究所博士生導師，江西湯顯祖國際研究院客座研究員。畢業於華東師範大學上海師範學院藝術系，上海戲劇學院戲劇文學系。獨立、合作撰寫、編著《塔塔爾族風情錄》、《中西戲劇文化交流史》、《六十種曲〈運甓記〉評注》、《民族戲劇學》、《神州大考察》、《民族文學與戲劇文化研究》、《絲綢之路戲劇文化研究》、《西域音樂史》、《電影與戲劇關係研究》、《中外民族戲劇學研究》、《長安文化與民族文學研究》、《民族戲劇學研究與田野考察》、《文藝思維學研究》等三十餘部學術專著；發表二百餘篇文化、文學、藝術論文；榮獲教育廳、省部級、國家級學術獎勵二十餘項。

馬盈盈：女，浙江省杭州市某校教師，校教科研主任，學科帶頭人。河南省平頂山學院中文系學士，山西師範大學戲劇戲曲學專業碩士。曾獲得浙江省基層組織文化大賽、藝術節、學術研究優秀成果獎勵多項。撰寫與發表《〈白兔記〉的研究述評》、《問渠那得清如許，爲有源頭活水來》、《廣西、湖南南部民族戲劇與儺戲田野調查報告》（收錄於臺灣花木蘭文化出版社 2015 年版《古典文學研究輯刊》十二編第 23 冊《民族戲劇學研究與田野考察》）等二十餘篇論文與學術報告。執筆完成浙江省教育廳規劃課題《紅色印象：農村小學綜合主題實踐活動的設計與研究》。

提　要

中國古代文學歷史久遠，文化深厚。自從先秦至兩漢、魏晉時期，已經奠基了堅實的文學基礎；時值隋唐兩宋時期，已發展到氣象萬千、登峰造極的繁榮發展地步。不過這種評價過去都是針對中原漢文學範疇而言。只有到了魏晉南北朝、五代十國，及其遼金元時期，中國少數民族政權與文學藝術紛紛登場，並在原來較爲單一文體形式如詩歌、散文、小說基礎之上，湧現出一些較大規模的詞曲、諸宮調、雜劇、傳奇等；越明清時期，則出現長篇小說、連臺本戲與各種世俗講唱文學樣式。從而顯示出中華各民族作家、詩人、劇作家、藝人相互交流、切磋、促進與發展中國傳統文學藝術的動人局面。在「長江後浪推前浪」的氣勢恢宏、絢爛多彩的歷史潮流之中，我們師生倆聯袂選擇了盛唐時期的大明宮演藝文化；遼金元時期的少數民族文學；宋元明清時期的白兔記戲曲研究等三個富有代表性的學術專題。力所能及地進行以點帶面的系統、科學的探索與研究。究其原因，因爲唐代在我國歷史上，無論是政治、軍事、經濟、宗教，還是文化、文學、藝術都是最爲發達的黃金時期。而在此期間集自然科學與社會科學之大成者，公認爲盛唐的演藝文化與傳統文學、藝術。再則，中國少數民族建立政權時，最爲集中體現，延續時間最長，在國內外文藝界成就最高者，爲遼、金、元時期的民族詩歌、諸宮調、院本、散曲與雜劇；另外與其同時，所產生彙聚著胡漢戲劇文學藝術精華的是中國「四大南戲」之一的傳奇《白兔記》，可謂是元明清歷史文化的「活化石」。此書本著高度的歷史責任感與使命感，藉以全面發掘、整理與保護中華民族傳統優秀文化與東方經典文學的理念，努力回復與綴連這些歷史文明美麗的碎片，以求折射人類未來理想、燦爛的文化前景。

目　次

上　冊

中華民族優秀傳統文化的光輝結晶──《中國古代文化與戲曲文學研究》序

鍾進文

第十六冊　京劇旦行表演傳承與對話——以陳德霖、王瑤卿與梅蘭芳、程硯秋爲例

作者簡介

黃兆欣，國立中央大學中文系戲曲組博士、國立臺灣藝術大學表演藝術研究所碩士。高中時，由李孟雲女士開蒙，學習京劇，自此投入戲曲表演。爲探本溯源，數赴中國向諸多老藝術家求藝——以身體做研究，從研究啓發創作，進而嘗試將京崑與當代藝術結合，是兼具學術與演出經歷的藝術家。曾推出的實驗戲曲創作有：《王紫稼》、《聊齋》、《易——京劇身體實驗》、《聶隱娘》、《張協 2018》、《畫皮》、《地獄變》。

提　要

傳承系統的討論是本文研究架構的建立依據，亦是影響旦行美學發展的關鍵例證，本書在旦行發展師承脈絡提出「陳德霖－王瑤卿－梅蘭芳－程硯秋」的傳承系統，主要關照的面向爲：教育傳承、表演功法、表演藝術生態、演員的自覺與認同。力求在表演史的的架構下，梳理其表演功法的演變過程，探究旦行演員之表演風格與流派技巧成形的各種因素，是「一幹多枝」式的表演藝術討論。

京劇旦行是由男性建立的表演系統，如何化解自我與社會對於生理性別轉換扮演所產生的疑慮，是演員們的畢生課題；然而民國後，文化衝擊與國家動蕩更是他們難以抗衡的強大力量，自我與體制始終不斷地相互拉扯，由是京劇旦行表演藝術在唯美純熟的技巧中，更是蘊藉著演員自身與政治社會交相辯證關係。故而本書以「傳承」與「對話」爲題，藉此討論京劇旦行傳承系統與表演藝術本質，重看隱於「口傳心授」中，演員於美學風格之抉擇。

目 次

女神的生命隱喻及其文學表現

林雪鈴 著

作者簡介

林雪鈴，現職為文藻外語大學應用華語文系副教授，學術專長為唐代文學、宗教文學、中國神話與傳說、華語文教學、閱讀寫作。著有專書《唐詩中的女冠》、《唐代文人神仙書寫研究》、《女神的生命隱喻及其文學表現》等；學報論文〈唐代敦煌在地作品中的場域記憶及其特徵〉、〈脈絡中的學習：章法結構在第二語言華語閱讀教學中的應用〉等 20 餘篇。

提　　要

　　本書引用精神分析學及結構主義符號學方法，針對女神形象擬塑、女神文學的表現形式進行分析研究。透過精神分析學探討女神文學主題之獨特性，並嘗試結合結構主義符號學建立其表現形式架構。提出女神神話與文學，透過「橫向組合：母子對待關係的展開」、「縱向聚合：母性力量象徵的運用」傳達生命隱喻內涵之觀點；認為女神主題之文學創作，具有在想像虛構中重建最初的母懷樂園，並將自我的生命處境化現其中，形成自我觀照，彌衡心靈疏離之傷的獨特高度。

目次

第一章　緒　論

　　女神與文學的關係，或可由神話與語言的同質性說起，而「隱喻」即爲其共同的表現形式。如：〔德〕恩斯特‧卡西勒（Ernst Cassirer）在《神話與語言》中所指出的：

　　　　不論語言和神話在內容上有多麼大的差異，同一種心智概念的
　　　形式卻在兩者中相同地作用著。這就是可稱作隱喻式思維的那種形
　　　式。〔註1〕

　　神話與語言乃出於同一種隱喻式的思維形式。而所謂的隱喻，概指：意義在「我」與「非我」間的轉換生成。〔註2〕彼與此，本非一物，卻透過主體的對比、想像，將其融而爲一，使彼等於此。其在神話與語言中的作用型態爲：

　　　　神話出於主客不分、我與世界萬物爲一體的原始思維形式，因此形成我與萬物間互爲隱喻的關係，而神話的內涵，便是這個關係基礎上，對生命所作出的隱喻詮釋；至於語言，則是透過心靈主體驅動象徵符號，使無關係之「彼」，能夠指稱「此」，同樣也是隱喻式的思維形式。因此，正如卡西勒所言，神話與語言出於同一種心智概念形式，亦即前舉「我」與「非我」在想像對比中融爲一體的隱喻型態。

　　而當神話的素材進入文學創作中，成爲主體運用象徵符號、進行想像虛構、表達自我生命感懷的材料時。其中神話主客不分，我與萬物爲一體的隱

〔註1〕 〔德〕恩斯特‧卡西勒（Ernst Cassirer）著，于曉譯，《語言與神話》（台北：
　　　　桂冠圖書股份有限公司，1990），頁72。
〔註2〕 張沛，《隱喻的生命》（北京：北京大學出版社，2004），頁3：「一切隱喻均可
　　　　還原爲認識主體『我』或『體驗』（bodily experience）對外界（客觀事實）所
　　　　作的『投射』。……隱喻仍歸結爲意義在『我』、『與我有關的非我』兩種領域
　　　　間的轉換生成。」

喻結構並未解除，於是遂在文學作品中，形成「我」在「我與萬物為一體」
之神話情境中的想像化身。

以女神的書寫創作為例，西王母既是「我」母親原型的投射，又是神話情
境中凌駕於宇宙之上「我與萬物」的母親。兩相融會，來自於自我的母親感知
記憶、來自於自我意識所引發的母懷追尋，竟可加諸在此一神話微型宇宙中，
成為世界萬物共同的追尋。自我存在的感懷，既與萬物為一體，被無限的放大
了，而自我卻又可置身在此微型宇宙外，觀看自我的喜與悲。其中生命的同一
同步，與生命的可對面觀照，是神話文學創作（或宗教文學創作〔註3〕）獨有
的高度。所謂「偶開天眼覷紅塵，可憐身是眼中人」〔註4〕，境界大概類於此。

而女神在文學創作中，透過神話（宗教）素材所進行的自我隱喻化身，
又特別具有特殊性。其特別深刻之處，在於女神的擬塑，乃是建立在母親原
型上。從精神分析學的角度來看，母親在人類主體獨立的過程中，扮演了關
鍵的角色。母親的對待，形成了世界最初的樣貌，因而在人類無意識中累世
積澱出一個充滿母性色彩的世界原型。此一世界及其中的生命，處於一個巨
大的母腹中，受其滋養，生命來自其中，也將回歸其中，循環不已。

又根據拉康的進一步論述，人類心靈主體在尚未獨立之初，經歷了與母
親為一體的相互依存關係。其後進入鏡像階段，則在以母親為他者的自我離
析中，對比、想像、虛擬出自我。〔註5〕此一主體的獨立，伴隨著回不到與母
親為一體、無有孤獨、需求立即得到回應與滿足的原初樂園狀態。同時也伴
隨著對回歸母懷樂園之渴望的自我壓抑。拉康認為正是這種壓制，開啟了人
類的潛意識。〔註6〕這個主體獨立過程所帶來的共同裂解之傷，使人類的潛意

〔註3〕 神話與宗教，兩者均是透過神聖的臨在，使我與世界萬物在同一個維度中。

〔註4〕 清·王國維，〈浣溪紗〉：「山寺微茫背夕曛，鳥飛不到半山昏。上方孤磬定行
雲。試上高峰窺皓月，偶開天眼覷紅塵，可憐身是眼中人。」

〔註5〕 杜聲鋒，《拉康結構主義精神分析學》（台北：遠流出版事業股份有限公司，
1988），頁131～132：「『鏡像階段』中兒童通過自己在鏡子中的影像逐漸再認
（ré-connaissance）自己，『鏡子中的影像』既是一個比喻說法，也道出了兒童
在這個階段上自我再認的想像性特徵（imaginaire），因為，兒童是通過一個潛
在性的東西（光學影像）認識自己的同一性的，而不是通過自己客觀的身體
獲得自身的同一性的。因此我們可以說，這個階段上兒童對自己的辨認只是
一個『想像的再認』（reconnaissance imaginaire），即通過影像的再認。」

〔註6〕 拉康認為：「他所失去的是母親的身體，從此對母親的慾望或與她幻想之結合
必須壓抑。此首個壓制就是拉康稱之為最初的壓制，而正是這最初的壓制開
啟潛意識。在想像期中沒有潛意識，因為沒有缺少。」、「對拉康而言，如果

識裡永遠有一個回不去的母懷，無論主體感到快樂或悲傷，對存在的現實感到沈浸或逃避，母親的懷抱，此一基本的精神形式都會自然的浮現出來。

　　神話中女神的擬塑，以及文學中的女神書寫，建立在這樣一個基礎上。因此其中自我的生命隱喻十分深刻，值得加以探究。

　　本書的寫作，主要引用了精神分析學及結構主義符號學的方法，首先透過精神分析學，確立女神題材所具有的獨特性，其次嘗試結合結構主義符號學，建立其表現形式的架構，藉以進行女神形象、女神文學表現的分析批評，並驗證女神神話與女神文學之內在結構，彼此一致，是透過同一種隱喻思維形式，在同樣的結構形式上，所操作出的差異表現。

一、女神與生命思維之關係

　　女神，可簡而言之爲「被神聖化的女性對象」，《說文》釋女媧爲：「古之神聖女，化萬物者也。」〔註7〕西方宗教學者認爲：「神聖」是宗教的本質。如奧托《論神聖》：「『神聖』即『神聖者』（the holy），是一個宗教領域特有的解釋範疇與評價範疇……任何一種宗教的眞正核心處都活躍著這種東西，沒有這種東西，宗教就不再成其爲宗教。」〔註8〕又如伊利亞德《聖與俗──宗教的本質》所言：「神聖總是顯示自身爲一個完全不同於自然狀態中的實體。……對神聖第一個可能的定義，便是它與凡俗相對立……人之所以會意識到神聖，乃因神聖以某種完全不同於凡俗世界的方式，呈現自身、顯現自身。」〔註9〕由此看來，女神是顯現自身的神聖，使世人感受到其全然不同於世俗的力量實體，具有宗教性。

進入象徵組織開啓潛意識，那即使說希望與母親像象徵性結合之最初的壓抑創造潛意識。換言之，潛意識出現作爲壓制慾望之結果。在某一層面上，潛意識就是慾望。拉康最著名的句子：『潛意識建構如語言』包含對語言本質重要的發現：對拉康來說，慾望的行爲與語言相同：它不停移動，由一個對象到另一個對象，由徵符到徵符，而永遠不會找到完全的滿足，正如意思永遠不能被捉住爲完全存在。」見托里・莫以（Toril Moi）著、陳潔詩譯，《性別／文本政治：女性主義文學理論》，頁90、92。

〔註7〕 漢・許愼，清・段玉裁，民國・魯實先正補，《說文解字注》（台北：黎明文化事業有限公司，1993十版），頁623。

〔註8〕 〔德〕魯道夫・奧托（Rudolf Otto）著，成窮、周邦憲譯，《論神聖》（成都：四川人民出版社，1995），頁6～7。

〔註9〕 〔羅馬尼亞〕伊利亞德（Mircea Eliade）著，楊素娥譯，《聖與俗──宗教的本質》（台北：桂冠圖書有限公司，2000），頁60～61。

　　宗教性的展現，不必然出以外顯的組織、教義、儀式、崇拜對象等形式，也可以是一種精神型態。如《宗教經驗之種種》所指出：「在宗教的領域裡有一個巨大的分野，一方面是制度的宗教，另一方面則是個人的宗教。」〔註10〕屬於個人的宗教，與個人內在的荒涼感、無助感、不完美感等有關，「這是個人與其創造者之間一種心對心、靈魂對靈魂的直接關係」〔註11〕，當「個體在孤獨的狀態中，認為自身與其所認定的神聖對象間有某種關係時」〔註12〕，屬於個人心靈的宗教便油然而生。奧托（Rudolf Otto，1869～1937）認為這一類的感覺體驗，包括了受造感、令人畏懼的神秘、神往感等〔註13〕，可以總稱為神聖，神聖是宗教的本質與出發點〔註14〕。神話中女神的現身，便是以此為搖籃。其存在出於以神聖為內涵的宗教心理，並在崇拜活動的發展中持續被神聖化。

　　促發女神宗教心理的主因，其一為對女性繁衍生命功能的崇拜，再則為受母親養育過程中依賴與畏懼的體驗等。對女性繁衍生命的崇拜，主要不在於母體所具有的產育功能，而著重在生命的誕育被視為一種聖顯，是宇宙神聖力量的展現，〔註15〕因此作為聖顯媒介的女性自然而然被賦予了神聖性。伴隨著宗教心理而來崇拜與恐懼等，也環繞著女性可孕育的身體展開，如民

〔註10〕　〔美〕威廉‧詹姆斯（William James）著，蔡怡佳、劉宏信譯，《宗教經驗之種種》（台北：立緒文化事業有限公司，2001），頁33。

〔註11〕　〔美〕威廉‧詹姆斯著，蔡怡佳、劉宏信譯，《宗教經驗之種種》，頁33。

〔註12〕　〔美〕威廉‧詹姆斯著，蔡怡佳、劉宏信譯，《宗教經驗之種種》，頁35。

〔註13〕　〔德〕魯道夫‧奧托著，成窮、周邦憲譯，《論神聖》，〈中譯者序〉，頁3～4：「（神聖）是宗教的根基……奧托根據拉丁語 numen 自鑄了一個新詞即 numinous（『神秘的』），來重新命名這一遮蔽至深的因素……奧托指出，『神秘感』是一種二元結構性質的東西。一方面是『畏懼感』。這是崇拜者在某個至高無上的超絕者面前所產生的那種戰戰兢兢的、自慚形穢、卑微渺小的神秘感受。『受造感』與施萊爾馬赫的『絕對依賴感』都由此而產生。另一方面則是『神往感』。儘管崇拜者在這個超絕者面前膽怯萬分、無比畏懼，『但同時又總要情不自禁地轉向它，甚至還要使之變成他自身的東西』（第31頁）。這種既畏懼又神往的情感才是宗教經驗中的那種『特殊與獨有的東西』（第4頁）。這種東西閃避著概念之思的領悟，只有具有此種存在性體驗的人才能感受它。」

〔註14〕　〔德〕魯道夫‧奧托著，成窮、周邦憲譯，《論神聖》，頁6～7：「『神聖』即『神聖者』（the holy），是一個宗教領域特有的解釋範疇與評價範疇……任何一種宗教的真正核心處都活躍著這種東西，沒有這種東西，宗教就不再成其為宗教。」

〔註15〕　廖明君，《生殖崇拜的文化解讀》（南寧：廣西人民出版社，2006），頁5：「無論是生命的誕生，還是對於生育的祈求，無論是關於生命的護佑，還是生命從死亡到再生的轉型，在先民的心目中，無一不是處於神的控制之中。」

俗文化中便可見大量對女性身體產育功能與生理週期的敬畏與禁忌。

　　此外，受母親養育的體驗也是孕育女神崇拜重要的心理基礎。埃利希・諾伊曼（Erich Neumann，1905～1960）《大母神——原型分析》提到：「女性之所以表現爲偉大，是因爲那些被容納、被庇護、被滋養者依賴於它，並且完全處於它的仁慈之中。一個人可能被經驗爲『偉大』的，但也許遠不如在母親身上所經驗的偉大那樣明顯。看看嬰兒與兒童，他們把母親的地位等同於大母神。她的尊嚴神聖反映了人類幼兒不同於新生動物的特殊狀況，剛出生的動物遠比新生的嬰兒更加獨立。」〔註16〕自新生伊始，嬰幼兒對母親的全心仰賴，引發對外在世界首度的偉大體驗，這也是女神宗教心理的重要基礎。

　　出於對女性繁衍生命功能的崇拜、對母親的敬畏恐懼心理，因而聚合出Dorothy Dinnerstein《The Dirty Goddess》所論的：「男性對所有神秘的、強有力的事物懷有一種敬畏和恐懼，女性可繁殖的身體是這樣一種事物最基本的象徵。」〔註17〕精神分析學學者榮格（Carl Guslav Jung，1875～1961）著名的論說——「母親原型〔註18〕」，提供了此種訴諸於女性的敬畏恐懼心理一個具體的表現形式，其中特別與本文所論相關的，是作爲母親原型變形表現之一的女神形象：

> 母親作爲原型使人想起無意識的、自然的和本能的生命。母親原型派生出「大地母親」（Great Mother）的概念，榮格說，大地母親是屬於比較宗教的領域，變異出形形色色的母親女神形象。……母親原型也有無限多的變體，最常見的莫過於生身母親、祖母、外祖母、繼母和岳母，然後是與之有著某種關係的任何女性，如護士、家庭教師，甚或一位遠祖等等。再後有比喻義上的母親，這就是女神，以及人渴望拯救之心的某些表徵，如天堂、上帝之國、天國耶

〔註16〕〔德〕埃利希・諾伊曼著，李以洪譯，《大母神——原型分析》（北京：東方出版社，1998），頁42。

〔註17〕劉岩編著，《母親身份研究讀本》（武漢：武漢大學出版社，2007）頁212所引。

〔註18〕關於「原型」的概念，參見路揚，《精神分析文論》（王岳川主編，《20世紀西方文論研究叢書》，濟南：山東教育出版社，1998），頁99：「原型只有通過後天的途徑才能被意識所知，他賦予一定的精神內容以明確的形式。因此，原型是本能的表現，本能在幻想中表現自己，時常是僅僅通過象徵意象表現它們的存在，這些表現便是原型。」

路撒冷等等。進而視之，許多激發起敬畏之情的東西，諸如教會、大學、城市、鄉村、天地、樹林、海或靜水，甚至冥界、月亮等等，都可視為母親的象徵。〔註19〕

集體無意識（collective unconscious）來自於對生命之感受的積澱，生命中渴望拯救、崇敬畏懼等心理，廣泛的透過種種母親原型的變形置換被表達出來，女神也是由此被擬塑。由此可知，女神與生命觀之間，具有先天心理、後天表現形式上密不可分的關係。

中國哲學裡道家的生命觀、宇宙論便具有明顯的母性特質，如《道德經》中的：「無名天地之始，有名萬物之母」、「谷神不死，是謂玄牝。玄牝門，天地根。綿綿若存，用之不勤」、「天下有始，以為天下母，既知其母，又知其子，既知其子，復守其母，沒身不殆」〔註20〕等論點。其中「無名天地之始，有名萬物之母」一條，王弼注：「及其有形有名之時，則長之、育之、亭之、毒之，為其母也。」〔註21〕認為道發揮了長育、亭毒之功，因此堪為萬物母。其中長、育、亭、毒等語，援引自《老子》五十一章：

> 故道生之，德畜之，長之，育之，亭之，毒之，養之，覆之。
> 生而不有，為而不恃，長而不宰，是謂玄德。〔註22〕

長、育、亭、毒〔註23〕、養、覆，正是母者所發揮的生產、教育、養護等功能，以此隱喻「道」，顯示老子生命觀中具有受母親原型影響的成分。

而榮格甚至認為：

> 創造過程具有女性特質，創造性的作品來自於深層的無意識——可以說，來自於母親管轄的範圍。（榮格，1952：222）〔註24〕

那麼甚至可以說：人文的一切創造，皆有母性的影子。因此，女神與生命思維，在先天形式和後天表現上確實具有密不可分的關係。

〔註19〕陸揚，《精神分析文論》，頁101。
〔註20〕朱謙之，《老子校釋》（台北：華正書局，1986），頁25～27、205～206。
〔註21〕王志銘編，《老子微旨例略·王弼注總輯》（台北：東昇出版事業公司，1980），頁20。
〔註22〕王志銘編，《老子微旨例略·王弼注總輯》，頁114～115。
〔註23〕唐·徐堅等著，《初學記》（北京：中華書局，1962），卷第九〈總敘帝王〉，頁206，「亭毒」條引《老子》王弼注：「亭謂品其形，毒謂成其質。」
〔註24〕引自〔美〕伊萬·布萊迪編（Ivan Brady），徐魯亞等譯，《人類學詩學》（北京：中國人民大學出版社，2010），頁133。

二、問題的提出

女神與生命思維間，因爲生育崇拜、成長過程的心靈體驗、母親原型等因素而建立起緊密的關係。女神的言說中、女神形象的擬塑，爲生命思維的具體化現。可以說，兩者具有互爲隱喻的關係，女神如同是生命的隱喻化身。

本書即以此爲出發點，展開：女神何以是生命的隱喻？女神如何傳達生命的隱喻內涵？女神生命隱喻的表現是否具有結構性？女神神話與文學創作的性質差異？等連續的探尋。

（一）女神如何隱喻生命？

韋勒克、華倫《文學論——文學研究方法論》引用形態學者朋格士的說法，將隱喻分爲兩類：「一爲神秘的想像，將人格投射於事物之外在世界，將自然物加以精神化或生命化，其一則是與此相反的想像型式，那就是在未知的事物中用情，爲一非主觀的不把自然物精神化的態度。」〔註25〕又提到，研究神秘的象徵主義學者，將利用「世上物之合致」以表達最高神秘經驗的象徵使用情形，分爲三類：1.「無生物與無生物的合致」、2.「依據肉體所奄有的基本要素——生命而作譬喻的合致」、3.「人與人的關係」，這裡面的 1 和 2，朋格士將它分在前述的第二型：在未知的事物中用情，其間發生的作用爲「移感作用」。〔註26〕

又，季廣茂《隱喻理論與文學傳統》認爲所謂的「隱喻」是「在彼類事物的暗示之下把握此類事物的文化行爲」：

> 如果要我們給隱喻下一個精確的定義，我們只會說：隱喻是在彼類事物的暗示之下把握此類事物的文化行爲。所謂「把握」，指的是感知、體驗、想像、理解、談論的總和；所謂「文化行爲」，指的是心理行爲和語言行爲的總和。就其實質而言，它首先表現爲語言現象，卻暗示出更具深意的心理現象，而任何心理現象都是文化現象的深層性展示。就其過程而言，它表現了兩類事物之間的聯繫，並在兩類事物或明或暗的聯繫中生成新意義。〔註27〕

其說認爲，在隱喻的作用下，彼事物的在此事物的暗示下，進行了「感

〔註25〕〔美〕韋勒克、華倫著，王夢鷗、許國衡譯，《文學論——文學研究方法論》（台北：志文出版社，1996 再版），頁 336。

〔註26〕〔美〕韋勒克、華倫著，王夢鷗、許國衡譯，《文學論——文學研究方法論》，頁 337。

〔註27〕季廣茂，《隱喻理論與文學傳統》（北京：北京師範大學出版社，2002），頁 17。

知、體驗、想像、理解、談論」，使其有了更鮮明、更深層的呈現。新意義在彼、此或明或暗的聯繫中，被轉換生成出來。

這兩則對隱喻的界定，皆強調隱喻的成立，在於「彼」與「此」間，發生了移感或轉換生成作用。而移感或轉換生成作用，建立在兩者間某一種意義關係的聯繫上。

如果女神為生命之隱喻，其間的關係聯繫為何？前述的生育崇拜、受母親養育的經驗、母親原型等，都是將藉以深入探討的線索。

（二）其表現具有結構性？

女神與生命間的隱喻，除了內在的共通性，還有應該具有外在表現形式的共通性。由於此一外在表現形式的共通性，使女神的生命隱喻能夠在閱讀者的心智中被閱讀、交流，轉換生成出意義來。這個「外在表現形式」的共通性是什麼？本書將嘗試透過結構主義符號學的框架，以及建立在精神分析學上的原型象徵系統加以解讀。

（三）宗教與文學的差異？

源起於神話思維的女神，在進入文學書寫與宗教信仰後，均發生了形象上的變化，但其表現具有差異性。宗教強調神威護佑，文學則寄託抒懷，神聖與世俗意義的不同，自然是差異發展的主因。然而，女神的生命隱喻若具有共同的形式結構，或可藉以分析其發展趨向。

三、研究方法的採取

（一）原始思維與精神分析

原始思維，又稱為「原邏輯思維」〔註 28〕，其特徵在於原始社會的人們相信「存在物或現象的出現，這個事件或那個事件的發生，是在一定的神秘性質的條件下由一個存在物或客體傳給另一個的神秘作用的結果」〔註 29〕，

〔註28〕〔法〕列維－布留爾著，丁由譯，《原始思維》（北京：商務印書館，2004），頁 71：「可以把原始人的思維叫做原邏輯的思維，這與叫它神秘的思維有同等權利。與其說它們是兩種彼此不同的特徵，不如說是同一個基本屬性的兩個方面。如果單從表象的內涵來看，應當把它叫做神秘的思維；如果主要從表象的關聯來看，則應當叫它原邏輯的思維……它不是反邏輯的，也不是非邏輯的。我說它是原邏輯的，只是想說它不像我們的思維那樣必須避免矛盾。它首先是和主要是服從於『互滲率』。」

〔註29〕〔法〕列維－布留爾著，丁由譯，《原始思維》，頁 70。

所謂神秘的作用，列維布留爾稱之爲「互滲」〔註30〕，認爲原始人相信透過如接觸、轉移、感應、遠距離作用等形式的作用，彼此發生了神秘的連動影響〔註31〕。在這樣的思維運作下，物我不分，整個宇宙於是成爲一個跨越主、客體分別意識的共同生命體。

　　由榮格所提出的原型理論亦與列維－布留爾的學說概念相通。〔註32〕榮格認爲人們除了具有直接意識，還存在著一種「集體的、普遍的、對所有個人來說都是相同的非個體性的第二心理系統」〔註33〕，也就是集體無意識，而所謂的原型（archetypes），便是組成集體無意識的心理形式。其定義以及與個體無意識的差別，如《集體無意識的概念》一書所論：

> 集體無意識是人類心理的一部份，它可以依據下列事實而同個體無意識做否定性的區別：它不像個體無意識那樣依賴個體經驗而存在，因而不是一種個人的精神財富。個體無意識主要是由那些曾經被意識但又因遺忘或抑制而從意識中消失的內容所構成的，而集體無意識的內容卻從不在意識中，因此從來不曾爲單個人所獨有……個體無意識的絕大部分由「情結」所組成，而集體無意識主要是由「原型」所組成的。〔註34〕

　　榮格所建立出的人類心理形式——原型，跨越個體、民族、地域、時間等種種差異，並足以詮釋確實存在於人類文化中超越個體、民族、地域、時間等藩籬的種種共通現象，因此成爲人文研究的重要取徑。而在榮格的相關

〔註30〕〔法〕列維－布留爾著，丁由譯，《原始思維》，頁69：「……那些常常被原始人的意識在存在物和客體的關係中發覺的神秘關係所依據的一般定律、共同基礎。這裡，有一個因素是在這些關係中永遠存在的。這些關係全都以不同形式和不同程度包含著那個作爲集體表象之一部分的人和物之間的『互滲』。所以，由於沒有更好的術語，我把這個爲『原始』思維所特有的支配這些表象的關聯和前關聯的原則叫做『互滲率』。」

〔註31〕《原始思維》，頁71。

〔註32〕〔瑞士〕卡爾・榮格（Carl Gustav Jung）著，王艾譯，《集體無意識的概念》：「與集體無意識的思想不可分割的原型概念指心理中的明確的形式的存在，它們總是到處尋求表現。神話學研究稱之爲『母題』；在原始人心理學中，原型與列維－布留爾所說的『集體表象』概念相符。」葉舒憲選編，《神話——原型批評》（陝西師範大學出版社，1987），頁104。

〔註33〕〔瑞士〕卡爾・榮格著，王艾譯，《集體無意識的概念》，葉舒憲選編，《神話——原型批評》，頁105。

〔註34〕〔瑞士〕卡爾・榮格著，王艾譯，《集體無意識的概念》，葉舒憲選編，《神話——原型批評》，頁104。

論著中，也可見他跳脫醫學心理分析學，而將研究觸角延伸向神話、比較宗教學的嘗試。過去既有的神話、宗教學研究，對宗教性的心理體驗，以及表達宗教性心理體驗的象徵系統，已有較豐富的成果，這些都對榮格的心理學研究產生相互發明的助益〔註35〕。如其友伊利亞德對聖與俗——宗教之本質的解析，在榮格論述中便可見相關影子。然而在針對象徵的探討中，榮格僅將象徵視爲「一種無法用其它的或更好的方式而定型的直覺觀念的表達」、「某種尚不存在恰當的語言概念能表達的東西」〔註36〕，著重於其功能意義，至於其內涵與系統性則較少開展，因此此部分的建設，主要仍有賴於索緒爾語言學、卡西勒的象徵形式等的理論開拓。

（二）結構主義符號學

　　結構主義符號學的基本精神在於，認爲人類思維是一個整體的系統，這個系統的運作存在著共通模式、普遍法則，而符號就是解開這個系統運作之模式法則的鑰匙。

　　符號學的兩大奠基者，其一爲瑞士語言學家索緒爾（Saussure），其說成爲結構主義學派在文本分析上的重要依據，對神話學、人類學、心理學、文學批評等均產生重大影響，與本文研究相關的李維史陀結構主義人類學、拉岡精神分析學說等，均可見對索緒爾語言學理論的援引；而另一位奠基者則爲美國符號學之父皮爾斯（Peirce）。

　　索緒爾認爲語言是一種表達觀念的符號系統，對符號構成要素、支配規律的研究，可以視爲社會心理學的一部份，具有社會人文的意義。〔註37〕其《普通語言學教程》（1915）提出許多重要的論點，包括：

〔註35〕例如在《集體無意識的概念》一書中，榮格提到自己透過閱讀語言學者對太陽神崇拜的研究，領悟到解釋病人宗教性幻覺的依據。其中對古代象徵系統中太陽與風關係的認識，正是得力於既有的神話研究成果。見葉舒憲選編，《神話——原型批評》，頁115。
〔註36〕葉舒憲選編，《神話——原型批評》，頁88。
〔註37〕〔瑞士〕索緒爾（Ferdinand de Saussure）著，高名凱譯，岑麒祥、葉蜚聲校注，《普通語言學教程》（北京：商務印書館，1980），頁37～38：「語言是一種表達觀念的符號系統……我們可以設想有一門研究社會生活中符號生命的科學；它將構成社會心理學的一部分，因而也是普通心理學的一部分，我們管它叫符號學。它將告訴我們符號是由什麼構成的，受什麼規律支配。……將來符號學發現的規律也可以應用於語言，所以後者將屬於全部人文事實中一個非常確定的領域。」

1. 指出語言和言語的差別。

語言系統是由「語言」（langue）和「言語」（parole）組成。其中「語言」
是指約定俗成的語言系統，人們據以運用，並使其語言運用結果能夠被大眾
理解。即所謂「（語言）既是言語機能的社會產物，又是社會集團為了使個人
有可能行使這機能所採用的一整套不可少的規約」〔註 38〕。而「言語」則是
個人對語言的運用情形，出於文化、族群等不同，言語運用存在著各樣的差
異，但如果一種差異的使用被大眾所接受，得到廣泛的認同，那麼這種新的
形式就會成為語言事實，而進入語言系統中。

2. 指出語言符號具有組合的任意性和依時間開展的線性。符號由「能指」
（signifier）和「所指」（signified）組成，能指為音響意象，所指為概念，〔註 39〕
能指和所指之間的聯繫具有任意性。〔註 40〕而因為能指以聽覺形式出現，只能
在時間上展開的，因此符號同時具有線性。〔註 41〕

3. 指出共時語言學和歷時語言學的差別。〔註 42〕共時語言學（synchronic
linguistics）研究的是「同一個集體意識感覺到的各項同時存在並構成系統的
要素間的邏輯關係和心理關係」，而歷時語言學（diachronic　linguistics）研究

〔註 38〕〔瑞士〕索緒爾著，高名凱譯，《普通語言學教程》，頁 30。

〔註 39〕能指與所指或譯為：意符與意指、符徵與符指等。〔瑞士〕索緒爾著，高名凱
　　　　譯，《普通語言學教程》，頁 101：「語言符號連結的不是事物和名稱，而是概
　　　　念和音響形象。」頁 102：「我們把概念和音響形象的結合叫做符號……用符
　　　　號這個詞表示整體，用所指和能指分別代替概念和音響形象。」

〔註 40〕〔瑞士〕索緒爾著，高名凱譯，《普通語言學教程》，頁 102：「能指和所指的
　　　　聯繫是任意性的，或者，因為我們所說的符號是指能指和所指相聯結所產生
　　　　的整體，我們可以更簡單地說：語言符號是任意的。」

〔註 41〕〔瑞士〕索緒爾著，高名凱譯，《普通語言學教程》，頁 106：「能指屬聽覺性
　　　　質，只在時間上展開，而且具有借自時間的特徵：（a）它體現一個長度，（b）
　　　　這長度只能在一個向度測定：它是一條線。」

〔註 42〕〔瑞士〕索緒爾著，高名凱譯，《普通語言學教程》，頁 118～119：「正如在政
　　　　治經濟學裡一樣，人們都面臨著價值這個概念。那在這兩種科學裡都是涉及
　　　　不同類事物間的等價系統，不過一種是勞動和工資，一種是所指和能指。／
　　　　確實，任何科學如能更仔細地標明它的研究對象所處的軸線，都會是很有益
　　　　處的。不管在什麼地方都應該依照下圖分出（1）同時軸線（AB），它涉及同
　　　　時存在的事物間的關係，一切時間的干預都要從這裡排除出去；（2）連續軸
　　　　線（CD），在這軸線上，人們一次只能考慮一種事物，但是第一軸線的一切
　　　　事物及其變化都位於這條軸線上。……為了更好地表明有關同一對象的兩大
　　　　秩序的現象的對立和交叉，我們不如叫做共時語言學和歷時語言學。有關語
　　　　言學的靜態方面的一切都是共時的，有關演化的一切都是歷時的。」

的則是「不是同一個集體意識所感覺到的相連續要素間的關係，這些要素一個代替一個，彼此間不構成系統。」〔註43〕

4. 指出橫向組合和縱向聚合的區別。「語言的橫向組合因素，與確定一個語詞在任何一句話中的位置有關。例如，在一個特定的句子中，一個單詞的意義，部分地是由它在這個句子中所佔據的位置以及它與同句中的其他單詞和語法單位的關係所決定的。這就是這個詞的橫向組合（線性、歷時）方面。人們經常把它設想成一個水平軸，句子沿軸線依照它的必要順序伸展開來。一個單詞在句子中的意義，也是由它與一些詞彙種類的關係所決定的。這些不同種類的詞實際上並不出現在句中，但卻存在於與這個詞的縱向聚合（或「垂直的」、共時）關係中。」〔註44〕

索緒爾的理論，使「人類思維是一個可透過符號解析的共通系統」此一假設得以成立，由於語言符號內在系統的不變異，使跨越心靈的此在「共時」閱讀成為可能；由於現在使用的語言是過去語言的累積結果，使跨越時空的漫長「歷時」閱讀也成為可能，這是索緒爾語言學在詩學研究上的重要啟示。

然而，索緒爾的理論仍被指出具有過於簡單的化約語言使用規則、又有將歷史文化的影響封閉在語言系統之外等侷限性。

另一位符號學的重要奠基者——皮爾斯，則強調「語言構成人的整體」，認為「人類所使用的字或符號，就是人類本身……因此，我的語言就是我本身的全部」（Peirce，1931：V：189），他將符號的使用，架構在：符號、客體、解釋義的三角互動關係上。所謂的解釋義，是某人解釋某事的方式，解釋義的介入，凸顯了主體經驗在符號產生意義過程中的重要性，也呼應了皮爾斯「符號為心智所運用，藉以理解事情，而文字或語言就是關於思想的符號」、「思想是一種符號行為」的設定，因此，符號成為人類思想之過程及其結果的體現，而且它的運作是充滿主體經驗性的，如此一來，一定程度的避免了索緒爾機械化的偏向。

皮爾斯曾舉出 10 種基本的有關符號的三分法，其中運用最廣的是：肖似

〔註43〕〔瑞士〕索緒爾著，高名凱譯，《普通語言學教程》，頁 143。又〔美〕羅伯特・休斯（Robert Scholes）《文學結構主義》（台北：桂冠圖書公司，1994），頁20 指出：共時語言學是「一種語言在某一具體時刻上的整體狀態」，歷時語言學是「一定時間跨度內的一個具體語言成分」，因此「唯有共時語言學可能在整體的意義上充分地解釋任何語言系統。」

〔註44〕〔美〕羅伯特・休斯，劉豫譯，《文學結構主義》，頁 21。

記號（icon）、指號（index）、象徵符號（symbol）三分法。這種分類法，是以符號與客體間的關係作出區分，而使符號、客體間的關係產生不同程度變化的，正是三角作用中的「解釋義」。解釋義由主體給予，並且受主體經驗主宰，在這個透過思考所產生的關係中，客體對主體來說，呈現出什麼樣的感知內涵與角色定位決定了符號的類別。在「肖似記號」一類中，符號與客體間具有相同性質，二者在某方面具有相似性，如照片與本人；在「指號」一類中，符號與客體間具有因果性的、實質的存在關係，如手指與所指的對象、風帆與風；在「符號」（象徵符號）一類中，符號代表該客體，此一關係具有任意性，與相似性或存在性無關，如語言符號。〔註45〕

　　將皮爾斯的理論運用在女神所隱喻之生命思維的研究中，可藉以探討女神作為一種符號（能指），她和主體所指稱的概念（所指）間，究竟是什麼樣的存在意義關係？

　　除了語言學外，被稱為「新康德主義最後一位代表人物」的卡西勒，則從哲學的層次，展開對符號作為人類主體思維表現之操作系統的思考。其《人論》（1945）指出：

> 所有這些文化形式都是符號形式。因此，我們應當把人定義為符號的動物（animal symbolicum）來取代把人定義為理性的動物。只有這樣，我們才能指明人的獨特之處，也才能理解對人開放的新路——通向文化之路。〔註46〕

　　而神話作為文化形式之一，卡西勒認為也是一種符號，而且神話符號所描述的是一種心靈經驗的真實，在神話中沒有非存在的概念。從這個意義上講，女神神話所隱喻的生命思維，不僅具有感知的真實性，女神的存在，表現的也是自我的實存。

　　卡西勒又有《語言與神話》（1925）一書，闡述神話與語言如何透過「隱喻」關係緊密的作用：

> 不論語言和神話在內容上有多麼大的差異，同一種心智概念的形式卻在兩者中相同地作用著。這就是可稱作隱喻式思維的那種形式。〔註47〕

〔註45〕李幼蒸，《理論符號學導論（第三版）》（北京：中國人民出版社，2007），頁514。
〔註46〕〔德〕恩斯特‧卡西勒著，甘陽譯，《人論》（上海：上海譯文出版社，2003），頁42。
〔註47〕〔德〕恩斯特‧卡西勒著，于曉等譯，《語言與神話》，頁72。

　　至於隱喻的關係如何作用？在理性思維力量的發揮下，神話與語言的連結關係是否會斷裂？而脫去神話意識的語言、語言不再等同於其魔力的神話，是否仍能保有各自的生命力？卡西勒在書中透過以下五個層次加以闡述：

1. 隱喻是從「神話心智的基本態度」中發展而來。見《語言與神話》：

　　　　如果說古代修辭術把部分代替整體或整體代替部分這種手法列爲一種主要的隱喻類型，那麼，這種隱喻直接從神話心智的基本態度中發展而來就實在是顯而易見，無須多說了。〔註48〕

2. 語言隱喻反過來作用於神話，成爲其「永不枯竭的泉源」。如：

　　　　這些語言「隱喻」怎樣反過來作用於神話隱喻，成爲後者永不枯竭的源泉。每一個曾經爲描述概念和名稱提供過出發點的特徵，現在都可以用來混同和認同這些名稱所指代的對象。〔註49〕

　　　　神話一再從語言中汲取新的生命和新的財富，如同語言也從神話中汲取生命和財富一樣。這種持續不歇的互動和互滲證實了語言和神話的思維原則的統一性，語言和神話只不過是這條原則的不同表現、不同顯現和不同等級而已。〔註50〕

3. 語言與神話雖然具有思維原則的統一性，具有相互滲透與生發的緊密關係，但語言終究和神話不同，「邏輯思維力量」的作用，使兩者逐漸分化。其分析見：

　　　　（語言與神話）在人類心靈活動的進程中，即使是這一顯得如此緊密如此基本的聯結也開始分解分化了。語言並不專屬於神話的國度；從一有語言開始，語言在自身內部就負載著另一種力量：邏輯力量。……在這個進化的過程中，語詞越來越被簡約爲單純的概念的記號（sign）。〔註51〕

4. 由於語言與神話的分化，神話的魔法被解除，審美功能於是得以發展。見《語言與神話》：

　　　　藝術形象也唯有當神話意識四周劃下的那道魔圈被打破的時候，唯有當它不再被認作神話－魔法形式，而被認作是一種特殊類

〔註48〕〔德〕恩斯特・卡西勒著，《語言與神話》，頁80。
〔註49〕〔德〕恩斯特・卡西勒著，《語言與神話》，頁82。
〔註50〕〔德〕恩斯特・卡西勒著，《語言與神話》，頁83。
〔註51〕〔德〕恩斯特・卡西勒著，《語言與神話》，頁83。

型的表述時，才能獲得其純再現的，特別是「審美的」功能。〔註52〕

5. 最後，透過心智對語言的運用，自我於其中得到顯現，語言也因此得在藝術表現中展開「精神再生」之路。因此《語言與神話》提出：

> 語言變成藝術表現的康莊大道之際，便是這一再生的完成之時。這時，語言復活了全部的生命；但已不再是被神話束縛著的生命，而是審美地解放了的生命了。……這一解放之所以能獲得，並不是因爲心智拋棄了語詞和意象的感覺形式，而是在於心智把語詞和意象都當作自己的器官，從而認出它們眞實的面目：心智自己的自我顯現形式。〔註53〕

卡西勒以上的論說，不僅釐清了語言與神話間的變化關係，還透過「語言是心智的自我顯現」，揭露語言表述背後具有完足的詩學意義。據此，人類是符號的動物，同時也是詩性的動物，透過語言的象徵作用，將自我存在的感知傳述出來，透過心靈共通可感的基礎，與他人傳述的存在感知交織，建立出詩性的人類文化。

卡西勒指出了語言與神話間的基本操作形式——隱喻，同時賦予這種操作一種得自於「自我顯現」的生命力。卡西勒所建立的象徵形式哲學，其價值是無庸置疑的，他爲人類對符號系統的操作，提供具有文化意義的哲學基礎。然而又如同李幼蒸在《理論符號學導論》中所提出的評論：「卡西勒的文化語法觀由於未與結構語言學和結構語義學觀念結合，在分析過程中缺少『可操作性』，致使其不能成爲文化象徵形式結構描述的有效工具。」〔註54〕因此主要還是索緒爾所開創的結構主義語言學在人文研究中所掀起思潮巨浪。包括：拉岡（Jacques-Marie-Émile Lacan，1901～1981）的精神分析學、李維史陀（Claude Lévi-Strauss，1908～2009）結構主義人類學、羅蘭·巴特（Roland Barthes，1915～1980）的文化批評，甚至是德里達（Jacques Derrida，1930～2004）的解構主義等皆爲其餘波。

其中，李維史陀受到結構語言學的啓發，將神話分析到最小單位——神話素，再將其放到橫向組合關係與縱向聚合關係中，透過其中的對比變化，分析神話背後之深層意義結構的作法。對本書的研究具有一定的啓發性。

〔註52〕〔德〕恩斯特·卡西勒著，《語言與神話》，頁83。
〔註53〕〔德〕恩斯特·卡西勒著，《語言與神話》，頁84。
〔註54〕李幼蒸，《理論符號語言學導論（第三版）》，頁486。

（三）文學批評理論──隱喻的轉換生成

張沛《隱喻的生命》指出所謂隱喻是為：

> 意義在「我」、「與我有關的非我」兩種領域間的轉換生成。

〔註55〕

而在「修辭層面的隱喻」、「詩學層面的隱喻」、「語言學層面的隱喻」、「哲學層面的隱喻」四種共時性的隱喻研究模式中，神話的象徵表現，屬於隱喻的詩學研究。〔註56〕文中引〔德〕赫爾德云：「初民的思維是象徵的、諷喻的和隱喻的，三者結合即形成寓言與神話最初的語言即是詩，而詩通過隱喻『發射』神話和寓言。」〔註57〕神話中的女神，正是透過象徵擬塑，言說了生命的存在，並達成其詩學意義。

而所謂的「轉換生成機制」，張沛《隱喻的生命》一書歸納出西方所先後出現的三大學說：其一為以亞里士多德為代表的「比較論」（comparison theory），認為隱喻是先透過比較得到同種同類可資相喻的發現，又略去明喻中的關係詞所形成的；其二為以昆體連（Quintilian）為代表的「替代論」（substitution theory），認為隱喻是為了修辭的效果對日常語言所採用的替代手法；其三則是「互動論」（interaction theory），認為「隱喻不僅陳述已有的相似，它更多地是創造新的相似，而這種『創新』即是一種互動的認知過程。」〔註58〕而互動論中，認知的創造之所以能夠達成，建立在體驗的基礎上。見：

> 「體驗」論強調隱喻的本質是通過某事物來理解另一不同事物，而充當這一「某事物」的，究其根本乃是人類的身體經驗。換言之，人類通過「近取諸身、遠取諸物」的「泛靈投射」（韋勒克─沃倫）來建構（概念）世界……這樣看來，意義轉換生成的場所就從互動的話語擴展到互動的物（客觀現實）我（認知主體）、思維與存在，而隱喻問題也因此而獲得了本體論的意義與價值。〔註59〕

在女神與生命此一隱喻中，無論是隱喻關係的形成、隱喻組合的形式等，均建立在上述「體驗」（bodily experience）說的基礎上，並因此獲得了本體論

〔註55〕 張沛，《隱喻的生命》（北京：北京大學出版社，2004），頁3。

〔註56〕 張沛，《隱喻的生命》，頁7、20。

〔註57〕 張沛，《隱喻的生命》，頁124引 Herder. *Ueber der Ursprung der Sprache.* Quoted from Rene Wellek. *A History of Modern Criticism*, Vol. 1. 187～188。

〔註58〕 上述據：張沛，《隱喻的生命》，頁11～12。

〔註59〕 張沛，《隱喻的生命》，頁13。

的意義與價值。

本書的寫作，即是在前揭女神如何隱喻生命？又其表現形式為何？的主旨下，所進行的研究。首先援引精神分析學探討女神概念背後的生命隱喻性，並透過結構主義的方法建立其形式結構；接下來舉文學作品為例，加以應用分析，以為驗證；最後則比較文學創作與神話民俗中女神發展的差異。如同前引卡西勒所述：人是符號的動物，所有的文化形式都是符號形式。由文學與宗教中，女神在同一個結構形式下所操作出的差異表現，更可凸顯其獨特的詩學意義。

第二章　女神概念的組成

　　女神，意指具有神聖性的女性，其中「神聖性」的來源基礎為何？「女性」的性別意識又如何被賦予？這兩個提問，正是女神概念組成的兩大要素。

一、女神神聖性的來源

　　神聖是具有心靈真實性的人類體驗，同時也是宗教的基本要素，其先驅論者〔德〕魯道夫・奧托（Rudolf Otto，1869～1937）在 1917 年發表的《論神聖》中指出：宗教的本質乃是神聖體驗在人類心靈所創造的精神實在，而非透過理性思維所指稱的神性〔註 1〕。其說對於宗教現象學的開啟具有影響力。如伊利亞德（Eliade）便在《聖與俗——宗教的本質》一書〈緒論〉中指出：奧托此一由宗教經驗採取的進路，帶給自己重要啟發。〔註 2〕伊利亞德著名的神聖與世俗的存在意義對比論，基本上是在奧托的基礎上成立。

　　此一由奧托、伊利亞德所開啟的研究進路，影響力不僅止於宗教學，其

〔註 1〕 奧托，《論神聖》，頁 2：「理性概念根本不能窮盡神這一觀念，它們在事實上指稱著某個非理性的或超理性的主體（Subject），而這些性質不過是這個主體的屬性（predicates）而已。」

〔註 2〕 伊利亞德（Mircea Eliade）著，楊素娥譯，《聖與俗——宗教的本質》（台北：桂冠圖書股份有限公司，2001），頁 59～61：「自 1917 年奧圖（Rudolf Otto，1869～1937）出版《論神聖》（Das Heilige〔即 The Sacred〕）以來，所引致普世性的高度關切，至今仍還持續著。當然，這本書的成功是由於作者提出了新而有原創性的觀點。奧圖並非以宗教及上帝的觀念（ideas）作為研究的對象，而是從事分析宗教經驗（the relilious experience）的各種型態開始。……四十年後的今天，奧圖的分析並未失去它們的價值；此書的讀者仍將由閱讀和對它們的反省而獲益。」

在神話學、文學等研究中，帶來了更大的迴響。神話或文學中的宗教性，不再經由宗教的創作素材、宗教的外相描寫鑑定，而繫之於作品的內在，是否具有神聖與世俗對比的心靈向度。透過神聖與世俗此一「人的宗教向度」〔註3〕來檢視神話、文學、藝術等作品中的宗教性，使宗教文學藝術不再侷限於宗教中，不同類型的作品也可以串連在宗教性的概念下，而神話傳說、文學、民俗信仰中所共同具有的超越思維，也都可以範圍在一起，成為相互承接的整體。

以神聖與世俗對比的內在本質來看神話的定義，「神話」成為如同關永中《神話與時間》所論的：

> 神話是故事體裁的象徵、以寓意著超越境界的臨視、并道出莊嚴深奧的訊息。〔註4〕

由此可知，神話的產生基礎跟宗教一樣，都是出於對具有神聖性之精神實在的臣服與感知，因此其表現型態為：透過神的話語來陳說現實的經驗。循此追溯文學中的神話成分，便衍生出作者主體心靈的存在感知在神聖與世俗間的跨越與對話問題，而不單單僅是神話書寫素材的運用而已。而將這個角度置放在女神的文學中，同樣也引導出一條研究的道路。我們得以嘗試去探究：創作者如何運用女神的象徵，道出其所感知到的超越者的臨視；亦或作者主體透過「超越者的臨視」所臨視的世間；亦或作者所感受到一個失去超越者臨視的世間。

每一個神話角色，都有其作為形象擬塑基礎的神聖體驗，有的來自於山河的偉岸與滋養萬物，如巨靈之劈山闢河，張衡〈西京賦〉：「巨靈贔屭，高掌遠蹠，以流河曲，厥跡猶存。」李善注引《遁甲開山圖》：「有巨靈胡者，遍得坤元之道，能造山川，出江河。」〔註5〕河流的滋生萬物，使巨靈被加以「遍得坤元之道」的訊息；有的來自於對太陽運行規律的不可違抗，如夸父之逐日與死亡，《山海經·海外北經》：「夸父與日逐走，入日。渴欲得飲，飲於河渭。河渭不足，北飲大澤。未至，道渴而死。棄其杖，化為鄧林。」〔註6〕夸父的手

〔註3〕引用書名：〔比利時〕Louis Dupré 著，傅佩榮譯，《人的宗教向度》，台北：幼獅文化事業股份有限公司，1986。
〔註4〕關永中，《神話與時間》（台北：台灣學生書局，2007），頁15。
〔註5〕梁·蕭統編，唐·李善注，《文選》（台北：華正書局，1995），頁37。
〔註6〕袁珂，《山海經校注》（成都：巴蜀書社，1993），頁284。

杖，甚至是其軀體的膏脂〔註7〕，共化爲桃林，道出時間之序不可違逆，以及精神永續、生命循環的訊息。那麼，在女神概念的背後，建立起其神聖性的心靈體驗是什麼？所謂的神聖心靈體驗又以什麼爲內涵？

　　奧托《論神聖》認爲現有的詞語背後均層累了太多理性思維的產物，無法直指此一具有超越性的體驗，因此自鑄了一個新詞 numinous（神秘的）來指陳此一遮蔽至深的神秘心靈體驗。〔註8〕奧托指出：此一名爲 numinous 的神秘感受由二元的「畏懼感」與「神往感」組成，至於帶來此一感受的宗教崇拜對象，則爲一與世間存在者全然相異，且令人畏懼的神秘實在。因爲難以申說此一實在，於是透過想像的、類比的表意符號去意指，從而具現出以「絕對不可接近性」、「絕對不可抗拒性」、「活躍的、有催迫力之活力因素的存在」三種神秘性質爲內涵的宗教崇拜對象。〔註9〕

　　奧托之後，宗教現象學的理論健將——伊利亞德循其以神聖爲宗教核心的關懷視角，將神聖定義爲「與凡俗相對立」的，認爲宗教經驗爲心靈感受到一個向我們顯現神聖力量之實體的存在，從而使人們意識到自身存在的凡俗，聖與俗這兩種把握世間事物的經驗模式於是被建立起來。見：「對神聖的第一個定義，便是它與凡俗相對立……人之所以會意識到神聖，乃因神聖以某種完全不同於凡俗世界的方式，呈現自身、顯現自身。」「神聖就相當於一種『力量』，也相當於上述分析中的『實體』。神聖被存在所滲透。神聖的力量就是實體，同時也是永恆的、有效力的。」「讀者將很快地認知到：神聖與

<hr>

〔註7〕《列子‧湯問》：「夸父不量力，欲追日影，逐之於隅谷之際，渴欲得飲，赴飲河渭，河渭不足，將走北飲大澤，未至道渴而死，棄其杖，尸膏肉所浸，生鄧林，鄧林彌廣數千里焉。」《諸子集成》（北京：中華書局，1954 出版，1996 重印），第三冊，頁 56。

〔註8〕成窮《論神聖‧中譯者序》，頁 3～4：「奧托根據拉丁語 numen 自鑄了一個新詞即 numinous（「神秘的」），來重新命名這一遮蔽至深的因素。」《論神聖》，頁 8～9：「我特地採用了一個由拉丁詞 numen 杜撰而成的詞。既然我們由 Omen（預兆）而有了 ominous（有預兆的），那麼，爲什麼就不可以由 numen 而鑄造出 numinous 呢？這樣，我將談論某種獨特的『神秘的』價值範疇與某種確定的『神秘的』心態……幫助一個人對此種心態獲得理解的途徑只有一條：他必須通過自己的心靈對此心態有所思慮和檢視並由此得到指引，直到這種『神秘者』在他心中油然而生並在意識中呈現出來。在此過程中，我們可以作這樣的配合，即讓他注意到所有那些可在心靈的其他地方找到的熟知的東西，這樣，我們就可以拿它們去類比或對比我們意欲解釋的那種特殊經驗。」

〔註9〕關於「令人畏懼的神秘感」三個分項：敬畏因素、不可抗拒因素、「活力」或催迫因素的相關論述，見《論神聖》頁 14～28。

凡俗是世界上存有的二種模式、被人類在歷史過程中所呈現的二種存在性情境。」〔註 10〕等論述。伊利亞德指出：在宗教人的感知中，世界存在著神聖與世俗兩種向度，包括了使宗教人得以生活在一個真實具有定向之世界的神聖空間〔註 11〕、可逆轉至最初之彼時的神聖時間〔註 12〕。

　　伊利亞德同時談及：「沒有宗教體驗者是活在一個『已剔除了神聖的世界』」，此種「完全剔除了神聖的宇宙」、「純凡俗世界」的存在，在人類的靈性史上，是晚近才發生的。〔註 13〕然而，針對上述這點，純世俗、完全剔除神聖的宇宙認知，是否存在？似乎仍有討論的餘地。

　　若將神聖的概念，區分為宗教性思維和宗教體驗來看。就宗教體驗而言，對聖與俗的感知，似乎是人類心理可被啟動的原型。否則奧托「『神秘』的本性只能通過那種特殊的方式來加以暗示，在此方式中，神秘以感受的形式被反映到心靈中⋯⋯通過使用比喻和象徵的表達方式，再次努力使我們現在探討的這種心態自己浮現出來」〔註 14〕的論述基礎，如何成立。而就伊利亞德將神聖與世俗的意向成立，繫之於信仰層級的宗教體驗來看，其《聖與俗——宗教的本質》一書的廣泛閱讀者，所具備的宗教體驗經歷，似乎也被先驗了。而就宗教性思維而言，如果將聖與俗觀念的產生，推原至神話時代，所謂「超越的宇宙秩序」向「此在自身」傳述神聖的意志與話語，形成為神話，那麼當時人類心靈已存在普遍的、共有的聖俗認知。

　　此一商榷在伊利亞德《聖與俗——宗教的本質》一書中同時存在著異質的修正，伊利亞德同時認為，空間具有聖與俗的非同質性區別，是「一種原

〔註 10〕伊利亞德（Mircea Eliade）著，楊素娥譯，《聖與俗——宗教的本質》，頁 61、63、66。

〔註 11〕伊利亞德（Mircea Eliade）著，楊素娥譯，《聖與俗——宗教的本質》，頁 74：「神聖空間的揭示，得使我們獲得『定點』，進而得在同質的混沌中獲得『定向』、建構這個世界，並以真實的意識來生活。」頁 113：「宗教人只能活在神聖世界中，因為只有在這樣的世界中，他才參與存在，也才擁有一個『真實的存在』。」

〔註 12〕伊利亞德（Mircea Eliade）著，楊素娥譯，《聖與俗——宗教的本質》，頁 116：「神聖時間本質上，是可逆轉的。在我們可以理解的範圍內，更適當的說，它是原初的秘思性時間，臨現於此時。每一個宗教節慶、所有禮儀中的時間，都是將發生於過去的神聖事件，也就是發生於『在起初』（"in the beginning"）的秘思性過去，再次實現於此時。」

〔註 13〕伊利亞德（Mircea Eliade）著，楊素娥譯，《聖與俗——宗教的本質》，頁 64。

〔註 14〕奧托，《論神聖》，頁 14。

初的經驗，相當於一種建立世界的基礎。這不是理論性的推測，而是在對世界作一切反省之前的基本宗教經驗」〔註15〕。如果聖與俗的非同質性區分，是人類基本的宗教經驗，那麼前文所置疑的：對聖與俗的感知，是否為人類固有的心理形式？也就似乎可得出肯定的答案。

將宗教學對神聖的研究成果，放到具有宗教性的女神概念中來看，女神之所以被感知為「神聖」的，其必然具備著奧托所述的令人畏懼的神秘，包含絕對不可接近性、絕對不可抗拒性、有催迫力之活力因素等特質，以及伊利亞德所述「與凡俗對立」，向人們顯示自身為具有神聖力量之實在的特質。那麼，存在於女神背後帶給人們神聖心靈體驗的特質是什麼？

從人類學的角度來看，那是對女性所擁有之產育生命能力的敬畏。生命來自於上天，女性的身體能夠顯現上天的力量、複製上天對生命的創造，即使是未懷孕的身體亦流動著上天的週期規律，因此帶來令人畏懼的神秘感，使人們感受到神聖的存在。

從精神分析學的角度來看，則是人類自幼弱的嬰兒時期起，透過受母親產孕、哺餵、教養等經驗，感受到一個提供一切生存之所需，甚至宰制世界一切秩序之偉大對象的存在，對此一對象的全心仰賴，以及對其力量的難以抗拒，構成了對神聖的體驗。如師承榮格的埃利希·諾伊曼（1905～1960）《大母神——原型分析》所論：

> 只有考慮到女性基本功能的整個範圍——賦予生命、營養，溫暖和保護，我們才能夠理解女性何以在人類象徵中佔據如此重要的地位，並從一開始便具有「偉大」的特徵。女性之所以表現為偉大，是因為那些被容納、被庇護、被滋養者依賴於它，並且完全處於它的仁慈之中。〔註16〕

無論是精神分析的大母神原型理論，或是人類學所關注的生育崇拜文化，都可以歸結為對生命力量的敬畏。唯女性可生育、生育自女性，正是女神神聖性的根源。

因此，神話學家坎伯（Joseph Campbell）認為：

〔註15〕 伊利亞德（Mircea Eliade）著，楊素娥譯，《聖與俗——宗教的本質》，頁72。

〔註16〕 〔德〕埃利希·諾伊曼（Erich Neumann）著，李以洪譯，《大母神——原型分析》（北京：東方出版社，1998），頁41～42。

　　　　女人懷抱著小孩的影像可以說是所有神話最基本的形象。任何
　　人第一次人生經驗都始於母親的懷抱。這種存在於母親與子女間既
　　神秘又微妙的親密關係可說道盡了生命的極樂。大地與宇宙，作爲
　　人類共同的母親，再將這種經驗擴展到人類成年經驗裡。當我們俯
　　仰於天地間，對於宇宙萬物也感到如母子間那般自然而契合之時，
　　我們就是達到了與宇宙全然和諧的境界。〔註17〕

　　這裡面揭露了一種永恆的關係。儘管在現代的社會中，隨著科學知識的
普及，人們對女性生育的行爲已不再感到神秘畏懼，但是經由女性擁有生育
力、受母親哺育所帶來的感知經驗，早已鑄印爲人類心理的基本形式，甚至
在宇宙觀的成形中也留下了根本的影響，因此女神神聖的身影，那是與生命
存在本身永恆連結的心靈基因，永遠無法抹滅，並且將繼續在人類文化中以
各種方式陳說顯現。

　　如同《性別主義與言說上帝》一書所述：「將女神視爲原始之母的古老理
解，並沒有因爲男性一神主義的出現，而在人類宗教的想像中完全消失。它
繼續在神爲『存在物的基礎』（Ground of being）這個隱喻裡存在著。神並不
是高高在上的那個抽象自我，乃是在我們周圍、是生命續存和復原的源頭。」
〔註18〕可以說，女神如同生命自身，是人類感知生命存在的重要形式，作爲
本書核心概念的：女神是生命的根本隱喻，於此已可初步揭出。

二、性別意識的賦予

　　女神概念的第二個命題是性別意識的賦予，從以上關於神聖性的討論，
已可認識到：人們所建立的關於女神具有某一性別屬性的存在認知，是出於
可孕育的身體，而不是人類社會中被逐漸建構起來的男女二元對立性別意
識。女神最初應該先是作爲一位母親被認識，然後才是女性。

　　遠古時代所遺留下來的女神雕像、畫像，以具體的視覺形象和象徵符號
說明此一現象，其中所揭露的思維內涵包含兩個重點：其一，女神以具有神
聖的孕育能力爲核心概念存在；其二，這些女神並不伴隨著男神而存在，她
們最初是獨立的。

〔註17〕〔美〕坎伯（Joseph Campbell）著，李子寧譯，《神話的智慧：時空變遷中的
　　　　神話》（台北：立緒文化事業有限公司，1996），頁2。
〔註18〕〔美〕蘿特（Rosemary Radford Ruether）著，楊克勤、梁淑貞譯，《性別主義
　　　　和言說上帝》（香港：道風書社，2004），頁61～62。

如〔美〕馬麗加・金芭塔斯（1921～1994）透過對新石器時代古歐洲女神雕像的發掘與研究，觀察到當時宗教的核心，爲出生、養育、成長、死亡及再生等等現象〔註 19〕，也就是生命的各個歷程，而貫串這些歷程，發揮著推動與激發力量的正是女性力量〔註 20〕，女性力量顯現爲標示著具有強大的生殖、哺育與生命力的身體，女神塑像上與生育有關的特徵皆被誇張化了〔註 21〕，其中透露出孕育的能力正是女神神聖性的來源，也就是女神概念的核心。

宗教學學者蘿特在〈性別主義與言說上帝：神的男性與女性形象〉中，同樣透過考古材料證據指出，考古圖象顯示女神神性的來源並不是其爲「女」神，而是其所具有的「非人性化的神秘生產力量」：

> 古代地中海世界至印度和西歐均有不少女神的形象，這是唯一的考古學上證據，顯示這些早期的人怎樣對他們所倚靠力量和生命之源作出幻想。／那些圖象普遍強調女性的乳房、臀部和增大的腹部；至於女性的面、手和腿部卻較少受注意。這顯示女神並不是位格神性之所在，而是強調一種非人性化的神秘生產力量。受孕的女性是人生命能力的中心隱喻……〔註22〕

文中所謂「受孕的女性是人生命能力的中心隱喻」，觸及了本書所欲探討的女神的生命隱喻性，後代的女神或許不再強調孕育的能力，甚至以兩性關

〔註 19〕　〔美〕馬麗加・金芭塔斯（Marija Gimbutas）著，德克斯特主編（Dexter，M.R.），葉舒憲等譯，《活著的女神》（桂林：廣西師範大學出版社，2008），頁 3：「公元前 7000 年至公元前 3000 年，在新石器時代的歐洲和小亞細亞（古安納托利亞）地區，宗教主要集中在生命的輪轉和它的循環上。這就是我所指的古歐洲（Old Europe）的地理範圍及時間體系。在古歐洲，宗教的核心內容包括出生、養育、成長、死亡和再生，以及農作物耕種和動物飼養。在這個時代，人們不僅思索著未經馴化的自然力量，還思索著野生動植物的循環狀況，他們以多種形式崇拜某個或多個女神。」

〔註 20〕　〔美〕馬麗加・金芭塔斯著，德克斯特主編，葉舒憲等譯，《活著的女神》，頁 3：「女神的形象可以粗略地按照她給予和維持生命、死亡以及再生這三個方面的功能來進行分類。雖然男性力量在動植物界同樣起著推動再生並激發生命的作用，但瀰漫於生命的存在之中的是女性力量。」

〔註 21〕　〔美〕馬麗加・金芭塔斯著，德克斯特主編，葉舒憲等譯，《活著的女神》，頁 6：「爲表達不同的神聖的功能，小雕像和其他陶製藝術品經常顯示出非同尋常的變形或誇張。女性雕像代表複雜的女性力量，所以這方面的強化特別突出。」

〔註 22〕　〔美〕蘿特著，楊克勤、梁淑貞譯，《性別主義和言說上帝》，頁 61。

係的阻絕，迴避孕育、迴避邁向老死之生命的展開，來保有女神的美好與永存，如滄海桑田故事中麻姑阻止產婦進前及對蔡經非份之想的嚴懲〔註23〕。然而這些後代的發展，仍以女性的孕育作為生命思維之隱喻的基礎。

此外，蘿特在書中亦提及這些女神圖像的身旁並沒有男神的伴隨〔註24〕，此一具有啟示性的現象同時顯示女神概念的存在是超越二元性別的。因此，與其說建立女神概念的是「性別意識」，不如獨立的稱這是一種以女性孕育生命為核心的「女神意識」。

〔美〕伊萬‧布萊迪（Ivan Brady）在《人類學詩學》中引用托尼‧弗洛里斯（Toni Flores）的觀點討論所謂的「女神意識」。托尼‧弗洛里斯認為「男人與女人遵循日益不同的生命路線和生活方式」的「性別分裂」過程，是文化實踐的結果，而不是天命。所謂的女神意識，是一種「與女性的聯繫大於男性」、「不斷出現的、具有生機的」、「強調養育、聯繫、生命輪迴」、「承認自然界的所有生物都是相互依賴的」、「不執迷於個體關係和整個社會的相互控制」的意識。通過「民族誌的田野調查」、「女性主義運動」、「人類學詩學」三種具有創造性的努力，有助於追尋、回歸於女神意識，使生命回到相互聯繫、和諧、充滿生機的狀態。〔註25〕

伊萬‧布萊迪將所謂的女神意識，統整為：

　　強調養育、聯繫、生命輪迴、獨特性和身體的思想。〔註26〕

這樣的思想是跨越二元性別的：

　　女神意識有多種表現，從舊石器時代到新石器時代，所有人類

〔註23〕李昉等編，《太平廣記》（北京：中華書局，1961），第二冊，卷60〈麻姑〉，頁370：「麻姑自說云：接侍以來，已見東海三為桑田。向到蓬萊，水又淺於往者會時略半也，豈將復還為陵陸乎？方平笑曰：聖人皆言海中復揚塵也。姑欲見蔡經母及婦姪，時弟婦新產數十日，麻姑望見乃知之，曰：噫，且止勿前。即求少許米，得米便灑之擲地……又麻姑鳥爪，蔡經見之，心中念言：背大癢時，得此爪以爬背，當佳。方平已知經心中所念，即使人牽經鞭之。」

〔註24〕〔美〕蘿特著，楊克勤、梁淑貞譯，《性別主義和言說上帝》，頁60：「從舊石器代到新石器代，再進入到古文明的開始，我們找到很多沒有男性異教圖畫在旁的女神圖象。雅各（E.O.James）在其經典著作《母性女神的宗教》（The Cult of Mother Goddess）中引據馬羅雲（M.E.L.Mallowan）的話：『母性之神的宗教定是古代世界裡最古舊並存在得最久的宗教。』」

〔註25〕〔美〕伊萬‧布萊迪（Ivan Brady）編，徐魯亞等譯，《人類學詩學》（北京：中國人民大學出版社，2010），頁134～135。

〔註26〕〔美〕伊萬‧布萊迪（Ivan Brady）編，徐魯亞等譯，《人類學詩學》，頁143。

　　宗教中佔主導地位的主要女神，到近代宗教中地位有所下降，但依
　　然很重要，甚至父權制度下的女神也是如此。當然，女神並不一定
　　都以神聖的形象出現。有的女神可能表現出人們理想中的女性形
　　象，有的只是對某位眞實存在的女性的概念化想像，有的甚至是某
　　個現實中的男性。總之，我們一直保留著部分女神意識。〔註27〕

《人類學詩學》同時提到：一直以來受男性中心主義引導的社會，逐漸
充滿了各種操縱欲望、暴力、不公，包括環境污染、能源濫用、核破壞、種
族滅絕、飢餓等現象的出現便是其惡果，最終使「所有物種的生存都受到了
威嚇」，〔註28〕因此在人類學的研究中，也倡起了關於女神意識的回歸，期許
透過詩學的關照去感知人與人之間眞實的聯繫。

　　至此，可知女神概念中的性別意識，既是二元的，又是超越的。雖然透
過男女的生物性差別：一個可孕育的身體，區別出了兩性，但是女性所具有
的生命孕育力、以及養育及被養育的生命聯繫關係等，所凝聚出的女性（女
神）意識，卻是跨越在兩性分別之上。並且與人們的存在感知、作爲、處境，
具有深刻的內在關聯。

三、母性：女神概念的核心

　　「女神意識」的內容，包括了養育、聯繫、生命輪迴等思維，這些思維
不因爲脫離了遠古盲昧的時代而抹滅，也不因爲社會倫理角色的變化而消
褪，始終深植在人們的深層意識裡，並隨著文化演進展現爲不同的樣貌，呈
現出永不枯竭、隨時而變的活力。此一充滿創造性的思維意識，或可透過母
性的概念來檢視。母性，即所謂母親的特質，在性別上具有跨越性，不侷限
在女性身上，其內涵可含括孕育、哺育等行爲，溫暖慈愛等情感展現，以及
母親角色身份等層面。透過母性觀點，可以較全面的關照如：現代社會中，
女神所具有的孕育生命力量如何擺脫原始的生育崇拜被認知，又如，當母親
的角色重疊在女神形象上，女神又怎麼隨母親身份的社會化發展而變化等問
題。

　　整體而言，母性（maternity）是母親形象的構成要素，當我們形容一個人

〔註27〕　〔美〕伊萬・布萊迪（Ivan Brady）編，徐魯亞等譯，《人類學詩學》，頁141
　　　　　～142。

〔註28〕　〔美〕伊萬・布萊迪（Ivan Brady）編，徐魯亞等譯，《人類學詩學》，頁142、
　　　　　144。

的表現非常「母性」，所浮現的便是一個母親的基本影像，其中以溫暖慈愛地撫育幼小的嬰孩為核心意指。這個意指背後所支持的心理形式，是母與子的關係，包含來自於生理功能的生命紐帶聯繫關係、來自於角色功能的受撫育依存關係。

對「母性」行為表現的認知，偏重在無私、慈愛、憐憫、奉獻等正面形象，然而此一帶有神聖性的母性行為表現，是否為女性天生的性情，還是後天社會期待的塑造？多受討論；而對母性的心理認知，是否僅有正面慈愛的形象，還是包含了來自於受宰制、遺棄等經驗的負面感受？也頗可深究。

關於第一點，西蒙·波娃（Simone de Beauvoir）《第二性》認為就像墜入情網一樣，母親總是在被子女依賴、被視為不可缺少的情境中感到滿足，並因此表現出服務、給予、使幸福的奉獻行為，然而當「母愛變得困難和崇高時」，這種給予有時也就變得不得不然、不完全真誠了。因此西蒙·波娃提出：「當母性宗教宣布所有的母親都是神聖的時，曲解便開始了」，完整的母性特質認識，應該是「自戀、利他、懶散的白日夢、真誠、欺詐、奉獻和玩世不恭的奇特組合」。〔註29〕

雖然西蒙波娃反對將崇高化的母性認識加諸到婦女身上，使其形成性別行為期待的枷鎖，但是同時也承認女人的整體機體結構，都是為了適應物種延續而存在，此一機體結構的「自然使命」，便是透過生育以達成物種繁衍的目的。〔註30〕因此認為：女人確實天生被加諸了生育並成為母親的生理命運。既是如此，生理功能的母性，便是本然的先天構造、天賦使命，至於社會功能的母性認知，則應該更開闊。

〔美〕艾德麗安·里奇（Adrienne Rich）同樣從生理跟社會兩部分來探討母性，其《女人所生——作為體驗與成規的母性》（Of Woman Born）一書的篇首開宗明義的名言為：

　　這顆星球上所有人的生命都為女人所生。〔註31〕

〔註29〕〔法〕西蒙·波娃（Simone de Beauvoir），《第二性》（台北：貓頭鷹出版社，1999），第十七章，〈母親〉，頁476。

〔註30〕〔法〕西蒙·波娃，《第二性》，第十七章，〈母親〉，頁454：「女人是在做母親時，實現她的生理命運的；這是她的自然『使命』，因為她的整體機體結構，都是為了適應物種永存。」

〔註31〕〔美〕艾德麗安·里奇著，毛路、毛喻原譯，《女人所生——作為體驗與成規的母性》（重慶：重慶出版社，2008），頁1。

這句話除了宣明該書是以普世人類共同的體驗爲論述基礎，〔註 32〕另一方面，也指出一個失衡的現象：男人爲女人所生，然而女性卻受到其所生之生命所創制出來的社會成規所宰制，而此一宰制女性的成規之所以被創制出來，卻又是主要源自於對「爲女人所生」之事實的否定。〔註 33〕相較於西蒙波娃將生育視爲生理命運，Adrienne Rich 的說法更傾向於否定母性天生，而認爲是後天形成的：

> 母親身份是獲得性的，首先通過一種強烈的生理和心理過程——
> ——懷孕及生孩子，然後通過對哺育孩子技能的學習、瞭解。這種技
> 能並非出自本能。〔註 34〕

然而如果是未經過這種「強烈的生理和心理過程」的女性呢？她們是否也「獲得」了、認取了母親的角色身份？Adrienne Rich 認爲即使是未曾生育的女子，也會通過社會經驗、社會習俗自我規化爲母親角色。〔註 35〕因此，母性不必然來自於生育，應該將母性區分爲「生理的潛在關係」和「社會的成規習俗」，即：「一是每個女人與她生育能力和孩子的那種潛在關係；二是社會習俗，這種習俗的目的就在於爲那種讓所有女人都被男人控制的勢力提供保證」〔註 36〕，並且認識到這兩種使女性自我定位爲母親身份的母性認知，

〔註 32〕〔美〕艾德麗安・里奇著，毛路、毛喻原譯，《女人所生——作爲體驗與成規的母性》，頁 1：「我們在女人身體裡度過的幾個月光陰無疑是所有女人和男人生命中一個不可否認的共同經歷。……我們的一生都打上了這種經驗的印記，甚至會把它帶進墳墓。然而有助於我們理解與利用它的東西卻顯得不可思議地匱乏。」

〔註 33〕〔美〕艾德麗安・里奇著，毛路、毛喻原譯，《女人所生——作爲體驗與成規的母性》，頁 1～2：「在按照性別而形成的勞動分工的過程中，那些文化的創造者、言說者，那些爲事物命名的人，實際上一直都是母親的兒子。有大量證據表明，男人的頭腦一直都被那種生命本身要依賴於女人這一強大的觀念所纏繞，所以，作爲兒子，他不斷的努力就在於去認同、補償，或否定他『女人所生』這一事實。」

〔註 34〕〔美〕艾德麗安・里奇著，毛路、毛喻原譯，《女人所生——作爲體驗與成規的母性》，頁 2～3。

〔註 35〕〔美〕艾德麗安・里奇著，毛路、毛喻原譯，《女人所生——作爲體驗與成規的母性》，頁 3：「在整個歷史的過程中，女人一直都在幫助分娩，哺育彼此的孩子。從照料和關心下一代的意義上講，大部分女人扮演的都是母親的角色，而不管她是姊妹、嬸嬸、護士，還是教師、養母、繼母。在部落生活、鄉村、大家庭、某些文化的女性社會關係網絡中，人們一直都在把年幼的、過老的、未婚的，以及沒有生育能力的女人納入到那種『母親化』的過程之中。」

〔註 36〕〔美〕艾德麗安・里奇著，毛路、毛喻原譯，《女人所生——作爲體驗與成規的母性》，頁 4。

是後天經驗性的。

《女人所生——作為體驗與成規的母性》一書同時談論到對母親能力的感知：

> 母親的能力表現在兩個方面：一是生物性的潛能，或受孕和孕育新生命的能力；二是男人投射在女人身上的魔性魅力。這種魅力也許以女神崇拜的形式，也許以被女性控制與征服的恐懼形式出現。〔註37〕

Adrienne Rich 在書中引證了諸多精神分析學、女性主義、人類學的論著而作出如上的結論。這種建立在體驗上的母性論述，能夠接上以感知經驗為基礎的詩學路向，而其中所討論到的兩面母性力量體驗，也與神話信仰、文學書寫中的女神現象相符。包括神話與信仰中的二元女神現象，其一為賜予生命、溫暖慈愛之善女神，其一為帶來死亡、陰沈殘酷之惡女神；以及文學書寫中那些苦苦追尋、驟然分離的女神身影，那些柔弱、潔淨、恆定，卻表現出柔弱而主動、潔淨而相就、永恆而短暫之扭曲性情的女仙等等，似乎都能在其中得到若干來自於意識底層的解釋。

從對女神神聖性來源的瞭解，對其跨越性別意識之特質的掌握，以及透過母性觀點，對其背後心理基礎的進一步分析，可以更明確的將女神概念作如下的界定：女神以人類嬰幼兒時期受養育的體驗為心理形式，親子關係中的依存感、仰賴感、權威感等，形成對母性神聖對象存在的感知，並發展出造與受造的神人關係意識，其中包括了從屬關係、包覆關係、生命受其所造、在其規律中等神聖化的精神向度，因茲構成為女神概念。

四、從女性到母性：女神研究的轉向

女神文化的研究焦點，過去多集中在性別的議題上。十九世紀末以來，透過人類學學者的研究，人們逐漸瞭解原始社會所存有的生殖崇拜文化，以及少數民族仍存有的母系社會現象。這些研究成果以及考古材料，為研究者開啟了一個從差異中觀看女性社會處境的窗口，並掀起了對女權社會、母權社會等的諸多討論。

隨著兩性平權時代的來臨，人類學帶給女性研究的啟發，逐漸從透過他

〔註37〕〔美〕艾德麗安・里奇著，毛路、毛喻原譯，《女人所生——作為體驗與成規的母性》，頁5。

者角度審視社會與社會間女性不同處境的範疇，跳脫到社會與自然對比的層次，到最後，則消融社會與自然間的對比關係，而提升到人與自然為一體的高度。

　　1970 年代起所興起的女神宗教、生態女性主義等風潮，開始透過女神看待社會與自然的分立問題。

　　生態女性主義的發展背景，如顧燕翎〈生態女性主義〉所提及：「生態女性主義者延伸女性主義對自我、性別結構、社會結構等層面的思考至人與自然的關係。」〔註38〕女性主義者將女性在社會中所受的權力壓制與搾取待遇，轉換到人與自然的關係中來，發現人們對待自然的方式，一如社會對女性的對待，從其所出，卻建立起不平等的關係，無限制的求取，因此對自然與對女性的關懷，被兩相結合起來，成為生態女性主義的流脈。

　　其主張如丁思坦（Dinnerstein）認為：「母親是大自然的化身，代表並且控制嬰兒所需之一切資源，因而成為嬰兒喜怒愛憎的唯一對象。嬰兒期形成的仰賴母親的習性，使我們對自然和對女性都一方面欲占有、控制和搾取，另一方面渴求和解和補償。」〔註39〕墨欽認為：「前現代人們視宇宙為一活生生的有機體及滋養生命的母親，因而對自然懷有崇敬之心，不忍殘害。十七世紀以後，以地球為中心的宇宙論在受到科學革命以及市場導向文化的破壞，宇宙在人們心目中變成了機械性的存在，不再具有人性或精神力量，以致於人們在心態上允許（男）人用人為的力量宰制自然與婦女。」〔註40〕基本上，生態女性主義者主要以女性的社會處境為出發點，關注自然與女性之間所共有的特質與待遇。其訴求具有功能導向，並且實際反應到對生態議題、環保議題的關注上。然而雖然援引了 Mother earth 或 Gaia 的女神概念，呼籲重新審視人的生活形態，但是對於人自身、人與女神間內在、詩學的思考，相對而言較為稀薄。

　　另一個同樣起於 1970 年代，從女神探索社會與自然之關係的思潮，是女神宗教的回歸意識，其代表學者為美國的瑪麗加・金芭塔絲（Marija

---

〔註38〕顧燕翎，〈生態女性主義〉，顧燕翎主編，林芳玫等作，《女性主義理論與流派》（台北：女書文化，2000，再版），頁 274。

〔註39〕顧燕翎，〈生態女性主義〉，顧燕翎主編，林芳玫等作，《女性主義理論與流派》，頁 275。

〔註40〕顧燕翎，〈生態女性主義〉，顧燕翎主編，林芳玫等作，《女性主義理論與流派》，頁 275。

Gimbutas）。

　　金芭塔絲自 1974 年發表《古歐洲的男神與女神》以來，持續透過對古歐洲女神文明的考古，提出對女神意識的觀察。認為：

> 在古歐洲，宗教的核心內容包括出生、養育、成長、死亡和再生，以及農作物耕種和動物飼養。在這個時代，人們不僅思索著未經馴化的自然力量，還思索著野生動植物的循環狀況，他們以多種形式崇拜著某個或多個女神。女神在不同的循環階段顯現出無數不同的形象，以此來保證在每一個階段都能順利地發揮其作用。女神以各種各樣的化身出現，貫穿於生命的每一方面。因此，圍繞著女神形成了一種非常複雜的象徵系統。……雖然男性力量在動植物界同樣起著推動再生並激發生命的作用，但瀰漫於生命的存在之中的是女性力量。〔註41〕

　　金芭塔絲基本上是一位考古學家，其論著多以自己發掘的神廟遺址、考古文物為材料，並透過宗教學、精神分析學等理論加以論述，如精神分析學中榮格心理原型理論、宗教現象學中伊利亞德對聖與俗的討論、以及神話學者、語言學者站在榮格與伊利亞德的基礎上，對考古文物象徵符號所作出的研究成果等等，都可在金芭塔絲的討論中看到影子。金芭塔絲對女神文明的分析具有濃厚的結構主義色彩，貫串其所有論說的是女神對「出生、生命、死亡與再生」之永恆循環規律的掌握，無論女神形象、象徵系統、內在精神均循此展開〔註42〕。

　　此一研究路向的影響，如同葉舒憲在〈導言：迎接「女神文明」的復興〉一文中所提到：「70 年代以來的女性解放運動產生了對世界宗教的批判，由此

〔註41〕　〔美〕瑪麗加・金芭塔絲（Marija Gimbutas）著，葉舒憲等譯，《活著的女神》（桂林：廣西師範大學出版社，2008），頁 3。

〔註42〕　如《活著的女神》第一章〈女神和男神的形象〉頁 11～45，透過「給予生命和維繫生命的形象」、「死亡與再生的形象」分類探討女神形象，並透過象徵符號分析某一類女神的生命循環運轉功能如何被表現出來。其中生—死—再生的循環信念如何透過女神顯現，是貫串全書的精神。如頁 44～45：「生命與生育女神同時也是一位死亡與再生之神。她代表著生命週期的完整循環過程。對死亡女神的描繪充滿著新生命的希望，這提示人們，生命循環是個整體。史前時期和歷史早期都明確表現了這些主題。……在古歐洲象徵中，也許數量最大的就是表現再生的象徵……總而言之，這些象徵代表的是出生、生命、死亡與再生這一永恆循環。」

而分化出女性主義精神探求的兩個支派：一派要改造正統的宗教，使其教義適應新的女性主義觀念變化，如『女性主義神學』的出現；另一派則像現代巫師們所要求的那樣，在正統宗教以外去探尋所謂前基督教的女神。」〔註43〕葉舒憲認爲前述金芭塔絲的論說，爲女性主義者繪出一幅女神崇拜時代的完整圖景，這個圖景顯示出一個與「好戰的、男性中心」之社會相對的「和平的、女性中心」的美好社會，因而成爲女性主義者藉以扭轉父權制社會文化的論述依據。〔註44〕

同樣透過復原女神宗教樣貌觸發新思維的，還有摩林·斯通（Merlin Stone）《上帝爲女性時》、雅各（E.O.James）《母性女神的宗教》等論著。這些考察雖然觸發思考，但是其女性主義神學的後起者，也不乏有提醒勿陷入二元性別迷思的呼聲。如（美）蘿特（Rosemary Radford Ruether）《性別主義與言說上帝》：

> 在近代女性主義者對父權宗教的反應當中，復原古代女神作爲神性另類表現的論調是頗經討論的。但不論贊成或反對這看法的人，均對古代的女神投射一種錯誤的現代二元思想。這種對自然／文明、性／靈、養育／支配、內在／超然、女性化／男性化的二元論被視爲理所當然，而女神被信奉爲自然、性、養育、內在和女性化的代表。這看法的結果是一個女神宗教的出現，這女神宗教正是父權宗教的反面。／當我們看古代文獻（公元前2800～1200）有關不同形式的女神形象時，我們發現它的辯證法不曾有二元對立的思想。特別是性別互補的觀念，在古代神話中是不存在的。〔註45〕

如果二元的，性別分立、性別互補的對立思維在古代神話中是不存在的，在跨越古今，對女神文化的討論中，作爲女神文化之起源與核心的「母性」概念，會是很好的切入點。

上述所討論的兩大思潮，無論是生態女性主義的論述，或是女神宗教的考古研究，雖然皆試圖透過象徵系統與人類的內在精神取得聯繫，但其高度，主要還是透過女神探討社會與自然的分立現象，並且始終以女性的社會處境

〔註43〕 葉舒憲，《千面女神——性別神話的象徵史》（上海：上海社會科學院出版社，2004），頁9。
〔註44〕 葉舒憲，《千面女神——性別神話的象徵史》，頁9。
〔註45〕 〔美〕蘿特（Rosemary Radford Ruether）著，楊克勤、梁淑貞譯，《性別主義與言說上帝》（香港：道風書社，2004），頁65。

為關懷核心。

在社會與社會的對比中，兩性是二元分化的；在自然與社會的對比中，則從人的角度出發，化約了男女的區別；至乎人與自然為一體的層次，則無兩性之分，但有母與子的意識，人類透過大地母親、母性的精神，等同於自然。

因此，一直要到「以生態倫理為基礎的宇宙論」取代「以人類為中心的宇宙論」，〔註46〕女神研究中人與自然同一的層級才就此展開。其中以來自於母與子關係的「母性」觀念，取代來自於男與女的「女性」觀念，是重要關鍵，而以「生命在不斷生成」，取代「生命在生死循環的規律中」，也是重要的理念轉變。

人類對象徵符號的運用，亦即書寫與閱讀過程中意義的不斷轉換生成，顯示了所謂生命的存在。而這一切的背後，又潛藏了一個人類心靈所共有的，建立在母性宇宙觀上的心理形式。本論文的論述，即以此為基礎，嘗試驗證：

人文建立在以母性體驗為基礎的宇宙觀上，任何對生命存在之時間、空間、意識的投射，無不具有母性經驗的成分。女神概念透過母性的神聖化所建立，對女神的刻畫、書寫，傳達的正是一個被凝聚出來的微型宇宙觀，一個生命的狀態，因此女神可視為人類心靈的生命隱喻。

女神作為生命隱喻的心理形式與心靈體驗，此為人類所共有、所共通的。因為共有，其刻畫與書寫等表達，形成了既是文化的、也是個人的「女神：生命」隱喻傳統；因為共通，此一隱喻傳統雖然具有個別生命的獨特性，然其內在卻可被另一心靈類比感知。

〔註46〕葉舒憲，《千面女神——性別神話的象徵史》，頁 10：「女神復興的思想取代男性上帝的傳統宗教世界觀，其實可理解為『一種以生態倫理為基礎的宇宙論』（an ecological ethical cosmology）（原書注引：Fiona Bowie, The Anthropology of Religion, Oxford: Blackwell, 2000, p.129）代替過去那種人類中心主義的宇宙論。」

第三章　女神形象之擬塑——以「母性」爲核心

　　人類幼年受母親養育的經驗，所發展出的被造與受造、仰賴與回應、在其規律中等神人關係意識，成爲女神概念產生的基礎，而當這些概念被具體化、對象化的擬塑出來，便形成爲女神。

　　女神形象中具有母性的因子，此殆無庸置疑。如女神女媧，漢·許愼《說文解字》：「女媧，古之神聖女，化萬物者也。」〔註1〕《楚辭·天問》王逸注：「傳言女媧人頭蛇身，一日七十化。」〔註2〕《太平御覽》卷七八引《風俗通》：「俗說天地開闢，未有人民，女媧摶黃土作人，劇務，力不暇供，乃引繩於絚泥中，舉以爲人。」〔註3〕在這些記載中，女媧化生萬物，並摶黃土以造人，除了顯示出母性孕育生命的能力，還透過「劇務」彰顯出母親的劬勞，含帶了社會對母性的認知。

　　而除了創世造人，女媧的補天治水也凸顯出母性對幼弱無依之生命的保護，《淮南子·覽冥》記載：

> 往古之時，四極廢，九州裂，天不兼覆，地不周載，火爁炎而不滅，水浩洋而不息，猛獸食顓民，鷙鳥攫老弱。於是女媧鍊五色石以補蒼天，斷鼇足以立四極，殺黑龍以濟冀州，積蘆灰以止淫水。

〔註1〕漢·許愼著，清·段玉裁注，《說文解字注》（台北：黎明文化事業有限公司，1974），頁623。

〔註2〕馬茂元主編，楊金鼎、王從仁、劉德重、殷光熙注釋，《楚辭注釋》（台北：文津出版社，1993）〈天問〉王逸注，頁250。

〔註3〕宋·李昉編纂，夏劍欽、王巽齋校點，《太平御覽》（石家莊：河北教育出版社，2000重印），第一冊，頁672。

蒼天補，四極正，淫水涸，冀州平，狡蟲死，顓民生。〔註4〕

其他又如西王母擁有不死藥，代表母親擁有使生命延續的力量；羲和生十日與駕日車〔註5〕，代表母親的生育開啓了生命時間，使生命流動不歇等等。這些都是女神具有濃厚母性色彩的例子。

在這些初步舉出的母性女神例子中，可以觀察到一個現象：女神呈現出來的母性（或者說所據以塑造女神的母性元素），各有所重，層面不同。有的強調母性的生育力量，有的凸顯母性的護佑，有的涉及抽象的母性宇宙思維。就層面來講，跨越了自然的以及社會的母性範疇。

因此，雖然女神形象中複合了母親的印象、具有母性因子，是十分普遍的看法，但母性的精確意涵爲何？不同層面的母性元素，又如何被轉換到女神的形象塑造中，使關於母子的記憶被重現出來？這些都是值得考察的面向。

母性，是性別研究脫離了根深柢固的男女二元論後，一個備受關注、研究成果豐碩的議題。此一對母性議題的關注著落在女神的研究上，發展出所謂的生態女性主義。〔註6〕生態女性主義特別強調，母性女神及其背後的宇宙觀，能夠在現代人與自然的對待關係上提供啓示。如《女性主義理論與流派》中的介紹：

> 對生態女性主義者而言，人類不應視自然爲相對於自身的存在，而使之淪爲環保英雄投射浪漫之愛或拯救保護的對象，她們認爲人與自然乃至一切生命形式都息息相關，難以分割，所有的生命都是神聖的，因而不能容許任何形式的壓迫。〔註7〕

〔註4〕 何寧，《淮南子集釋・覽冥訓》，頁 479～480。

〔註5〕 袁珂校注，《山海經校注・大荒南經》，頁 438：「東南海之外，甘水之間，有羲和之國。有女子名曰羲和，方日浴于甘淵。羲和者，帝俊之妻，生十日。」郭璞注引《歸藏・啓筮》：「羲和蓋天地始生，主日月者也。故《啓筮》曰：「空桑之蒼蒼，八極之既張，乃有夫羲和，是主日月，職出入，以爲晦明。」又曰：「瞻彼上天，一明一晦，有夫羲和之子，出于暘谷。」故堯因此而立羲和之官，以主四時，其後世遂爲此國。作日月之象而掌之，沐浴運轉之於甘水中，以效其出入暘谷虞淵也，所謂世不失職也。」

〔註6〕 顧燕翎主編，林芳玫、黃淑玲、鄭至慧、王瑞香、劉毓秀、范情、張小虹、顧燕翎、莊子秀、邱貴芬作，《女性主義理論與流派》（台北：女書文化事業有限公司，1996），頁 277：「生態女性主義者並未特別從本質論的觀點強調男女差異或女性特質，不過，由於在西方文明中皆處於他者的地位，女人常與大地、自然相提並論，受到同等對待，成爲控制、占用、分解的對象。」

〔註7〕 顧燕翎主編，林芳玫、黃淑玲、鄭至慧、王瑞香、劉毓秀、范情、張小虹、顧燕翎、莊子秀、邱貴芬作，《女性主義理論與流派》，頁 278。

　　根據 Spretnak（1993：273），當代女神信仰的中心思想概括以下三方面：一、宇宙的創造性力量不來自高高在上的天父，而是無所不在、充斥於四週，表現於萬物的生生不息；二、在時間的軸線上，人與萬物的關聯也是綿綿不絕的，這亦是個人力量的泉源；三、對生命的認知奠基於生命的創造、循環。而非如父權文化以死亡為基礎，因而必須繁育子嗣以為繼承，方能延續生命。〔註8〕

　　生態女性主義的主張者認為，婦女處境與人和自然的關係有相似之處，人類的生命來自於自然／母親，卻將自然／母親視為可予取予求的資源供應者，因此導致了環境與關係的失衡。當代女神信仰的復興，所訴求的便是借鑑於遠古時代以天地萬物為一體的神話思維，使人與人、人與自然和諧共生不相掠奪、平等對待不相壓迫，形成相互關聯、相互支持的永續關係，回歸到生生不息、循環不已的母性宇宙。

　　透過這些研究思潮，能適度的將對母性的認知，引導回女性神話的原初誕生背景。原初的女神文化，崇尚的是女性的孕育能力背後所象徵的天地生命力，而不是女性本身。後代的女神形象在鮮明的女性印象上，又加諸了更多的社會倫理印記，因此模糊了最初的內在神聖化動能。原初的女神，可能是石頭、樹木、流水，任一能象徵天地生命力的物象，而與性別印象、社會倫理無關。〔註9〕因此，母性的另一個層次——具有社會性質的親子孺慕之情，應該與母性自然的生育能力分開來看。

　　現今的母性研究，不僅將母性獨立於性別二元論的框架之外，關注到母性宇宙的神話思維，還能夠將自然的與社會的母性，做出明確的區分。這些研究成果，如果援引到中國女性神話的研究中，應有助於釐析其形象擬塑的歷程，及探討其背後蘊含的思維。

　　而在內在精神的層面，人類固有的母性心靈感知，如何積澱成關於母親的基本精神形式，亦即榮格所稱的「原型」（archtypes），使透過原型被塑造出

〔註8〕顧燕翎主編，林芳玫、黃淑玲、鄭至慧、王瑞香、劉毓秀、范情、張小虹、顧燕翎、莊子秀、邱貴芬作，《女性主義理論與流派》，頁287～288。
〔註9〕〔德〕埃利希・諾伊曼著，李以洪譯，《大母神——原型分析》，頁11：「在顯示理解力的人形大母神形象出現之前，自發地出現了她的無數象徵，那是她尚未定形的意象。這些象徵－特別是來自自然界各個領域的自然象徵－在某種意義上，都是與大母神意象一起表現出來的，無論它們是石頭或樹、池塘、果類或動物，大母神都活在它們之中並與它們同一。」中國古代便有許多以石頭、樹木為社，崇祀母神的例子。

來的女神，其形象總是能在不管神話、宗教、文學、藝術等不同性質的人文活動中，透過外在的原型象徵，重現出閱讀者的內在母性記憶，同樣值得考察。這是女神形象單純而固定，卻得以跨越時代，生生不息，並富有詩學意義的關鍵原因。

結合母性研究與精神分析學的理論成果，運用在女神形象擬塑的探討上，應能得出進一步的成果。

一、母性的兩層意涵

對母親的感受與認知，可以概稱為母性（maternity）。「母性」是母親形象的核心，多指母親所表現出來愛護子女的行為特質，對於母性表現的形容，往往離不開無私、慈愛、憐憫、奉獻等詞彙。然而，此一充滿奉獻犧牲精神的母性特質，是否真為女性天賦？抑或是後天加諸的性別印記？過去曾引起廣泛的探討。

西蒙・波娃（Simone de Beauvoir）在其著名的《第二性》一書中指出：歌頌母性的神聖是一種曲解，因為就和墜入情網一樣，母親總是在被子女依賴、被視為不可缺少的情境中感到滿足，並因此表現出服務、給予、使幸福的奉獻行為，然而當「母愛變得困難和崇高時」，這種給予有時也就變得不得不然、不完全真誠了。西蒙・波娃認為所謂的母性，應該是「自戀、利他、懶散的白日夢、真誠、欺詐、奉獻和玩世不恭的奇特組合」，而「當母性宗教宣布所有的母親都是神聖的時，曲解便開始了。」〔註10〕

〈母親〉其實是西蒙・波娃《第二性》中較具爭議的一章，因為其反對將母性加諸到婦女身上，使其成為性別行為期待的枷鎖，但同時又認為女性本就是延續物種的載體，女人必須通過成為母親才能實現自然使命：

> 女人是在做母親時，實現她的生理命運的；這是她的自然「使命」，因為她的整體機體結構，都是為了適應物種永存。〔註11〕

如果母愛的天性不是必然，然而成為母親又是天生的使命，那麼走上生理命運的女子們，當其對自我角色產生矛盾心理，必然出現行為上的扭曲。西蒙波娃觀察到了這種扭曲，認為婦女們由於在成長的過程中處處遭遇自我實現的困難，因此內心猶如潛藏了一隻被反抗情緒、自然欲望、正當要求所

〔註10〕〔法〕西蒙・波娃，《第二性》（台北：貓頭鷹出版社，1999），第十七章，〈母親〉，頁476。

〔註11〕〔法〕西蒙・波娃，《第二性》，第十七章，〈母親〉，頁454。

養大的怪獸，當她們面對脆弱無能力的嬰孩時，尤其當母愛的表現變得困難而崇高時，這隻怪獸便會撲出來吞噬了她所養育的子女。〔註12〕其行為反應，有時是透過打罵，表達對世界、對男人、對自己的抗議〔註13〕；有時則是「受虐式的奉獻」〔註14〕。

　　在另一方面，母親們對小孩所展現的親情關愛，那種無盡的溫暖慈愛與奉獻犧牲，西蒙波娃也認為除了出於母愛的天性外，還夾雜了在孩子身上自我實現的扭曲。孩子對在社會現實中備受壓制的婦女來說，猶如一件能夠被捏塑、能夠得到回應、能夠實現自我的作品，「他是財富和寶藏，但也是他的負擔和暴君。母親從他那兒得到的快活是一種慷慨；她必須通過為他服務、給予和使他幸福，才能得到自己的快活。」〔註15〕於是母親樂於付出，在形塑自己小孩的過程中得到滿足，但是當小孩不再受自己掌控時，母親也容易表現出加倍的挫折與怨怒。

　　出於這兩種矛盾心理的交互作用，母性於是呈現出既善良慈愛又殘酷無情的兩面性，母性作為女神概念的核心，女神形象是母性的具象化，在女神形象的擬塑上也確實可見善良慈愛與恐怖兩種相反的典型。

　　精神分析的研究則認為：女神形象的兩面性，是出自於嬰幼兒時期受母親哺育時，既依賴又害怕失去，既受保護又受控制的心靈體驗所導致。此外，又

〔註12〕　〔法〕西蒙・波娃，《第二性》，第十七章，〈母親〉，頁476：「人們要是清楚女人的目前處境使她的自我實現多麼困難，她的心裡孕育著多麼多的慾望、反抗情緒和正當要求，就會知道讓她去照料毫無自制能力的孩子這種想法該有多麼可怕。她對布娃娃時而溺愛、時而折磨時，她的行為是象徵性的；但在她的孩子面前，這種象徵變成了殘酷的事實。」

〔註13〕　〔法〕西蒙・波娃，《第二性》，第十七章，〈母親〉，頁476：「母親打孩子並非僅僅在打她的孩子；在某種意義上，她根本沒有打他：她是在對男人，在對世界，或在對她自己行報復。」

〔註14〕　〔法〕西蒙・波娃，《第二性》，第十七章，〈母親〉，頁477：「另一種對孩子同樣具有毀滅性的常見態度是受虐式的奉獻，母親心甘情願地做子女的奴隸，以彌補自己的內心空虛，懲罰自己的難以啟齒的敵意。這樣的母親焦慮得反常，不許孩子離開她的視線；她放棄了一切娛樂，一個人生活，於是承擔了犧牲者的角色；由於這些犧牲，她認為自己有權不給孩子任何獨立地位。母親方面的這種自我犧牲，很容易引起專制的支配意志；悲哀的母親（mater dolorosa）以她的苦難鍛造出了武器，用它瘋狂地進行虐待；她所表現出的聽天由命，使孩子產生了一種終身難以消除的罪惡感：這一做法甚至比她表現出攻擊性更為有害。孩子被擲來擲去，感到不知所措，防不勝防：時而拳打腳踢，時而淚流滿面，使他形同於一個犯罪。」

〔註15〕　〔法〕西蒙・波娃，《第二性》，第十七章，〈母親〉，頁476。

有出於神話思維的觀點，認為生與死為一體，新生伴隨著死亡，以維持生命之循環，母性的女神是此一生命規律嚴酷的執行者，因此女神除了擁有賜與生命的慈愛外，也同時掌握了帶來死亡的恐怖一面。如中國神話中西王母司天之厲及五殘，並且出現在墓葬文化中象徵生死的引渡，即為其例。然而無論是精神分析或神話思維的研究，均較為忽略來自於女性、母親自身處境與生命歷程所造成的影響。西蒙波娃的論述能夠補充這一點，並且擺脫單從嬰孩心理與男性視角出發所可能帶來的侷限。而由於女神的兩面性，具有女性自身社會處境與心理反應的成分，因此當女性在閱讀、書寫女神時，面對其母性力量的展現，面對其對世界的生養與操縱，應該有不同於男性的、值得觀察的心理活動。

隨著時代演進，時移世易，如今婦女所處的社會環境已然與《第二性》問世的二次大戰後大為不同，造成母性表現出雙面與扭曲的因素也逐漸消失，針對傳統倫理角色的心理剖析，已難以支應社會繁複多元的發展，於是對母性的闡述，逐漸回到現實狀態與行為的剖析上。

如當代學者〔美〕艾德麗安‧里奇（Adrienne Rich）對母性的討論，便從社會成規與現實出發，兼顧女性生育天賦的獨立性，及社會文化中的權力關係。她將女性的生理功能獨立出來，透過自身成長、孕產、教養的體驗，闡述對女人之母性的觀察。其著名的《女人所生——作為體驗與成規的母性》（Of Woman Born）一書，開篇名言為：

這顆星球上所有人的生命都為女人所生。〔註16〕

這句簡單的話語點出了一個簡單的事實，但卻引起了極具力道的省思。這種波濤，顯示這是一個被不正常忽視的現象。在數千年前普遍的母系社會中，女性以擁有生育力掌握了社會的權力，數千年後的今日世界，女性轉而以拒絕進入被設定的生育者角色，來保有其獨立性。生育率的驟降、權力的擴張與侵略、環境的破壞，引導全球回到一個省思生命本質的原點，在和諧的伴侶關係中共同守護新生命，使其永續，仍應是生命的根本價值。

《Of Woman Born》這部講述女性母親身份獨特性的著作，出版於 1976 年，雖然年代稍遠，但仍被認為是「截至目前為止仍然是講述母職（motherhood）、母道（mothering）最有影響力的一部女性主義著作。」〔註17〕其中對母性意涵

〔註16〕〔美〕艾德麗安‧里奇（Adrienne Rich）著，毛路、毛喻原譯，《女人所生——作為體驗與成規的母性》，頁 1。

〔註17〕劉岩編著，《母親身份研究讀本》（武昌：武漢大學出版社，2007），頁 22。

的解析具有代表性。Adrienne Rich 認為母性具有兩種含義，其中一種附加在另一種之上：

> 一是每個女人與她生育能力和孩子的那種潛在關係；二是社會習俗，這種習俗的目的就在於為那種讓所有女人都被男人控制的勢力提供保證。〔註18〕

這裡指出女性本身所具有的生育力、親子的關係，是母性的第一層意涵，而在男性權力所建立的社會文化中，被加諸在擁有「生育力、生育／被生育之親子關係」者之上的社會習俗，所謂母親的身份與規範，則是母性的第二層意涵。

里奇在書中完全否定將母性神聖化的認識，而回歸到「母親生產並養育孩子」此一行為本身定位所謂的母性。其中女人與男人的不同僅在於：女人擁有生育能力，以及透過養育與小孩形成生命關係的體驗。相對於此一建築在真實生命體驗的母性認知，具有制約性的社會習俗於是有了比較負面的定位，即：作為勢力控制的保證。

透過以上西蒙波娃與里奇的論述，可知將母性區分為「自然的、生理的養育功能」與「後天的、社會的行為特徵」兩個層面來認知是比較完整的，因此以下將透過「自然的母性」與「社會的母性」兩個層面統整母性的意涵。

（一）自然母性：母體、生育與親子關係

母體所具有的生育能力、母親哺育小孩的行為，是母性最直接的意涵，同時也是女性最直接的意涵。女性不必然成為母親，但只有女性能成為母親。因為生育及哺育而與子女產生的親子關係，是父親所無法取代的。因此即便在社會的認知中，女性或許如西蒙波娃所分析，是所謂透過男性命名的「第二性」，但是在作為母親這個角色中，生養的行為是女性所獨有的，因此，母親的形象並非複製自男性，而是獨立的。在男／女分判的社會認知形成前，每一個人類所歷經的初生嬰孩階段，世界上沒有男女，只有養育者──母親，所以透過自然的母性所建立「母親」對象，是幼兒的第一個他者，同時也是一個渾然的存在。

反映在原始社會的母神崇拜上，母神應該也不算是「女」神，或是「男」神的配偶神，而是一個渾然的存在。如 M.艾瑟·哈婷在《月亮神話──女性

〔註18〕　〔美〕艾德麗安·里奇著，毛路、毛喻原譯，《女人所生──作為體驗與成規的母性》，頁4。

的神話》對月女神的研究中便認為：

> 月女神屬於母系制而非父系制社會。她不是任何男神的妻子或
> 配偶，她是自己的主人，是貞女，是自我本身。這些威力無邊的女
> 神在特徵上既不是男性的反射，也不是代表著原始男性特徵的女性
> 對應體。她們有獨立的歷史，她們的作用，她們的權威，她們的受
> 拜儀式僅僅屬於她們自己。〔註19〕

在中國紅山文化的考古中，曾在東山嘴遺址出土兩件小型孕婦的塑像，又在牛河梁地區發掘出大規模的女神廟遺址。這些地下文物，能夠印證女神的存在，確實具有其獨立的歷史、作用、權威、受拜儀式，並且這種崇拜的源頭，就是來自於自然的母性，亦即母體獨特的生物功能——生育能力。

東山嘴考出的兩件孕婦像，出土地點伴隨著大量的祭祀用禮器，顯示這是一個宗教活動遺址，而這兩件塑像的背面，又均呈現90度的夾角，且有支撐物留下的痕跡〔註20〕，顯示這是一個是被供列在臺上的塑像。孕婦在宗教活動中被供奉陳列，說明懷孕的婦人具有被崇拜的神聖性。然而崇拜的，究竟是生育能力本身，還是包含了親子關係中的母親這個角色？

根據《重現女神——牛梁河遺址》一書中的摹寫，其中一件孕婦像：

> 殘高五釐米，通體打磨甚光滑，似塗有紅衣，體態豐滿肥碩，
> 腹部尤圓鼓，左手五指伸開輕輕地撫在腹部，將孕婦的型態刻劃得
> 非常形象，極富神韻。〔註21〕

其中疑似紅色塗料、懷孕豐凸的腹部、肥圓的臀部與大腿等，均代表豐饒的生命力，呈現的是對生育力的崇拜，但是「五指伸開輕輕地撫在腹部」的動作，則流露了母親對腹中胎兒的親子之情，這顯示在母神信仰中，受崇拜的不僅只有女性的生育功能，還包含了對母親慈愛形象的孺慕。這一件同時表現生育力與親子關係的塑像，可以說是自然的母性認知的最佳縮影。

另外，在牛河梁發掘出的大規模女神廟遺跡，則包含了一個著名的女神頭像，和大小不一的眾多手臂、乳房、耳朵、手、眼等殘片。最大的部件約有真人的三倍大，小型的也有真人大小。最值得注意的是，有些塑像的內部，

〔註19〕 〔美〕M.艾瑟·哈婷著，蒙子、龍天、芝子譯，《月亮神話——女性的神話》（上海：上海文藝出版社，1992），頁109。

〔註20〕 呂學明、朱達，《重現女神——牛河梁遺址》（天津：天津古籍出版社，2008），頁96。

〔註21〕 呂學明、朱達，《重現女神——牛河梁遺址》，頁96。

包覆有眞人的遺骨，顯示這些被膜拜的母親，有些不是廣泛的象徵對象，而是具有眞正意義與關係的母親。《重現女神——牛河梁遺址》記述：

> 有的泥塑腔壁內還遺留有人骨，這說明這些塑像就是以眞人爲胎骨塑造而成的。顯然，牛河梁女神不再是生育、地母、豐產的象徵，而是轉向對先人的崇拜爲主。／神廟裡接受崇拜的偶像並非一尊，而是由多尊神像組成的群神，她們形體有大小之分，年齡有老少之別，或張臂伸手，或曲肘握拳，組成了多彩多姿、栩栩如生的女神像群。〔註22〕

在這段描述中，認爲這些塑像不再僅是生育崇拜，而是包含了祖先崇拜，但這並不是決然的轉向，而是二者兼有。人們的母親，因爲其生育行爲與親子的哺育關係，而成爲母神行列的一員。她們的神聖性除了生育，還包括了透過親子關係所建立的敬仰。而這種仰慕，同時也是「社會的母性」的起點。

（二）社會母性：母職、母儀與倫常孝道

伴隨著母親生養哺育的辛勞，以及受養育者自然而然的孺慕感恩之情，於是澱積出社會中對倫常孝道的講求。

母親生養之勞苦，如《詩經·蓼莪》所頌：「父兮生我，母兮鞠我。拊我畜我，長我育我，顧我復我，出入腹我。欲報之德，昊天罔極。」〔註23〕

再又如敦煌文獻中所錄的〈報慈母十恩德〉：

> 第一懷耽守護恩，說著氣不蘇。慈親身重力全無，起坐待人扶……第二臨產受苦恩，今日說向君。苦哉母腹似刃分，楚痛不忍聞。……第三生子忘憂恩，說著鼻頭酸。阿孃腸肚似刀剜，寸寸斷腸肝。……第四咽苦吐甘恩，今日各須知。可憐慈母自家飢，貪餧一孩兒……第五乳哺養育恩，擡舉近三年。血成白乳與兒餐，猶恐怕飢寒。……第六迴乾就濕恩，乾處與兒眠。不嫌穢〔惡〕及腥羶，慈母臥濕氈。……第七洗濯不淨恩，除母更交誰。三冬寒月洗孩兒，十指被風吹。……第八爲造惡業恩，爲男爲女做姻親。煞他猪羊屈閑人，酒肉會諸親。……第九遠行憶念恩，此事實宜記。爲父母，宿姻緣，腸肚悉勾牽……第十究竟憐愍恩，流淚數〔千〕行，愛別

〔註22〕呂學明、朱達，《重現女神——牛河梁遺址》，頁88～89。
〔註23〕屈萬里，《詩經詮釋》（台北：聯經出版事業公司，1983），〈蓼莪〉，頁387。

離苦繙心腸。……〔註24〕

　　上引民間口傳文學從各方面具體的呈現母親的劬勞，用以帶引出報親恩的孝順感懷。

　　此中孝道講求，本以自然流露的感恩之心爲起點，但在社會文化的積澱發展下，逐漸形成爲母儀與孝道倫常，並定型爲具有規範性的行爲準則。

　　在社會的倫常講求中，女性被教導以柔順犧牲的母儀，從小的教養以成爲一位典範母親作準備。至於子女對母親的戀慕感恩，則模糊了天然的眞情，而放大了母親的含辛茹苦，以凸顯彼此間恩情的鎖鍊。鎖鍊的兩端有母親爲家庭犧牲的理所當然，以及子女報效親恩的天經地義。母親的舐犢情深誠爲理所當然，子女的孺慕懷恩也是天經地義，只是面對冰冷的教條與僵化的習俗，開始有回到人性原點的呼聲。近代對於「母職」的探討，已不侷限於母親的傳統角色，甚至不侷限於女性，因應著時代的發展，家庭型態的改變，對父職、親職也有了進一步的認識。女神爲母性神聖化、對象化的投射，對母性認知的改變，應該是觀察近代女神文化潛移最佳的視角。

二、女神擬塑之一：透過象徵傳達母性的力量

　　自然的與社會的母性，都是女神形象塑造的材料，母性的力量，包括母體孕育生命、親子關係中母親強大的存在等，此類能量場的運作，透過象徵的運用將力量保存在女神形象中。至於透過母與子的互動所產生的心靈感知，則需要透過人的具體形象，及相應的對象來保存。此類女神的「母性」需要透過一個「人」的形象來表現，而其表現又需要透過一個在母子關係架構下的對象來接收完成。兩者性質不同，應分別獨立討論。而象徵的運用，及對待關係的融入，即是女神形象擬塑中的兩個有所區別的環節。

　　母性象徵的凝聚與運用，與原始的神話思維有關。神話思維、原始思維，或又稱爲詩性思維，呈現的是將主觀情感鎔鑄到客觀物象上，所形成的主客不分、心物合一的認知結果。原始思維的提出者爲法國的列維・布留爾。其《原始思維》提到：

> 原始民族的思維具有本質上神秘的和原邏輯的性質；它在趨向
> 上不同於我們的思維；這就是說，它的集體表象是受互滲率支配的，

〔註24〕郝春文編著，《英藏敦煌社會歷史文獻釋錄》（北京：科學出版社，2001），第一卷，頁 434～436。

　　因而它們不關心矛盾律，它們是靠一些爲我們的理性所難於接受的
關聯與前關聯彼此結合起來的。〔註25〕

　　由於矛盾律、混合律的作用，不僅相似的對象被串連，非邏輯性的結果
也被組織在一起，形成神話中宇宙一體化、萬物交感的世界。

　　這種思維表現在母性力量之象徵的凝聚上，於是當天地間的萬事萬物，
展現出與母性力量相似的特質時，例如與母體生育有關的週期規律、形態、
特徵等，均被視爲母性的象徵，被拿來表達其力量。

　　這種表達的方式，本出於初民思維模式與表述技巧的原始、有限，如鄧
啓耀《中國神話的思維結構》中所提到：

　　　　在原始民族的思維中，由於心與物那不分化的一體感和神秘
　　渾沌性，物象和觀念往往合而爲一。他們總是借用某些具體的物
　　象來暗示某些特徵上相似或相聯繫的觀念。要表達較複雜的內容
　　也只有靠「象」的組合，從中產生超出「象」本身所直接具有的
　　「意」。〔註26〕

　　複雜的、抽象的意義內容，無法被清楚的釐析，只能透過相似的、具體
的物象，來暗示表達。此種形式雖出於思維形式與表達技巧的受限，卻具有
不可取代的優勢。透過象徵符號的運用，訊息能夠更豐富、更不受形式束縛
的被置入與解讀，同時也留下了後人循神話象徵符號，回溯、接續詮釋的道
路。

　　象徵符號運用在女神形象的擬塑中，女神所具有的神聖力，凝聚自對母
性的心靈體驗，意涵複雜而抽象，又涉及「力」的作用，這些都是不容易被
傳達的，但卻透過象徵的使用，被成功的保存在女神的形象中。

　　中國的女神形象裡，有許多常見的、固定的象徵符號，這些都是延續自
遠古時期，與母體生育力崇拜、母親育養經驗有關的心靈印記，如今透過長
時間積累的象徵符號流傳下來，成爲解讀神話文本的鑰匙。這一類詮釋母性
力量作用的象徵，整體看來，概可分爲物、圖樣、概念三個層次，以下將分
此三部分加以舉例分析。

〔註25〕〔法〕列維・布留爾著，丁由譯，《原始思維》（北京：商務印書館，2004），
　　　　頁452。
〔註26〕鄧啓耀，《中國神話的思維結構》（重慶：重慶出版社，1992），頁190。

（一）物：月、水、土、地、樹、石等

1. 月

月亮由於具有圓虧的規律性與循環性，並且週期與女性的身體相似，因而在各民族中普遍被視為女性、母親的象徵。月與母性力量的相似特徵至少包括了：1.月亮盈虧演示了生命狀態的變化、2.月可死而復生、3.月的週期性與母體相近、4.日月相輪替，月被視為死亡重生中的太陽、5.月滿則潮漲等等。

月亮之所以受崇拜，主要來自於其顯著的盈虧變化循環，月亮的盈虧變化，顯現了人類生命時間的前進與生老病死的狀態，而這種變化的循環，則顯現了生命時間的規律以及重生的力量，如此一來，月亮本身成為生命現象最佳的註解，因此是母性力量的象徵中最具代表性的。

正如同伊利亞德（Mircea Eliade）在《神聖的存在——比較宗教的範型》第四章〈月亮和月亮的神秘〉中所提到的：太陽總是相同，總是它自身，並不會變成別的什麼，但是月亮的存在，卻具有生命的宇宙規律，包括：生存、誕生、死亡，因此「月亮的盈虧向人們顯示具體意義上的時間」、「由月相掌控並且度量的時間可以稱為『有生命的』時間」。〔註27〕

2. 水

水與母性力量的特徵關聯至少包括了：1.水滋養萬物、2.水具有季節週期性、3.水生殺萬物、4.水威力強大，且有時與不時，使人敬畏等。

水由於滋生萬物，因此在世界各地文化中，普遍被視為天地萬物之源。〔註28〕在中國宇宙論的討論中，雖然承認水與生命孕育的關聯，但主要繫之於陰陽的「陰」之下、天地的「地」之中，是陰陽交濟、天地相合，乃有生命力的發動。但亦有研究者認為，陰陽二元氣論畢竟後起，水在神話中已可見創生的地位，又從出土典冊中也可見水先天地而生的觀點。如李小光《中國先秦之信仰與宇宙論：以太一生水為中心的考察》便指出：

> 在《太一生水》章所提供的宇宙升成序列中，我們發現，水被

〔註27〕伊利亞德，《神聖的存在——比較宗教的範型》，頁 148～149。

〔註28〕伊利亞德，《神聖的存在——比較宗教的範型》第五章〈水和水的象徵〉，頁 179：「在宇宙起源的神話中，在神話、儀式以及圖象中，在我們所發現的各種文化類型中，水都有相同的文化範型，它先於一切形式，支持一切創造。」

排在了天、地的前面，不僅是宇宙的第一生成物，而且，也是太一

的唯一生成物，其後的天、地都是在水被生出之後的「成」。〔註29〕

　　透過對楚簡《太一生水》中「太一生水，水反輔太一，是以成天。天反
輔太一，是以成地。天地復相輔也，是以成神明」一段的思維探討，可知水
被視爲生成天地的第一因，是宇宙之源。

　　此外，在古代典籍中，水助生萬物的性質有時也透過「雨」來呈現。以
唐代《初學記》爲例，書中〈天部下〉列有雨、雪、霜、雹、霧、露等水之
型態，其中以雨爲首，「雨」一條有：

　　　　《釋名》云：「雨，水從雲下也。雨者，輔也，言輔時生養。」

　　　　《尚書》曰：「休徵曰肅，時雨若。咎徵曰狂，恆雨若。」〔註30〕

　　其中的「雨者，輔也」，呼應了《太一生水》中水具有反輔之力的說法。
又，《尚書》將吉兆稱爲「肅」，肅有敬或正之意，《說文》：「肅，持事振敬也」
〔註31〕，如果雨應時而降則爲肅，表示秩序的順正，反之如果霪雨不止則是
凶兆，稱爲「狂」，表示秩序的顛倒。然則，雨除了是上天生養萬物，潤生之
力外，同時也是天意順逆的表現。水作爲母性力量的表現，此一既潤生又降
禍的兩面性，與前述母性的兩面性，具有微妙的連結。

3. 土、地

　　土地能生養萬物，與母性孕育的力量產生關聯，因此亦爲母性力量的主
要象徵之一。《釋名》有：「土，吐也，吐生萬物也。」楊泉《物理論》總結
土地的性質爲：「地者，其卦曰坤，其德曰母，其神曰祇，亦曰媼，大而名之
曰黃地祇，小而名之曰神州，亦名后土。」所謂土地呈現坤象、具有母德，
有神名爲祇或媼，都是尊崇土地生育力，因此敬奉爲母神的表現。將坤象與
母德分別來看：

　　其一，「坤」象。許多學者的研究均已指出，神的本字爲「申」，以生命
循環之反復無已作爲概念核心。如葉舒憲《高唐神女與維納斯》：

　　　　原始心理把生育現象視爲生命的重複，也就是生命循環不死的

　　　　保證。生命的重複本身就這樣與女性、母親的形象結合爲永生的象

〔註29〕李小光，《中國先秦之信仰與宇宙論：以《太一生水》爲中心的考察》（成都：
　　　　巴蜀書社，2009），頁369。

〔註30〕〔唐〕徐堅等，《初學記》（北京：中華書局，1962），上冊，頁23。

〔註31〕漢・許愼著，清・段玉裁注，《說文解字注》，頁118。

徵，成為不死之神的原型，「神」的概念由是而生。古人以「重」訓「申」正是因襲了以生育為生命之重複的原始信仰，保留了遠古中國人「神」概念得以抽象化之前的原始表象。〔註32〕

《說文》解釋申為七月陰氣地出之象：「申，神也，七月陰氣成，體自申束，从臼自持也。」〔註33〕。由於申自地出，於是加上土部成為「坤」字，所謂「地者，其卦曰坤，其德曰母」，強調的便是土地如母親般的生育作用。

「申」字的造字原理，被認為具有陰陽之氣流動往復的象徵意義在其中，至於取象的來源為何？陰陽之氣如何作用？諸家解釋不一。主要有下列各說：1.申與电古文相同，因此申為雷電之象形，顯示陰陽二氣相激，雷震四方，雨自天降的神力表現。〔註34〕2.申者，重也。身、申、伸、神意思相近，表現生命所藉以孕育、循環往復的神力。〔註35〕3.古文申為蛇形或龍形。〔註36〕4.申為水形旋渦紋。〔註37〕這些說法均以生命、陰氣、土地為核心，其實並不相違背。回到母性、母體生育力的象徵來看，無論雷電降雨、水、龍蛇的形象，或生命自母身出、生命循環往復的哲學思維，都是是籠罩在同一生命思維的體系中。雷電帶來雨水，龍蛇為水的象徵，雷電之神或作龍蛇之形，龍神即水神，《山海經》中的雷神，也是龍形的〔註38〕。

其二，土地所具有的母德，所形成的社神、高禖神信仰，研究極多，已有成說。地母之神的存在，殆無疑義。只是形象不很明確、名稱也不統一。可以聯繫到社神、皇天后土、天父地母的信仰，丁山《中國古代宗教與神話考》有：「后土是自初民社會所祭的地母神演來，因為地母能生五穀，五穀是由野生培植為人工生產，是由婦女創造的。在女性中心社會時代，即稱地母為后土」〔註39〕，又如古籍所載《說文》：「社，地主也」〔註40〕、《禮記‧郊

〔註32〕 葉舒憲，《高唐神女與維納斯》（北京：中國社會科學出版社，1997），頁 83。
〔註33〕 漢‧許慎著，清‧段玉裁注，《說文解字注》，頁 753。
〔註34〕 此說的主張者有商承祚、葉玉森、蕭兵等。
〔註35〕 此說的主張者有郝懿行、葉舒憲等。
〔註36〕 此說的主張者為張與仁、黃韋俞等。
〔註37〕 此說的主張者如李智信等。
〔註38〕 袁珂，《山海經校注‧海內東經》，頁 381：「雷澤中有雷神，龍身而人頭，鼓其腹。在吳西。」
〔註39〕 丁山，《中國古代宗教與神話考》，頁 147。
〔註40〕 〔漢〕許慎注、〔清〕段玉裁注，《說文解字注》（台北：黎明文化事業有限公司，1974），頁 8。

特牲》：「社，祭土而主陰氣也……社，所以神地之道也。地載萬物」〔註41〕、
《孝經・援神契》：「社者土地之神，能生五穀」、「社者，五土之總神。五土
廣博，不可遍敬，故封土爲社而祀之，以報功也」〔註42〕等；也可與高禖神
連結在一起，或稱女媧即高禖神〔註43〕；或者籠統的稱地母神爲「媼」，如《漢
書・禮樂志・郊祀歌・練時日一》：「后土富媼，昭明三光。」注云：「張晏曰：
媼，老母稱也。坤爲母，故稱媼。」《漢書・禮樂志・郊祀歌・玄冥六》：「惟
泰元尊，媼神蕃釐，經紀天地，作成四時。」注云：「李奇曰：元尊，天也，
媼神，地也。」〔註44〕

　　總歸而言，土地沃養萬物、陰氣從地而出、地中有水、萬物生自土地又
回歸土地的循環往復觀念等，都是土地與母性力量的內在聯繫。

4. 樹

　　樹作爲母性力量的象徵之一，主要在於：1.樹的生長是生命力的呈顯、2.
樹有生老病死，演示生命週期、3.樹有週期性、4.樹根深入地底，樹幹伸展向
天，具有連結天地的意象、5.樹滋長自大地母親之懷等等。

　　樹能夠彰顯出土地孕育生命的力量，同時也是地母神普遍的表現形象，
如劉向《五經通義》有：「土當生萬物，莫善於木」、《白虎通・社稷》有：「社
稷所以有樹何？尊而識之，使民人望見師敬之，又所以表功也。故周官曰：
司社而樹之，各以土地所生也」等敘述。

　　除了可見的民俗現象，伊利亞德《宗教思想史》第二章〈最漫長的革命：
農業的發明——中石器時代和新石器時代〉對樹的內在生命象徵也有所闡述：

　　　　農耕文化發展出所謂的宇宙論的宗教（cosmic religion），因爲
　　　宗教活動是圍繞著一個核心的奧秘進行的：世界週期性的更新。與
　　　人類的存在一樣，宇宙的節律也是從植物的生命得以表達的。宇宙
　　　神性的奧秘以「世界之樹」來象徵。宇宙被看做是一個有機體，它
　　　必須週期性地更新，換言之，即每年一次。通過蘊藏在某種果實或

〔註41〕　《禮記・郊特牲》，《十三經注疏》（台北：藝文印書館，1985），頁489。
〔註42〕　《孝經・援神契》，安居香山、中村璋八輯，《緯書集成》（北京：河北人民出
　　　　　版社，1994），中冊，頁970。
〔註43〕　楊利慧，《女媧的神話與信仰》，頁122：「古代的皋禖，除女媧外，還有商之
　　　　　先妣簡狄、周之先妣姜嫄等等。從產生的時代來講，女媧似乎是更古老的。」
〔註44〕　王先謙補注，《漢書補注》，《二十五史》（台北：藝文印書館，1996），第三冊，
　　　　　頁490～491。

　　樹旁泉水中的力量，某些特權人物可以獲得「終極實在」、返老還童
以及不朽。宇宙之樹被認爲是生長在世界的中心，並聯結著宇宙的
三個部分，因爲它將根部插入地府，而枝葉則直達天界。〔註45〕
　　樹之根插入地府、高聳的枝幹直達天界，又具有明確的生長週期，因此
被視爲溝通天地、傳達宇宙生命週期的聖物。

　　另外，樹的地下根莖交織纏繞，取得地力，成長茁壯，又樹幹直聳入天，
枝葉復交織纏繞，吸取天力，這種圖象，同時也引導出以「交繞」象徵生育
力作用的圖象思維。在漢代畫像磚中，具有母神地位的西王母，除了端坐在
伏羲女媧交繞的蛇軀上，有時也坐於交繞開展的生命樹之旁，這些都是生命
孕育、子孫繁衍的象徵。

5. 石

　　石與母性力量的關係至少包括了：1.石出於土地、2.石有變化性、3.石有
恆常時間性等等。

　　石頭和崇拜土地生育力的社神信仰有所相關，除了樹木外，石頭也是普遍
可見的社神象徵物。如《淮南子·齊俗訓》：「殷人之禮，其社用石。」〔註46〕

　　石出於土地中，又可變爲土沙，這種變化運轉的特質，則是石頭與母體
生育力之連結中十分重要，但討論較少的一塊。李時珍《本草綱目》「金石部」
序有：

> 石者，氣之核，土之骨也。大則爲岩巖，細則爲砂塵。其精爲
> 金爲玉，其毒爲礬爲硵。氣之凝也，則結爲丹青。氣之化也，則液
> 而爲礬汞。其變也，或自柔而剛，乳鹵成石是也。或自動而靜，草
> 木成石是也。飛走含靈之爲石，自有情而之無情也。雷震星隕之爲
> 石，自無形而成有形也。

　　這段文字統整出中國固有的石頭觀。石頭被視爲地氣的凝結，且是泥土
的骨幹。氣會流動變化，使石頭具有不同性質，同時石頭也不是一體不變的，
它有動靜、有情意表現、有型態變化，是一個的生命體，並且由於其恆常不

〔註45〕〔美〕米爾恰·伊利亞德（Mircea Eliade）著，晏可佳、吳曉群、姚蓓琴譯，《宗
　　　　教思想史》（Histoire des croyances et des idées religieuses）（上海：上海社會科學
　　　　院出版社，2004），頁39。

〔註46〕何寧，《淮南子集釋》（北京：中華書局，1998），中冊，卷十一〈齊俗訓〉，
　　　　頁789。其餘「有虞氏之祀，其社用土」、「夏后氏其社用松」、「周人之禮，其
　　　　社用栗」，泥土、樹木亦均爲象徵生命繁衍力的代表。

滅，永存天地間，更被視為宇宙生命力流動變化的顯現。至於隕石從天而降，伴隨光亮流火，更增添了石頭的神聖性。而以石所具有的生命象徵而言，從天而降的石頭，理所當然又被視為天賜的生命種子了。

6. 卵

世界各地的創世神話中，以「宇宙卵」（Cosmic egg）形式陳述的，也不在少數。據〔德〕漢斯・比德曼《世界文化象徵辭典》指出：

> 關於世界誕生於一只原始蛋的傳說不僅是一個俄耳浦斯式（黑翅膀的夜接受風的求婚，生下一只蛋，從中冒出厄洛斯 Eros 或法納斯 Phanes）的創世神話，它也出現在波利尼西亞、日本、秘魯、印度、腓尼基、中國、芬蘭和斯拉夫等文化中。〔註47〕

歐亞各地的神話傳說中，以卵作為集體的生育象徵，透過原始思維，將宇宙誕生與生命誕生聯繫在一起的例子，所在多有。

卵與母性力量的關聯不言可喻。卵從母胎出，是動物常見的初生狀態。又，卵逐漸孵化，竟可由混稠液態孕育出成形幼體，甚可驚奇，因此由其產出型態、變化特質及生命成長週期等現象，與母體生育力緊密連結在一起，成為普遍的誕生象徵。

在漢文化中，盤古創世神話其所處的宇宙之初，即是「混沌如雞子」〔註48〕，而卵形、卵中分陰陽、破卵開天地的宇宙觀亦散見於典籍記載，如葛洪《枕中書》有：「昔二儀未分，溟涬鴻濛，未有成形，天地日月未具，狀如雞子，混沌玄黃，已有盤古真人，天地之精，自號元始天王，遊乎其中」〔註49〕、《晉書・天文志》引《穹天論》載：「天形穹隆如雞子，幕其際，周接四海之表，浮于元氣之上」〔註50〕等例。

〔註47〕〔德〕漢斯・比德曼（Biedermann Hans）著，劉玉紅等譯，《世界文化象徵辭典》（桂林：漓江出版社，2000），頁46。

〔註48〕三國・徐整《三五曆紀》：「天地混沌如雞子，盤古生其中。萬八千歲，天地開闢，陽清為天，陰濁為地。盤古在其中，一日九變，神於天，聖於地。天日高一丈，地日厚一丈，盤古日長一丈，如此萬八千歲。天數極高，地數極深，盤古極長。後乃有三皇。數起於一，立於三，成於五，盛於七，處於九，故天去地九萬里。」出唐・歐陽詢等，《藝文類聚》（上海：上海古籍出版社，1982），卷一，頁2。

〔註49〕葛洪《枕中書》，收錄於道經《元始上真眾仙記》，《正統道藏》（文物出版社、上海書店、天津古籍出版社聯合出版，1988），第三冊，頁269。

〔註50〕唐・房玄齡等撰，《晉書》（北京：中華書局，1974），第2冊，卷11〈天文〉上，頁280。

7. 蛙（蟾蜍）

蛙或蟾蜍普遍作為母體生育的象徵，其間的關聯性，主要在於週期性的變化、多產、形象上的鼓腹、屬於水族、雨／夜鳴叫等方面。

而其中最核心的因素，當屬青蛙及蟾蜍在生長的過程中明顯而週期性的變化。「化」，是宇宙生命力得以恆久衍生、綿延不絕的內在動力，也是在生命循環的神話中，即生－死－重生之「圓形時間」中，由死過渡到生的關鍵重生力量。主宰生命的女神，帶來生、主導生長，同時助化了死後重生的過渡，因此青蛙或蟾蜍不僅在多產、鼓腹等方面與母性女神，得到特質上的聯繫，週期的變化重生，更是重要的寄託。

此外，青蛙與蟾蜍的週期變化，又跟四季、月亮的頻率得到巧妙的結合。春夏萬物滋長、雷雨潤生的季節，正是群蛙鼓腹而鳴，大量繁殖的時期。陰雨前蛙鳴，而後雨落，也使先民有了蛙喚水出、藉由青蛙祈雨的聯想及相關習俗。又青蛙、蟾蜍於靜夜中齊鳴，也跟夜出的月亮結合在一起。月亮和青蛙蟾蜍都是母體生育力的象徵，都有「死而又育」的性質。在中國，月亮和蟾蜍便有深厚的連結關係，圖象上經常重疊出現、相互隱喻。月亮因此一名為玉蟾。

經由「化」，乃至於長生不朽，本是神話的生命時間觀，後來轉型為道教的神仙修鍊理論，認為藉由修鍊，可使人之肉體如宇宙之洪爐，周轉變化，永生不衰。在論述「化」與長生不朽的理論時，自然界動植物的變化多被引證，如《禮記·月令》：「鷹化為鳩」、「田鼠化為鴽」、「腐草為螢」、「雉入大水為蜃」〔註51〕；漢·王充《論衡·無形》：「雨水暴下，蟲蛇變化，化為魚鱉」、「歲月推移，氣變物類，蝦蟆為鶉，雀為蜃蛤」〔註52〕；東晉·葛洪《抱朴子·論仙》有「雉之為蜃，雀之為蛤，壞蟲假翼，川蛙翻飛，水蠆為蛉，苻苓為蛆，田鼠為鴽，腐草為螢，鼉之為虎，蛇之為龍」〔註53〕；又如晚唐·譚峭的《化書》，多舉「蛇化為龜，雀化為蛤」、「老楓化為羽人，朽麥化為蝴蝶」、「賢女化為貞石，山蚯化為百合」等例〔註54〕，這些化、變化、轉化、化生的概念，主要在「生命一體化」的觀念下形成，認為天地是一個渾融的

〔註51〕孫希旦撰，沈嘯寰、王星賢點校，《禮記集解》（台北：文史哲出版社，1990），上冊，卷十七〈月令〉，頁423、430、456、486。

〔註52〕黃暉，《論衡校釋》（北京：中華書局，1990），〈無形〉，頁60～61。

〔註53〕王明，《抱朴子內篇校釋》增訂本（北京：中華書局，1985），頁14。

〔註54〕五代·譚峭，《化書》，《正統道藏》，第23冊，594～611。

生命體，生命不滅，只是隨著季節變化，發生物象間的轉化現象而已，生命力還是永存不朽的。

同理，人之肉體亦可透過生命力的轉化得到不朽，此一概念長時間在宇宙氣化、形神、仙道等各方面的哲學發展，扮演重要的論述基礎。然而究其本源，仍出於神話圓形時間思維、生命一體化概念，並主要透過生物的季節性變化現象作爲支持。蛙具有顯著的變化性、季節性及豐產特徵，因此成爲普遍的意象。一說，創世女神女媧的原型便是蛙。如葉舒憲《千面女神——性別神話的象徵史》提及：蛙便是女媧的原型，女媧即是「女蛙」。書中多引世界各地的蛙女神文化與相關圖象，並指出「瞭解到『女蛙』傳承的古老性與普遍性，有助於洞觀中國古人崇奉的女媧大神的發生背景。」〔註55〕女媧作爲漢文化重要的生育母神，雖然其原型有渦紋、蝸牛、蛙、窪…等諸多說法，但是蛙象徵的回溯及其特爲豐富的生殖隱喻，確實是重要的解讀途徑。

8. 蛇

蛇與母性力量的關聯與蛙相似，蛇、蛙等均於秋冬時蟄伏、春夏繁衍，因此是生命力週期性的由土地下甦醒的象徵。與蛙不同的是，蛇因其蛻變、休眠的特質，因而具有較顯著的重生復活、生死轉化意涵。

《山海經》、《楚辭》、《淮南子》等古籍中，記載了蛇形的「燭龍」、「燭陰」之神，其敘述揭出了蛇在生命時間上跨越光明與黑暗、過渡生與死的象徵性。見《山海經》部分：

《山海經·海外北經》：

> 鍾山之神，名曰燭陰，視爲晝，瞑爲夜，吹爲冬，呼爲夏，不飲，不食，不息，息爲風。身長千里。……其爲物，人面蛇身赤色，居鍾山下。〔註56〕

《山海經·大荒北經》：

> 西北海之外，赤水之北，有章尾山。有神，人面蛇身而赤，直目正乘，其瞑乃晦，其視乃明，不食不寢不息，風雨是謁。是燭九陰，是燭龍。〔註57〕

蛇形的燭龍主宰了宇宙的脈動，其生息與呼吸左右了天地的季節變化、

〔註55〕 葉舒憲，《千面女神——性別神話的象徵史》（上海：上海社會科學院出版社，2004），頁136。
〔註56〕 袁珂校注，《山海經校注》，頁277。
〔註57〕 袁珂校注，《山海經校注》，頁499。

風雨晦暝，袁珂認為，「此神當即原始的開闢神」〔註58〕，與後代對盤古的描寫相似，其氣息脈動均左右了天地日夜陰晴變化，盤古是開闢神，燭陰燭龍也具有創世的地位，而且他們同樣以蛇軀作為形象表徵。至於述說人類起源故事的伏羲女媧，也是以蛇為圖象，相關研究對於蛇所具有的繁殖、生長、復活意涵，已有充分的探討。

除了以上所舉的月、水、土地、樹、石、卵、蛙、蛇，其他又如有魚、花等象徵物，大略均以具有規律的週期、具體演示生命時間、豐產、屬於水族、夜出等特性。

（二）紋樣：雷電紋、漩渦紋、交繞紋

隨著人類思維能力的演進，逐漸發展出無須透過象徵物的比附，而直接傳達「生育」這個概念及其「生育力」運作的符號。這些符號能獨立於母體之外，而被認知出是生育力量的作用，帶動了母性女神形象構成上的轉變。代表生育力量作用的符號，以紋樣的形式呈現，至少包括以下三種：

1. 雷電紋

雷電的出現，代表的是天地陰陽二氣的交接，同時也象徵生機之發動，如《周易》「歸妹雷澤」卦，《彖辭》曰：「歸妹，天地之大義也。天地不交，而萬物不興。歸妹，人之終始也。」《象辭》：「澤上有雷。」〔註59〕又如，《淮南子・天文訓》：「吐氣為施，含氣為化，是故陰施陽化。天之偏氣怒者為風，地之含氣和者為雨，陰陽相薄，感而為雷，激而為霆，亂而為霧，陽氣盛則散而為雨露，陰氣勝則凝而為霜雪。」〔註60〕因此雷電紋的出現，象徵了天地陰陽相交，生命力的發動。

而雷電的鳴動及其聲威，同時也代表了上天意志的傳達。《初學記》引《抱朴子》有：「雷，天之鼓也。」〔註61〕引「郎顗上書」有「雷出則萬物出」、「雷入則萬物入」等語〔註62〕。上天透過雷電傳達意志，其中也包括了對天地生

〔註58〕袁珂校注，《山海經校注》，頁278。
〔註59〕尚秉和，《周易注釋》（台北：里仁書局，1981），頁244。
〔註60〕何寧，《淮南子集釋》（北京：中華書局，1998），上冊，頁169～170。
〔註61〕〔唐〕徐堅等，《初學記》，上冊，卷一，雷第七，頁20。
〔註62〕〔唐〕徐堅等，《初學記》卷一，頁20引「郎顗上書」云：「雷於天地為長子，以其首長萬物，與其出入也。雷二月出地，百八十三日。雷出則萬物出。八月入地，百八十三日。雷入則萬物入。入能除害，出則興利。」案：此條《藝文類聚》、《太平御覽》文字有所出入，出處作《洪範・五行傳》。

命秩序──季節的主宰，春雷動，則萬物滋生，秋雷響，則宣告萬物衰歇，如前引《初學記》之語，又如梅堯臣〈秋雷〉詩：「春雷不發蟄，秋雷不收聲。」陰陽氣感所生之雷，引動季節秩序的思維，深入人心。而由於雷代表上天的意志與權威，學者甚至有神的本字「申」，便是雷電紋的說法〔註63〕。

《禮記·月令》言仲春之月，亦有：

> 是月也，日夜分，雷乃發聲，始電，蟄蟲咸動，啓戶始出。先雷三日，奮木鐸以兆先民曰：「雷將發聲，有不戒其容止者，生子不備，必有凶災。」〔註64〕

孔穎達注：「雷乃發聲者，雷是陽氣之聲，將上與陰相衝。」此處將雷聲作爲陰陽之氣相迫的表現，在此陽氣與陰氣激盪不諧的季節，需戒交接生子之事，以避免凶災。這是將生育與天地之氣的流動聯繫在一起，並將雷電作爲天威的顯現。

商、周時期的器物裝飾，流行所謂的「雲雷紋」，《中國紋樣史》：「雲雷紋，是雲紋和雷紋的合稱，今通稱回文。」〔註65〕

其形如：

（田自秉、吳淑生、田青，《中國紋樣史》，頁75。）

〔註63〕如葉玉森《殷虛書契前編集釋》中所論。

〔註64〕孫希旦撰，沈嘯寰、王星賢點校，《禮記集解》，頁425～426。

〔註65〕田自秉、吳淑生、田青，《中國紋樣史》（北京：高等教育出版社，2003），頁72。

　　道教符咒中，也有雷文的運用。其咒曰：「始青天中，敕下景霄。嘯命風雨，馘邪斬妖。霹靂震吼，陰陽氣交。電光圍繞，火發炎燒。雷車速起，來降空遙。」〔註66〕其形為：

（張振國、吳忠正，《道教符咒選講》，頁 73）

　　這些相關的圖樣，顯示出雷的形體，以及雷電從天而下的動態，其中代表的是神威的發動、天力與人間的交接。而對季節秩序的主宰、孕育生命之能量的啟動，也是天威意志的重要內涵之一。

2. 漩渦紋

　　伊利亞德在《神聖的存在——比較宗教的範型》中，依據庫恩（Kuhn）為亨茲《月亮的神話與象徵》所寫的跋文，論述到：

> 即使在舊石器時代，螺旋也是水和月亮豐產的象徵；當螺旋刻在女性偶像上面的時候，代表將一切生命和豐產的中心統一起來了。〔註67〕

─────────────

〔註66〕張振國、吳忠正，《道教符咒選講》（北京：宗教文化出版社，2006），頁 73。

〔註67〕伊利亞德著，晏可佳、姚蓓琴譯，《神聖的存在——比較宗教的範型》（Patterns in Comparative Religion）（桂林：廣西師範大學出版社，2008），第四章〈水和水的象徵〉，頁 179。

可見被稱爲螺旋紋或漩渦紋的圖象，與生育崇拜具有密切的關聯。

在近年中國的考古文化研究中，漩渦紋的普遍出現，早便引起重視。其形如：

（左圖出處／盧曉輝，《地母之歌──中國彩陶語言化的生死母題》，上海：上海文化出版社，2001，彩色夾頁。右圖／田自秉、吳淑生、田青，《中國紋樣史》，頁 36。）

這些新石器時代器物上的渦文，使史前思維具體的呈現，自然成爲解讀神話意蘊的材料。如李智信在討論女媧原型的〈媧神論〉一文中，首先提到渦紋在新石器時代分佈的普遍：

> 旋渦紋是中國新石器時代最流行的紋飾之一。北到東北南部的紅山文化，西到西北地區的馬家窯文化，東到華中地區山東半島的大汶口文化，南到長江下游的良渚文化，都可以看到旋渦紋的身影。
> 〔註68〕

由地區的列舉可見渦紋的分佈極爲廣袤，幾乎貫串所有新石器時代的文化遺址。

李智信進一步考察渦紋的意義，認爲漩渦紋取形自湍流迴旋之貌，象徵洪水、大自然的力量，渦紋的廣泛，透露先民對水普遍的崇拜心理，始祖神女媧的出現，也與此有關。女媧名字中的媧字，便是水之漩流的意思〔註69〕，

〔註68〕李智信，〈媧神論〉，《青海民族研究》，第 18 卷第 1 期，2007 年 1 月，頁 139。
〔註69〕李智信，〈媧神論〉，頁 142：「從字形看，『咼』字的原型應該是兩個上下相連的圓圈，即兩個上下相連的旋渦紋構成的，是從一個破口的圓的圓心引出一條線與另外一個帶圓心的破口圓的外緣被連接在一起後組成的，和上下相連的勾連旋渦紋非常相似，可以說是簡化了的勾連旋渦紋或文字化了的勾連旋渦紋。『咼』應該是『渦』的本字。渦字的意思是『盤渦谷轉』，指水的旋流。」

水左右生命的存續，因此女媧同時也是造物者、人類始祖神。李智信在研究中同時提出：「神」字也來源於旋渦紋，與水崇拜有關，水的古文字型是水渦紋的文字化〔註70〕。

由於神字的本義、女媧的原型，說法較爲分歧，暫不作定論。僅由水的漩流、「媧」的意涵，點出渦形紋的生育象徵。

以上所舉的漩渦紋或雷電紋，經常出現在鐘鼎上。古文物鼎，如同一個微型宇宙的呈現。鼎緣上有飛鳥或高山，象徵天，鼎腳如同女媧據以繫土地的鼇足，象徵地，而鼎中空的部分，則是豐廣的母腹，能飽蓄生命，這個充沛生命力的存在，是由於宇宙間具有持續不斷、在天地間周流的一體生命。在這個觀念裡，天與地必須相接，因此鼎腹外經常出現盤繞的雷紋、雲紋，這些紋樣可以視爲天地循環、宇宙一體論的體現。

如〔日〕林巳奈夫在《神與獸的紋樣學——中國古代諸神》的紋樣學研究中，便關注到這些迴旋紋樣與天地之氣流動的關係。其認爲：「這些『の』字形花紋都是用來表示『氣』的。良渚文化中的玉器也好，銅器、殷周青銅器也罷，所刻的『の』字形花紋都是一樣，爲了使銅器上的情景或神像中充滿『氣』，工匠們便在鑄造時花如此大的功夫加入了渦狀紋。」〔註71〕

其形見諸獸面，同時也大量出現在器物的紋樣中，如：

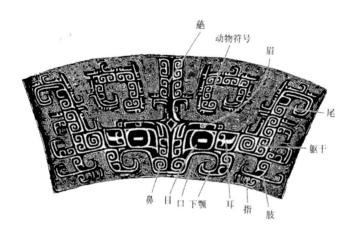

（〔日〕林巳奈夫在《神與獸的紋樣學——中國古代諸神》，頁8。）

〔註70〕 李智信，〈媧神論〉，頁140～141。

〔註71〕 〔日〕林巳奈夫著，常耀華、王平、劉曉燕、李環譯，《神與獸的紋樣學——中國古代諸神》（北京：三聯書店，2009），頁11～13。

雲紋、雷紋，象徵天地之氣的流動，在鑄鼎以象天地的宇宙觀縮影中，具有重要的思維隱喻與動態力場功能。

3. 交繞紋

旋渦紋的進階發展是兩個旋紋的交纏。這種交繞，進一步體現所謂生育力的作用。最具體的表現便是伏羲女媧圖。

左石室後壁下部小龕西側第三層

（丁茂瑞，《樸古與精妙──漢代武梁祠畫象》，台北：中央研究院歷史語言
所，2007，頁 25）

漢代畫像石中，具有母神地位的西王母，其座下的交繞圖樣，或是生命樹的盤旋交繞，也是具體例證。

（山東省博物館等編，《山東漢畫像石選集》，圖 3，濟南：齊魯書社，1982）

　　生命樹呈現交繞的生育力，其貫天下地的連接特質，也呈現出伊利亞德《宗教思想史》中所述「宇宙之樹被認為是生長在世界的中心，並聯結著宇宙的三個部分，因為它將根部插入地府，而枝葉則直達天界」〔註 72〕的寓意。

（漢代武氏祠畫象石，引自《中國紋樣史》，頁 152。）

　　上圖右上，見西王母端坐於人間場景之上，左側有纏繞生命樹，相對位置如貫通天上人間。

　　畫像石中常見西王母端坐於高臺上，一說此高臺便是以貫通天地的宇宙樹為原形，如牛天偉、金愛秀《漢畫神靈圖像考述》認為：「陝北漢畫中普遍流行呈彎曲樹幹狀的昆侖山『天柱』之象，此神樹可能是傳說中的天梯樹——建木，建木下部的山巒當為崑崙山，建木頂端為『懸圃』，西王母端坐於『懸圃』之上。」〔註 73〕下圖兩幅漢代陝北地區的畫像石，左邊為《漢畫神靈圖像考述》所述的以建木為想像的懸圃坐臺，樹的周遭尚有擣藥玉兔、羽人、鳥、九尾狐等與旺盛生命力有關的象徵物。右圖為另一陝北榆林地區的漢代畫像石。西王母、東王公的坐臺之下也有天地樹的造型。見：

〔註72〕伊利亞德，《世界宗教史》，頁 42。

〔註73〕牛天偉、金愛秀，《漢畫神靈圖像考述》（開封：河南大學出版社，2009），頁65～66。

（漢代陝北地區的畫像石。左圖／牛天偉、金愛秀，《漢畫神靈圖像考述》，頁 66。右圖／張道一，《漢畫故事》，重慶：重慶大學出版社，2006，頁 173。）

（三）概念：陰、陽

人類透過生死現象感知生命時間的存在，而規律輪轉的日與月，則成爲生命時間的主要象徵，諸如以太陽東昇爲生、運行爲成長、西落爲死亡、月相變化爲再生之力等等。及至「氣」的觀念產生，又形成氣化的宇宙論，二元的日月、生死，被分別容納入陽與陰的概念中，統合爲太陽屬陽主生，月亮（太陰）屬陰主死亡及再生的兩大系統。如張衡《靈憲》以日爲「陽精之宗」，月爲「陰精之宗」〔註 74〕

陰陽的觀念起源很早，並且普遍見於先秦諸子的言論中，如《荀子·天論》有：「四時代御，陰陽大化，風雨博施，萬物各得其和以生，各得其養以成。」〔註 75〕《莊子·知北游》有：「陰陽四時運行，各得其序。惛然若亡而存，油然不形而神，萬物蓄而不知。此之謂本根，可以觀於天矣。」〔註 76〕

〔註 74〕 東漢·張衡，《靈憲》：「日者，陽精之宗，積而成鳥，象鳥，而有三趾，陽之類，其數奇。月者，陰精之宗，積而成獸，象兔蛤焉，陰之類，其數偶。」清·嚴可均輯，《全上古三代秦漢三國六朝文》（北京：中華書局，1999 重印），卷 55，頁 777。
〔註 75〕 李滌生，《荀子集釋》（台北：台灣學生書局，1979 初版，1994 七刷），頁 365。
〔註 76〕 清·郭慶藩撰，王孝魚點校，《莊子集釋》（北京：中華書局，1961），第三冊，頁 735。

《莊子·則陽》有:「陰陽相照相蓋相治,四時相代相生相殺。」〔註77〕四時的運行是天地的生命秩序,荀子之言認爲此一秩序由陰陽之氣的變化來控制,由於陰陽二氣的和養,萬物以生以成,這是天地之生命秩序與萬物齊一的狀態。莊子書亦認爲陰陽循天地四時秩序運行,如其〈則陽〉篇便凸顯陰陽相互生化制衡的關係。

前述由陰陽二氣所組成並控制運轉的天地生命秩序,楊儒賓《中國古代思想中的氣論及身體觀·導論》闡述道:此一秩序,是一有機的秩序,既有無窮的動力,復有無窮豐盈的形式,且爲一切存在秩序的基礎。〔註78〕整個宇宙被視爲交相融貫的有機體〔註79〕,人處其間,宇宙如同一身〔註80〕。

此一生命一體化的有機秩序關係,透過陰陽二氣的運作來呈現,凸顯出陰陽概念所具有的生生、流動特質。

如《淮南子·精神訓》所述宇宙之生成:

> 古未有天地之時,惟像無形,窈窈冥冥,芒芠漠閔,澒濛鴻洞,莫知其門。有二神混生,經天營地,孔乎莫知其所終極,滔乎莫知其所止息。於是別爲陰陽,離爲八極,剛柔相成,萬物乃形。〔註81〕

二神混生使天地得到開闢,是生之本源的啓動,至於宇宙秩序的建立與運轉,仍透過陰陽二氣的剛柔相濟乃得成形。同樣強調了陰陽的生生化育之能。

又如道教早期經典《太平經》中有:

> 天,太陽也,地,太陰也,人居中央,萬物亦然。天者常下施,其氣下流也:地者常上求,其氣上合也。兩氣相交於中央,人者,居其中爲正也。兩氣者,常交用事,合於中央,乃共生萬物。萬物

〔註77〕清·郭慶藩撰,王孝魚點校,《莊子集釋》,第四冊,頁914。

〔註78〕楊儒賓主編,《中國古代思想中的氣論及身體觀》(台北:巨流圖書公司,1993),〈導論〉,頁5:「陰陽二氣瀰漫宇宙,自然形成一種有機的秩序……天地之氣具有無窮的『動力』,也具有無窮豐盈的『形式』,它提供的秩序是一切存在秩序的基礎。」

〔註79〕楊儒賓主編,《中國古代思想中的氣論及身體觀·導論》,頁5:「在這種未受操控的表象思維入侵前的農業文明裡,整個宇宙被視爲交相融貫的有機體,大地、天空、農作、人物雖然個個獨立,但沒有一樣是孤立的,因爲在每一存在物間,總有氣息流動其間。」

〔註80〕楊儒賓主編,《中國古代思想中的氣論及身體觀·導論》,頁6。

〔註81〕何寧,《淮南子集釋》,中冊,頁503~504。

悉受此二氣以成形，合爲情性。無此二氣，不能生成也。故萬物命
繫此二氣。〔註82〕

取自古相沿以來的觀念入教義，認爲人及萬物之生，乃是受陰陽二氣相
合以成形。

以二元論的分判來說，陰陽中的陰，是屬於女性的。陰性的力量、母性
的力量，都同樣具有孕育生養之能量，同時也都具備了柔美陰沈、無法抵禦
而夾帶殺傷力的特質。M.艾瑟‧哈婷在《月亮神話──女性的神話》，曾論述
到此一中國哲學中代表女性的「陰」原則：

> ……凶狂式的女性原則。中國人稱其爲「陰」，及女性的陰性
> 威力。就像在巴比倫、阿拉伯或近東每個大地女神都是月亮女神一
> 樣，中國人的陰既是地也是月。威海姆寫道：「陰性原則是黑暗、陰
> 鬱冷酷和女性的一切，它從秋天開始發揮威力。」在秋天開始戰勝
> 太陽的威力正是冬天的陰冷和黑暗。中國人認爲，女性原則的本質
> 就是陰，它就像在草叢中溜來逛去的猛虎，悄無聲息地窺視著它的
> 獵物，隨時準備用尖牙利爪把它抓住，但在表面上看起來它又像貓
> 一樣，溫柔慈善，使人幾乎忘了它的凶猛殘忍。〔註83〕

> 　在中國的哲學中，女性原則「陰」與男性原則「陽」截然相對。
> 陽明亮、熱烈、有力並富有創造性，而陰則暗淡、潮濕，陰鬱悲傷
> 而又聰穎敏悟。她也充滿生機，因爲這是陽剛之氣的源泉，並使其
> 創造力得到表現。〔註84〕

M.艾瑟‧哈婷的論述注意到女性的、陰的能量，具有集慈善與冷酷於一
體的兩面表現，同時，陰也是和陽相輔相成的，是生機之源。

透過以上從象徵物到象徵紋樣，再到陰陽概念的舉例說明，可以看出：
1.母性力量仍以生育力爲核心。2.象徵所集中展現的雖是母性力量中的生育功
能，但並不是單一的「生」，同時還伴隨著對生死變化、規律循環的信念。3.
從物到紋樣再到抽象概念，象徵符號對母性力量的詮釋更爲豐富，能涵蓋自
然母性與社會母性的各個層面。

神話生命觀認爲，從生、死到重生，爲一永恆的圓形循環，其間有生育

〔註82〕　《太平經》，卷八，《正統道藏》，第24冊，頁369。
〔註83〕　〔美〕M.艾瑟‧哈婷著，《月亮神話──女性的神話》，頁34。
〔註84〕　〔美〕M.艾瑟‧哈婷著，《月亮神話──女性的神話》，頁109。

力量的運作，生生不息，使生命秩序得以維持，而女神的執掌，也正是確保生育力量的存在、確保生命秩序的存在，使天地得以流動不息。以上這些母性力量的象徵，無論是物、紋樣或概念，均精準集中的傳達出此一原始的、根本的生命觀，這種生命觀與母性認知的類同，與母性力量的化身——女神的形象的類同，隱然揭露三者的同源關係，可作為女神作為生命隱喻的前期觀察。

三、女神擬塑之二：在對待關係中保存母性感知

如同前述對母性意涵的探討，母性的意涵包括了自然與社會兩個層面。古代女神的形塑，同時包含了這兩種元素，如女媧「一日七十化」之母體化生展現了自然的母性，以及「劇務，力不暇供」之母親劬勞展現了社會的母性。

母性力量的運作，透過象徵符號表達，母性之神可為石頭、樹木、蛙、蛇等，至於對母性力量的心靈感知，則不得不透過以人的形象塑造的女神，及其與對象的對待關係來傳達。在這個關照角度下，女神其實也就是人類心靈對母性之感受可檢視、具象的化身。

女神與對象的對待關係，呈現出兩個具有反差的面向，一個是正面的賜與者養護者，一個是負面的剝奪者、掌控者。

（一）賜予生命、溫暖慈愛的養護者

M.艾瑟·哈婷在《月亮神話——女性的神話》中提到女神所呈現的兩面性：

> 在本質上，女性原則或像純真的原始人所說的女神，自我表現為盲目的力量，豐饒多產而又殘酷無情，富有創造力、慈愛心，也有摧毀力。……希臘人把這種女性的威力名之為厄洛斯，強調的是關聯，而不是愛，因為在厄洛斯的觀念中，消極或痛恨的成分與積極或愛的成分一樣多。〔註85〕

這種被稱為厄洛斯的女性威力，其既慈愛又殘暴的雙面性情，相信根源來自於母性力量的體驗。不管性別的確認發生在哪一個成長期〔註86〕，當其長成時，母親的經驗，是其女性認知的基礎印記。

〔註85〕〔美〕M.艾瑟·哈婷著，《月亮神話——女性的神話》，頁34～35。
〔註86〕幼兒無性別意識說。

在幼兒與母親相處的過程中，嬰孩時期，母親作爲唯一的世界窗口、心靈僅有的依靠，自然衍生出偉大信靠的心理，母親的慈愛呵護、呼喚的回應，形成對溫暖愉悅的印記，但是同樣的另一方面，呼求的失落、被棄置的焦慮，也造就了最初始的無助孤獨印記。在偉大的、唯一的信靠對象身上，所獲得的深刻且強烈的心靈印記，塑造出對母性的兩面認識、也就是母神或女神的二元性格的成因。

在正面的部分，母親成爲溫暖慈愛的救贖者，具有孕育、養護生命的力量。這同時也是母神信仰的主要內涵。

女媧搏土造人、煉石補天，是具體表現女神賜予並守護生命的神話。《淮南子·覽冥訓》：

> 往古之時，四極廢，九州裂。天不兼覆，地不周載，火爁炎而不滅，水浩洋而不息，猛獸食顓民，鷙鳥攫老弱。於是女媧煉五色石以補蒼天，斷鰲足以立四極，殺黑龍以濟冀州，積蘆灰以止淫水。
>
> 蒼天補，四極正，淫水涸，冀州平。狡蟲死，顓民生。〔註87〕

這段神話的傳述中，以環境的不安定與危險，人類受猛獸、兇禽的掠奪，展現生命存續的危機。女媧以火煉石，消滅了與水能量有關的鰲與黑龍，帶來了天地補正，善良百姓得以生存的狀態。

先民透過對日月循環、萬物生長現象的觀察，發展出生－死－重生的生命觀，此一生命觀同時透過日、月象徵形式來表述，也就是從「無意識」到「形成象徵形式，展現意識」，再到「有意識的運用象徵來表述」的階段過程。亦即：

> 無意識一旦被察覺，它便以意象的象徵形式面對著意識。因爲「只有具有意象性並因此而可描述，一種心理實在才可能成爲意識內容，即能夠被描述」。〔註88〕

在此則神話記載中，女媧發揮、控制了水與火的力量。水是月亮的主要象徵，火是太陽的主要象徵，日、月的輪轉代表生命的運行，水、火則是其內在動能的集中概念，女媧運用水火的力量，使人民得以保有天地的安定與生存的延續，具有深刻的生命守護者意涵。

而受到人文思想發展的影響，女媧相關文字記載中，除了與生育有關的

〔註87〕何寧，《淮南子集釋·覽冥訓》，頁479～480。
〔註88〕《大母神——原型研究》，頁5引榮格《精神與生命》，頁322。

自然母性，也包含了與母儀有關的社會母性，例如《太平御覽》卷 78 引《風俗通》：

> 俗說天地開闢，未有人民。女媧摶黃土作人，劇務，力不暇供，乃引繩於絚泥中，舉以爲人。故富貴者，黃土人；貧賤凡庸者，絚人也。〔註 89〕

劇務，力不暇供，傳達出社會認知中母者辛勞的形象，雖然此節描寫爲下段人有貧賤、富貴之分的引子，但形象的塑造仍有所由。

（二）帶來死亡、陰沈殘酷的掌控者

母性力量的核心，爲母親所不可取代的功能，包含了懷孕、生產與哺育等。除了母體功能的不可取代性，其他如父源的掌握，所謂「民知其母，不知其父，與麋鹿共處」（《莊子‧盜跖》）、「天設地而民生之，當此之時，民知其母，而不知其父」（《商君書‧開塞》）、養份的提供、生命的循環等，也造就了人們對母性的敬畏。這種敬畏，一方面造成崇拜的心理，另一面也同時因爲必須仰賴、無法駕馭、害怕被離棄等心理，而將母親（女性）塑造爲強大殘酷的宰制者，甚至出於無法掌控生育權的焦慮，將其醜化爲失控的負面女性。

里奇（Adrienne Rich）在《女人所生——作爲體驗與成規的母性》的〈序言〉中指出，整體而言，母親的能力表現在兩個方面：

> 一是生物性的潛能，或受孕和孕育新生命的能力；二是男人投射在女人身上的魔性魅力。這種魅力也許以女神崇拜的形式，也許以被女性控制與征服的恐懼形式出現。〔註 90〕

其中將母親能力區分爲「生物潛能」與「魔性魅力」，並說明魔性魅力有時會以恐懼的形式出現。其實，不僅是魔性魅力，有關於女性的生物潛能，也經常以可怖的形式表現，以傳達被控制征服的恐懼。而這兩種恐懼，來源是一致，即對於女性掌握生育力量的焦慮。

因此西蒙波娃在《第二性》第九章〈夢想、恐懼與偶像崇拜〉中論及：

> 男人是受時空限制的，他只有一個身體，只有一次有限的生命，他在自然和歷史之間不過是一個孤獨的個體，而兩者都與他無

〔註 89〕宋‧李昉編纂，夏劍欽、王巽齋校點，《太平御覽》，第一冊，頁 672。
〔註 90〕〔美〕艾德麗安‧里奇著，毛路、毛喻原譯，《女人所生——作爲體驗與成規的母性》，頁 5。

關。女人也受到限制，和男人一樣，她也有精神；但也屬於大自然，
生命之流源源不斷地從那裡流過。所以她在個體和宇宙之間好像一
個調解者。〔註91〕

　　母體是永恆的宇宙生命源泉，男性由這個永恆的生命源泉中孕育，但卻注
定走上自我割裂母性依賴的孤獨之路，以成爲一位男子。他必須避免自己依戀
母親，但成長爲男性，生兒育女，同樣進入女性終將成爲母親的迴圈中。妻子
與女兒成爲自己過去所必須割裂的對象、成爲永恆的生命之流，自己則再一次
墮入個體的孤獨中。避免生育似乎是一種救贖，但屬於男性的生物潛能，卻會
將自己驅趕上這條孤獨之路，這是無法抵抗的女性魔性魅力。因爲被控制與征
服，因此如前引 Rich 所言，女神以有時崇拜的形式出現，有時則是令人恐懼的
可怖形象，例如邪惡女巫、淫惑妖姬、醜怪棄婦或殘殺嗜血的女魔頭。

　　在中國神話裡，西王母豹尾虎齒、司天之厲及五殘等早期形象記載，所
展現的便是掌控、顛覆生命的負面特質。《山海經・西山經》：

　　　　又西三百五十里，曰玉山，是西王母所居也。西王母其狀如人，
　　豹尾虎齒而善嘯，蓬髮戴勝，是司天之厲及五殘。〔註92〕

　　西王母所掌管的厲、五殘，郝懿行《山海經》疏認爲：「厲及五殘皆星名
也。」鄭玄注《禮記・月令》確實提到所謂的「厲昴」。《禮記・月令・季春》：
「是月也……命國難，九門磔攘以畢春氣。」鄭注：

　　　　此難，難陰氣也，陰寒至此不止，害將及人。所以及人者，陰
　　氣右行。此月之中，日行屬昴，昴有大陵積尸之氣，氣佚則厲鬼隨
　　而出行，命方相氏索室歐疫以逐之。又磔牲以攘於四方之神，所以
　　畢止其災也。〔註93〕

　　厲昴中存有大陵積尸之陰氣，若不加攘除，則厲鬼隨氣而出，致生各種
災禍。大陵、積尸也是星名，在西方七宿中胃宿的北方，稱爲大陵八星。見
陳遵嬀《中國天文學史》第二冊星象編：

　　　　西方七宿是奎、婁、胃、昴、畢、觜、參。共有五十四個星座，
　　正星二百九十七顆，增星四百十顆。〔註94〕

〔註91〕〔法〕西蒙・波娃，《第二性》，頁183。
〔註92〕袁珂校注，《山海經校注》，頁59。
〔註93〕《禮記注疏》，收入《十三經注疏》，第五冊，頁305。
〔註94〕陳遵嬀，《中國天文學史》（台北：明文書局，1985），第二冊，星象編，頁
　　　　111。

大陵：大陵八星在胃北。〔註95〕

西方七宿主金，屬秋季，與殺罰陰氣有關。至於五殘星，同樣具有生命消損的意象。根據《史記‧天官書》的記載：「五殘星出正東東方之野，其星狀類辰星。」張守節史記正義注云：「五殘，一名五鋒，出正東東方之分野，狀類辰星也，去地可六七丈，見則五分毀敗之徵，大臣誅亡之象。」〔註96〕可見五殘星也是一顆具有殺伐力量的凶星。西王母對使生命消亡之星兆的掌握，展現的正是母性的負面力量。

與西王母同樣具有星神身份，又具有凶殺力量的，還有作爲金星化身的明星女神。明星，天文學稱爲「金星」，金星依季節有時閃耀於日出之際，名爲「啓明星」，有時燦爛於黃昏天將暮時，稱爲「長庚星」、「太白星」。《詩經‧小雅‧大東》：「東有啓明，西有長庚。有捄天畢，載施之行。」毛傳：「日旦出，謂明星爲啓明；日既入，謂明星爲長庚。」朱熹注：「啓明、長庚，皆金星也。以其先日而出，故謂之啓明；以其後日而入，故謂之長庚。」〔註97〕因爲金星特別的明亮，且其出現總是在太陽升降前後，有引渡日月陰陽交替的作用，因此被賦予特殊的地位，《山海經》以明星爲「日月所出」〔註98〕，疑與此有關。

明星神的信仰發展很早，一說爲太白金星的妻子女嬬所化。《說文》引《甘氏星經》：

太白上公妻曰女嬬，居南斗，食厲。天下祭之，曰明星。〔註99〕

甘德所著星經成於戰國，可見祠祀明星玉女的風氣起源很早。厲爲與死亡、陰氣、鬼有關的負面象徵，女嬬食厲，表示具有這方面的威能。明星還與戰爭有關，馬王堆帛書《五星占》第二章《金星占》有：「將軍在野，必視明星之所在，明星前，與之前；後，與之後」的說法。此中金星神身份爲太白金星之妻的說法，懷疑應爲後期的附會，金星神原初或即爲女性。歷代的星神畫像中，金星神都是女子形象。

〔註95〕陳遵嬀，《中國天文學史》，第二冊，星象編，頁117。

〔註96〕〔日〕瀧川龜太郎，《史記會注考證》（高雄：麗文文化事業股份有限公司，1997），頁474。

〔註97〕區萬里，《詩經詮釋》，頁389。

〔註98〕袁珂校注，《山海經校注‧大荒東經》，頁399：「大荒中有山名曰明星，日月所出。」

〔註99〕漢‧許慎撰，清‧段玉裁注，魯實先正補，《說文解字注》，頁622。

　　江曉原〈六朝隋唐傳入中土之印度天學〉認爲五星神的造像可能受到印度天學的影響，因此極爲類似：

　　　　關於五星神像，其來源更爲明顯。《梵文火羅九曜》一經，繪
　　　　有五星、日、月、羅睺及計都共九神之像，其中五星神之像與《五
　　　　星二十八宿眞形圖》中者吻合程度極高。前者：土星神爲騎牛老人；
　　　　金星神爲婦女；火星神爲獸首人身，有四手各持武器；水星神亦爲
　　　　婦女；木星神爲一男子。後者：土星神亦爲騎牛老人，但作天竺修
　　　　行者裝束；金星神亦爲婦女，但跨乘飛鳳；火星神亦獸首人身，六
　　　　手各持兵器，乘於馬上；水星神則爲文士形象；木星神爲獸首人身
　　　　怪物乘於四足異獸上。兩者之同出一源，判然可見。〔註100〕

　　然而，至少在戰國時期的甘氏星經中金星神便已是女子，可見此一性別形象不是外來的。日

　　另外《雲笈七籤》卷四十七《秘要訣法》引〈衛靈神呪〉也提到所謂的「明星大神」：

　　　　東方九氣青天，明星大神，煥照東方，洞映九門。轉燭揚光，
　　　　掃穢除氛。開明童子，備衛我軒。收魔束妖，上對帝君。奉承正道，
　　　　赤書玉文。九天符命，攝龍驛傳。普天安鎮，我得飛仙。〔註101〕

　　此明星大神具有除穢、收妖的能力，也較屬於制化殺氣類的威能。

　　除了西王母、明星女神這一類與天文有關的女神，再以掌控水能量的敦煌玉女爲例。敦煌寫卷S.343〈都河玉女娘子文〉：

　　　　天威神勇，地泰龍興。逐三光而應節，隨四序而騁申；陵高山
　　　　如（而）掣電，閃霹靂如（而）巖崩。吐滄海，泛洪律；賀（駕）雲
　　　　輦，衣霓裙。纖纖之玉面，赫赫之紅脣。噴驪珠而永漲，引金帶如（而）
　　　　飛鱗；與牛頭如牛角（而角）聖，跨白馬而稱尊。……〔註102〕

　　文中的都河玉女，隨日月星三光輪轉，應四季節序出現，似乎也與星辰崇拜有關。其執掌包括了：掣電、閃雷、引海水、泛洪濤、駕雲霓等等，主要環繞著對水能量的掌控。水能量威能的展現，常與女性有關，如羲和、常

〔註100〕江曉原，〈六朝隋唐傳入中土之印度天學〉，《漢學研究》第10卷第2期，
　　　　1992.12，頁275。
〔註101〕宋‧張君房編，李永晟點校，《雲笈七籤》，卷四十七，頁1053。
〔註102〕引自黃徵、吳偉編校，《敦煌願文集》（長沙：岳麓書社，1995），頁22。

羲透過水產育日、月；黃帝蚩尤戰爭中的天女魃，蚩尤縱大風雨，女魃使雨止，遂殺蚩尤 [註103]。其中「牛」、「馬」象徵的出現，也與生育力有關。在西方，母牛爲月亮女神的代表，在中國，牛同樣具有生命孕育與豐產的意象。《月令》：「出土牛以送寒氣。」民俗中有鞭春牛的儀式，引春牛以迎春，用象徵生命力的植物枝條擊打土牛，使土牛圓鼓腹中的穀物崩裂而出…這些都是透過生命象徵，期盼帶來豐產力量的生殖崇拜遺跡。

　　牛屬於與月亮、豐產有關的象徵，馬則爲太陽象徵，太陽又稱爲白駒。江昌林《楚辭與上古神話歷史研究》：「在神話思維裡，太陽神除生物化爲陽鳥、神龍之外，有時還被生物化爲馬。」田合祿、田峰，《周易與日月崇拜——周易・神話・科學》：「太陽在白天，是由羲和駕『六螭（即六龍）』載之而行。而太陽在夜間的運行則是騎馬。」 [註104] 可見牛、馬的出現雖然在〈都河玉女娘子文〉是作爲形象的摹寫，但也附帶了母性生育力量的意涵。在這裡，母性力量主要透過掌握水能量、具有泛洪濤等顛覆生命之威力來展現。

　　敦煌寫卷中另有一掌握水能量的負面恐怖女神記載，見 P.3721〈瓜沙古事繫年〉：

> 州城西八十五里，瓜、沙二州水尾下，有一玉女泉。每年各索童男童女二人祭享。如若不依，降霜雹，損害田苗。其童男童女初聞驚懼，哀戀父母，既出城外，被神收攝魂魄，全無顧戀之情，第相把手，自入泉中。 [註105]

　　此女神形象可怖，討索童男童女爲祭，及若不從，便恣意降下霜雪損害田苗，驚懼百姓。文中童男童女魂魄被拘，盲目地、自願地步入泉水中溺亡的情景，描寫駭人，也彰顯出女神形象中兇惡、令人恐懼的一面。其所索求的獻祭對象爲童男、童女，這是女神對生命賜予權的回收。需藉由獻祭，回

〔註103〕袁珂校注，《山海經校注・大荒北經》，頁490～491：「有係昆之山者，有共工之臺，射者不敢北鄉。有人衣青衣，名曰黃帝女魃。蚩尤作兵伐黃帝，黃帝乃令應龍攻之冀州之野。應龍畜水，蚩尤請風伯雨師，從大風雨。黃帝乃下天女曰魃，雨止，遂殺蚩尤。魃不得復上，所居不雨。」

〔註104〕田合祿、田峰，《周易與日月崇拜——周易・神話・科學》（北京：光明日報出版社，2004），頁127：「太陽在白天，是由羲和駕『六螭（即六龍）』載之而行。而太陽在夜間的運行則是騎馬。這說明，『在神話思維裡，太陽神除生物化爲陽鳥、神龍之外，有時還被生物化爲馬。』（引江昌林《楚辭與上古神話歷史研究》，頁28。）

〔註105〕鄭炳林，《敦煌地理文書匯集校注》（蘭州：甘肅教育出版社，1989），頁83。

應女神的要求，方能免於女神無情降下死亡災禍的制裁，可視爲母性負面力量的展現。

這些表現爲剝奪者、掌控者的負面母性力量，其產生背景，包含了來自於成長過程的心靈體驗。人類嬰幼兒時期受母親宰制、需求得不到回應，以及成長的過程中，被迫脫離母親的呵護，獨自承受現實挑戰，從中體會到挫折感，卻又無法回歸母親懷抱等等心靈感受均在其中糾結呈現。透過心理原型的理論分析，能夠對女神何以呈現正、負兩面母性，得到進一步的瞭解。

四、女神之擬塑——母性心理原型的對象化歷程

根據現代科學的研究，當人在母體中，還是胎兒的時候，便已經有了腦部知覺，黑暗、溫暖、水的包覆、流動的心跳聲……構成了胎兒時期的記憶，這是孩子與母親的第一層連結。接下來嬰兒時期被親密哺育的經驗、對母親懷抱的依戀、害怕母親離去的焦慮等等，構成了人們嬰幼兒時期首次、大部分的他者經驗。母親此一大多數幼兒眼中最初的他者，是他們認識世界最初的窗口，母親的每一個表情、話語、回應，都是心靈宇宙的創世紀。人類在這種對待關係的基礎上，發展出自我的意識與世界觀，使神話、文學、藝術等種種人文的創造中，不能避免的處處潛藏著來自於母子關係的心理印記，而其中也包括了女神形象的擬塑。

在精神分析的領域，榮格（Carl Jung）稱這種無意識的心理印記爲「原型」（archetype），原型批評是神話研究重要的理論依據。其中來自於母親體驗所澱積出的心理原型，形成了母親原型，並構成了普遍運用於神話分析的大母神（Great Mother）原型批評〔註106〕。

所謂大母神原始意象或大母神原型（the primordial image or archetype of the Great Mother），根據師承榮格的埃利希‧諾伊曼 Erich Neumann 在其《大母神——原型分析》一書所指出：大母神「並非存在於空間和時間之中的任何具體形象，而是在人類心理中起作用的一種內在意象。在人類的神話和藝術作品中的各種大女神（the Great Goddess）形象裡，可以發現這種心理現象的象徵性表達。」〔註107〕此段敘述，提及了大母神原型內在的「心理意象」及外現的「象徵性表達」兩個方面。

〔註106〕或譯作大母神、原母或大地母神理論。
〔註107〕〔德〕埃利希‧諾伊曼著，李以洪譯，《大母神——原型分析》，頁3。

　　啓動大母神原型的內在心理意識，是人們在母親的撫育照拂下，所產生的賜予、溫暖、仰賴等感受，這種意識的存在與表現，遠早於母親此一倫理角色的確認與命名之前，因此諾伊曼特別強調：「大母神乃是後來的抽象概念」、「這一結合中的『母親』不只涉及子女對父母的關係，而且關係到自我的一種綜合的心理狀況。」〔註108〕

　　而這種心理狀態的層澱積累，形成了可辨識的、人類共通的大母神心理原型，此一心靈上的、被歌頌仰賴的偉大母親，最初未必是以人的形象出現，而可能是所有能體現賜予生命、溫暖、有力的保護等心理投射的事物出現，包括自然界中的太陽月亮、植物、動物等。根據當前的研究成果已可知，諸如循環再生的月亮、樹木；賦予營養和生命力的水、土地；具有循環規律的兔、熊、鳥等等，都是常見的大母神原型象徵。其後可能發展出半人、可變形之人、伴隨著象徵物之人等型態出現，以不同形式傳達母神的意象。

　　諾伊曼的研究同時論及大母神原型的分化與發展。《大母神——原型分析》在〈原型的結構〉一章，首先提示了原始原型所存在的「二元性」：

　　　　原始模型的一個基本特點，是把正面的和負面的屬性以及各種
　　　　屬性組合聯合在一起。原始模型的這種對立統一性和二重矛盾性，
　　　　是意識的初始狀況的特徵，其時意識尚未分化為對立面。初民把神
　　　　性中善與惡、友善與恐怖這種自相矛盾的複雜性體驗為統一的整
　　　　體；待到意識發展了，它們才被當作不同的對象來崇拜，例如善良
　　　　女神和邪惡女神。〔註109〕

　　循此二元性特徵，諾伊曼進一步論述了大母神原型的分化，其形象，時而為統於一體的善惡兼具大母神、時而為善良母神、時而為恐怖母神，並各自具有正面或負面的基本象徵，可茲辨識。

　　前述大母神原型中的二元性，和「母性」之「既善良慈愛又殘酷無情的兩面性」是一致的。母親原型，正是在母性的認知與體驗中所建立，而母神，則是被強化的、更令人敬畏、更具有宰制力的偉大母親。兩者同樣是站在「母性體驗」的情感基礎上，只是大母神原型進階凸顯了母性的偉大力量。

　　兩面的母性體驗，成為二元母性力量認知的基礎，同時也是母神原型二元分化的內在動力。母親及其所具備的力量，分別被感知為「賜予生命、溫

〔註108〕〔德〕埃利希・諾伊曼著，李以洪譯，《大母神——原型分析》，頁11。
〔註109〕〔德〕埃利希・諾伊曼著，李以洪譯，《大母神——原型分析》，頁11～12。

暖慈愛、養護者」與「帶來死亡、陰沈殘酷、掌控者」，並透過象徵的運用與
對待關係的融入演述出女神形象。

　　母性構成了對母親的認知，母性力量的神聖化則構成了女神的存在。女
神所具有的母性力量，透過象徵的運用、對待關係的融入被表達出來。由於
這些母性的象徵，以及母性力量的感知，出自於人類共有的基本精神形式，
是無意識中共通的心理原型，因此其形象雖固定，卻總是得以透過閱讀、創
作活動在人類心靈中被精準的重現，並轉換生成出其隱喻生命之存在、生命
力之運作，人與生命之對待關係的詩學內涵。

第四章　原始生命觀、女神的同質現象及其詩學意義

　　女神的擬塑，以人類母性的感知經驗爲核心，其中孕育生命的力量，透過水、土、樹木、石頭等與萬物滋長有關的象徵，傳達其「力」的作用，而在親子關係中所積累的受呵護、受掌控等互動的感受，則透過與女神的對待關係呈現出來。於是塑造出如女媧般的女神形象：其以蛇象徵爲形，運用水、土等象徵造人，運用石頭與火等象徵補天，又在安天地、絕洪水、除野獸等維護生靈的行動中，保存其母神的威能與慈愛養護的母者形象。

　　女媧的存在，也可被視爲「天力」的想像。水往東南流、天有群星璀璨等自然現象，透過不周山的傾倒、五色石補天來詮釋，透露先民認爲天地萬物無不爲神之施爲的原始認知。從神的角度、神力的作用來詮釋世間萬物，使所生存的空間，及自身的存在，成爲神聖力量作用中的一環，這正是神話產生的核心。女媧具體形象的出現，只是一個融入「人」之概念的對象化發展。可以說，女神們的出現，是在天與人之間，介入一個以「人」爲視角的角色。某種程度切斷天與人爲一體、人在天之秩序中的混沌同一，而在天的規律秩序中，加入以「人」爲原型的某個對象之施爲運作的力量。如太陽之母——義和的生育太陽與駕駛日車、霜神青女的佈下霜雪宣告秋天的來臨，發揮的便是這樣的作用。由此來看，上天之力，透過女神的勞作來演述呈現，便成爲一個具有詩學意義的發展。

　　在最原始的階段，天地宇宙的想像，以母性的感知爲基礎，於是發展出在天地的巨腹中，生命相連，受其滋養，孕育自其中，也將回歸其中，循環不已的母性宇宙觀。宇宙母性力量的聖顯，可能形諸於動物、植物、水、石

頭等任何象徵物，於是出現以樹木、石頭為母神的崇拜。等到「人」的觀念進一步建立，母神方才有了人形對象的發展，進而有所謂融入象徵與對待關係的女神形象存在。

無論是從高高在上的天之神力，或是從融入人之元素的女神來詮釋天地現象，背後都出自於人的主觀意識，但是透過女神來詮釋天地現象，卻比以天釋天，多了彼此的對待關係。天地所以如此，是女神的作為使其如此。因而藉以感受到「天地如此」，使天地足以存在的，本是「人」的主觀意識。由於天地如此，乃來自於女神的作為，於是女神成為造成「人」產生對該主觀感受的源頭。

這種轉變，使得母子對待關係，能夠毫無阻礙的落實到天與人的對待關係上。

原始的母性宇宙觀，本來就建立在母性的感知經驗上，但是彼時人的主觀意識、人的存在自覺尚不周全，因此全在天之神力的籠罩中，如今開啟出了一個對待的平台。

女神是上天與母親的混同體，上天的意志透過神聖母親之手，臨加到子民的心裡。子民面對上天意志所引起的喜怒哀樂反應，也回饋到女神與子民的對待互動中，這種對待，呼應了記憶中母親既慈愛又殘酷的母性感知經驗，於是形成既堅固又具有開放發展性的象徵系統。女神是上天的對待，也是人的呼求。

這種特殊的象徵關係，乃是由於女神形象的構造，以及天地宇宙觀的構造，背後具有共同的母性感知經驗基礎，因此得以共融。

在這個章節中，首先要呈現的是原始思維下的生命觀、宇宙觀在女神勞作中的演述。此一現象背後蘊含了兩個重要的意義：1.女神的角色定位具有介於天人之間的特殊性、2.母性的感知經驗既是女神形象塑造的基礎，也是原始生命觀的基礎，因此成為賦予女神特殊地位的關鍵因素，而其中，母性便是使人與女神的對待關係，能象徵天與人之對待關係的扣環。

本文的寫作首先彙整原始生命觀四個重要的面向，這四個面向具有系統性，形成對原始生命觀一個整體的觀察，並各舉神話為例。其後呈現原始生命觀透過女神勞作演述的現象，揭出女神的特殊角色定位，並由此印證原始生命觀、女神形象均以母性感知為建構背景，因此得以在同一原型的籠罩下，形成彼此象徵闡述的詩學關係。而此一詩學關係，便是女神可視為生命之隱喻的重要基礎。

一、原始生命觀的四個面向

　　卡西勒（Ernst Cassirer）在《人論》一書中提到，神話想像的背後，是一種「相信」的活動，我們不能把它歸結為某種靜止不動的要素，而必須從內在的生命力去把握它。〔註1〕而推動這種想像與相信的內在動力，便是「對死亡現象的堅定否認」與「對延續統一、不中斷之生命的信念」：

　　　　在某種意義上，整個神話可以被解釋為就是對死亡現象的堅定
　　而頑強的否定。由於對生命的不中斷的統一性和連續性的信念，神
　　話必須清除這種現象。原始宗教或許是我們在人類文化中可以看到
　　的最堅定最有力的對生命的肯定。〔註2〕

　　因此，整個神話，可以說是人們在體認到生命變遷與死亡的事實後，對存在的確認與維護。生命，是神話最根本的課題，與生命的誕生、存在、死亡、重生相關的思維，串連起所有神話的論說。這些論說的內涵，是關於人之存在問題的探問與解答，並且以一種實在的信念維繫住人們的生活，使人們不是以個人，而是以整體生命的一部份，共同生活在一個統一、連續、不中斷的宇宙生命體中。

　　生命哲學作為神話研究一個重要的課題，其研究肇始於「現代神話學的奠基者」〔註3〕——茅盾〔註4〕。茅盾受泰勒〔註5〕、蘭格〔註6〕影響，開始以萬物有靈論、靈魂觀、不死信仰等觀點，提出對神話性質、類型的新見解。這幾個方面都和生命哲學有深刻的關係。茅盾認為社會是演進的，人們宇宙觀的改變是神話在歷史中一再被修改的原因。這個觀點在現今看來不足為奇，但是在當時，使神話研究能夠脫離固態典籍的平面研究，而以活態社會

〔註1〕　〔德〕恩斯特・卡西勒著、甘陽譯，《人論》（上海：上海譯文出版社，2003），
　　　　頁117：「在神話想像中，總是暗含有一種相信的活動。」頁118：「我們不能把
　　　　神話歸結為某種靜止不動的要素，而必須努力從它的內在生命力中去把握它，
　　　　從它的運動性和多面性中去把握它，總之要從它的動力學原則中去把握它。」
〔註2〕　〔德〕恩斯特・卡西勒著、甘陽譯，《人論》，頁132。
〔註3〕　引用潛明茲的評論，說見《中國神話學》（上海：上海人民出版社，2008，增
　　　　修本），頁50。
〔註4〕　此處的肇始，指運用人類學觀點，切入解讀生命神話所反映的人類心理發展。
〔註5〕　〔英〕愛德華・泰勒（Edward Burnett Tylor，1832～1917），著有《原始文化》
　　　　（Primitive Culture，1871）、《人類學》（Anthropology，1881）等書。
〔註6〕　蘇格蘭學者安德魯・蘭格（Andrew Lang，1844～1912），著有《習俗與神話》
　　　　（Custom and Myth，1884）、《神話、文學和宗教》（Myth, Literature, and Religion,
　　　　1887）、《宗教的形成》（The Making of Religion, 1898）等。

史的角度進行整體觀照，開啓了從原始思維探索神話原貌的可能性，因此影響尤大。

　　茅盾之後有聞一多從圖騰的角度，分析蛇／龍圖騰從全獸、半人半獸到人格化的歷程（《伏羲考》1942），又有《神仙考》鑽研靈魂不滅、肉體不死思想的宗教化；此外，又有顧頡剛等疑古派學者，透過神話歷史化的觀點重述古史，回溯歷史人物從神到人、從神話變爲史實的層積演進過程。這些論著雖然未直接提及生命觀，但都是因爲認同社會文化受生命觀的演進影響，一再被改造，因而試圖重新爲固態神話敷理出一個活態系統的例子。

　　聞一多、疑古派主要革新局面，提出了幾個新的系統點，而丁山、袁珂則進行全面性的研究。在丁山《中國古代宗教與神話考》（1950）、袁珂的《中國神話史》（1988）、《山海經校注》（1993）中，處處可見從自然崇拜、原始宗教到社會人文的整體發展論述，能夠從個別的專題研究中，揭出背後共同的宇宙論或生命觀。再其後，則有葉舒憲的《中國神話哲學》問世，神話的哲學體系開始被嘗試建立起來。

　　《中國神話哲學》運用卡西勒、弗萊等學者的理論，提出中國神話內在的原型模式。該書雖然以神話哲學爲題，但意不在從哲學討論的各面向全盤論述，或以線性的歷史觀檢視神話哲學的整體發展，而是提出一個中國神話哲學的元語言、原型模式。其〈序〉中說：「人類學家的經驗告訴我們，文化是一個系統，是蘊含著意義、象徵、價值和觀念的系統，只有找到了凝聚著該系統的生成及轉換規則內在模式，這個系統才能得到理性的把握。」〔註7〕從茅盾以下的學者，指出了神話內涵確實存在生成與轉換的現象，而葉舒憲則嘗試找出其中的內在系統模式。這個被提出的中國神話原型模式，主要由太陽升降形成的二元宇宙觀、神鬼人三分世界結構，及春夏秋冬四個象徵子系統組成。其說對太陽神話、神話生命思維的研究影響大，近年來相關論著多援引其說以展開論述。

　　由以上簡短的統整可知，神話生命觀的研究早經開展，成果斐然。本章節以當前神話生命哲學的研究成果爲基礎，透過幾個具有系統性的面向，將相關的神話串連在一起，希望能梳理出生命神話本身從起源、發展到超越的內在脈絡。這四個擬探討的面向爲：「生死現象：盤古神話與時間的寓意」、「生

〔註7〕葉舒憲，《中國神話哲學》（北京：中國社會科學出版社，1992），〈序〉，頁5～6。

育力量：透過太陽神演述的生命思維」、「生命秩序：季節神話及其儀式」、「超越死亡：不死樹與不死鳥」。其中 1.生死現象的探討核心為——發現時間與靈魂的存在；2.生育力量的探討核心為——陰陽二元論與生育崇拜；3.生命秩序的探討核心為——宇宙一體論與季節儀式；4.超越死亡的探討核心為：重生與不死的神話。透過以上核心議題的討論，結合神話文本與原始生命觀，作出系統性的檢視，以為後續研究的開展基礎。

（一）生死現象：盤古神話與時間的寓意

生命與時間的存在是相互詮釋的，死亡使人們確認生命的存在，而由於感知到生命的存在，人們開始計算時間。因此生命從出生到死亡的過程便是最初的時間概念。正如亞里斯多德（Aristotle）《物理學》所言：「假如沒有人的心靈，就無所謂有時間。如果時間是可以被點數的話，則必須有人去數他。」又，奧古斯丁（St. Augustine）《懺悔錄》：「看！我的生命是一個擴張！」的感嘆。﹝註8﹞時間乃是透過存在意識來點算，並且以生老病死的歷程前行。

創世神話中的盤古故事，展現的便是這種生命歷程與時間意識相依存的關係。見《藝文類聚》載徐整《三五曆紀》所記盤古故事：

> 天地混沌如雞子，盤古生其中。萬八千歲，天地開闢，陽清為天，陰濁為地。盤古在其中，一日九變，神於天，聖於地。天日高一丈，地日厚一丈，盤古日長一丈，如此萬八千歲。天數極高，地數極深，盤古極長。後乃有三皇。數起於一，立於三，成於五，盛於七，處於九，故天去地九萬里。﹝註9﹞

────────────

﹝註8﹞《物理學》（Physics）、《懺悔錄》（Confessions）中的言論，轉引自關永中《神話與時間》（台北：台灣學生書局，2007），頁 169、177。關永中將時間理論區分為 A.以亞里斯多德、多瑪斯為代表的「物理觀點」B.以奧古斯定、胡賽爾為代表的「心理觀點」C.以海德格、沙特為代表的「存在觀點」D.以艾良德、史泰斯為代表的「超越觀點」。其中屬於物理觀點的亞里斯多德，對時間的定義是：「時間是運動流轉之可清點成分，它是按事物流變的先後次序而作出點數排列的一回事，它是用以衡量運動的尺度」（頁 165～166）、「當我把握到一種有規律的運動時，可以用它來衡量時間或其他運動」（頁 168）。而這種觀點，其實也是「沒有人靈就沒有時間」（No Time Without Soul）的一種表現（頁 169）。因此不是純物理性的，可以和奧古斯定的存在反思相溝通。奧古斯定進一步指出：「靈魂衡量時間，而時間衡量運動。只有人的靈魂才有能力衡量天體在時間中運行。即使天體在運行上有改變或停頓，靈魂依然能察覺它的改變」（頁 175）。

﹝註9﹞唐・歐陽詢等編，《藝文類聚》，卷一，頁2。

　　這段敘述以盤古身體的誕育與生長，演繹時間的推進。將兩者的關係粗略整理如下表，對照兩者，可以清楚的看出生命成長與時間推演的對應關係。

生命變化	時間推進
天地混沌	未有時間
盤古生其中	萬八千歲
盤古在其中，一日九變	神天、聖地告成
盤古日長一丈，天日高一丈，地日厚一丈	萬八千歲
天數極高，地數極深，盤古極長	數起於一，立於三，成於五，盛於七，處於九

　　而盤古之死，亦非生命的結束，而是轉化為生長的能量，進入天地宇宙這個大生命體中。〔註10〕如《繹史》卷一引《五運歷年記》：

　　　　元氣濛鴻，萌芽茲始，遂分天地，肇立乾坤，啓陰感陽，分布
　　元氣，乃孕中和，是為人也。首生盤古，垂死化身，氣成風雲，聲
　　為雷霆，左眼為日，右眼為月，四肢五體為四極五嶽，血液為江河，
　　筋脈為地里，肌肉為田土，髮髭為星辰，皮毛為草木，齒骨為金石，
　　精髓為珠玉，汗流為雨澤，身之諸蟲，因風所感，化為黎甿。〔註11〕

　　又，任昉《述異記》：

　　　　昔盤古氏之死也，頭為四岳，目為日月，脂膏為江海，毛髮為
　　草木。〔註12〕

　　這些記載，都將盤古之死描述為一種轉化再生的活動。他的身體所變化成的日月、江河、土地等，都是跟生長有關的能量，並且是天地的一部份，因此盤古的死亡不是死亡，而是轉化，他以助化生長的形式融入天地中，並永久的與天地結為一體。這種神話，表現的正是卡西爾《人論》中所說的，整個神話可以說是對死亡現象的否認、對生命延續的維護。因為這種信念，使人們確信自己生活在不朽、共同的宇宙體中。

〔註10〕　參見樂蘅軍，〈中國原始變形神話試探〉，《古典小說散論》（台北：純文學出版社，1976），頁1～38。
〔註11〕　清·馬驌纂，劉曉東、周德鈞、彭忠德、孫言誠、戴和冰、侯仰軍、北海點校，《繹史》（濟南：齊魯書社，2001），第一冊，頁2。
〔註12〕　舊題任昉，《述異記》（《景印文淵閣四庫全書》，1047冊，台北：台灣商務印書館，1986），卷上，頁613。

而盤古的死亡化生，生命時間逆轉到重新出生的狀態，再度循環，也就是神話研究中所稱的「圓形時間」。見王孝廉《中國的神話世界——中原民族的神話與信仰》：

> 在直線時間觀念下，死亡是一切的終止，可是在古人圓形循環
> 的時間信仰下，死亡並不具備否定的意義，而毋寧可以說是全宇宙
> 以及個人生命取得再生的契機。〔註13〕

盤古神話同時表現了身體與時間的關係、圓形時間概念、宇宙創生等，是一個蘊義豐富的故事，同時也是一個神聖的敘事。凡透過神演述人類存在的神聖敘事，亦即所謂的「神話」。〔註14〕盤古神話所體現的生命形式，是一個神聖的模型，所有眾生都依同樣的生命歷程，生死循環變化。宇宙全體生命，不管是盤古、黎甿、蟲鳥草木....都在同一個生命模式中，這是原始思維中「生命一體化」〔註15〕概念的展現。

（二）生育力量：透過太陽神演述的生命思維

有了靈魂與時間的意識後，進一步則是追尋生命從何而來、歸向何方的問題。《莊子·田子方》有言曰：

> 日出東方而入於西極，萬物莫不比方，有目有趾者，待是而後
> 成功，是出則存，是入則亡。〔註16〕

太陽高懸於天，規律運行，有出有沒，因此成為生命與時間意識發展主要的依附對象。這種現象，在世界各民族的神話中，有許多例子可茲印證。弗萊《批評的解剖》便曾論及二者密切的關係：

> 在神祇的世界中，主要的過程或運動指某個神的死而復生、消
> 失和重現，或轉世和隱退。人們通常把這種神性運動與自然界的一
> 兩種循環過程等同或聯繫起來。如果這神是太陽神，他便在夜間死

〔註13〕王孝廉，《中國的神話世界——中原民族的神話與信仰》下編（台北：時報文化，1987），頁127。

〔註14〕如同王孝廉在《中國的神話與傳說》中對神話所作的定義：「神話是古代民眾以超自然性感靈的意志活動為底基，而對周圍自然界及人文界諸事象所做的解釋或說明的故事。」台北：聯經出版事業公司，1994初版九刷，頁1。

〔註15〕〔德〕恩斯特·卡西勒著、甘陽譯，《人論》，頁129：「原始人絕不缺乏把握事物的經驗區別的能力，但是在他關於自然與生命的概念中，所有這些區別都被一種更強烈的情感湮沒了：他深深地相信，有一種基本的不可磨滅的生命一體化（solidarity of life）溝通了多種多樣形形色色的個別生命形式。」

〔註16〕清·郭慶藩撰，《莊子集釋》，第三冊，頁707。

去、白晝再生，或者每年到冬至時又復活過來。〔註17〕

由這段論述可知，先民透過太陽的運行，推導出時間的軌跡，而這個軌跡同時也是生命歷程前進的道路。神話透過太陽神的生、死、重生來演述。太陽早晨升起如同出生，黃昏落下則代表死亡。

這種生命的思維，在中國天文學中有具體的反映。中國天文學稱太陽運行的軌道為「黃道」，宋‧沈括《夢溪筆談》：「日之所由，謂之黃道」〔註18〕，黃道又稱為中道、光道〔註19〕，是生命時間的主軸，循此又延伸出九條月亮運行的路線，所謂：朱道、黑道、青道、白道。四道各二，加上黃道，成為九行，亦即《漢書‧天文志》所謂：「日有中道，月有九行。」〔註20〕在這九條時間的軌道中，黑道在黃道之北，行於冬日，又冬季陽氣衰、日照短，具有死亡的意涵〔註21〕，因此形成後代黃道吉日、黑道凶日的說法。黃道與黑道，一個是白天充滿生命力的太陽所行走的道路，一個是死後的太陽處在極度衰弱的旅程上，因此成為生死的隱喻。

太陽日日在此象徵生命時間的軌道上運轉，神話以馬〔註22〕、馬車的奔

〔註17〕〔加〕諾斯羅普‧弗萊著、陳慧、袁憲軍、吳偉仁譯，《批評的解剖》（天津：百花文藝出版社，2006），頁226。

〔註18〕〔宋〕沈括撰，《夢溪筆談》卷八〈象數二〉：「曆法，天有黃、赤二道，月有九道。此皆強名而已，非實有也。亦由天之有三百六十五度，天何嘗有度？以日行三百六十五日而一期，強謂之度，以步日月五星行次而已。日之所由，謂之黃道；南北極之中，度最均處，謂之赤道。月行黃道之南，謂之朱道；行黃道災害北，謂之黑道。黃道之東，謂之青道；黃道之西，謂之白道。黃道內外各四，並黃道為九。日月之行，有遲有速，難可以一術御也。故因其合散，分為數段，以一色名之，欲以別算位而已。如算法用赤籌、黑籌，以別正負之數。歷家不積壓其意，遂以謂實有九道，甚可也。」

〔註19〕王先謙，《漢書補注》（台北：藝文印書館，1996初版四刷），卷六〈天文志〉，頁586：「日有中道，月有九行。中道者，黃道，一曰光道。」

〔註20〕王先謙《漢書補注》，卷六，〈天文志〉，頁586。月有九行之說，亦參見於前注《夢溪筆談》。

〔註21〕如《新唐書》卷27下〈曆三〉所述：「黑道至冬至之宿，及其所衝，皆在黃道正北」，冬季、北方為死亡意象，又「晷變而長，則日行黃道南；晷變而短，則日行黃道北」，冬季日短夜長，也被想像為太陽神生命力的減衰。引文見宋‧歐陽脩、宋祁撰，《新唐書》點校本（北京：中華書局，1975），第二冊，卷27下，頁622、626。

〔註22〕關於太陽與馬意象的關係，如田合祿、田峰合著的《周易與日月崇拜——周易‧神話‧科學》，頁127提到：「太陽在白天，是由羲和駕『六螭（即六龍）』載之而行。而太陽在夜間的運行則是騎馬。這說明，『在神話思維裡，太陽神除生物化為陽鳥、神龍之外，有時還被生物化為馬。』（引江昌

馳來象徵前行，如天文神話中常見有駕日車、斗車、華蓋、造父、龍馬等故事。另《渾天儀》中所謂「二十八宿，半隱半見，天轉如車轂之運」〔註23〕指的雖然是渾天說，但也有以車馬象徵天地運轉的含意。

在以車行爲喻的循環中，太陽的現身——日出，是爲生，太陽的消逝——日落，是爲死亡，人們以太陽神生命體的規律，認知出生與死、日與夜、天與地、陽與陰的二元宇宙認知模式。其中，生育的力量來自於這個生命運行規律的永恆存在，也就是一日一夜、一生一死、一陽一陰的持續循環，並確保其中律動的關係，在這個思維中，生命是以「不變的變動」長存，而非「長生不老」。

神話中陰、陽大神開創天地，表現的便是這種生命思想。《淮南子‧精神訓》有：

> 古未有天地之時，維像無形，窈窈冥冥，芒芠漠閔，澒濛鴻洞，莫知其門。有二神混生，經天營地，孔乎莫知其所終極，滔乎莫知其所止息。於是乃別爲陰陽，離爲八極，剛柔相成，萬物乃形，煩氣爲蟲，精氣爲人。是故精神天之有，而骨骸者地之有也，精神入其門，而骨骸反其根，我尚何存？〔註24〕

根據文中所述，古本未有天地，其初始乃是陰、陽兩位大神所經營打造出來的，又兩者剛柔相成，於是有「人」的出現。什麼是「我」呢？依照這裡的形神觀，我之精神來自於天、形骸來自於地，此中的一天一地，展現的正是二元理論，至於人死之後，精神入天門、形骸重返地根，也反映了前一節中人與天地爲一體的概念，死亡並非消逝，而是融回整個大生命體中。

相似的言論亦見於《繹史》卷一引《五運歷年紀》，其中除了二元論，還凸顯了乾坤陰陽的概念。見：

> 元氣濛鴻，萌芽茲始，遂分天地，肇立乾坤，啓陰感陽，分佈元氣，乃孕中和，是爲人也。〔註25〕

此一宇宙二元的循環認知模式，是從太陽昇落的想像、太陽神生命歷程

林《楚辭與上古神話歷史研究》，頁 28。）」關於時光飛逝也有白駒過隙的說法。
〔註23〕引自唐‧徐堅等著，《初學記》，上冊，卷第一，〈天部〉，頁 2。
〔註24〕何寧，《淮南子集釋》，上冊，〈精神訓〉，頁 503～504。
〔註25〕清‧馬驌纂，劉曉東、周德鈞、彭忠德、孫言誠、戴和冰、侯仰軍、北海點校，《繹史》，頁 2。

的模擬而來的。這種信念，能夠被實在的相信，其崇拜的源頭與保證，是太陽日落的必定重返、死而必然復生。在這種信仰中，日、月蝕是極爲可怕的現象，代表生命的力量受到侵蝕，將會帶來極大的恐慌，而如果每一天太陽如常升落重生，則是天地偉大的生育力量被一次一次的確認，人的生命力量也在其中被一次一次的保證。古籍中有「十一月辛巳朔旦多至，昧爽，天子始郊拜泰一，朝朝日，夕夕月則揖」〔註26〕、「漢家常以正月上辛太一甘泉，以昏時夜祠，到明而終。常有流星經於祠壇上」〔註27〕等記載，便是延伸自這個概念的遺俗。祭祀是膜拜願望，希望得與之同。

而這種二元一體、相生相成的宇宙觀，也具體表現在易經哲學中。如葉舒憲《中國神話哲學》一書所闡述：

> 上古中國神話並沒有像巴比倫、埃及神話那樣強調太陽與陰間世界的絕對敵對關係，相反，倒是突出了光明與黑暗、陽與陰之間的相生相化的依存關係。〔註28〕

> 中國神話哲學在對立的統一中蘊含著一元論的宇宙觀，陰與陽的對立只不過是同一個宇宙本源即太一的變化型態而已，「兩儀」的分裂不是對抗性的，而是統一在一個「太極」圈之內的，是道在其運行過程中的不同表現。〔註29〕

神話的內涵，正如前引卡西爾《人論》所言，是先民對死亡現象的堅定否認。因此所謂陰陽互動、循環不盡的生命觀，也可以說是先民透過對天地循環恆在規律的觀察，所發展出的神話論述，藉以成功的否定死亡的現實。究其根源情感，實仍出於對生命消逝的恐懼。

源於這種恐懼，在太陽神的生命規律歷程中，使之永久得以重生的力量，特別受到崇拜歌詠。日出是太陽新生的狀態、日中是壯年、夕陽爲遲暮、日落爲死亡，月亮則是走在死亡的黑道上的太陽，度過冥府黑海後，乃又得以魚變爲鳥、鵬程萬里、日耀於天。〔註30〕而月亮由於擁有重生的力量，因此成爲反映死亡恐懼的崇拜對象。

〔註26〕瀧川龜太郎，《史記會注考證》，卷十二〈孝武本紀〉，頁210。
〔註27〕瀧川龜太郎，《史記會注考證》，卷二十四〈樂書〉，頁418。
〔註28〕葉舒憲，《中國神話哲學》，頁55。
〔註29〕葉舒憲，《中國神話哲學》，頁56。
〔註30〕此段敘述，綜采自目前太陽神話的研究成果，如杜而未、葉舒憲、蕭兵、王小盾、何新、朱任飛、高福進等學者的討論。

《楚辭・天問》中的：

> 天何所沓？十二焉分？日月安屬？列星安陳？出自湯谷，次於蒙汜；自明及晦，所行幾里？夜光何德，死則又育？厥利維何，而顧菟在腹？〔註31〕

重現了太陽從生到死的整體歷程，及對月亮的崇拜心理。太陽歷次暘谷、蒙汜，自明及晦，晦是月亮「朔、霸、望、晦」生命變化狀態中的最末一種〔註32〕，前文日月同舉、自明及晦也是混合太陽與月亮的變化狀態並述，因此日月的變化是一體的生命，並不是分開的。「夜光」是爲月亮，同時也代表了黑夜所具有的重生力量。

〈天問〉所言：夜光何德，竟擁有重生再育的神秘力量，有如在顧菟腹中般，規律的被一再產出。其中「顧菟在腹」的解釋有諸說，顧菟是單指兔子，還是兼指兔子和蟾蜍，見解不同，但都是生育崇拜的象徵物。以兔子而言，規律一月一孕，且多產，因此被想像與月亮擁有同樣的力量，成爲其象徵群之一。民俗中有兔子「有雌無雄，望月而孕」的說法〔註33〕，甚至衍生出不知父源的罵人語「兔崽子」〔註34〕。從原始思維中生命共同體、交感的角度來看，月亮有顧菟在腹中、夜晚時如在顧菟腹中具有神秘的再生力、月亮是顧菟之腹……等，其表述的意思均是相通的，代表的都是對生育力的崇拜與迷思。

舊題東方朔所撰的《神異經》中也有一個相似的例子。鳥是太陽的化身，鵬飛萬里、巨鳥出海、東王公西王母居於大鳥翅上都有長生的隱喻，《神異經・西南荒經》記載有一長壽小人國「鵠國」，鵠國人壽長三百歲，但如果被一飛

〔註31〕馬茂元主編，楊金鼎、王從仁、劉德重、殷光熹注釋，《楚辭注釋》，〈天問〉，頁205～206。

〔註32〕唐・徐堅等著，《初學記》頁8，卷第一〈天部・月〉引《釋名》曰：「《釋名》云：朏，月未成明也。魄，月始生魄然也。朔，月初之名也，朔，蘇也，月死復蘇生也。晦，月盡之名也，晦，灰也，死爲灰，月光盡似之也。」王國維，《觀堂集林》：「一曰初吉，謂自一日至七、八日也；二曰既生霸，謂自八、九日以降至十四、五日也；三曰既望，謂十五、六日以後至於二十二、三日；四曰死霸，謂自二十三日以後至於晦也。」

〔註33〕宋・何薳撰、張明華點校，《春渚記聞》（北京：中華書局，1983，《歷代史料筆記叢刊・唐宋史料筆記》），頁112：「東坡先生云，中秋月明，則是秋必多兔。野人或言兔無雄者，望月而孕。」

〔註34〕潛明茲，《中國神源》（重慶：重慶出版社，1999），頁171：「俗語罵人把野種叫『兔崽子』，因爲古人誤以爲兔有雌無雄，望月而孕。」

千里的海鵠吞入腹中，則得以長生不死。〔註35〕太陽有時候是鳥、有時在鳥腹中、人們透過鳥化太陽神的變化認知生死、自我擬想爲鳥化的人形（羽人）以借取太陽的生命力量、先民有口銜石球身披羽衣種種仿鳥的行爲〔註36〕等等，這些都是在主客不分、物我一體的原始思維影響下〔註37〕，所衍生出的生命崇拜現象。

（三）生命秩序：季節神話及其儀式

太陽的運行軌跡隨時間變化，日照各有短長，因而產生氣候不同的季節，此即《尚書·洪範》所謂：「日月之行，則有冬有夏。」〔註38〕〈洪範〉只舉出冬與夏，恐怕因爲這是生命極盛與生命極衰的狀態，一生一死，特別具有代表性的緣故。在冬天，日照短、萬物衰歇，太陽和天地好像同時進入衰亡的狀態，反之，春夏則日照強、萬物滋長，太陽和天地同時呈現欣欣向榮的景況。這種生命週期的同步，使先民在「宇宙一體論」的原始思維催化下，建構出以太陽運行爲秩序的宇宙觀。天地萬物均隨著太陽神的生死變化，同步進入以「季節」爲標記的循環歷程中。

〔註35〕舊題漢東方朔撰、晉張華注，王根林校點，《神異經·西荒經》：「西海之外有鵠國焉，男女皆長七寸。爲人自然有禮，好經綸跪拜。其人皆壽三百歲。其行如飛，日行千里。百物不敢犯之，惟畏海鵠，過輒吞之，亦壽三百歲。此人在鵠腹中不死，而鵠一舉千里。」《漢魏六朝筆記小說大觀》（上海：上海古籍出版社，1999），頁55。

〔註36〕蔡鳳書，《中國史前文化》（濟南：山東教育出版社，1991），頁92：「頭骨枕部畸形的現象在江蘇南部和湖北省的一些史前文化遺址中也有。口頰含球是在口頰含一小石球的習俗。由於長期含球，這些人的上下頜骨受到嚴重影響，致使齒冠、齒根和齒槽骨變形。」該地正是鳥夷文化區。作者認爲口銜石球的習俗，「也許是爲了效仿鳥類的發音而有此舉」，但由於這一類的葬儀多出現在女性身上，亦很有可能是象徵生命力的藉取、重生再續。鳥啣穀種帶來生命力是神話中常見的母題，鳥同時也是太陽的化身，因而延伸出神鳥啣珠、玄鳥墮卵感生等，傳遞太陽生命力量的神話。後代殮儀中於死者口中置入明珠的遺俗亦不罕見。

〔註37〕這種物我不分，同時是物以及其自身，希望在對象物的「裡面」以獲取其力量的原邏輯思維模式，參見《原始思維》中的闡述，頁69～70：「在原始人的思維的集體表象中，客體、存在物、現象能夠以我們不可思議的方式同時是它們自身，又是其他什麼東西。它們也以差不多同樣不可思議的方式發出和接受那些在它們之外被感覺的、繼續留在它們裡面的神秘的力量、能力、性質、作用。」

〔註38〕《尚書正義》（台北：藝文印書館，1997初版13刷，《十三經注疏》第一冊），卷第十二，〈洪範〉，頁178。

　　而最初太陽神的生命歷程，僅是從日到夜的一個基本生死循環，如前引〈天問〉的「自明及晦」、「死則又育」；到後來又進一步擴展爲從春到冬的大循環，例如《尚書·堯典》以「日中」、「日永」、「宵中」、「日短」四種太陽不同的生命狀態，標記四個的季節時間點。

　　《尚書·堯典》中有：

> 乃命羲和，欽若昊天，歷象日月星辰，敬授人時。

> 分命羲仲，宅嵎夷，曰暘谷。寅賓出日，平秩東作。日中星鳥，以殷仲春。厥民析，鳥獸孳尾。

> 申命羲叔，宅南交。平秩南訛，敬致。日永星火，以正仲夏。厥民因，鳥獸希革。

> 分命和仲，宅西，曰昧谷。寅餞納日，平秩西成。宵中星虛，以殷仲秋。厥民夷，鳥獸毛毨。

> 申命和叔，宅朔方，曰幽都。平在朔易。日短星昴，以正仲冬。厥民隩，鳥獸氄毛。〔註39〕

　　根據尚書注的解析，寅爲敬、賓爲導，春天時神官自太陽的誕生地「暘谷」，敬導新生的太陽出現，並根據星象定下「春」這個季節時間點；其餘夏天時神官請太陽行化育之功、秋天時神官敬送太陽回昧谷、冬天時太陽在象徵死亡的幽都中，並同樣根據星象依序定下夏、秋、冬的時間點。在這些記載中，都是先敘述太陽的狀態與行止，才對照星象，校正節氣，可見季節秩序是跟太陽的生命連結在一起的，而不是一個固有的、既定的、無生命的模組。這是以太陽模擬出人的生命觀，在宇宙一體化的想像中，透過太陽神的生命歷程，同步整個天地的生命狀態、引導時間前行，並據以定下生命秩序的思維遺跡。

　　《堯典》中春天的「寅賓出日」、秋天的「寅餞納日」，一爲賓迎、一爲餞送，儀式內容和甲骨卜辭的記載相似。如：

> 癸未貞，甲申酒彡出入日，歲三牛，茲用。（屯890）

> 癸未貞，其卯出入日，歲三牛，茲用。（屯890）

> 出入日歲卯……不用。（屯890）

> 甲午卜貞，侑出入日。（屯1116）

〔註39〕《尚書正義·堯典》，頁21。

出入日歲卯四牛，不用。（屯 2615）〔註40〕

出日即「寅賓出日」，入日的意思跟「寅餞納日」相同。雖然記載中沒有標出季節，但是學者研究認為，殷代出入日儀式的舉行時間便是春、秋兩季。如詹鄞鑫《神靈與祭祀──中國傳統宗教綜論》所述：

> 《書・堯典》記羲仲在仲春（春分）時「寅賓出日」，和仲在仲秋（秋分）時「寅餞納日」。據此可知，「出日」與「入（納）日」具有特定的曆法意義，它是古代觀天家在春分秋分觀察日出日落以定節氣的象徵。由此看來，殷代祭日出日落並不是每天朝祭日出夕祭日入，而是在春分時朝祭日出，秋分時夕祭日入。這種情形跟周人於春分朝祭日，秋分夕祭月的制度很相似。〔註41〕

另外，詹鄞鑫也認為，雖然卜辭中沒有明確的提出春、夏、秋、冬四分季節觀，但是其中關於四方風、四方神的記載，隱喻了生命的四種狀態，其實就是「春生、夏長、秋收、冬藏」概念的體現。〔註42〕

由此可知，從太陽神模擬出來的生命觀，很早就定型為四段循環的生命秩序模式，也就是季節的概念。在生命一體化思維的影響下，先民相信在宇宙大生命體中，日月星辰、人、天地萬物，都是依循著相同的季節秩序生活，個人的生命，也隨著春風、夏雨、秋霜、冬雪等四時氣候而變化，並且與天地處在同一個生老病死的大循環中。例如《禮記・月令》便是人與天地為同一生命體，同在一個季節秩序中的最佳例證。

然而雖然宇宙萬物為一體，生老病死不僅是個人的生命現象，同時也是整個宇宙的生命現象，但是有時兩者的關係並不是那麼同步，或者在個人與世界的緊密生命關係上發生了迷惘，於是進而又發展出配合四季的宗教儀式

〔註40〕據劉青，《甲骨卜辭神話資料整理與研究》（昆明：雲南人民出版社，2008），頁 2 所列。

〔註41〕詹鄞鑫，《神靈與祭祀──中國傳統宗教綜論》（南京：江蘇古籍出版社，1992），頁 317。

〔註42〕詹鄞鑫，《神靈與祭祀──中國傳統宗教綜論》，頁 41～42：「有關四方神與四季風的名稱，又見於《甲骨文合集》14295 版刻辭。由於一年四季風向不同，春東風，夏南風，秋西風，冬北風，所以四方風實際代表的是四季風。而四方風又是由四方神指使的，可見四方神實際上又是主司四時氣候的神。這反映出很早以前，古人已將四方與四季相聯繫了。進一步考察，可知四方神的名稱本身，就包含了四時氣候的特點。……四方神名正好寓有『春生、夏長、秋收、冬藏』（《淮南子・本經訓》）的意義。」

來。這些儀式的施行，使人們得以一次一次的確認生命秩序的存在，並融入其規律中。儀式的施行，以及季節的準確循環，使先民在眞實的信念中對生命感到喜悅，例如春天總會再來和重生信念的再度被確認。

《周禮》分爲：天官、地官、春官、夏官、秋官、冬官，禮樂制度本是從原始宗教祭儀發展而來，禮樂制度的施行，從神話的角度來看，體現的就是這種與宇宙生命爲一體的思維。藉由宗教儀式確保秩序的存在、將自身融入其中，感受到天地和諧的喜悅。如《史記·樂書》有：「大樂與天地同和，大禮與天地同節。和，故百物不失，節，故祀天祭地。明則有禮樂，幽則有鬼神，如此，則四海之內，合敬同愛矣」、「樂者，天地之和也。禮者，天地之序也。和，故百物皆化。序，故群物皆別。樂由天作，禮以地制。過制則亂，過作則暴。明於天地，然後能興禮樂也」、「春作夏長，仁也。秋斂冬藏，義也。仁近於樂，義近於禮。樂者敦和，率神而從天。禮者別宜，居鬼而從地。故聖人作樂以應天，制禮以配地」等語。〔註43〕講的都是以禮樂合同天地的秩序，並且使人的社會各得其宜。

從前一節的「生育力量」二元論，到此處的「生命秩序」季節觀，都是在萬物一體論的觀念中，所一路發展出來的生命思維。這種生命哲學成爲中國文化的重要基底，舉凡宗教、藝術、醫學等人文勞作，莫不籠罩其中。

醫學與生命觀、身體觀聯繫最爲緊密，《黃帝內經》便是這種生命哲學的具體呈現，以《內經·四氣調神大論》中的論述爲例：

> 夫四時陰陽者，萬物之根本也。所以聖人春夏養陽，秋冬養陰，
> 以順其根，故與萬物浮沈於生長之門。逆其根，則伐其本，壞其眞
> 矣。故陰陽四時者，萬物之終始也，死生之本也。〔註44〕

其中認爲四時陰陽是萬物的根本，萬物透過陰陽化生，並且依循著以季節爲標記的生命秩序生活，人如果違逆了這個秩序，其本眞就會受到傷害。聖人知道依從生命的根源，因此在春夏養其陽、秋冬養其陰，所以能夠「與萬物浮沈於生長之門」，所謂與萬物共同浮沈於生命之門，也就是生命一體化的表現，天、地、人都在同一個秩序歷程中，因此能夠取得一種長久而和諧的關係。

〔註43〕瀧川龜太郎，《史記會注考證》，頁 422〜423。
〔註44〕清·張隱庵注，孫國中、方向紅點校，《黃帝內經素問集注》（北京：學苑出版社，2002），頁 14〜15。

（四）超越死亡：不死樹與不死鳥

先民生命觀中陰陽二元模式、季節生命秩序，淵源於對太陽神的崇拜與想像同化。日月循環變化，一日夜中死而又育，因此如前所述，死亡是被否認的，只是如盤古般，化爲另一種生命的力量，融入整體宇宙中，成爲生命的能量，並助化了宇宙的循環。原始生命觀中的死亡現象不稱爲死亡，而可以用「化生」來稱呼。只要日月運行、天地循環的規律在，生命就是永不斷裂的。

然而關於生命的思維，隨著文化發展而不斷演進，當文獻中開始出現「不死」的字樣，同時也顯示了死亡現象被眞實認知，人們於是開始歌頌生命永存、讚嘆生命永存之神聖境域的存在，至於不死藥、長生術的興起，則又標誌著生命觀發展的另一個階段，人們展開了對死亡超越的追求。

爲了呈現生命觀發展的階段性差異，我們可以將其分爲三個層次來看，包括了最初的「循環化生，否認死亡」、再來是「體認死生有時，歌詠不死」、最後才是「排拒死亡，追求長生」。文獻中關於不死、長生、永壽的記載，亦可略加區分出其中的差異。

以《山海經》中的記載爲例。

《山海經・海外南經》：

> 不死民在其東，其爲人黑色，壽，不死。一曰在穿匈國東。（郭璞注：有員丘山，上有不死樹，食之乃壽。亦有赤泉，飲之不老。）

〔註45〕

《山海經・大荒南經》：

> 有不死之國，阿姓，甘木是食。（郭璞注：甘木即不死樹，食之不老。）〔註46〕

《山海經・海內經》：

> 流沙之東，黑水之間，有山名不死之山。（郭璞注：即員丘也。）

〔註47〕

這些記載幾乎以互文的方式存在，應該是一個整體、普遍的思維，而不是斷裂、個別的。而其中雖然描述的是「不死」，但卻一致的以黑色、夜晚、水、丘墓等死亡意象來表現，可見此中的「不死」，並不是與「生」對立所認知出來的概念。細加區分，其中的生命觀應介於循環化生和歌詠不死的層次

〔註45〕袁珂校注，《山海經校注》，頁238。
〔註46〕袁珂校注，《山海經校注》，頁425。
〔註47〕袁珂校注，《山海經校注》，頁504。

之間。因爲夜晚的黑暗、屬於冥界的泉水、代表女性生育力的木、水、蛇及赤色等，雜揉陰陽二元化生意象，具有生命循環孕育的思維；食甘木、飲赤泉的動作則顯示他們並非自身不死，而是藉取自神聖物的力量，又，「壽」這個字是具備生死有時的認知後方出現的描述，再加上《山海經》記異的特質，顯示這是將不死視爲神奇的現象記載。因此，《山海經》中的不死描述，呈現既具有循環化生思維，又體認生命有時、歌詠不死的現象。

《楚辭・天問》的不死記載，則顯示進一步往「排拒死亡，追求長生」的層次推移：

黑水玄趾，三危安在？延年不死，壽何所止？〔註48〕

〈天問〉跟《山海經》一樣，同樣提及了與死亡重生有關的黑水，而後續則尋問西王母所居的三危山何在〔註49〕？西王母與求取不死藥有關，壽、延年，也流露了追求長生的願望。因此這裡的不死概念，又比《山海經》有更進一層的發展。

葉舒憲《英雄與太陽》一書指出，關於長生不死的追求，是「超越國界的人類亙古之夢」，並舉巴比倫史詩中的生命草、聖經中的伊甸樂園與生命樹爲例，證明這種生命永恆的追求，是中西皆然的。只是因爲「由於基督教的影響和作用，在西方歷史上，追求不死的願望被置換成死後升天堂的幻想」，因此長生之夢沒有像中國一樣，被發揚光大並且持續發展。葉舒憲同時指出，原始神話中的不死故事，和後來發展出來的求仙得道、追求不死的故事，性質是不同的，因此學者將兩者區別開來，一個留在神話的範疇，另一個則稱爲「仙話」。〔註50〕

透過前述《山海經》、《楚辭》中「不死」概念的比較，可印證其中確有差別，而這種差別，體現的正是神話往仙話的位移。再比較以《山海經》、《海內十洲記》、《抱朴子》中關於不死樹、長生藥的描寫。其中昆侖山的整體，包含了弱水濱、都廣之野、員丘等〔註51〕，在這個神域中，生長有許多的不

〔註48〕馬茂元主編，楊金鼎、王從仁、劉德重、殷光熹注釋，《楚辭注釋》，頁226。

〔註49〕三危山爲王母的居所，如陶潛〈讀山海經〉其五有：「翩翩三青鳥，毛色奇可憐。朝爲王母使，暮歸三危山。」

〔註50〕本段引述自葉舒憲，《英雄與太陽》（台北：文津出版社，2005），頁159～160。

〔註51〕袁珂校注，《山海經校注・大荒西經》，頁466：「有大山，名曰昆侖之丘……其下有弱水之淵環之。」《山海經校注・海內經》，頁504～505：「流沙之東，黑水之間，有山名不死之山……西南黑水之間，有都廣之野。」

死樹，不死樹似即不死藥的源頭，其中大約借用了植物生生不息的力量，隱喻生命的長久不滅。這些食之不死的神奇植物，包括了「靈壽實華」，吳承志引高誘《呂氏春秋》注，認為壽木便是生長在昆侖山上的神樹，食用壽木的果實能夠長生不死〔註52〕；又「不死樹」，《海內西經》記載，昆侖山上有萬仞木禾，旁有開明獸鎮守九門，如果不是像羿一樣的英雄，無法登上。開明獸所鎮守的神樹，包含了珠樹、文玉樹、不死樹等等。下文接寫窫窳為貳負所殺，帝命群巫拿不死藥救活他。〔註53〕這裡雖然沒有直接說不死藥是不死樹所製，但文意隱通，《列子》、《山海經》中也另可見食用珠樹、不死樹之實得以長生不死的說法〔註54〕。除了壽木之實、不死樹之實，「建木」也在不死藥之樹的概念中，《海內南經》記載建木的位置，在「窫窳西弱水上」〔註55〕，正處於弱水所環的昆侖神域。又《海內經》有：「有九丘，以水絡之……有木，青葉紫莖，玄華黃實，名曰建木……黃帝所為。有窫窳，龍首，是食人。」〔註56〕可知在這個黃帝所居的區域中，還有會吃人的龍首窫窳。而這個窫窳，正是《海內西經》中被貳負所殺，後來神巫受命用不死藥救活的對象。參見郭璞畫贊中的說明：蛇身的窫窳被殺後，帝命群巫用不死藥將他救活，於是他淪沒到弱水裡，變身為龍首，重新復活。〔註57〕由此可知，黃帝下都、都廣之野、昆侖、不死樹、不死藥、窫窳、九丘、建木，都在同一個群組概念中，而壽木、不死樹、建木便是在這個神域中，食之得以不死的神奇植物。

　　這些在神話中，象徵通天、象徵宇宙不死之生命力的神奇植物，到了仙話中，背景不再是高高在上的神域，而變為海外仙洲或高山深林，凡人可探

〔註52〕 袁珂校注，《山海經校注》，頁507：「吳承志云：《呂氏春秋・本味篇》：『菜之美者，壽木之華。』高誘注：『壽木，崑崙山木也；華，實也，食其實者不死，故曰壽木。』壽木蓋即靈壽，都廣之野在黑水間，於崑崙山相近也。珂案：吳從神話觀點釋靈壽，其說得之。」

〔註53〕 袁珂校注，《山海經校注・海內西經》，頁344～353。

〔註54〕 《海外南經》郭注：員邱山上有不死樹，食之乃壽。袁珂校注，《山海經校注》，頁351。另，《列子・湯問》：「珠玕之樹皆叢生，華實皆有滋味，食之不老不死。」

〔註55〕 袁珂校注，《山海經校注・海內南經》，頁329。

〔註56〕 袁珂校注，《山海經校注・海內經》，頁509～513。袁珂認為此種在九丘上的建木為黃帝所植，是宇宙最高統治者黃帝所建造的天梯。

〔註57〕 袁珂《山海經校注》頁353注引郭氏圖讚：「窫窳無罪，見害貳負；帝命群巫，操藥夾守；遂淪弱淵，變為龍首。」

入，並且可以凡人之力獲取。例如《山海經‧海內南經》中的建木，本爲「有木，其狀如牛，引之有皮，若纓、黃蛇。其葉如羅，其實如欒，其木若蓲，其名曰建木。」〔註58〕到了葛洪《抱朴子‧仙藥》中所描述的「建木芝」：

　　　建木芝實生於都廣，其皮如纓蛇，其實如鸞鳥。此三芝得服之，

　白日昇天。〔註59〕

雖然生長的地點、形狀都和《山海經》中相似，但是一個是在神域中的神藥，其地只有像仁羿這樣的人物可以登臨，其藥由天帝或母神直接掌控，要得到恩允才能擁有，吃了則可以變化生命的型態；至於建木芝，則是在人境中的仙藥。《抱朴子》中另外闡述了採芝的方法，是以特定的時日、以專門的入山之術採之，若採集的道士專心致志，山中鬼神善與，則可得。〔註60〕這是以人爲之力獲取，而服藥之後的昇仙，則是得以長久的保持生命的狀態，並不是成爲神聖的對象。至於仙人的生活，則得之於世俗社會的想像。如《海內十洲記》描寫仙家田畝：

　　　方丈洲在東海中心……群仙不欲升天者，皆往來此洲，受《太

　玄生錄》。仙家數十萬，耕田種芝草，課計頃畝，如種稻狀。〔註61〕

神奇的芝草，在方丈洲像種稻一樣被大量的種植，耕作者則是仙人，此與世俗生活無異，顯見成仙是一種生命的長久延續，美好生活的長久維持，而不是轉換爲神聖的對象。

此外，仙話中不死藥、長生仙道的追求，又與西王母神話有深刻的連結關係。其中經常伴隨西王母出現的鳥、蟾蜍、狐、丹、玉兔搗藥等意象群，多從日月神話中的生命循環重生的觀念來。

鳥是太陽的化身，太陽落入西山後，便進入死而復生的歷程，成爲盈虧

〔註58〕袁珂校注，《山海經校注‧海內南經》，頁329。

〔註59〕王明，《抱朴子內篇校釋》增訂本（北京：中華書局，1985第二版），卷11〈仙藥〉，頁200。

〔註60〕見王明《抱朴子內篇校釋‧仙藥》，頁202：「欲求芝草，入名山，必以三月九月，此山開出神藥之月也……出三奇吉門到山，須六陰之日，明堂之時，帶靈寶符，牽白犬，抱白雞，以白鹽一斗，及開山符檄，著大石上，執吳唐草一把以入山，山神喜，必得芝也。……此諸芝名山多有之，但凡庸道士，心不專精，行穢德薄，又不曉入山之術，雖得其圖，不知其狀，亦終不能得也。山無大小，皆有鬼神，其鬼神不以芝與人，人則雖踐之，不可見也。」

〔註61〕漢‧東方朔撰、王根林校點，《海內十洲記》，頁69。

變化的月亮。所以，月亮就是死亡後的太陽〔註62〕，一個具有重生力量的太陽，而「不死之鳥」則是太陽永恆重生之生命力的隱喻，由於太陽每日破曉時，總是自火（朝霞）中重生，再加上太陽本身也如火球，因此不死鳥的形象往往與火相伴。

殷墟卜辭中記載了祭祀東母、西母的儀式〔註63〕，東、西是太陽昇落的方位，出於對太陽神生死歷程的模擬想像，於是衍生出東方表生、西方寓死的宇宙觀，而又因爲生死與母親生育的經驗連結在一起，加上對女性生育力的崇拜，於是進一步發展出與太陽神生死相關的東母、西母信仰。其中西母的形象被認爲與掌控生命力量的西王母有關。

西王母具有刑神、死神色彩，所謂「司天之厲及五殘」，這是因爲西方是日落之方，夜晚現身的月爲死亡之太陽，於是如同《淮南子‧天文訓》所統述的觀念：「日爲德，月爲刑。月歸而萬物死，日至而萬物生」〔註64〕，西王母成爲具有死神、刑神色彩的母神。但是在日月爲同一生命體的生死循環哲學中，月亮不僅與死亡有關，重要的是具備了神秘的重生力量，因此西王母逐漸發展爲持有不死鳥、不死藥，身邊環繞與生育力有關之兔、蟾蜍、九尾狐的形象。這些象徵群，仍是從日月生命神話衍生而來。

因此可以說，陰陽二元論、季節生命秩序、化生與不死等生命觀，都是一個整體，他們都是從日月神話發展而來的，並且闡述一致的生命思維。這種生命思維，是分析女神、母神形象的重要基礎。西王母就是一個很好的例子。

小結

前文嘗試結合神話文本與原始生命哲學，以系統性的脈絡，梳理出一個從生命的發現、誕育、規律到超越的整體樣貌。文章共分四個部分，分別爲：「生死現象：盤古神話與時間的寓意」、「生育力量：透過太陽神演述的生命

〔註62〕除了《楚辭‧天問》：「日月安屬……自明及晦」，將從日到月的變化視爲一個整體外，如李白〈古朗月行〉：「蟾蜍蝕圓影，大明夜已殘。」大明是太陽的別名，太陽夜殘，也是以月亮太陽爲一體的思維展現。

〔註63〕據劉青《甲骨卜辭神話資料整理與研究》所整理，至少有「壬申卜，貞，侑東母西母，若。」（合14335）、「貞，侑於西母」（合14344）、「貞，於西母西乡帝。」（合14345）、「貞，於東母侑」（合14336）等則，頁4。

〔註64〕何寧，《淮南子集釋‧天文訓》，頁233。

思維」、「生命秩序：季節神話及其儀式」、「超越死亡：不死樹與不死鳥」。

「生死現象：盤古神話與時間的寓意」一節，闡述生命與時間的關係，死亡使先民認知生命的存在，而從生到死的歷程，則是時間的原始概念。雖然許多學者均認為盤古神話是後起的，但它忠實印證了生命變化與時間推進的密切關係。在傳述的文字中，盤古的身體變化被等同於宇宙的創生歷程，盤古同時是宇宙以及其自身，這是宇宙生命一體化概念的呈現。而盤古死後化生為其他生命形式，再度注入這個生命體中成為生育力量，則除了宇宙一體論外，還凸顯出了循環化生的生命思維。

「生育力量：透過太陽神演述的生命思維」一節，闡述太陽神的生死歷程所建構出的陰陽二元循環宇宙論。永恆最初並非長生不死，而是規律的恆久存在。陰陽二元互動、循環化生，萬物隨順此一規律以求恆常不衰的哲學，影響中國文化甚鉅，哲學典籍中的《易經》、醫學典籍中的《黃帝內經》都是具體的例證。而太陽從日到夜的規律生死變化，也使人們崇拜月亮／夜晚的重生力量，因而發展出藉取天地生命力的儀式行為。

「生命秩序：季節神話及其儀式」一節，延伸自前述天地循環的生命力，並由日／夜、生／死、陰／陽的二元模式，進一步開展為春夏秋冬四分的系統。四個季節的概念，同樣從觀察太陽的生命變化而來，因為日照短長與萬物興衰連動，更加印證了生命一體化的思維，太陽神的生命狀態跟整個宇宙的生命狀態，包含人，是一體的。春生、夏長、秋收、冬藏，是天地人共同的生命秩序。人們透過宗教儀式的進行，確認這個生命秩序的規律存在。這些季節性的宗教儀式，後來發展為禮樂制度，禮樂制度所崇尚的天地之「和」，從神話生命觀的角度來看，也就是與天地同在一個生命秩序中的愉悅。

「超越死亡：不死樹與不死鳥」一節，延續討論生命永不斷裂的神話思維，同時也關注到長生不死思想的滋長。為了區分從循環化生，到永生不死，再到追求長壽的生命觀差異，文中分三個層次闡述，並分析同樣記載不死的文本資料中觀念的異同。最後集中探討了不死藥、不死鳥與太陽神話的關係。

神話思想過去多不在哲學史的研究範疇中，如今由於文化人類學概念的引進，逐漸獨立成一個研究的專項，但成果仍少，如趙沛霖《先秦神話思想史論》（2002）、鄧啓耀《中國神話的思維結構》（2005）是少數的專著。而這些研究仍從一個比較大的視角切入，比如趙沛霖主要呈現神話的異化，在文

史哲典籍中歷史化、哲學化的表現；鄧啓耀則著力於神話的思維結構、思維形式、思維程序等。結合神話文本，探討神話核心課題——生命觀、生命意識的作品仍不多見。

反觀在古典文學研究中，已有許多探究神話與文學創作的論著，例如盧明瑜《三李神話詩歌之研究》（2000）、李文鈺《宋詞中的神話特質與運用》（2006）、高莉芬《絕唱：漢代歌詩人類學》（2008）、高莉芬《蓬萊神話：神山、海洋與洲島的神聖敘事》（2008）等，這些斐然的論著成果，引用母題、原型、聖與俗、原始思維等理論切入分析，因茲開出了古典文學研究的新葉。然而跨越出直接將西方理論帶入解析東方文化的階段，是不是能有站在漢文化的基礎上建立起的原生論述？便成爲時代的課題。於是有葉舒憲《中國神話哲學》（1992）、古添洪、陳慧樺主編的《從比較神話到文學》論文集（1993）、吳天明《中國神話研究》（2003）問世。近年則有鍾宗憲《中國神話的基礎研究》（2006）以「中國神話的本質特色爲何？如何建構中國的神話體系？能不能以跨領域的研究方法，反省中國神話在研究上的種種困境，兼及於研究方法上的運用態度和實際操作？」（〈自序〉）爲呼聲，闡述中國神話之定義、類別、敘述特質、思維的著作產生。可見回到神話的原點詮釋神話、回到神話發生的文化母土詮釋神話，是一個正在被接續努力的共識。

原始神話思維與文學創作的詩性思維，內理是相通的，它們都是出於自我存在意識的感發，因而突破了理性現實的界線，將主觀的情感融入客觀的事物，使心物不分，最終形成之一種主客合一、情景交融的境界。在過去文學的研究中，對於與神話相關的典故意象，如盤古開天、太陽鳥、羲和載日、天地樹、宇宙洞天、西王母不死藥等，固然有適宜的解釋，但如果從原始生命觀的角度出發，由時間與靈魂的發現、宇宙生命一體、陰陽二元循環化生、以季節爲標記的生命秩序、來自於聖域生命樹的不死藥等觀點，進行詮釋，應該能得出更接近生命意識源頭的風貌。

二、原始生命觀在女神勞作中的演述

中國神話裡所記述的原始生命觀，至少包括了：盤古神話中生命的生死現象、轉化再生的思維；太陽神話中時間的前行輪轉、生命狀態的生長變化；季節神話中生命的週期變化性及其秩序；不死神話中對生命延續的渴望、長生的可能等等。這些原初的生命思維，同時也在女神角色、性情、作用等形

象的擬塑中被呈現出來，女神成為原始生命觀擬人化、對象化的呈現，或者說，原始生命觀透過女神的勞作演述被呈現出來。以下將循原始生命觀的四個主要面向：「化育力量的存在」、「時間之輪的運轉」、「生長變化的秩序」、「死亡現象的超越」，分別舉例說明女神與生命觀的相互演述現象。

（一）化育力量的存在：以女媧化生為例

女媧可謂是歷時最古遠、影響地域最為廣被的女神，其地位如同楊利慧《女媧的神話與信仰》所述：

> 女媧神話是我國最古老的神話之一，即使從文字記載來看，也已有二千多年的歷史，可見它的淵源之久遠了。在以後漫長的歲月中，它不僅出現在文人史官筆端、墓刻畫像之中，而且還一直活躍在民間大眾的口頭。它的流布區域，也擴展到幾乎全中國，不僅在漢民族中具有較大的影響，在一些少數民族中也有存在。它的生命力和流傳力可謂強矣！〔註65〕

女媧神話影響力久遠而普遍的原因之一，或許在於其展示了生命觀中十分核心的部分，亦即生命化育動能的存在。這可以從相關記載中，一致性的以「化」來形容女媧的角色功能看出來。如《山海經・大荒西經》有：

> 有神十人，名為女媧之腸，化為神，處栗廣之野，橫道而處。

> 郭璞注：女媧，古神女而帝者，人面蛇身，一日中七十變，其腹化為此神。〔註66〕

漢・許慎《說文解字》釋「媧」字為：

> 媧，古之神聖女，化萬物者也。〔註67〕

又如《淮南子・說林》：

> 黃帝生陰陽，上駢生耳目，桑林生臂手：此女媧所以七十化也。
> 〔註68〕

化本字為「㪅」，後衍出人字邊，許慎《說文》：「㪅，變也。」段注引《禮記・大宗伯》：「能生非類曰化，生其種曰產。」〔註69〕可見「化」本義為「變」，

〔註65〕楊利慧，《女媧的神話與信仰》（北京：中國社會科學出版社，1997），頁82。
〔註66〕袁珂校注，《山海經校注》，頁445。
〔註67〕漢・許慎著，清・段玉裁注，《說文解字注》，頁623。
〔註68〕何寧，《淮南子集釋》，下冊，頁1186。
〔註69〕漢・許慎著、清段玉裁注，《說文解字注》，頁388。

與「產」有所不同，產與所產是「生其種」，指同一品類增生、派分出新的個體，而化與所化卻是「能生非其類」，《山海經》中女媧爲蛇身，所出爲人身，這便是化；《說文解字》中女媧爲神聖女，所出爲萬物，這也是化；女媧爲神，摶土所造爲人，這也是化。這些記載展示了女媧具有化育的動能，這個動能是原始生命觀的核心。由於化育力量的發動，於是有生死、於是有四時之規律，生命產生了秩序，並因此源源不絕。

天地間具有化育功能的物象，莫過於滋長萬物的土地。其形爲土，卻能化生出各類各種的礦、植物，而在土地化生功能的發揮中，植物生長所需的陽光（火）與水，則是助使化生作用運轉的重要動能。若將此一「火、水助使土地化生萬物」的直觀現象，對應到女媧摶土造人、煉石補天的神話中，可以看出一些形象擬塑的端倪。而這便是第三章所論，透過象徵所傳達的母性力量。

《太平御覽》卷 78 引《風俗通》：

> 俗說天地開闢，未有人民。女媧摶黃土作人，劇務，力不暇供，乃引繩於絚泥中，舉以爲人。〔註70〕

《淮南子·覽冥》：

> 往古之時，四極廢，九州裂，天不兼覆，地不周載，火爁炎而不滅，水浩洋而不息，猛獸食顓民，鷙鳥攫老弱。於是女媧鍊五色石以補蒼天，斷鰲足以立四極，殺黑龍以濟冀州，積蘆灰以止淫水。蒼天補，四極正，淫水涸，冀州平，狡蟲死，顓民生。背方州，抱圓天，和春陽夏，殺秋約冬，枕方寢繩，陰陽之所壅沈不通者，竅理之，逆氣戾物傷民厚積者，絕止之。〔註71〕

女媧所據以造人的爲「土」，所據以補天的爲土中所出的「石」，這是大地化生力量的變形展現；而用以摶土的「水」，以及用以煉石的「火」，不也正是助使土地發揮化育作用的動能，亦即萬物滋長所需的太陽與水。因此說，女媧的形象確實演述了生命所具有的化育力量。《抱朴子·釋滯》所謂「女媧地出」〔註72〕，不管「地出」指向的是蛇圖騰、陰氣的發動或者其他意涵，均呼應了「火、水助使土地化生萬物」的思維。

〔註70〕宋·李昉編纂，夏劍欽、王巽齋校點，《太平御覽》，第一冊，頁 672。

〔註71〕何寧，《淮南子集釋·覽冥訓》，頁 479～480。

〔註72〕王明，《抱朴子內篇校釋》，卷八，〈釋滯〉，頁 154。

　　而在造人補天活動中作爲動能的火與水，同時也是「日」與「月」、「陽」與「陰」的象徵。〔註73〕日爲太陽、月爲太陰，《論衡・說日》有：「夫日者，火之精也；月者，水之精也。」〔註74〕可見日／月、陰／陽代表天地間二元化生、輪轉不息的生命動能。女媧能夠同時運用此二元力量，進行創造生命（造人）、彌合宇宙（補天）的活動，地位自非一般。又，在女媧早期記載中本無配偶——伏羲，顯示其化育功能最初是一個獨立自足的系統。其背景或如伊利亞德《聖與俗——宗教的本質》所提到的：「女人被象徵性地視爲與土地是一個整體，生小孩被認爲是土地生育力的一個變體……在某些宗教中，大地之母被想成自身就具有懷孕能力，不需要助產者。」〔註75〕如今伏羲女媧圖象中普遍可見的伏羲持日、女媧持月，蛇尾相纏以示發揮化育功能的形象，被指認爲二元分化後的晚期詮釋。

（二）時間之輪的運轉：以羲和御日、常羲浴月爲例

　　從創造生命的形式看來，羲和、常羲與女媧似乎具有神格定位上的差異。女媧自身等同於化育的力量，是人類生命的源頭，並且具有彌合宇宙、保護生命的高度，羲和、常羲則是育生日月的母者，是推動生命時間前行的維護者。而當時間失序，例如在十日並出的敘事中，羲和常羲並未被賦予修復生命秩序的功能。女媧透過象徵日、月生命之動能的水與火，化育生命、修補宇宙，羲和、常羲則是啓動並確保女媧所化育之生命、所彌合之宇宙，生命時間之輪的運轉。高度不同，且是下一序位。

　　學者指出羲和所生之日，數量爲十，常羲所生之月，數量爲十二，反映

〔註73〕案：日、月的運行與變化，促使人類產生時間的概念，並將人生命狀態的變化，附合到日月的狀態變化中，形成日出爲生、日落爲亡、月爲復活重生之日的神話生命思維。但這是一個初期的具象表徵。等到思維產生進一步的抽象化、類化發展，延伸出火與水的觀念，於是以日爲火、以月爲水。火與水，被認知爲日、月的精粹，內在的動能，與火、水有關的事物，也可以被類化爲受日、月之力量的鼓動而發生。到了後代，日／月、火／水又進一步抽象發展爲陽與陰的概念，形成漢文化中宇宙天地的二元生化哲學。又，日、月爲生命概念產生的源頭，同時也被視爲生命本身，火、水爲其中的精粹，能催動生命的變化成長，因此成爲許多與生命有關之儀式的重要媒引，比如宗教民俗中常見的跨火越水儀式；神話故事中，后羿欲上崑崙山取得不死藥，不死藥代表跨越了生命時間的限制、蘊藏了宇宙神秘的生生之源，因此所在的崑崙山由火與水守護，后羿必須征服火與水，方能取得天地的生命力量。

〔註74〕黃暉，《論衡校釋・說日》，頁507。

〔註75〕伊利亞德（Mircea Eliade），《聖與俗——宗教的本質》，頁188。

了當時十日爲一旬、十二個月爲一年的曆法概念。十日一旬，即甲、乙、丙、丁、戊、己、庚、辛十日干，說見王充《論衡‧說日》：「禹、貢（益）《山海經》言：『日有十。在海外有湯谷，上有扶桑，十日浴沐水中；有大木，九日居下枝，一日居下枝。』《淮南書》又言：『燭十日。堯時十日竝出，萬物焦枯，堯上射十日。』以故不竝一日見也。世俗又名甲乙爲日，甲至癸凡十日，日之有十，猶星之有五也。」〔註76〕又如管東貴〈中國古代十日神話之研究〉引述藤田豐八、朱熹、郭沫若等對十日神話發生背景的研究，最後亦得出：十日神話源自十干紀日較爲可信的說法。〔註77〕

而在月亮方面，王孝廉在《中國的神話世界——各民族的創世神話及信仰》中論及常羲所生的月亮十有二，與當時的曆法觀念有關：

> 月亮的母親常羲也就是「大荒西經」所見的月母「女和」，這自然是古代的人透過神話去說明一年中有十二個月的事實，這神話是古代曆法產生了以後才有的。〔註78〕

從羲和所生之日的數量與十日干有關，常羲所生之月的數量與一年十二個月有關，可知此二位女神的擬塑，亦即其形象背後生命觀的投射，明確與時間有關。羲和、常羲兩位女神的故事，可以說是解釋時間之開啓與運轉的神話。太陽、月亮東昇西沈的運轉現象，具有規律性、週期性，是人們藉以表述時間觀念的主要象徵，羲和、常羲誕育了作爲時間象徵的日月，因此具有「開啓」的作用，而關於羲和駕日車、職出入的說法，則表現出使「運轉」的功能。

關於羲和、常羲之產育日月，記載中以「浴」來表達。見《山海經‧大荒南經》：

> 東南海之外，甘水之間，有羲和之國。有女子名曰羲和，方日浴于甘淵。羲和者，帝俊之妻，生十日。〔註79〕

郭璞注引《歸藏‧啓筮》：

〔註76〕黃暉，《論衡校釋‧說日》，頁507～509。

〔註77〕管東貴，〈中國古代十日神話之研究〉，頁122，收入古添洪、陳慧樺編著，《從比較神話到文學》（台北：東大圖書公司，1988）。

〔註78〕王孝廉《中國的神話世界——各民族的創世神話及信仰》（台北：時報文化出版企業公司，1987），下冊，頁492。

〔註79〕袁珂校注，《山海經校注》，頁438。「日浴於甘淵」一句，袁珂注引清‧郝懿行《山海經箋疏》云：《藝文類聚》、《初學記》、李賢注《後漢書‧王符傳》皆作「浴日於甘泉」，其中「淵」字疑避唐諱改爲「泉」。

義和蓋天地始生，主日月者也。故《啓筮》曰：「空桑之蒼蒼，
八極之旣張，乃有夫義和，是主日月，職出入，以爲晦明。」又曰：
「瞻彼上天，一明一晦，有夫義和之子，出于暘谷。」故堯因此而立
義和之官，以主四時，其後世遂爲此國。作日月之象而掌之，沐浴運
轉之於甘水中，以效其出入暘谷虞淵也，所謂世不失職也。〔註80〕

《山海經·大荒西經》：

有女子方浴月。帝俊妻常義，生月十有二，此始浴之。〔註81〕

值得注意的是，郭璞注《山海經》將沐浴解釋爲「使運轉」。這樣的詮解非
常貼近太陽神話內在的原始思維。人類從生到死的變化現象，以及人類心靈對
生死變化的感受，是開啓時間概念的源頭，此即奧古斯定《懺悔錄》所言：「靈
魂衡量時間，而時間衡量運動。只有人的靈魂才有能力衡量天體在時間中運行。」
〔註82〕而有關於生命時間的陳說，往往託寓於日月，因此有日出爲生、日落爲
亡、月相變化爲再生、翌日朝霞爲日之重生的時間神話闡述。沐浴，有誕生的
意涵。在日出爲生、日落爲亡的思維架構中，象徵新生的沐浴，正是義和、常
義得以使日月運轉，並且保有恆久之運轉的關鍵。因爲「浴」的新生力量，使
時間從生到死的前行變化，得以展開；因爲母神長久保有「浴——使重生」之
力量，因此使時間之運轉得以恆常。前引《山海經·大荒西經》稱：「此始浴之」。
之所以說「始」浴之，與此爲時間的首度開啓，其後將再浴、復浴……有關。
在這個意義上，義和、常義乃是啓動生命時間之輪，維護其運行，使天地萬物
存在生－長－衰亡－重生的秩序中，並永保生命力的女神。

此外，舊題郭憲撰《別國洞冥記》卷四中一個關於義和控御三足烏，不
令食不死草的故事，也似與不朽的生命力由母神掌握有關。見：

武帝暮年，彌好仙術，與東方朔狎昵，帝曰：「朕所好甚者不
老，其可得乎？」朔曰：「臣能使少者不老。」帝曰：「服何藥耶？」
朔曰：「東北有地日之草，西南有春生之魚。」帝曰：「何以知之？」
朔曰：「三足烏數下地食此草，義和欲取，以手掩烏目，不聽下也。
長其時此草。蓋鳥獸食此草，則美悶不能動矣。」〔註83〕

〔註80〕袁珂校注，《山海經校注》，頁438。
〔註81〕袁珂校注，《山海經校注》，頁463。
〔註82〕引自關永中《神話與時間》，頁175。
〔註83〕〔漢〕郭憲撰，王根林點校，《漢武帝別國洞冥記》，卷四，上海古籍出版社
　　　　編，《漢魏六朝筆記小說大觀》，頁135。

這則故事以情節演述功能，其中地日之草、春生之魚，都是源源不絕之生命力的象徵，隱喻太陽的三足鳥，由羲和駕馭，羲和透過不讓三足鳥自由的降落食用不死草，來達到駕馭的目的，於是產生了不死的生命力由羲和所控制的結果，似有母神掌握生命時間的象徵意味。

在早期的神話中，羲和作為生命時間的開啟者、運轉者，角色自主而崇高，但到文學中，開始出現駕日車的行動受到命令差遣的現象。

《離騷》：

> 吾令羲和弭節，望崦嵫而勿迫。路曼曼其修遠兮，吾將上下而求索。〔註84〕

《淮南子·天文訓》：

> 至於悲泉，爰止其女，爰息其馬，是謂縣車。〔註85〕

屈原之作，與個人理想跟生命時間之爭勝有關，因此透過命令羲和傳達期盼時光留駐的渴望。《淮南子》則成書時代較晚，或羲和之神聖性已褪減。

（三）成長變化的秩序：以女夷司春、青女佈殺為例

女夷與青女，一主春、一主秋，一年中的春與秋，是萬物生長狀態變化最為顯著的時間點，自古即有隱喻生與死的象徵作用。

在原初的季節觀中，僅有春、秋二季，到後期才衍生出春夏秋冬四季。見于省吾〈釋四方和四方風的兩個問題〉所論：

> 應該指出的是，書堯典才把四方和四時相配合。甲骨文和山海經沒有四時的說法，商代的一年為春秋二季制，甲骨文只以春和秋當作季名用，兩者有時對貞。西周前期仍然用商代的兩季制，到了西周後期，才由春秋分化出夏冬，成為四時。由于商代只有春秋兩季，所以甲骨文不可能以四時和四方或四方風相適應。但是，就四方和四方風的相配合來看，已經為由兩季向四季發展準備了一定的條件。〔註86〕

于省吾認為商代只有春秋，到西周後期才分化出四季的觀念。

至於魏慈德《中國古代風神崇拜》則透過四方風名的出現，推論殷商已有四季的觀念：

> 殷人藉由觀察植物的生長期或蟲災的週期，進而將時間分為春

〔註84〕馬茂元主編，楊金鼎、王從仁、劉德重、殷光熹注釋，《楚辭注釋》，頁 52。
〔註85〕何寧，《淮南子集釋·天文訓》，頁 236。
〔註86〕于省吾，《甲骨文字釋林》（北京：中華書局，1999），頁 124。

秋兩季，又與空間的四分制配合，更進一步區分出明顯的四季。故
四方風名的出現正好說明了這一觀念的演變痕跡。〔註87〕

　　不管四季觀念出現的時間爲何，商代之前還是後，可以確知的是最初僅
有春、秋兩季。從歷代習用的狀況亦可知，即使四季觀念已經出現，人們仍
習慣以春秋代稱一年。

　　甲骨文中所見的四方風神之名，與四季萬物生長變化的狀態相應，其中
東方風神名爲「析」，西方風神名爲「彝」，已寓含了生與死的概念。詹鄞鑫
《神靈與祭祀──中國傳統宗教綜論》：

　　　　四方風實際代表的是四季風。而四方風又是由四方神指使的，
　　可見四方神實際上又是主司四時氣候的神。這反映出很早以前，古
　　人已將四方與四季相聯繫了。進一步考察，可知四方神的名稱本身，
　　就包含了四時氣候的特點。「析」，有破開分解義，春天草木種子破
　　殼而出，故東方神曰析。……「彝」，有殺義（通夷）或割義（通薙），
　　秋季草木肅殺，庄稼收割，故西方神曰彝。〔註88〕

　　四方風神之名見於甲骨文字，可見以春代表生命初始、秋代表生命消亡
的觀念來源古遠，或者可說，生死與春秋的概念是連結成立、不可兩分的。

　　而既然春、秋各自象徵生命時間中的初生與死亡，那麼執掌春、秋的女
神，作爲生命觀的反映，應該也有帶來生命之新生與消亡的寓意，從《淮南
子‧天文訓》中的敘述看來，確然如此，見：

　　　　季春三月，豐隆乃出，以將其雨。至秋三月，地氣不藏，乃收
　　其殺，百蟲蟄伏，靜居閉戶，青女乃出，以降霜雪。行十二時之氣，
　　以至於仲春二月之夕，乃收其藏而閉其寒。女夷鼓歌，以司天和，
　　以長百穀禽鳥草木。高誘注：女夷，主春夏長養之神也。孟夏之月，
　　以熟穀禾，雄鳩長鳴，爲帝候歲。是故天不發其陰，則萬物不生；
　　天不發其陽，則萬物不成。〔註89〕

　　其中豐隆爲雨神、青女爲秋霜之神、女夷爲春夏長養之神，豐隆性別不
明因此不論，青女、女夷由名稱可知爲女神，並且一位在「秋三月」現身，
以降佈霜雪、發散陰寒之氣爲職守，有秋神之意；一位在「仲春二月」現身，

─────────────

〔註87〕 魏慈德，《中國古代風神崇拜》（台北：台灣古籍出版公司，2002），頁80。
〔註88〕 詹鄞鑫，《神靈與祭祀──中國傳統宗教綜論》，頁41～42。
〔註89〕 何寧，《淮南子集釋》，頁231～232。

以鼓歌象徵天地和融、長養百穀禽鳥草木爲職守，有春神的意味〔註90〕。性別、季節、執掌，及其中節制生命成長變化之秩序的作爲，都能夠落實女神形象爲生命觀之反映、女神執掌生命時間的推論。

（四）死亡現象的超越：以西王母不死藥爲例

生命思維是神話的核心，卡西勒《人論》認爲，神話的內容儘管多元，但是其整體精神可以用「對死亡現象堅定而頑強的否認」來概括：

> 在某種意義上，整個神話可以被解釋爲就是對死亡現象的堅定而頑強的否認，由於對生命的不中斷的統一性和連續性的信念，神話必須清除這種現象。〔註91〕

從這個角度切入觀察中國神話，西王母的存在可謂此一思維的集體表現。西王母爲主宰長生永壽之神，漢・焦延壽《易林・訟之泰》：「弱水之西，有西王母。生不知老，與天相保。」西王母所居崑崙山，爲無有生死、與天地同壽之聖界，其上有不死樹〔註92〕、有食之不死的玉英〔註93〕、凡人登臨亦得不死〔註94〕；后羿嫦娥神話發揚了西王母持有不死藥的說法，如《淮南子・覽冥訓》：「羿請不死之藥於西王母，姮娥竊以奔月」〔註95〕；漢代鏡銘中多見「壽如東王公西王母」的文辭〔註96〕；今所見西王母圖象中座旁所環繞的兔、鹿、蟾蜍、九尾狐等也都是生命繁衍不絕的象徵。

西王母之所以成爲生命觀中超越死亡之思維的集合體，與日月神話有關。太陽的前行變化，象徵生命時間的前行變化，因此日正當中代表壯年，而太陽

〔註90〕女夷，後世以爲花神，見明・陳懋仁《庶物異名疏》、明・馮應京《月令廣義》，這也是司春功能的展現。

〔註91〕卡西勒，《人論》，頁107～108。

〔註92〕《山海經・海內西經》：「海內崑崙之墟在西北⋯⋯開明北有視肉、珠樹、文玉樹、玕琪樹、不死樹。」郭璞注不死樹：言長生也。

〔註93〕馬茂元主編，《楚辭註釋・九章・涉江》，頁320：「登崑崙兮食玉英，與天地兮同壽，與日月兮同光。」

〔註94〕何寧，《淮南子集釋・地形訓》，頁328：「崑崙之丘，或上倍之，是謂涼風之山，登之而不死。」

〔註95〕何寧，《淮南子集釋・覽冥訓》，頁501。

〔註96〕如新疆天山天池管理委員會編，《西王母研究集成・圖象資料卷》（桂林：廣西師範大學出版社，2009），頁342永康元年神人神獸畫像鏡銘文：「延壽命長，上如王父、西王母兮。」頁346蓋方神人神獸畫像鏡銘文：「⋯⋯青龍、白虎居左右，與天相保無窮之，東有王父，西有王母，仙人子喬赤松子，天王日月爲始祖，位至三公宜□□，壽命久長，主如山石⋯⋯。」

之西沈，則代表了生命的衰亡，月亮便是走在死亡重生之路上的太陽，太陽經
過了黑夜中的生命再育變化，翌日又得以再度輝耀東昇。此一日月永恆死而再
生的生命歷程，便是先民藉以否認死亡現象、堅定生命不中斷之信念的神話寄
喻。據丁山〔註97〕、杜而未〔註98〕等學者所考，西王母本為「月神」，又從日
月為一體之變化的生命神話思維、西王母圖象中日月同列、西王母神話中太陽
月亮象徵同在等跡證看來，西王母實為日月兼掌，主宰孕育與重生之力量的母
神。〔註99〕所謂西王母持有不死藥，其內在象徵意涵實為西王母持有使生命永
恆再生的力量。蔡大成〈論西王母形象中的薩滿教因素〉亦提到：「西王母之所
以位配西方，正是順從初民祈求落日東山再起的願望，用所操不死之藥使太陽
性格的羿起死回生。而月亮性格的姮娥從中得利……中國古代對西王母的崇拜
更多地源自『死而又育』的月亮與西王母不死藥的必然關聯。」〔註100〕對西王
母的崇拜，背後隱藏的是對月亮死而又育之生命力量的崇拜。永生之崑崙山、
長生不死之仙藥、持有仙藥之西王母的存在，都根源於人類對永久延續生命的
企求。西王母的形象與功能，可謂忠實反映了先民的生命觀。

三、由母親原型所架構起的詩學關係

　　母親多為人類生命經驗中最初的他者，人們透過主要的育養者——母親
建立起世界觀與主體意識，此一建構背景致使主體在對外界發出意義詮釋的
同時，無論是自我存在的感知或看待外在世界的維度，背後均潛藏著一個受
母性經驗影響的心靈基礎。

　　精神分析學者稱此種心靈基礎為「母親原型〔註101〕」，那是祖先在經歷

〔註97〕丁山，《中國古代宗教與神話考》（上海：上海書店，2011），〈月神與日神〉，
　　　頁71：「西王母即月精。」
〔註98〕杜而未，〈崑崙文化與不死觀念〉，收入新疆天山天池管理委員會編，《西王母
　　　研究集成・論文卷》（桂林：廣西師範大學出版社，2008），其頁157云：「西
　　　王母居玉山，又居崑崙山，二山皆為月山，在那裡可以食鳳卵、飲甘露，有
　　　一切的好滋味，月山是一種天堂。西王母名婉妗，按即南洋的 wulan（月）。」
〔註99〕參見林雪鈴，〈後起大母神？——以西王母為樞紐的二元女神譜系蠡探〉，《應
　　　華學報》，第七期，頁1～43。
〔註100〕新疆天山天池管理委員會編，《西王母研究集成・論文卷》，第一冊，頁400。
〔註101〕「原型」的概念，如路揚，《精神分析文論》（王岳川主編，《20世紀西方文
　　　論研究叢書》，濟南：山東教育出版社，1998），頁99：「原型只有通過後天
　　　的途徑才能被意識所知，他賦予一定的精神內容以明確的形式。因此，原型
　　　是本能的表現，本能在幻想中表現自己，時常是僅僅通過象徵意象表現它們
　　　的存在，這些表現便是原型。」

無數的典型經驗後，所凝結出的精神形式。〔註102〕母親與女神的關係，如路揚在《精神分析文論》中所闡述：

> 母親作為原型使人想起無意識的、自然的和本能的生命。母親原型派生出「大地母親」（Great Mother）的概念，榮格說，大地母親是屬於比較宗教的領域，變異出形形色色的母親女神形象。〔註103〕

結合宗教學聖與俗〔註104〕的理論來看，女神可以說是在母親心理原型的基礎上，將女性育養生命的特質，以及個人在親子關係所感受到的孺慕依戀之情加以神聖化，所擬塑出來的對象。人們將自我與女性相處時的種種心靈經驗投射到女神上，幻變出形形色色生命的母親。有時對母親無法割斷的眷戀之情變形為女神的誘惑，抑或對母親威權掌控的記憶變形為溫柔女神在困境中神奇的幫助等等，女神映照著心靈對生命的種種感受，並深受母親原型影響。

母親原型是生命觀和女神形象建構歷程中的共通點，並使兩者具有特殊的相互詮釋關係。生命觀在母親原型的影響下建立，因此形成了包含以天地為一循環不盡、規律恆常、具有生育與重生力量的母腹等思維的「母性的宇

〔註102〕〔瑞士〕C.G.容格〈論分析心理學與詩的關係〉解釋原型（archetype）為：「原始意象或原型是一種形象，或為妖魔，或為人，或為某種活動，它們在歷史過程中不斷重現，凡是創造性幻想得以自由表現的地方，就有它們的踪影，因而它們基本上是一種神話的形象。更為深入地考察可以看出，這些原始意象給我們的祖先的無數典型經驗賦以形式。可以說，它們是無數同類經驗的心理凝結物。」又〈集體無意識的概念〉從集體無意識與個體無意識的差別解釋原型：「集體無意識是人類心理的一部份，它可以依據下述事實而同個體無意識做否定性的區別：它不像個體無意識那樣依賴個體經驗而存在，因而不是一種個人的心理財富。個體無意識主要是由那些曾經被意識但又因遺忘或抑制而從意識中消失的內容所構成的，而集體無意識的內容卻從不在意識中，因此從來不曾為單個人所獨有，它的存在毫無例外地要經過遺傳。個體無意識的絕大部分由『情結』所組成，而集體無意識主要是由『原型』所組成的。」收入葉舒憲選編，《神話——原型批評》（西安：陝西師範大學出版社，1987），頁100、104。

〔註103〕路揚，《精神分析文論》，王岳川主編，《20世紀西方文論研究叢書》，頁101。

〔註104〕如伊利亞德：「神聖總是顯示自身為一個完全不同於自然狀態中的實體。……對神聖第一個可能的定義，便是它與凡俗相對立……人之所以會意識到神聖，乃因神聖以某種完全不同於凡俗世界的方式，呈現自身、顯現自身。」伊利亞德（Mircea Eliade）《聖與俗——宗教的本質》，頁60～61。

〔美〕威廉・詹姆斯（William James）著，蔡怡佳、劉宏信譯，《宗教經驗之種種》（台北：立緒文化事業有限公司，2001），頁33。

宙」；而透過將母親形象神聖化所建立出來的女神，便是此一母性宇宙的孕育者與主宰者。此一母性的宇宙之所以能夠在信念中眞實的存在，建立在主體心靈與外在天地間，一體化的、有生命聯繫的基礎上，於是母性的宇宙、以及在此一思維的作用下所擬造出來的女神，既是自我的生命經驗的投射，又是高高在上的、自我生命的創造者與掌控者。這種存在著主客差異、既創造又被創造之差異的關係，提供了女神作爲生命經驗之隱喻的珍貴裂隙。面對著所依存的外在宇宙，女神既是我，也是彼，在女神此一生命的隱喻中，作者得到面對面觀看生命，書寫自我的生命感懷。如李商隱〈樂遊原〉有：「羲和自趁虞泉宿，不放斜陽更向東。」〔註 105〕其中羲和如同自我心靈的演出，表達對生命的感懷。〈謁山〉：「從來繫日乏長繩，水去雲迴恨不勝。欲就麻姑買滄海，一杯春露冷如冰。」〔註 106〕同樣透過麻姑演出自我心靈與生命處境的對話。

　　原始生命觀與女神形象的內在詩學關係，便是透過此一共同的母親原型心理所架構。其中詩學〔註 107〕一詞具有兩種意涵，其一專指針對詩歌藝術的研究，其一則與詩的發生論——「詩性思維」聯繫起來，認爲詩性思維是人類心靈對生命的感知，這些生命感知透過語言符號的運用被抒發出來，成爲作品，因此透過對語言符號的解析，回溯人類心靈對存在意義之感知與構築歷程的科學，便稱爲詩學。

　　詩性思維一詞，由 18 世紀義大利學者維柯（Giambattista Vico，1668～1744）在《新科學》中提出，之所以稱爲「新」，用意在於與當時透過理性建立的科學研究相抗衡。該說認爲在詩性思維的發動下，心靈主體突破了主客體的理性分別限制，而將主觀的情感融入於客觀的事物中，形成爲主客合一、彼我不分的一體境界。這樣的境界，不是過去透過理性邏輯思維所建立的科學所能窮究，但更趨近於存在的眞實。劉成紀〈維柯與當代文化詩學〉論述

〔註 105〕唐・李商隱，〈樂遊原〉，劉學鍇、余恕誠，《李商隱詩歌集解》（台北：洪葉文化事業有限公司，1992），下冊，頁 1941。

〔註 106〕唐・李商隱，〈謁山〉，劉學鍇、余恕誠，《李商隱詩歌集解》，下冊，頁 1952。

〔註 107〕詩學（Poiètikè，Poietics）一詞最初見於古希臘哲學家亞里斯多德（Aristotle，384～322B.C.）的論著《詩學》（Poietics），後來成爲文藝理論的泛稱，意近於詩藝。而隱喻這個論題，也是亞里斯多德在《詩學》中提出的。〔意〕翁貝爾托・埃科（Umberto Eco）著，王天清譯，《符號學與語言哲學》（天津：百花文藝出版社，2005），頁 179：「隱喻這個論題，是亞里士多德首次在《詩學》（1457°，1～1458°，17）中提出的。」

維柯所提出的詩性思維與詩學研究間的關係，認為：「維柯在《新科學》中提出的一系列概念範疇是獨步學術史的。他把人類文化源發性的智慧命名為詩性智慧，並由此衍生出詩性玄學、詩性邏輯、詩性倫理、詩性經濟、詩性政治、詩性物理、詩性天文、詩性地理等諸多範疇。……當人以詩的方式面對對象世界時，他是試圖建立與對象世界的同情關係。這種詩性關係的建立依托於人的心意能力向對象世界的單向投射，使對象彷彿具有了人的情感和生命。……當科學與詩以不同方式認識、描述、解讀對象世界時，它們其實為渾然一體的世界提供了兩副截然相反的面孔，一副是赤裸的、被動的、死寂的、無機的物理世界，一副是生意氤氳的、有機的、活躍的生命世界。人作為一個與對象世界異質同構的生命復合體，他渴望洞悉世界的真相，但更渴望在其中實現詩意的棲居。從這個意義上看，詩的方式永遠是人建立與對象世界的親和關係，並獲得存在理由、價值、意義的最重要方式。」〔註108〕其中點出了詩性思維的概念對於詩學研究建立的重要性。

維柯被視為西方人文科學的重要奠基者，其精神在 19 世紀末至 20 世紀初所興起的人類學中得到延續，如列維－布留爾（Lévy-Brühl，1857～1939）的「原始思維」理論便具有詩性的精神，其說並帶給神話及文藝研究重大的啟示。無論是受互滲律、矛盾律等影響，因而主客不分、以天地萬物為同一生命體的神話諸說，或是詩歌中主客一體、意象交融的感悟，并可視為在詩性思維的作用下所鎔鑄出的詩化境界。

女神作為主體心靈中生命觀的對象化演述，無疑具有著詩學的意義。兩者之間建立起詩學聯繫的原因，如前所述，與人類在受母親養育的生長過程中所建立起的精神形式有關，母親如同人類心靈最初觀看世界的窗口，由此延伸出去，與主體心靈存在有關的感知、觀看世界之維度的建立，亦所謂生命觀、世界觀的形成，無一不受母親養育經驗的影響。

除了母親原型，我們還可以進一步用「母性」此一觀念，來涵括包含先天與後天的母親特質，以統合呈現人類心靈共通的母親經驗與認知。

母性（maternity）包含了自然的與社會的兩個層面，自然的母性為母體、生育及親子關係，此處的親子關係主要指生育與被生育的自然聯繫，至於慈愛奉獻的母愛表現，則較多屬於社會母性中母職、母儀與倫常孝道中的一環。

〔註108〕劉成紀，〈維柯與當代文化詩學〉，《南京師範大學文學院學報》，2003 年第一期。

對於母性的感受，除了慈愛奉獻以外，也包含了殘酷掌控的一面。

里奇在對約瑟夫・坎貝爾「人類頭腦早期印記」研究的引述中說到：

> 他找到了某種人類頭腦的早期印記－嬰兒在羊水天堂般的護
> 佑中無重力地漂浮；第一次呼吸時對窒息的鬥爭和恐懼；從母親的
> 乳房吮吸乳汁和母親不在時的被拋棄感－它們永無止境地被再現、
> 被尋找或被隱藏，它們是神話、詩歌和藝術讓我們再次經歷的有力
> 回應。〔註109〕

由於此一早期的心靈印記及母親心理原型的作用，致使人類心靈對生命存在的感受，包括：「生命的源初：黑暗的引道、光明的乍現」、「生命存在的空間：母體」、「生命存在的樣貌：秩序的依存與掙脫」、「生命存在的處境：受眷顧與被拋棄」等等，無一不受母性的體驗影響。

女神形象或是原始生命觀所展現出來的特質，均以母性爲特徵，並呈現互爲演述的詩學關係，便是一大例證。在生命觀方面：母性中 1.母體擁有生育力、2.生育與被生育的關係、3.母性的養護、4.規律秩序的賦予、5.慈愛與殘酷的兩面等特質，在原始生命觀中俱有所體現。形成人生天地間，其生命是化育力量的一部份、跟天地具有所從生的聯繫感、既受養護又受操縱，天地與命運時時展露慈和與殘酷兩面對待的母性宇宙觀。生命永世不絕，在從生到死乃至重生之不朽循環中的想法，與母體生育力亦有關，母體在神話思維中被視爲一個具有永生力量的微型宇宙。如楊克勤在《夏娃、大地與上帝》中所提到：「子宮與大自然同是生育的實體與表徵」、「女性、身體、大自然之間存在著不可分割的關聯，一個生命系統的複雜關聯。」〔註110〕

又在女神形象方面：女神則除了展現生育力、生命所從出、養護生命、賦予規律等母性特質，在母職母儀方面又有更多的表現。如女媧之「劇務」、「煉石補天」，展現母者的劬勞與對子女的保護；羲和日日駕車巡迴，展現母親對日常生活的維持；女夷、青女所實施的秩序，如同社會規約的傳授與奉行等等。而來自於母親的偉大感、受造感、所從生之連屬感、依賴感等，也同時投射在女神身上。

由以上可見，生命觀與女神形象俱以母性經驗爲基礎，並同出於母親原

〔註109〕〔美〕艾德麗安・里奇（Adrienne Rich）著，毛路、毛喻原譯，《女人所生——作爲體驗與成規的母性》，頁113。

〔註110〕楊克勤，《夏娃、大地與上帝》（上海：華東師範大學出版社，2008），頁300。

型、大母神原型所打造，由於這兩層關係，女神與生命觀之間於是呈現出同質同構，且可相互詮釋的現象。

值得注意的是，做爲生命觀之擬人化、對象化的女神，界乎天與人、宇宙與自我之間，雜揉了對母親的心靈印記、對生命存在的看法，以及自我存在的感知等，其書寫活動，如同人類心靈投射在天人關係中觀看自我存在的假身，因此具有特殊的詩學意義。

在女神對原始生命觀的演述中，女神形象所顯示出來的，如同一個個主體生命意識的存在：女媧的形象申說著對天地化育力量的感知、羲和御日申說著對時間規律輪轉的感知、女夷司春申說著生命受主宰者節制的感知……當女神的詩學本質被揭露，而人們也嘗試透過共通的感覺經驗去接近它，女神形象所凝結的詩境於是被釋放出來，並被不朽地傳述。

小結

母性的特質與力量展現，具體表現在原始生命觀中的化育力量、時間輪轉、秩序控制、死亡超越等概念上，包括女性產育生命現象與化育力量的關係；生育與生命時間開啓輪轉的關係；受母親養育過程中，依賴與害怕被遺棄之心理的投射；生命秩序受到母親掌控的經驗投射等等。

女神的塑造同樣出於母親心理原型，受母性的經驗所影響，因此呈現出與生命觀同質同構、相互詮釋的現象，所不同的是：生命觀和女神雖然都出自於母親原型的心理投射，但女神卻是擬人化的對象、能融入更多自身的對女性的心靈記憶，重要的是女神可與天地相對待，也可與人相對待，可經天營地、上天下地、移山倒海，復可左右生靈命運，遂成爲天地對待己身的寫照，是生命觀的投射隱喻，是人在所從生之天地間一個自我的鏡像，具有特殊的詩學意義。

第五章　女神生命隱喻的建構背景與表現形式

　　原始生命觀與女神所存在的同質現象，顯示兩者間的詩學關係，接下來，將進一步探討這層詩學關係是如何構成的，以及是否具有共同的表現形式，以作為探討女神生命隱喻作品內涵的基礎架構。

一、女神與生命隱喻關係的構成

（一）主體的建立：母親與自我鏡像

　　鏡像理論，出自拉康（Jacques Lacan，1901～1981）對人類主體形成過程的討論。鏡像階段是主體成形最初、最基本的階段，概指：「兒童（六～十八個月）逐步地能辨認出自己的身體（在鏡子中）的形象，從而逐漸獲得自己身分的基本同一性（identification fondarentale）這樣一個經驗過程」〔註1〕。

　　在這個過程中，主體主要透過「想像」與「確認」，建立起對自我的認知：

　　　　「鏡像階段」中兒童通過自己在鏡子中的影像逐漸再認
　　（ré-connaissance）自己，「鏡子中的影像」既是一個比喻說法，也
　　道出了兒童在這個階段上自我再認的想像性特徵（imaginaire），因
　　為，兒童是通過一個潛在性的東西（光學影像）認識自己的同一性
　　的，而不是通過自己客觀的身體獲得自身的同一性的。因此我們可
　　以說，這個階段上兒童對自己的辨認只是一個「想像的再認」
　　（reconnaissance imaginaire），即通過影像的再認。〔註2〕

〔註1〕　杜聲鋒，《拉康結構主義精神分析學》，頁129。
〔註2〕　杜聲鋒，《拉康結構主義精神分析學》，頁131～132。

　　其中，母親是兒童透過想像再認以建立主體的過程中，一個主要的媒介。由於兒童無法憑空建立一個獨立的主體，「當兒童試圖確立自己的主體性時，他只有通過與他人（父母）發生關係才能達到」〔註3〕，此時作爲孕育者、養育者的母親，成爲主要的憑靠。此外，兒童切斷對母親的依戀情結，也是主體建立的重要過程。〔註4〕因此，在人類自我意識成形的過程中，一個永恆的女性身影早已埋下，這是女神作爲生命之隱喻的根本背景。

　　而此一與自我生命意識有關的隱喻言說，也跟主體在建立過程中，與母親一體化關係的斷裂有關。見：

> 　　想像（Imaginary）相當於前戀母情意結時期當小孩相信自己是母親的一部份，並感覺自己與世界並無分隔。在想像中，沒有差異，沒有缺少，只有認同及存在。戀母情結危機代表進入象徵期。語言學習亦與此有關。……當小孩學習說「我是」，並且將之與「你是」、「我是」識別時，相等於承認他已經在象徵組織中接受被編派的位置，並放棄想向身份及所有其他可能的位置。說出「我是」的主體實際上是說「我是失去了一些東西的他（她）」──所喪失的是與母親及世界的想像認同。〔註5〕

　　在精神分析學的論述中，當「我」的意義被取得，並透過「我…」表達對世界的感知，母子相存的一體狀態已經被割裂，原本作爲主體建立之想像依存的母親，隱藏在「我」的後面，成爲永遠失去的一部份自己。這種失落，以及被壓抑的回到母懷的願望，成爲人們精神上永遠的壓抑，並構成了心靈的驅力。〔註6〕

〔註3〕杜聲鋒，《拉康結構主義精神分析學》，頁152。

〔註4〕杜聲鋒，《拉康結構主義精神分析學》，頁153：「拉康說：眞正的主體的形成是與『象徵性功能』的出現有關。我們在上面講過，『伊底帕斯情結』的發展有三個階段。在『兒童－母親－父親』這個三者關係中，只是到了『情結』的第三個階段『父親的名字』（le nom-du-père）才具有了『象徵性意義』，即：即使父親不在場，他的地位與權威在母親－兒子的關係中，仍作爲一種象徵而普遍有效；只是在這個時候，兒童才終於能擺脫與母親的『情結』關係而形成自己的獨立的主體性。」

〔註5〕托里・莫以（Toril Moi）著、陳潔詩譯，《性別／文本政治：女性主義文學理論》（板橋：駱駝出版社，1995），頁90。

〔註6〕相關論述，如拉康認爲：「他所失去的是母親的身體，從此對母親的慾望或與她幻想之結合必須壓抑。此首個壓制就是拉康稱之爲最初的壓制，而正是這最初的壓制開啓潛意識。在想像期中沒有潛意識，因爲沒有缺少。」、

如同佛洛伊德、拉康所論：當小孩脫離「一有需要就能立即得到滿足的母子共生狀態」，開始「循線進入語言體系和文化社團」，「小孩開始說話，發出要求，即表示他已經經歷原初共生體的喪失（loss）、不復存在（absence）；如此的分裂（split），導致小孩開始說話，主體（subject，也是話中的主詞）因而誕生」。然而，「這樣的過程，注定人將無法一勞永逸地找到能帶給他滿足的客體（object）。這是因為人事實上已經無法回到需要立即滿足的胎兒時期，或母子共生狀態。需要和要求之間比然存在的差距，意味的是完全的滿足是不可能的，因此它會推著他滿足慾望，永遠不斷地尋找下一個客體，如此形成人的慾望（desire）」。〔註7〕

女神文學書寫創作的活動，從精神分析的角度而論，背後驅動的是對失落母親懷抱的眷念與追尋。但所追尋的並不是一個破碎的母子相依記憶，而是所有的慾望追尋都源初於這個最初的破碎上，因此根埋在潛意識中，成為所有失衡、失落、斷裂之心靈感受的言說基本形式。

（二）世界觀的形成：從「母與子」到「客與主」、「天與人」

接續著主體的建立，自我存在感知的外化也與此一根本存在的永恆女性有關。兒童透過與母親相處的經驗，在母親這個「他者」身上，辨識出他者與自我的區別，從而建立起自我。由於此一他者與自我的區別，是透過最初的他者——母親所建立的，因此母親不可避免的成為主體認知世界以及外化存在感知時，一個基本的框架。這是從「母與子」到「客與主」的歷程。

而在「母與子」到「天與人」的部分。由於母親構成了對世界最初的印象，又作為主體建立時期，藉以想像自我的存在、確認自我存在之樣貌的主要依據，因此在嬰幼兒原始的思維狀態中，生命觀及生命所存身的空間，無

「對拉康而言，如果進入象徵組織開啟潛意識，那即使說希望與母親像象徵性結合之最初的壓抑創造潛意識。換言之，潛意識出現作為壓制慾望之結果。在某一層面上，潛意識就是慾望。拉康最著名的句子：『潛意識建構如語言』包含對語言本質重要的發現：對拉康來說，慾望的行為與語言相同：它不停移動，由一個對象到另一個對象，由徵符到徵符，而永遠不會找到完全的滿足，正如意思永遠不能被捉住為完全存在。」見托里‧莫以（Toril Moi）著、陳潔詩譯，《性別／文本政治：女性主義文學理論》，頁90、92。

〔註7〕括弧中的文字引自林芳玫等作，《女性主義理論與流派》（台北：女書文化，2000 再版），頁 170～172。

一不受母性〔註8〕的力量所籠罩。

由於初始的主體意識十分薄弱，母性力量的照拂與籠罩顯得崇高，於是衍生出以母爲天的神聖化心理。而這種心理也就是「大母神原型」的產生基礎。埃利希‧諾伊曼在《大母神——原型分析》中談論到幼兒時期母親的重要影響力：

> 她的神聖尊嚴反映了人類幼兒不同於新生動物的特殊狀況，剛出生的動物遠比新生的嬰兒更加獨立。動物出生後，立即會產生一種感覺意識，而人的意識是在生命的第一年中才產生的，而且部分地由嬰兒和團體的社會關係、特別是其最主要的代表——母親所模塑。〔註9〕

其中提到，人的意識並不是一出生便具有，而是逐步建立的，而母親便是主要的模塑者。

這種模塑，懷帶著敬畏與崇拜，如同埃利希‧諾伊曼《大母神——原型分析》所論：「女性之所以表現爲偉大，是因爲那些被容納、被庇護、被滋養者依賴於它，並且完全處於它的仁慈之中。一個人可能被經驗爲『偉大』的，但也許遠不如在母親身上所經驗到的偉大那樣明顯。看看嬰兒和兒童，他們把母親的地位等同於大母神。」〔註10〕這其中同時還夾雜著嬰幼兒需求受滿足，或需求受冷落時的情緒反應。人類對於「天」之存在的感受認知、原始宇宙觀中濃厚的母性色彩，以及天人對待關係中願望祈求與天力賜福降禍的對待關係，都有母親角色的影響力在其中。並在漫長的人類發展歲月中，由個體的共同經驗，逐漸積澱爲基本精神形式，成爲先天無意識中的一部份。也就是榮格所指的「原型」。

神話出於人類的力量尚未茁壯，自我意識薄弱的初民時期，其中可以找到許多以母親爲核心所發展出的世界想像。例如以天地爲母親之肚腹，又將婦女的生育視爲天地生命力的顯現。〔美〕蘿特在《性別主義和言說上帝》

〔註8〕　〔英〕珍妮特‧謝爾絲（Janet Sayers）著，劉慧卿譯，《母性精神分析》（台北：心靈工坊文化事業股份有限公司，2001），頁28：「關於『母性』（mothering）一詞，指的是一種照顧、撫育，像母親一樣的照顧和對待的感覺，或者一種母親或母性的特質；而『母性經驗』，是一種身爲母親、或被視爲母親、或自己和母親相處的經驗。」

〔註9〕　〔德〕埃利希‧諾伊曼著，李以洪譯，《大母神——原型分析》，頁42。

〔註10〕　〔德〕埃利希‧諾伊曼著，李以洪譯，《大母神——原型分析》，頁42。

中提到：

> 受孕的女性是人生命能力的中心隱喻。〔註11〕

　　受孕的婦女，懷抱中的不僅是人類個體的生命，也是宇宙的生命力。在神話的想像中，婦女孕育象徵生命的行為半人半神。生命的展開，以肚腹中的孕育為起點，生命的旅程結束後也將回歸其中。

　　關於母腹的世界觀想像，埃利希・諾伊曼《大母神──原型分析》曾提出，由於自我意識主要透過母親形塑，並以來自於母性經驗的認知作為構築世界觀的依據，因此「女人＝身體＝容器＝世界」形成為人類遠古時代普遍的象徵公式。見：

> 假如我們把初民未定形的身體－世界等式同女性基本特徵等式女人＝身體＝容器結合在一起，我們便為人類遠古時代得出一個普遍的象徵公式：「女人＝身體＝容器＝世界」這是母權階段的基本公式，在這個人類發展階段裡，女性支配男性，無意識支配自我和意識。／在容器象徵及其無數衍生物的基礎上，我們將首先試著描述充滿大圓母權象徵的世界。這樣一種考察能使我們更好地理解表現在其具體實存中的原型女性的極端重要性，在初民的神話和儀式、塑像和宗教態度中，我們都看到了這種具體實存。〔註12〕

　　在自我意識尚未完全獨立的發展階段中，將自身等同於世界；將母權的力量籠罩於自身，等同於母權的力量籠罩世界，於是建立起母性的宇宙觀。

　　埃利希・諾伊曼將這一組象徵公式置放在「初民主體意識未定形的原始思維」狀態來討論，但在人類嬰幼兒時期，個人主體意識的成形過程中，同樣的情境與同樣象徵公式的發展成形，在每一個個體中重演，它是潛意識中一個恆在的心理原型，並且不因主體獨立、母子依存關係斷裂而消解。

　　透過「母與子」關係，推衍出「客與主」、「天與人」意識，建立起觀看世界之視角的主體發展歷程，雖然在主體獨立後宣告完成。但是母親及親子相處經驗所帶來的影響，已經埋藏在主體觀看世界、觀看自我的維度中。

（三）女神作為主體與世界觀之隱喻對象

　　如同埃利希・諾伊曼所舉的普遍象徵公式「女人＝身體＝容器＝世界」，

〔註11〕　〔美〕蘿特著，楊克勤、梁淑貞譯，《性別主義和言說上帝》，頁61。
〔註12〕　〔德〕埃利希・諾伊曼著，李以洪譯，《大母神──原型分析》，頁42。

在人類主體意識尚未獨立的階段，母親等同於世界，母親和自我的身體是同一的。而當鏡像階段來臨，自我意識逐漸成形，此時人類在主體獨立的過程中歷經了「脫離世界」、「身體毀滅」的內心衝擊。Joseph Campbell《千面英雄》提到此一階段對個人成長的影響性：

> 這些徵兆會在嬰兒被迫脫離母親懷抱時出現，它是嬰兒被身體毀滅的幻想攻擊時，所產生的反應或自然防衛。……對身體完整的焦慮感、回歸母親的幻想、對永生不滅及不受內外「邪惡」力量侵擾的深沈渴望，開始引導孩子發展中的心靈；而這些力量會延續成為後來在成人日常生活、精神向上、宗教信仰及儀式修行中，神經官能反應甚至正常反應的決定要素。〔註13〕

離開這個階段後，最初的世界想像，原始的象徵形式，依然在潛意識中存在，時而透過象徵隱喻流露出來。只是在「獨立的自我」與「原初的世界」之間，多了一個「不在其中」的狀態關係。此時，「我」〔註14〕被排除在「女人＝容器＝世界」的完滿包覆之外。潛藏的裂解之傷迫使人們不斷陳述被「世界」這個「想像的容器」包容、吐出或吞噬等種種感知。文學所具有的想像與虛構空間，是陳述自我裂解之傷最佳的舞台。

其作用如同趙子昂在〈論文學及藝術場域中拉康主義主體性的文本表徵〉所論述的：

> 作家藉助想像與虛構，通過對作品中「陳述中的主體」的塑造來拯救自身作為「陳述主體」同世界、同他者、同自我的關係。……主體通過虛構，經由想像與現實這兩種重新組合的世界，即是呈現在讀者面前的文本世界，主體則在這種文學虛構活動中得到完形。
> 〔註15〕

在文學的創作過程中，主體在敘述活動中被建構，主體所存身的世界在作者筆下被打造，其中的「我」，歷經想像、虛構而來，但卻真實而完整。

這種追逐，背後潛藏著主體意識獨立過程中，脫離母親懷抱的裂解之傷，雖然不一定以母親、女性為創作主題，但「身體、容器、世界」的象徵架構，

〔註13〕〔美〕喬瑟夫·坎伯（Joseph Campbell）著，朱侃如譯，《千面英雄》（台北：立緒文化事業有限公司，1997），頁181～182。
〔註14〕最初的母子一體共生關係喪失後，所建立起的自我意識，如前舉佛洛伊德、拉康所述。
〔註15〕《文藝評論》，2007年11月，頁190～191。

以及與母性有關的水、泥土、樹木等種種象徵，依舊是追蹤文字背後潛意識的常見批評途徑。

對於此種心靈追逐的尋跡，沒有比女神書寫更為貼切的了。女神的擬塑，從母親原型而來，透過象徵傳達母性的力量，藉由神人對待關係融入對母性的情緒感知，女神的生命隱喻，包含了將女神等同於生命；將女神的狀態等同於自我的生命狀態；將女神的對待等同於命運的對待等多層意涵。女神既是自我、是母親，也是上天或世界。這種特殊性，展開了透過女神書寫自我觀照、自我對話的空間。

（四）透過女神書寫展開的自我對話

如前所述，文學的想像虛構，潛藏著主體獨立過程中，母子一體狀態破滅的裂解之傷。這種試圖彌合自我的追逐，在女神書寫中尤為明顯。

女神書寫，特別著重在表露生活中關於失衡、失落、失序的種種心境感受。並且經常透過與女性的悲歡離合來陳訴。在與女神（或其他女性）的悲傷離別中，無法修復的最初失落，被一再複述；同樣的，在另一方面，回歸母性女神懷抱的正面書寫，則可被視為回歸最初樂園的自我彌衡。

無論是悲傷的離別，或樂園的回歸，在女神書寫活動中，主體都在想像建構，以及在自我生命的檢視對話中，被重新完整。此時主體跟世界不再是對面觀看的關係，原本透過「我」觀看「我不在其中之世界」，如今透過「我」敘述「我在其中的世界」。此時原本建立在母子一體關係斷裂上的「我」，以及支撐著「我」存在的差異維度，得到暫時的消解。

而當我與世界為一體的想像狀態破滅，意識便又恢復到透過「我」觀看「我不在其中之世界」的日常關係中，繼續透過象徵的操作生產意義，持續地言說以維護「我」跟「世界」間的存在網絡。

二、探討隱喻內涵的路徑：通過感知與象徵

女神隱喻書寫的背後，潛藏著關於生命存在的感觸。此一與個人生命經驗有關的自我心靈對話，如何被探知？

隱喻此一課題，本為亞里斯多德在《詩學》中率先提出。但是亞里斯多德所談的詩學，義近於詩藝，並不是近代文學批評中普遍所論的詩學。〔註16〕

〔註16〕如〔意〕翁貝爾托・埃科著，王天清譯，《符號學與語言哲學》所言，頁179：「隱喻這個論題，是亞里士多德首次在《詩學》（1457°，1～1458°，17）中提出的。」

如今近代文學批評中的詩學理論，已形成爲：透過對語言符號的解析，回溯人類心靈對存在意義之感知與構築歷程的新科學。

所謂的詩學新科學研究方法，牽涉心理學、語言學、人類學等不同領域，並且各有所重，難以單一而論，但相信作品的背後存在共有的符號體系，此一符號體系在人類心靈間具有共通性、系統性，能夠被解析，應該是共有的理念，而這也是詩學研究得以建立的原因。女神作爲生命之隱喻，兩者間藉由隱喻轉換所內蘊的詩學意涵，應可經由詩學的方法加以探究。總括而言，「感知的共通」、「具有結構性的象徵系統」、「感知經驗的類比再現」爲詩學批評理論所提供的主要探討路徑。以下試加論列：

（一）感知的共通

〔美〕伊萬・布萊迪（Ivan Brady）〈詩學與人類學的重心重置〉一文指出：

> 詩學是人的內心意象、內在感受藉以向自己與他人形象地描繪自身的方式，儘管我們對共享的東西存在懷疑，但一種共有的意象是共有的自我感受。〔註17〕

其認爲詩學的共享性，建立在自我感受的共有上，因爲感受共有，因此意象共通，使人們得以在這種共有、共通的基礎上，向自己或他人形象地表述自我內在的感受。

而〔俄〕葉・莫・梅列金斯基《神話的詩學》則透過對神話特性的討論，揭露出詩學所具有形象性表述、彼此融通的特徵：

> 神話具有這樣一種特性，即將一般的意象呈現於具體的、感性的形式，即所謂的形象性；而形象性正是爲藝術所特有，在一定意義上說來，又是爲藝術承襲於神話。最古老的神話，作爲某種渾融的統一體，不僅孕育著宗教和最古老的哲學觀念之胚胎，而且孕育著藝術的，首先是口頭藝術的胚胎。藝術型態之於神話，既承襲具體的、感性的概括手法，又承襲渾融體本身。文學在其發展進程中，長期以來將傳統神話直接用於藝術目的。有鑑於此，我們姑且把「神話的詩學」這一術語運用於探討神話在文學之史前階段的特徵。〔註18〕

〔註17〕〔美〕伊萬・布萊迪（Ivan Brady）編著，徐魯亞等譯，《人類學詩學》，頁42。
〔註18〕〔俄〕葉・莫・梅列金斯基（E. M. Meletinskij）著，魏慶征譯，《神話的詩學》（北京：商務印書館，2009），頁1。

其中認為文學藝術發展自神話，因此神話在意象表述上渾融的特質也被
文學所襲承。神話意象的渾融，如列維‧布留爾所論，是一種具有物我不分
之互滲原則的原始思維，而從文學藝術來看，則是物我合一、情景交融的意
象境界。由於文學出自於神話，帶有神話的詩學基因，因此同樣具有形象化、
主客融通的特質。

以上兩段引文指出了形象化表述，以及心靈可共通共享兩項詩學的重要
元素。關於這兩項元素，〔美〕伊萬‧布萊迪《人類學詩學》又以「交互主體
性知識」來概括闡述：

> 詩學是勾連人類形象內外部感知、形象自身與自我他者之間的
> 手段。且不論我們對被分享的究竟是什麼尚存疑慮，共享的形象就
> 是共享的自我感知。……在這一含糊不清的詩學場景中要達到有效
> 溝通，我們需要通過情感展示、語言與手勢對經驗進行描述，這種
> 描述必須有足夠的細節和概念座標，以便他人能夠根據我們的經驗
> 建構或重新建構出合理的副本來（Spiegelberg，1975：125～26），
> 由此產生的交互主體性（intersubjectivity）知識是一個由最具個體意
> 義、被個體最深刻地體會著的經驗的綜合體，也就是主體內部的知
> 識（intrasubjective knowledge）（Spiegelberg，1975：129）。〔註19〕

主體的自我感知，透過提供足夠細節與概念座標的描述被分享，讀者依
主體內部的知識，循細節與概念座標，重新建構出合理的副本，並達成主體
的交互性，這便是詩學研究的核心理念。而所謂主體內部的知識，或者具有
主體交互性的知識，也就是在詩學理念下建立起的符號意義體系。

（二）具有結構性的象徵系統

透過前述理念建立出的符號意義體系，其重要價值在於驗證人類的心靈
主體既具有獨立的創造性，然而又在一個共同的體系中。由於其具有共通性，
使個別主體經驗的共享成為可能，人類文化也因此得以逐漸積澱形成；由於
其具有獨立的創造性，使符號能夠在個體的創作活動中、閱讀活動中的持續
建構出意義，而文化也因此保有了永續永新的生命力。

然而，此一符號意義體系，其系統性如何被架構？所謂人類心理的共通
性基礎又何在？具有結構性的象徵系統為其鑰匙。

〔註19〕〔美〕伊萬‧布萊迪編，徐魯亞等譯，《人類學詩學》，〈序言〉，頁34。

如金澤《宗教人類學導論》所指出：

> 一般將 20 世紀五六十年代相交之際作爲象徵人類學的出生年
> 代，因爲在這前後，列維‧斯特勞斯、利奇（Edmund R. Leach，1910
> ～1989）、特納（Victor Turner，1920～1983）、道格拉斯（Mary
> Douglas，1921～）、格爾茨等人，紛紛在自己的研究中將象徵作爲
> 一個重要的課題。……象徵人類學的出發點是將人類看作「爲自身
> 編織的意義之網束縛的動物」，而「所謂文化，就是這樣的網絡」，
> 認爲只有將「意義－象徵」作爲人類的特徵來研究，才有眞正的重
> 要意義。象徵人類學把文化看作象徵系統，並認爲這個象徵系統提
> 供了建構和重構實體的基礎。〔註20〕

站在人是意義的動物這個前提上，文化成爲一個透過象徵釋出意義的系
統，人的存在，透過意義之網的編織所承載。此時文化可以視同爲人類心靈
的實體集合，而這個實體集合能夠共同運作、相互理解。其中世界文化之所
以能共同積累的原因，在於象徵系統具有可把握的共通基礎。

許多學者曾嘗試探討此一「建構和重構實體的基礎」，結構主義論者從結
構的角度提出有效的方法。如列維‧斯特勞斯（Claude Lévi-Strauss，又譯作：
李維史陀）便是其中的代表。

（三）感知經驗的類比再現

在循結構性的象徵系統，再現感知經驗的過程中，類比以及身體性，是
兩大重要基礎。

1. 類比

將心理感知連結到象徵符號上的重要作用，稱爲「類比」。〔法〕保羅‧
利科（Paul Ricoeur）在《活的隱喻》中提到：

> 從形式上講，類比構成了隱喻、象徵和明喻的共同基礎。理智
> 化過程會遵循從隱喻到象徵再從象徵到明喻的發展順序。類比關係
> 是比喻中的邏輯工具。〔註21〕

類比作爲詮釋的基礎，其作用如同卡西勒《人論》所論：神話不是某種
靜止不變的要素，而是必須透過一定的感知方式去把握它的內在生命力，由

〔註20〕金澤，《宗教人類學導論》，頁 21。
〔註21〕〔法〕保羅‧利科著，汪堂家譯，《活的隱喻》（上海：上海譯文出版社，2004），
　　　　頁 255。

於人類「感覺經驗的不變特徵」，使這種回溯成為可能。〔註22〕類比正是透過人類感覺經驗的不變特徵，用以把握象徵符號背後之內在生命力的感知方式。

〔美〕伊萬・布萊迪（Ivan Brady）引用現象學學者胡塞爾（Husserl）的觀點加以闡述：

> ……存在於胡塞爾（Husserl，1960，1970：291ff.）稱之為「類比」的領域之中。首先「類比」假設在認知和感知之間承認一種相互反饋的關係（Merleau-Ponty，1962）。其次，它設想學者專注的事件／文本／現實是在學者所特有意識狀態中被感知的（Tart，1975）。最後，它假定對感知的現實的理解，需要一種「懸置的懷疑」，以使人們可以在考察的現象中歸類自我，盡可能避免僅僅依據自己的情況而運用不恰當的理論來闡釋現實。這一現象學的尺度，接受胡塞爾的意圖論，並在此基礎上來確定現象的意義，胡塞爾將主體定義為「意義的載體，主體不具有本質（nature），而是扮演著意義創造者的角色」（Ricoeur，1963：600）。對於在神話和象徵的領域中進行的分析論述，這點尤其重要。〔註23〕

在此一對比詮釋關係中，「主體」為意義的載體，而「象徵」則為使神話意義再現的媒介。透過認知，象徵的意涵被確認、神話的思維被掌握；透過感知，神話的意義被重新創造出來，當然這種創造，包含了個人的經驗、文化的變因，於是象徵雖則不變，意義卻有差異的表現。女神的形象，便是在這樣的詮釋關係中，不斷展現新的樣態，但又不至於丟失了回溯的路徑。而此一歷程也就是隱喻的詩學作用──「轉換生成」的達成。

2. 身體性

詩性思維的經驗之所以可共享，建立在象徵形式以及感知經驗的共通上，其中有關於感知經驗的共通，身體是一大重要因素。身體的知覺，以及養育或被養育的身體經驗，是超乎民族、文化、性別差異，共同且真實的。另外，身體也與以生命孕育現象作為核心的女神概念，具有本源關係。

〔註22〕其認為：「我們不能把神話歸結為某種靜止不變的要素，而必須努力從它的內在生命力中去把握它，從它的運動性和多面性中去把握它」，神話「依賴於一定的感知方式」，「我們必須追溯到這種更深的感知層，以便理解神話思維的特性」，而藉以進入的途徑，便是「感覺經驗的不變特徵」。參見卡西勒，《人論》，頁 118～119。

〔註23〕《人類學詩學》，頁 115～116。

關於象徵與身體的關係，以及其在共通性上的意義，如〔英〕菲奧納‧鮑伊（Fiona Bowie）《宗教人類學導論》所指出：

> 象徵（Symbol）：來自於希臘語中的兩個詞，sym（在一起）和ballein（投射）。一個東西意味著或代表著另一個東西。只要習慣與風俗允許，幾乎任何事物都可以作為一種象徵。〔註24〕

> 所有的民族和文化都有一種隨手可得的物體—它是無所不在的和可延伸的—可以承擔特別重要的象徵負擔，這就是身體。它是主觀和客觀能夠同時經驗到的，它既屬於個人，也屬於廣泛的社會。總之，我們都有身體。正如尼達姆（Rodney Needham）指出的：『在男人（和女人）中有一種特別自然的相似物，它是所有的人都承認的，它使人們有機會跨越文化和語言的界線進行比較。這種相似性的聚焦點是由人的身體提供的，這種事物本質上是可以內在地經驗的，是我們能夠主觀地認知的唯一物體。（Needham，1972，p.139）』〔註25〕

身體作為「可內在經驗」、「可主觀認知」的物體，並且具有相似性，因此能破除語言符號的浮動虛構，成為詩學具有心靈真實性的論述基礎。

對女神研究來說，可孕育的母體形象、母與子的身體連結、養育及受養育的身體感受，除了是感知所投射的基本象徵形式，也是藉以從象徵符號中建構出意義，達成共享的重要感知經驗。其中的表現型態，例如有 Dorothy Dinnerstein《The Dirty Goddess》所指出的「女性可繁殖的身體」：

> 男性對所有神秘的、強有力的事物懷有一種敬畏和恐懼，女性可繁殖的身體是這樣一種事物最基本的象徵。〔註26〕

又如斯塔霍克（Starhawk）《精神之舞——儀式、招魂、練習與巫術》所指出從女性身體散發出的力量：

> 女神首先是大地，黑暗，生兒育女的母親，她帶來所有的生命。她是豐產與生殖的力量；她也是子宮，而且是吸收力極強的子宮，具有死亡的力量。一切生長從她那裡開始，所有的一切又

〔註24〕〔英〕菲奧納‧鮑伊（Fiona Bowie）著，金澤、何其敏譯，《宗教人類學導論》（北京：中國人民大學，2004），頁46。

〔註25〕〔英〕菲奧納‧鮑伊著，金澤、何其敏譯，《宗教人類學導論》，頁46。

〔註26〕劉岩編著，《母親身份研究讀本》，頁212引《The Dirty Goddess》。

都歸返於她。〔註 27〕

　　儘管時移世易，人類跨越了無數的文明進程，女神以可孕育的身體構成
生命的隱喻，並形成爲傳遞存在感知之重要象徵形式的詩學本質，並不會因
此消褪。如同《性別主義與言說上帝》一書中所闡述的「受孕的女性是人生
命能力的中心隱喻」〔註 28〕。

三、女神作爲生命隱喻之表現形式

　　語言學家索緒爾在《普通語言學教程》第六章〈語言的機構〉中提到語
言集合的兩種形式：一個是依時間展開的橫向組合，一個是同時不斷浮現在
橫向組合軸周圍的聯想。〔註 29〕橫向組合具有在時間中依序出現的序列關
係，是線性的，並且依賴一定的系統性，使敘述者和閱讀者之間得以溝通，
例如句型與語法〔註 30〕。而伴隨著此一橫向組合，在其開展過程中連續浮動
出現的聯想，雖然也是線性的（依次連鎖出現），並且同樣依賴敘述者和閱讀
者之間共同的背景知識，但是背景知識在閱讀過程中以什麼樣的順序線性出
現，以什麼樣的內容連鎖延伸，又延伸到什麼程度，卻沒有必然性的，〔註 31〕
只要能夠完成意義的建構，達成溝通便可。這也就是〔美〕古德曼（Kenneth S.
Goodman）在《談閱讀》中所論的：

〔註 27〕Starhawk《精神之舞──儀式、招魂、練習與巫術》（rituals, invocations, exercises
　　　　and magic The Spiral Dance），1989, p.92。譯文引自（英）菲奧納・鮑伊《宗
　　　　教人類學導論》，頁 147。

〔註 28〕〔美〕蘿特著，楊克勤、梁淑貞譯，《性別主義與言說上帝》，頁 61：「受孕的
　　　　女性是人生命能力的中心隱喻，早期人類不是倚靠飼養動物或治理植物爲
　　　　生，而是完全倚靠地土的天然力量養生，後來，當動物被飼養、植物被播種
　　　　和收割時，人類的力量開始參與自然的生產力，而非單單依靠它，但女神的
　　　　隱喻卻繼續塑造文化的想像力。」

〔註 29〕橫向爲「句段關係」，與橫向、具有時間線性之句段關係伴隨發生的則是「聯
　　　　想關係」。見索緒爾，《普通語言學教程》第五章〈句段關係與聯想關係〉，頁
　　　　170～176。

〔註 30〕索緒爾，《普通語言學教程》，頁 186：「靜態語言學或語言狀態的描寫，按照
　　　　我們在『棋法』、『交易所法』等說法裡的非常確定的通用意義，可以稱爲語
　　　　法，那都是指的一種使共存的價值發生作用的複雜而有系統的對象。／語法
　　　　是把語言當作表達手段的系統來研究的；所謂『語法的』，就是指共時的和表
　　　　示意義的。」

〔註 31〕如翁貝爾托・埃科所言：「符號化的過程一旦開始，便很難指出一種隱喻的解
　　　　釋在何處停止：這取決於語境。」《符號學與語言哲學》，頁 230。

閱讀和寫作同樣是個動態而且建構性的歷程。〔註32〕

作者創作文章……但是讀者所理解的並不是那篇文章。讀者在和作者的文章交易的同時，建構出一篇和它平行的讀者自己的文章……文章的結構和意義都是由讀者來建構的，如果有不對勁的地方，讀者重新建構他們腦中的文章以求意義通順。讀者的閱讀差異以及自我修正都能顯示這個建構以及再建構的過程。讀者努力去了解作者想表達的意義，但是他們所建構出來的意義是他們自己的。〔註33〕

將這個過程反映在隱喻的使用與閱讀中，不管該隱喻是約定俗成的，還是別出心裁的，當它能夠被敘述者成功的使用在意義的建構表達中，又被閱讀者在閱讀活動中成功的將意義重新建構出來，那就表示敘述者和閱讀者之間擁有共同的「隱喻意義轉換生成機制」，且能夠掌握該隱喻之喻體與喻依共通的意義連結。

就女神作為生命的隱喻來看，女神和生命間的轉換生成基礎，如前所引述，是主體的感知體驗。因為敘述者與閱讀者之間具有共同的主體感知體驗，因此女神所隱喻的生命思維能夠被傳達、被再現出來。且其傳達與再現由於是透過隱喻的形式，因此所攜帶、所能重建的意義質量，遠比直述來得深廣，並且具有詩性的動能與高度。

而在敘述者與閱讀者所共同掌握之「喻體與喻依間的共通連結」方面，此一管道雖然是雙方基於主體的感知經驗基礎，各自建構出來，但是形成隱喻的喻體與喻依，其間關係也不是「絕對任意性」的，而是因為具有一定的、共通的線索，因此能形成主體間感知經驗再現的管道，達成溝通。如同索緒爾在《普通語言學教程》中提到的，他之所以反對以象徵來稱呼語言符號，是因為象徵不是絕對任意性，而是在其能指與所指間，具有非任意性的自然聯繫基礎。〔註34〕

〔註32〕〔美〕古德曼（Kenneth S. Goodman）著，洪月女譯，《談閱讀》（台北：心理出版社，1998），頁3。

〔註33〕〔美〕古德曼，《談閱讀》，頁158～159。

〔註34〕〔瑞士〕索緒爾（Ferdinand de Saussure）著，高名凱譯，《普通語言學教程》（北京：商務印書館，1980），頁102～104：「能指和所指的聯繫是任意性的，或者，因為我們所說的符號是指能指和所指相聯結所產生的整體，我們可以更簡單地說：語言符號是任意的。……曾有人用象徵一詞來指語言符號，或者更確切地說，來指我們叫做能指的東西。我們不便接受這個詞，恰恰就是由於我們的第一個原則。象徵的特點是：它永遠不是完全任意的；它不是空洞的；它在能指和所指之間有一點自然聯繫的根基。」

那麼，在女神與生命的隱喻關係中，其間一定的、共通的線索，也就是其「非任意性的自然聯繫基礎」是什麼？又此一隱喻關係組合的結構系統爲何？以下嘗試透過得自索緒爾語言學理論的啓發加以探討。

索緒爾《普通語言學教程》第五章〈句段關係與聯想關係〉中提到：

> 語言各項要素間的關係和差別都是在兩個不同的範圍內展開的……一方面，在話語中，各個詞，由於它們是連接在一起的，彼此結成了以語言的線條特性爲基礎的關係，排除同時發出兩個要素的可能性。這些要素一個挨著一個排列在言語的鍊條上面。這些以長度爲支柱的結合可以稱爲句段（syntagmes）。
>
> 另一方面，在話語之外，各個有某種共同點的詞會在人們的記憶裡聯合起來，構成具有各種關係的集合。……我們可以看到，這些配合跟前一種完全不同。它們不是以長度爲支柱的；它們的所在地是在人們的腦子裡。它們是屬於每個人的語言內部寶藏的一部分。我們管它們叫聯想關係。／句段關係是現場的：（in praesentia）它以兩個或幾個在現實的系列中出現的要素爲基礎。相反，卻把不在現場的（in absentia）要素聯合成潛在的記憶系列。〔註35〕

依附在句段關係上的象徵運用，透過聯想完成潛在的記憶系列。

而這個潛在的記憶系列得以被組合、完成意義的取得，則仰賴背後的心靈實體，保羅・利科（Paul Ricœur，1913～2005）《活的隱喻》認爲：

> 第一種排列方式明顯地將兩種或者更多的詞項統一在一個有效系列中，第二種排列方式則把不出現的詞項統一在潛在的記憶系列中。因此後者涉及在信碼中而不是在特定的信息中聯繫起來的實體。〔註36〕

由於實體的存在，使隱喻的轉換生成能夠成功的運作。

此一心靈實體的運作方式爲何？拉康運用佛洛伊德精神分析學、列維斯特勞斯的結構主義學、索緒爾結構語言學等理論，發展出其觀點。〔註37〕佛洛伊德在《夢的解析》中提出所謂無意識運作過程中的「縮合作用」（condensation）。

〔註35〕〔瑞士〕索緒爾，《普通語言學教程》，頁 170、171。
〔註36〕〔法〕保羅・利科，《活的隱喻》，頁 240～241。
〔註37〕杜聲鋒，《拉康結構主義精神分析學》，頁 70：「拉康的理論有三個來源：佛洛伊德的精神分析學、列維・斯特勞斯的結構人類學、從索緒爾到雅可布遜的結構語言學。結構語言學的成果構成拉康精神分析學的方法論基礎。」

縮合作用是指：一個心理表象向自我表現出諸個聯想系列（chaînes associatives），這個心理表象就處在這些聯想系列的交匯之處。〔註38〕

縮合作用可以通過不同的方式表現出來：但只有一個要素（題目、人物等）能得以保存（或保持），因為這個要素多次出現在夢的諸種不同思維形式之中；這個被保持下來的要素稱為「結點」（point nodal）；不同的要素也可以被聚集在一個不和諧的整體之中（如夢中的合成人物等）；還有幾個圖面可以縮合重迭起來以抹去不相一致的地方，保存其其共同特徵，等等。這些都是夢的縮合作用的各個不同表現方式。〔註39〕

佛洛伊德所提出的「縮合作用」，拉康認為就是修辭學中的「隱喻」：

以一種廣義的方式說，佛洛伊德所說的縮合，就是修辭學上所說的隱喻，他所說的移遷，就是換喻。〔註40〕

如同杜聲鋒《拉康結構主義精神分析學》中所論：「在拉康的理論中，隱喻和換喻概念構成了無意識過程的結構概念的兩塊基石。這兩個概念也在相當廣泛的意義上構成拉康如下理論的根基：『無意識像語言一樣被結構化』。」〔註41〕援引佛洛伊德精神分析學對隱喻現象所做的解釋，形成拉康理論重要的基礎。

拉康將隱喻解釋為無意識操作過程中「能指的替換」（substitution signifiante），此一過程以結構化的操作程序，形成具有結構性的結果。隱喻，就是此一透過無意識縮合作用所運作出的，能夠被檢視出能指、所指結構形式的操作表現。

透過索緒爾、拉康等理論的介入分析，女神的生命隱喻雖然隱微，卻應有可見的形式。「橫向組合：母子對待關係的展開」、「縱向聚合：母性力量象徵的運用」，或即為「女神＝生命」此組隱喻可檢視的操作表現。

（一）橫向組合：母子對待關係的展開

在女神隱喻中，敘述主體與女神間的「潛藏的母子關係」首先被序列展

〔註38〕杜聲鋒，《拉康結構主義精神分析學》，頁96。
〔註39〕杜聲鋒，《拉康結構主義精神分析學》，頁96～97。
〔註40〕杜聲鋒，《拉康結構主義精神分析學》，頁74～75，引拉康《文選》頁70。
〔註41〕杜聲鋒，《拉康結構主義精神分析學》，頁82。

現出來，以作爲隱喻的基礎。這裡所說的「潛藏的母子關係」，非必指實際的母子關係，而著重於來自母子關係所形成心理形式：生／所從生、養育／被養育、母愛／被愛、賜與／接受等。這層關係在語言敘述的橫向組合中，透過彼此如母子般的對待情節展開，奠下隱喻的內在基礎。

　　母子對待關係的重建，透過母性的感知記憶循回。我們可以在神仙故事，或神人遇合故事中找到許多女神母性對待的例子。例如在男主角飢餓、迷路的狀態下所展開的救助，一見面便親切的候問，訴說等待思念之情，並設下饗宴，以美妙神奇的食物、吃不完的食物建立起彼此間的關係等等。這些慣常的情節，如果以母子關係的重構來分析，處處皆可發現相符應之處。

（二）縱向聚合：母性力量象徵的運用

　　女神生命隱喻中母性力量象徵的使用，有：與永恆循環之母性生命力有關的象徵，如前引月亮、水、土地、樹木、石頭等象徵物；雷電紋、漩渦紋、交繞紋等紋樣；陰與陽的抽象概念象徵。又有與母性感知記憶有關的象徵，如安全美好的空間、吃不完的食物等等。

　　這些象徵的使用，是以聚合型態，自由的選用替換方式呈現。如同拉康在〈言語和言語活動在精神分析學中的功用和範圍〉一文所提到：「隱喻的過程是能指間的替換。」〔註42〕母性象徵的運用，所產生的意義，雖然也被橫向的時間軸序列制約，但卻同時是可替換選用的縱向聚合。母子關係中的心靈體驗，透過象徵的運用註解、攜回，在創作與閱讀的轉換生成中，完成對生命的隱喻。

　　以上女神隱喻書寫中的兩個形式，橫向組合與縱向聚合，可以進一步開展出正向與反向兩種向度。亦即：對待關係的展開或破滅、母性力量的獲得或失落，其具有揭示、平衡主體存在感知的隱喻功能。

四、從原型心理學論其兩種向度

　　原型心理學的建立者爲榮格（Carl Gustav Jung，1875～1961），榮格所提出的內在心理形式，包括作爲男性形式的 animus（中文作：阿尼姆斯），以及作爲女性形式的 anima（中文作：阿尼瑪或安尼瑪）。根據瑪莉－路易絲・弗蘭茲（M.-L.von Franz）在榮格所主編之《人及其象徵》中〈阿尼瑪：內在

〔註42〕杜聲鋒，《拉康結構主義精神分析學》，頁 107。

的女人〉一文中的論述：

> 困難與微妙的道德問題，並不一定是由陰影本身的出現所帶來。另一個「內在的形象」也常常會浮現出來。如果做夢者是個男人，他會發現他的潛意識有個女性的化身；如果做夢者是個女人，潛意識就會化身為一個男性形象。這第二個象徵形象往往隨著陰影之後出現，帶來新的、不同的問題。榮格稱其男性形式為「安尼姆斯」（animus），女性形式為「安尼瑪」（anima）。〔註43〕

阿尼瑪是男性心中的陰性化身，一個內在的女人。此一潛意識中的女子，所表現出來的形象與特質，與母親息息相關〔註44〕。如果與母親相處的經驗是正面的，那麼展現出來的阿尼瑪多半是慈悲善良、能力超群、無限崇高、全心呵護的形象，正面的阿尼瑪母性形象帶來信靠、沈溺與依賴，男子很可能「要麼變得沒有男子氣概，要麼被女人剝削困擾，無法應付生活的苦難」〔註45〕。

而如果與母親相處經驗的是負面的，那麼「他的阿尼瑪常常會表現得暴躁易怒、情緒低沈、優柔寡斷、難以取悅」，負面的阿尼瑪母性形象帶來害怕挑戰、害怕發生意外、害怕得不到肯定等心理陰影，但同時也可能帶來奮發上進、展現男子英勇氣概的影響。〔註46〕

潛意識中的阿尼瑪雖然具有正負偏向的差異，但並不是能夠被單純的類化，做二元判分的，其往往二元俱在，同時不斷於內心糾葛，當其以夢境、藝術、文學等形式被展現出來，便成為一種能夠得以檢視內在意識的媒介。《人及其象徵》中提到阿尼瑪的積極作用，正是在這種自我檢視中，擔任起「內在世界的嚮導和居中調停者」的角色〔註47〕。來自於阿尼瑪的喜怒哀樂落實在文學、舞蹈、雕塑等藝術形式中，透過象徵的操作被展示出來，其創作的過程中，情感的投注、內在的協調與意義的生產，已經完成了心靈衝突的協調與落實化工作。藝術欣賞閱讀活動同時也能發揮這樣的功能。

榮格的正負面阿尼瑪母性形象對於女神生命隱喻的研究，無疑具有重要的啟發。但是文學中的女神隱喻表現，不單出於阿尼瑪，也就是不單出於潛

〔註43〕 〔瑞士〕卡爾・榮格（Carl Gustav Jung）主編，余德慧譯文校定，龔卓軍譯：《人及其象徵》（台北：立緒文化事業有限公司，1999），頁212。

〔註44〕 〔瑞士〕卡爾・榮格主編：《人及其象徵》，頁213：「一個男人的阿尼瑪特性，依其個體表現來看，是由他的母親塑造出來的。」

〔註45〕 〔瑞士〕卡爾・榮格主編，《人及其象徵》，頁215。

〔註46〕 〔瑞士〕卡爾・榮格主編，《人及其象徵》，頁213。

〔註47〕 〔瑞士〕卡爾・榮格主編，《人及其象徵》，頁217、220～221。

意識，潛意識中的阿尼瑪形象只是其中一個環節，至少象徵的操作就是橫跨意識與潛意識。

埃利希・諾伊曼《大母神——原型研究》將阿尼瑪定位為根源於大母神原型的潛意識投射，而大母神原型又發展自原型女性：

> 大母神處於原型女性與阿尼瑪之間，原型女性本身作為母性烏羅伯洛斯，接近於原始狀態，而阿尼瑪已經成為人格的一部分，並因此而佔據了集體無意識與個人獨特性之間的中心位置。〔註48〕

文中埃利希・諾伊曼所謂的「烏羅伯洛斯」（the uroboros），指的是以銜尾環蛇為象徵的「初始原始狀態的心理狀況」、「在這種原始狀態裡，人的意識和自我還很弱小，尚未發展」〔註49〕。在這個自我意識微弱不明的階段，母性具有極大的影響力，並且關係著原型女性的形成。

> 在自我和意識仍然弱小、未經發展而無意識佔據支配地位的任何地方，都可以清楚地看到女性基本特徵。……基本特徵幾乎永遠具有一種「母性」的決定因素。自我、意識、個人，無論是男是女，都是孩子般天真的，都依賴於它們與它的聯繫。〔註50〕

基於母性與自我在意識發展過程中的這種聯繫，埃利希・諾伊曼在《意識的起源與發展》中，提出自我與無意識之間的「重力作用」、「一種自我返回其原初意識狀態的傾向」〔註51〕。當「意識和自我越弱，傾向於重返無意識狀況的心理重力也就越強」〔註52〕，在自我意識能量極弱的狀態中，促使自我返回無意識狀態的重力作用變得十分強大。埃利希・諾伊曼舉例，例如在負面的部分，透過深度心理學的分析，可揭示出其中「原型的侵襲，例如吞噬的恐怖母神，她的心理引力因其能量負荷而變得如此強大，致使無法與之抗衡的自我情結的負荷『下降』，並被『吞噬』」，諸如光、太陽這些常見的象徵被黑暗以深淵、地獄、怪物等形式吞噬，均可視為其顯現〔註53〕。

這種當自我的負荷能量不足，所衍生的返回無意識狀態重力作用，受與母親相處經驗的影響，具有正負兩種面向，也就是前述榮格所提的阿尼瑪兩

〔註48〕　〔德〕埃利希・諾伊曼，《大母神——原型分析》，頁36。
〔註49〕　〔德〕埃利希・諾伊曼，《大母神——原型分析》，頁18。
〔註50〕　〔德〕埃利希・諾伊曼，《大母神——原型分析》，頁25。
〔註51〕　〔德〕埃利希・諾伊曼，《意識的起源與歷史》，頁280。
〔註52〕　〔德〕埃利希・諾伊曼，《大母神——原型分析》，頁26。
〔註53〕　〔德〕埃利希・諾伊曼，《大母神——原型分析》，頁27。

面性，以正面的內容而言，是對潛意識中正面阿尼瑪母性形象的沈浸，以負面內容來看，是對潛意識中負面阿尼瑪母性形象的抵抗或無力抵抗。

此一建立在原型心理學上的論述，對女神隱喻文學表現的分析具有重要的指導性。以此爲背景介入分析，女神隱喻文學的書寫便成爲心靈衝突的對話與調解，透過這個調節活動，內心的某些部分因此被揭示、被安置，並且落實爲自我。這也就是前引榮格說「阿尼瑪是內在世界的嚮導和居中調停者」，以及埃利希・諾伊曼說阿尼瑪是人格的一部份、「佔據了集體無意識與個人獨特性之間的中心位置」的原因。

在中國文學裡，與女神的遇合情節，及伴隨而來的獲取或失落不死藥，已成爲敘述的傳統。其中忠實反映出母性女神在內心世界所發揮的顯現與調節者角色，文學作品中，能否回歸到最初的母懷樂園、能否取得治癒存在威脅的不死藥，出現正反兩種典型，此中的回歸或離開母懷、取得或失落不死藥，可視爲內心焦慮調節的投射。女神及其所存在的樂園、所擁有的不死藥，隱喻了最初的美好，並開啓了在想像的眞實中，透過象徵運用，操作回返母懷、合一、分離等情節，以喚起對歡樂或痛苦的最初心靈印記，並因此得到抒發與調節的種種關於生命意識的隱喻。其正、反兩面的心靈向度表現，分別爲：

（一）正面：不死藥的獲取與母懷的回歸

母懷的回歸與不死藥的獲取，可視爲正向的調節。這種正面的調節，正如 Joseph Campbell《千面英雄》中所謂的：

> 我們每個人在無意識中依然珍愛的嬰兒期幻想，繼續以不滅存有的象徵，進入神話、神仙故事和教會的教義中。這對我們是有幫助的，因爲心有了意象便彷彿在家一般安定，而且似乎會喚起某些已知的事物。〔註54〕

嬰孩時期與母親爲一體的記憶，在每個人的內心形成一個永恆的美好歸向；反之，出生時刻與母親分離的記憶，則成爲永恆的、一切焦慮痛苦感受的投射方向。〔註55〕當意識越薄弱、現實的處境越險峻，躲回最初樂園的呼喚便越強烈。人們渴望回歸母懷，拋卻分離的孤獨、追求的焦慮、時間的限

〔註54〕〔美〕Joseph Campbell 作，朱侃如譯，《千面英雄》，頁 185。
〔註55〕〔美〕Joseph Campbell 作，朱侃如譯，《千面英雄》，頁 53：「弗洛依德曾說，所有焦慮的時刻都會重現最初與母親分離的痛苦感覺——例如出生危機時的呼吸緊促和血液凝固等等。反之，所有分離和新生的時刻也都會製造出焦慮來。」

制等，尋回最初的樂園。因此，對最初樂園的想像、創作、閱讀等過程，可視為內在心靈的調節。

在中國文學的發展中，越是帝國衰敗、民生凋弊的時代，神仙文學的創作便越活絡。例如遊仙詩的發達，以動盪不安的魏晉南北朝為背景，人神遇合小說則為考場失意、仕途蹇困的文人帶來心靈的出口。由這些作品可以看到創作者如何將主角弱小無援的一面呈現出來，透過女神的接待，來到充滿著各種源源不絕之生命力象徵的仙境，此一時間永恆、充滿歡樂的仙境，便是母懷的象徵。主角在女神親切的問候、提供飲食、歌舞娛樂等對待中，得到內心的和悅。特別是不死藥的獲得，使主角超越了分離的痛苦（與仙境女神時間一致／存在狀態一致）、追求的焦慮（仙境一切具足）、時間的限制（生命永恆）等等。

延續前一節所提出的，女神生命隱喻的表現形式：「橫向組合：母子對待關係的展開」與「縱向聚合：母性力量象徵的運用」。當其正向的呈現，則表現為：

1. 橫向組合：母子關係的複製
2. 縱向聚合：母性力量的尋回

（二）反面：不死藥的失落與母懷的阻隔

相對於正向，反向的表現型態則為：

1. 橫向組合：母子關係的斷裂
2. 縱向聚合：母性力量的失落

「母懷的阻隔」對應的正是橫向母子關係組合的斷裂，而「不死藥的失落」則是母性力量象徵物的失落。

這些表現，在文學作品裡，可找到許多相關的例子。如女神與凡間男子遇合的故事裡，最常見的情節便是因為某些原因，凡間男子得到與女神結合的機會，因為這層關係的建立，凡間男子獲得了長生不老的機會、歡樂的宴飲、美好的生活環境、殷勤溫暖的女性環繞等等，這些都是與正面母性感知記憶有關的對待。然而，凡間男子與女神的關係，往往會因為某些原因破滅，而破滅的原因，通常來自於男主角本身的作為。這種情節安排，使後來發現失去永生機會的遺憾悔恨，可以毫無疑問的歸向於男主角自己。而與女神的關係斷裂後，凡間男子通常會發現自己失去了長生的機會，以及仙境中的一切美好事物，這是失落不死藥、失落母性力量的象徵表現。

　　而母懷的阻隔與失落不死藥，結果雖然是負面的，但同樣發揮了使內心
獲得揭示與安置的作用，因此可視爲是反向的心靈調節。

第六章　正向：不死藥的獲取與母懷的回歸

一、心理背景與表現形式

　　從心理學的角度而論，女神與生命隱喻關係的構成，立基在兩個重要的基礎上，一個是母親與主體建立的關係，一個是榮格所論的「內在的女人」——阿尼瑪〔註1〕。在拉康循佛洛伊德所開啓的論述中，人類心靈主體的建立，歷經了最初的鏡像階段〔註2〕，嬰幼兒透過想像與再認，在主要的他者——母親的身上，想像並確認了自我的存在，此一自我的獨立，伴隨著與母親母子一體依存關係的斷裂，因此當主體建立起對「我」的認知，並使用我為主詞表達對外在的感知時，背後永遠潛藏著一個促使「我」能夠相對成立的失落的母親懷抱。這個一體共生、完足無缺，卻永遠回不去的母親懷抱，形成了心靈的驅力，開啓了「我」在現實世界中永恆的追逐。人們因此操作象徵、不斷言說，以穩固我與世界的存在關係。

〔註1〕　常若松，《人類心靈的神話——榮格的分析心理學》（台北：貓頭鷹出版社，2000），頁136：「阿妮瑪（anima）的拉丁文原意是『魂』，男人的靈魂。在這裡，它與宗教意義上的靈魂不同，更多是指對某種人格內容表達。阿妮瑪是男性身上的女性特徵，是男性潛意識中的女性補償因素，也是男性心目中一個集體的女性形象。榮格說：『在男人的潛意識中，通過遺傳方式留存了女人的一個集體形象，借助於此，他得以體會到女性的本性。』」
〔註2〕　杜聲鋒，《拉康結構主義精神分析學》，頁128：「在拉康關於主體形成的理論中，『鏡像階段』是最初、最基本的一個階段。在這個階段中，主體（六～十八個月的兒童）通過對自己在鏡子中的影子作出不同的認識，而逐漸擺脫了其『支離破碎的身體』（le corps morcelé）的處境而確認了自己身體的同一性（identité）。」

　　拉康將渴望回歸母懷而不可得稱爲「最初的壓制」，並認爲是這種壓制，開啓了所謂的潛意識。榮格則提出，原初的母親影像在男性的潛意識中化身爲阿尼瑪。阿尼瑪與跟母親的相處經驗有關，正面的阿尼瑪母性形象溫暖和藹、無所不能、使人信靠，負面的阿尼瑪母性形象暴烈苛刻、難以討好。阿尼瑪是自我的一部份，但卻不在意識中，只能透過夢境或創作等潛意識的透露呈顯出來。當阿尼瑪經由文學、藝術等創作被呈顯出來，潛意識中的心靈糾葛因此能夠被檢視並得到調解。總而言之，阿尼瑪經由母性經驗建立，並在與母親割裂的主體獨立過程中形成，母性的阿尼瑪形象隱喻了原初世界的存在，並潛藏了我與原初世界斷裂與追逐的關係。

　　作爲生命孕育者或主宰者的女神，具有象徵原初世界的存在、世界的狀態的寓意。女神既作爲世界的擬人對象化，同時又是阿尼瑪的化身，於是形成了我與生命的對話關係。在女神的書寫中，潛意識透過象徵的運用，在意識中操作、檢視，並得到對生命存在之感知的調節。女神文學創作中，作者與女神之間，正面或負面相處關係的情節擬現，可視爲在心靈的驅力下，存在感知的呈現與調節。

　　不死藥的獲取或失落，是女神文學中一再出現的情節，女神扮演了擁有或賜與不死藥的角色。不死藥是生命的象徵物，在文學作品中可見：主人翁獲取長生不死藥，不僅生命得到延續，還得以回歸到精神獨立、與天爲一體、願望完足無缺的狀態。這樣的狀態，其實便是原初與母親共生一體的隱喻。在作品中，能不能得到不死藥，往往取決於與女神所發展出來的關係，而在人神遇合小說中，最後往往是與女神關係的斷裂，造成了失落不死藥，回不去永恆樂園的結局。這一類的情節，對比前述心理背景，顯然具有濃厚的母子關係隱喻。

　　女神書寫作爲對生命存在之感受的調節，有時是以不死藥的獲取、關係的建立，完成正面的調節，有時則以不死藥的失落、關係的破裂，達到反面的抒解。這兩種書寫不必然孤立存在，反而經常是正、反交錯的，用以呈現心靈對生命無力掌握的感受。而在本書寫作中則將正、反面分開來討論，以顯示兩種面向的差異。

　　首先是關於正面調節的討論，以下將循不死藥的獲取、母懷的回歸兩大書寫傳統論述，並分別以遊仙詩中的飛翔變化情節、遇合故事中女神的接待情節爲例，探討關於在女神的慈愛中，尋回時間無限、生命自由之樂園的正面描寫，及其深層意義。

二、不死藥的獲取：以遊仙詩的飛翔變化情節爲例

（一）飛翔的暗示

遊仙詩中對取得不死藥的過程的描寫，幾乎無一避免的詳述了關於飛翔的歷程。根據心理學者的分析，飛翔是典型的夢境，飛翔夢背後的潛意識源頭，包含了幾種普遍的說法，包括：1.飛翔是對現實狀態的掙脫；2.飛翔是人類對在母親子宮中狀態的追憶。胎兒在子宮的羊水中無重力漂浮游動，與母親爲一體，是永恆的最初的快樂印記。

如果說飛翔是對現實的狀態的掙脫，而這種掙脫又和回到母胎中的記憶連結在一起，那麼遊仙文學中歷經飛翔以回到樂園、回到一個慈愛的女性懷抱中，並掙脫現實的限制，得到生命之自由、願望之滿足的歷程，便完全籠罩在精神分析學的解釋中。

「遊仙」之名，始於曹丕、曹植兄弟的創作，如李豐楙先生〈六朝道教與遊仙詩的發展〉：「曹丕、曹植首揭〈遊仙詩〉爲詩題」〔註3〕、顏進雄《唐代遊仙詩研究》：「自從曹丕、曹植兄弟以『遊仙』命題作詩以來，『遊仙』之名，才正式出現於詩冊」〔註4〕所指出。

在此一遊仙文學發展的初期，女神隱喻中透過關係的展開、象徵的運用，以托出渴望回歸母懷、獲致生命之恆常與自由的典型形式，已表現得十分明確。其中飛翔、到達具有母性意象的仙鄉、得與女神同在、獲取不死藥、生命侷限的狀態得到改變，是幾個固定的表現形式。

以曹植所作爲例。其〈遠遊篇〉〔註5〕寫飛翔遠遊，首先爲「遠遊臨四海，俯仰觀洪波。大魚若曲陵，承浪相經過。靈鼇戴方丈，神嶽儼嵯峨」，跨越水所環繞的境域，到達崑崙神山，神山中「仙人翔其隅，玉女戲其阿」，並得食不死藥：「瓊蕊可聊飢，仰首吸朝霞」，瓊蕊與朝霞的食用，改變了生命存在的狀態，因有「崑崙本吾宅，中州非我家」、「齊年與天地，萬乘安足多」的感懷。

又曹植〈仙人篇〉〔註6〕所描述的仙境有「湘娥拊琴瑟，素女吹笙竽」，

〔註3〕李豐楙，《憂與遊：六朝隋唐遊仙詩論集》（台北：學生書局，1996），頁25。
〔註4〕顏進雄，《唐代遊仙詩研究》（台北：文津出版社，1996），頁1。
〔註5〕以下括弧中曹植〈遠遊篇〉引文，據逯欽立輯校，《先秦漢魏晉南北朝詩》（北京：中華書局，1983），上冊，頁434。
〔註6〕以下括弧中曹植〈仙人篇〉引文，據逯欽立輯校，《先秦漢魏晉南北朝詩》，上冊，頁434。

當其歷經飛翔，「輕舉凌太虛」、「飛騰蹂景雲」，終得以「驅風遊四海，東過王母廬」，此時回看凡塵，感到「人生如寄居」，生命時間短促且不自由，因此幸願「乘龍出鼎湖」、「徘徊九天上」，得到存在的恆久與逍遙。

再如嵇康〈五言詩三首〉其三〔註7〕，由於感到「俗人不可親」、「動搖增塵垢」，於是有了掙脫現世的渴望，此一願望透過飛翔遠遊達成，其「慷慨之遠遊，整駕伺良辰。輕舉翔區外，濯翼扶桑津」，終於到達靈山，在此處經過水的洗滌，「滄水澡五藏，變化忽若神」，生命一新，其後復有「恆娥進妙藥」，使生命狀態發生變化，「毛羽翕光新」，於是得以縱身高翔，俯瞰下界生命短暫「何足久託身」的世間人，並為其感到悲哀。

再以張華〈遊仙詩四首〉〔註8〕為例，除了固定的「飄登清雲間」、「乘雲去中夏」等飛翔的描寫，「列坐王母堂，豔體滄瑤華」、「湘妃詠涉江，漢女奏陽阿」、「雲娥薦瓊石，神妃侍衣裳」等句，透過女神賜食仙藥、歌詠樂音、穿戴衣裳等帶有母性色彩的照顧標示仙境的存在，其中回歸母懷的隱喻十分明顯。

從飛翔情節的必要、飛翔的歸向、飛翔的結果，及其中不死藥與女神象徵的運用，可以略得飛翔在潛意識中作為超越現實、回歸原初的蘊意。

有關於飛翔在文學作品中的掙脫、追求暗示，相關論文亦見討論，如伍寶娟〈自由欲望的隱喻抒寫——論阮籍《詠懷詩》中的「飛」意象〉一文：

> 在現實中找不到自由生存之路的他不得不憑藉文學文學之途
> 實現自由欲望話語的轉移，即在《詠懷詩》裡反覆營構「飛」的意
> 象來獲得對自由生存欲望的一種想像性滿足。〔註9〕

文中所述透過飛翔能獲得「自由生存欲望的想像性滿足」，這些在精神分析文學批評中，皆能得到更進一步的闡釋。而前引論文以阮籍為例，但不僅在阮籍的作品中，飛翔與籠中禽鳥的書寫，幾乎貫串了整個苦悶的六朝，並且除了詩歌之外，在禽鳥類的賦作中也有所表現，如王粲〈鶯賦〉：

> 覽堂隅之籠鳥，獨高懸而背時。雖物微而命輕，心悽愴而愍之。
> 日奄靄以西邁，忽逍遙而既冥。就隅角而斂翼，眷獨宿而宛頸。歷

〔註7〕 以下括弧中嵇康〈五言詩三首〉引文，據逯欽立輯校，《先秦漢魏晉南北朝詩》，上冊，頁489。

〔註8〕 以下括弧中張華〈遊仙詩四首〉引文，據逯欽立輯校，《先秦漢魏晉南北朝詩》，上冊，頁621。

〔註9〕 《綿陽師範學院學報》，第29卷第1期，2010年1月，頁26。

　　長夜以向晨，聞倉庚之群鳴。春鳩翔於南薆，戴鵀集乎東榮。既同
時而異憂，時感類而傷情。〔註10〕

　　其中寫籠中的鶯鳥，被拘禁高懸在屋堂一角，每當暮靄籠罩大地，天色
漸暗，牠便瑟縮羽毛，蜷曲獨宿以度過長夜。待日出之時，則在群鳥齊鳴的
燦爛春光中醒來，牠嚮往其他同類在晨光中遨翔、群集，而只有自己困守在
這個不見天的角落，因而時時感到傷悲。

　　雖然文人關於禽鳥與主人的描寫，可能具有君臣對待關係的影射在其
中，但囚禁與冀盼飛翔仍無疑是抒發時代心聲的共同主題。

　　六朝遊仙詩創作的發展，歷經了階段性的變化。如李豐楙先生〈六朝道
教與遊仙詩的發展〉所指出：「中古文學史中遊仙詩的發展與衍變，凡經三
變」，魏晉之初「屬於早期素樸的神仙傳說」、東晉「除模仿之作外，多能表
現新的仙說」、南北朝「逐漸展現道教化」。〔註11〕

　　飛翔、抵達具有女性的仙鄉、獲食不死藥等固定情節，在道教興盛，仙
道修鍊文化逐漸普及後，仙境逐漸帶入人間洞天福地的成分，凡人不一定經
由飛升高舉入天庭。而不死藥的獲取也多了自我煉丹服食的途徑，不一定由
女神賜食。

　　以北朝最晚的遊仙詩作品——盧思道〈升天行〉為例〔註12〕：

　　　　尋師得道訣，輕舉厭人群。玉山候王母，珠庭謁老君。煎為返
魂藥，刻作長生文。飛策乘流電，雕軒曳白雲。玄洲望不極，赤野
曉無垠。金樓旦寒崿，玉樹曉氛氳。擁琴遙可望，吹笙遠詎聞。不
覺蜉蝣子，生死何紛紛。〔註13〕

　　其中夾雜了飛昇遊仙與名山求道的色彩，並且可見煉丹服食等用語，展
現出道教化的傾向。其中對仙境的追尋以拜師學道為開端，「玉山候王母」
成為對得道境界的想像慕求，其後接續的返魂藥、長生文，來自於人為努力
的「煎」與「刻」，由於自我的追求方造成能「乘流電」、「曳白雲」，飛翔於
天際的結果。這個過程的改變，並不影響飛翔作為掙脫現實、回返原初之途

〔註10〕清・嚴可均輯，《全上古三代秦漢三國六朝文》，卷90，頁961。
〔註11〕李豐楙，〈六朝道教與遊仙詩的發展〉，見李豐楙《憂與遊：六朝隋唐遊仙詩
　　　　論集》，頁25。
〔註12〕李豐楙，〈六朝道教與遊仙詩的發展〉，頁56：「現存北朝最晚的遊仙詩為盧思
　　　　道所作。」收入李豐楙《憂與遊：六朝隋唐遊仙詩論集》。
〔註13〕逯欽立輯校，《先秦漢魏晉南北朝詩》，下冊，頁2629。

的隱喻。

　　此中追尋的過程與途徑，跳脫了想像，而加入可經由煉丹服食達成的可能；跳脫了上企天際的移動，而加入人間洞天福地的可能，使遊仙文學的創作有更多的世俗元素和情節開展。

（二）與女神的互動關係

　　飛翔抵達仙境後，展開與女神間的互動關係。而這也正是女神生命隱喻的表現形式中「橫向關係──母子關係的展開」的部分。

　　文學作品中的例子，如曹操〈氣出倡〉〔註14〕，主角歷經駕龍飛翔，所謂「駕六龍乘風而行」之後，抵達仙境，得賜仙藥：「上到天之門，來賜仙之藥」，仙境中有仙女起舞：「今日相樂誠為樂，玉女起起儛移數時」，及王母的宴飲：「乃到崑崙之山王母側……樂共飲食到黃昏」、「乃到王母臺，金階玉為堂，芝草生殿傍，東西廂客滿堂。主人當行觴，坐者長壽遽何央」。仙境中的女神對來者熱情接待，透過賜藥與宴飲得到長生與宜子孫的降福。此詩這雖然很可能以宴飲場合的歡樂想像為背景，但作為潛意識之抒發，仍有參考價值。

　　女神賜藥的情節，非必然出現於在遊仙詩中，因為抵達仙境本身，已經象徵了回歸生命之源。再加上道教盛行後，修鍊服食風氣的盛行，使得許多晚期的遊仙詩作品，以修鍊丹道作為超昇仙境的原因，更使女神賜藥的情節不復常見。但女神仍作為抵達仙境後，詩人透過互動，隱喻自我心靈與生命之對待關係的媒介。因此女神的對待情節與詩人存在感知的連結，非常值得觀察。

　　晉·郭璞〈遊仙詩十九首〉寫自己有心託蓬萊，高蹈塵世外的超越願望。其二寫「中有一道士」，其三寫「中有冥寂士」，都是設一已臨仙境的人物，以旁觀的角度摹寫，精神尚未齊一。

　　其中其二一首寫到：

　　　　閶闔西南來，潛波渙鱗起。靈妃顧我笑，粲然啟玉齒。蹇修時
　　不存，要之將誰使？〔註15〕

　　蹇修，《歷代仙逸詩選》注云：

〔註14〕以下括弧中曹操〈氣出倡〉引文，據逯欽立輯校，《先秦漢魏晉南北朝詩》，
　　　　上冊，頁345～346。
〔註15〕逯欽立輯校，《先秦漢魏晉南北朝詩》，中冊，頁865。

屈原〈離騷〉：「吾令蹇脩以爲理。」注：「蹇脩，伏羲氏之臣。

理，通辭理，言爲媒也。」今人稱媒者爲蹇脩，本此。〔註16〕

　　由此可見，本詩中詩人雖羨慕隱於山林的鬼谷子，卻無法企達。這種心靈的惆悵，透過無媒可交通於殷勤相待的女神來表露。

　　郭璞〈遊仙詩十九首〉後續有不少關於飛翔的描寫，如其五：「逸翮思拂霄」、其八：「仰思舉雲翼」、其九：「登仙撫龍駟，迅駕乘奔雷」、其十一：「飄然凌太清」、其十二：「飛步登玉闕」等，其六則爲由海路登臨：「雜縣寓魯門，風暖將爲災。吞舟涌海底，高浪駕蓬萊。神仙排雲出，但見金銀臺。」雜縣爲一名爰居的海鳥〔註17〕，吞舟爲大魚，駕高浪顯示由海路登臨。詩作中，女神的對待爲「姮娥揚妙音」，關係和悅。〔註18〕

　　其餘描寫飛翔抵達仙境後，與女神互動情形的作品又如：南朝齊王融的〈遊仙詩五首〉其三。作品中詩人想像經飛翔而「命駕瑤池隈，過息嬴女臺」，與仙境女神——王母間的關係爲：

　　　　青鳥鷖高羽，王母停玉杯。舉手暫爲別，千年將復來。〔註19〕

兩人間展現依依不捨的情誼。

　　南朝梁劉緩〈遊仙詩〉中的描寫與此相似，而更爲細膩。篇首以「稅駕倚扶桑，逍遙望九州」標示脫離塵世，抵達仙境後，抵崑崙宮，與王母的往來爲：

　　　　俯視崑崙宮，五城十二樓。王母何窈（耳少），玉質清且柔。

　　揚袂折瓊芳，寄我天東頭。相思十萬歲，太運浩悠悠。安以知吾道，

　　日月不能周。寄音青鳥翼，謝爾碧海流。〔註20〕

　　其筆下的王母容顏柔美，情態婉約，營造出兩情怡融，相思相見的仙境。此時仙境已非主角須被動努力攀臨，而是主動思其歸來，呈現對待關係的倒置。

〔註16〕陳香編註，《歷代仙逸詩選》（台北：國家出版社，1990），上冊，頁38。

〔註17〕《國語》（台北：漢京文化事業有限公司，1983），卷四，〈魯語〉上，頁165：「海鳥名『爰居』，止於魯東門之外三日，臧文仲使國人祭之。」韋昭注：「爰居，雜縣也。」

〔註18〕括弧內所引郭璞〈遊仙詩十九首〉，出逯欽立輯校，《先秦漢魏晉南北朝詩》，中冊，頁865～867。

〔註19〕逯欽立輯校，《先秦漢魏晉南北朝詩》，中冊，頁1398。

〔註20〕逯欽立輯校，《先秦漢魏晉南北朝詩》，下冊，頁1850。（一作唐代大曆年間劉復詩）

　　而隨著道教化、世俗化的展開，遊仙飛昇與女神間的關係互動，有了更多的情節經營，生命感懷的投注也更為豐富。如唐代遊仙詩李白〈遊泰山六首〉中的幾段描寫：

> 登高望蓬瀛，想象金銀臺。天門一長嘯，萬里清風來。玉女四五人，飄飄下九垓。含笑引素手，遺我流霞杯。稽首再拜之，自媿非仙才。曠然小宇宙，棄世何悠哉。（其一）

> 平明登日觀，舉手開雲關。精神四飛揚，如出天地間。黃河從西來，窈窕入遠山。憑崖覽八極，目盡長空閑。偶然值青童，綠髮雙雲鬟。笑我晚學仙，蹉跎凋朱顏。躊躇忽不見，浩蕩難追攀。（其三）

> 朝飲王母池，暝投天門關。獨抱綠綺琴，夜行青山月。山明月露白，夜靜松風歇。仙人遊碧峰，處處笙歌發。寂聽娛清暉，玉真連翠微。想像鸞鳳舞，飄飄龍虎衣。捫天摘匏瓜，恍惚不憶歸。舉手弄清淺，誤攀織女機。明晨坐相失，但見五雲飛。（其六）〔註21〕

　　其中的遊仙來自於登臨泰山時引發的想像，世俗化使女神的生命隱喻更能呈現內心的糾葛。首先不再是單純的飛昇上天，方得見女神，詩中女神從天而降，引手相招，贈與仙酒，詩人感到喜悅而惶愧，並且由此得到高蹈於宇宙之外的曠然懷抱。所舉的第二首，在猶如飛翔於天地間的想像中，遇到女神青童，年輕美麗、鬢髮如雲的青童笑言詩人太晚立志學仙，因此容顏凋零，其後在詩人的感傷沈吟中驟然離去，留下不可復攀的惆悵之情。第三首，作者將在泰山靜夜中的獨行想像為漫遊天際，因而有飄飄起舞、捫摘天星（匏瓜）、探手弄銀河等描寫，而最後卻因誤攀織女的織布機，回不得不返人間，當天色大白，只能悵然看著傳說中織女所織就的五彩雲霞投注思念。

　　在佛洛伊德的探討中，文學也是潛意識之夢境的呈現。只是意識對符號的操作痕跡更為明顯。李白的這幾首詩作便具有明顯的操作痕跡。因為女神神聖性消減、天上人間的界線已打破等世俗化發展的影響，再加上詩人不循舊套，獨出機杼的寫法，使創作素材的運用更自由，詩人對生命的感知也更能豐富的展現。

〔註21〕詹鍈主編，《李白全集校注彙釋集評》（山東：百花文藝出版社，1996），第五冊，頁2793、2798、2805。

詩中的女神：玉女、青童、織女，是生命原初樂園狀態的隱喻，詩人在與女神展開的關係中，面對回返生命原初狀態之可能，展現喜悅、惶愧、惆悵、懊悔等情緒，這是在母親的化身前對自我存在處境的情緒投射。

又如唐韋應物〈王母歌〉：

> 眾仙翼神母，羽蓋隨雲起。上遊玄極杳冥中，下看東海一杯水。
>
> 海畔種桃經幾時，千年開花千年子。玉顏眇眇何處尋，世上茫茫人
>
> 自死。〔註22〕

王母象徵了超越於塵世之上，生命永恆境界的存在。因為關係的不可構結，玉顏無處尋，因此世人僅能侷限在有限的生命中。

（三）不死藥的象徵

不死藥及不死藥所處的仙境，總是伴隨著各式各樣，充滿生命力量的象徵物。仙境作為原始樂園——母懷的象徵，透過母親的化身——女神，所得以承接的不死藥，也與母性的生命力量有關。

略舉六朝遊仙詩中，經由飛翔取得，服食後生命狀態得到變化的不死藥，如：

曹操〈陌上桑〉中為芝英、醴泉。〔註23〕

曹植〈飛龍篇〉中為芝草。〔註24〕

曹植〈遠遊篇〉中為瓊蕊、朝霞。〔註25〕

曹植〈平陵東行〉中為靈芝。〔註26〕

曹植〈桂之樹行〉中為日精。〔註27〕

嵇康〈代秋胡歌詩〉中為採若英與受道於王母。〔註28〕

嵇康〈五言詩三首〉中為澡滄水與恆娥進藥。〔註29〕

〔註22〕《全唐詩》，第六冊，卷194，頁2002。

〔註23〕曹操，〈陌上桑〉：「駕虹蜺，乘赤雲，登彼九疑歷玉門。濟天漢，至崑崙，見西王母謁東君。　交赤松，及羨門，受要秘道愛精神。食芝英，飲醴泉，柱杖桂枝佩秋蘭。絕人事，游渾元，若疾風游欻翩翩。景未移，行數千，壽如南山不忘愆。」逯欽立輯校，《先秦漢魏晉南北朝詩》，上冊，頁348。

〔註24〕逯欽立輯校，《先秦漢魏晉南北朝詩》，上冊，頁421。

〔註25〕逯欽立輯校，《先秦漢魏晉南北朝詩》，上冊，頁434。

〔註26〕逯欽立輯校，《先秦漢魏晉南北朝詩》，上冊，頁437。

〔註27〕逯欽立輯校，《先秦漢魏晉南北朝詩》，上冊，頁437～438。

〔註28〕逯欽立輯校，《先秦漢魏晉南北朝詩》，上冊，頁480。

〔註29〕逯欽立輯校，《先秦漢魏晉南北朝詩》，上冊，頁489。

阮籍〈詠懷詩〉中為秋蘭芳。〔註30〕

張華〈遊仙詩四首〉中為瓊石。〔註31〕

梁簡文帝蕭綱〈昇仙篇〉中歷經「雲車了無轍，風馬詎須鞭」之飛翔，所得不死藥為靈桃。〔註32〕

顏之推〈神仙詩〉中為瓊石、膏泉。詩人有感於歲月消逝、青春不再，有志學神仙，透過「九龍遊弱水，八鳳出飛煙」的飛翔描寫，標示對現實存在狀態的超越。在「朝遊采瓊實，夕宴酌膏泉」獲取不死藥後，凡塵中空間與空間的侷限都被打破，因此感到「舉世聊一息，中州安足旋」〔註33〕

盧思道〈神仙篇〉中歷經「雲軒遊紫府，風駟上丹梯」、「飛策揚輕電，懸旌耀彩蜺」飛翔所得的不死藥為玉英瓊實所造，見「玉英持作寶，瓊實踩成蹊」、「瑞銀光似燭，靈石髓如泥」等句。〔註34〕

其他非由飛翔而得的不死藥，如：郭璞〈遊仙詩〉第十五首中為芝草：「登嶽採五芝，涉澗將六草。散髮蕩玄溜，終年不華皓。」〔註35〕因芝草而不老。

這些不死藥與前舉母性生命力量的象徵，兩相一致，並且與神話記載中的一脈延續。其類型以水、石為大宗，而水與石，都和時間意象有關。

在文學作品中，處處可見水、石與時間意象相連的描寫：如海枯石爛的典故便是最經典的例證，其餘如「百川東到海，何時復西歸」（〈長歌行〉）、「一氣暫聚常恐散，黃河清兮白石爛」（權德輿〈古興〉）、「南山峨峨白石爛，碧海之波浩漫漫」（孟郊〈出門行〉）、「大江東去，浪淘盡千古風流人物」（蘇軾〈念奴嬌〉）等以水、石喻指時間的文學作品，亦不勝枚舉。

水、石之所以與時間連結在一起，與生命之誕生、滋育、循環有關。生命之誕育與循環，也就是母性的生命力量。

根據伊利亞德（Mircea Eliade）《聖與俗——宗教的本質》一書中「大自然的神聖性與宇宙宗教」一節所闡述，水在生命的誕生與死亡方面，具有深層而普世的象徵意義。書中提及：「水域象徵各種宇宙實質的總結；它們是泉

〔註30〕 逯欽立輯校，《先秦漢魏晉南北朝詩》，上冊，頁503。

〔註31〕 逯欽立輯校，《先秦漢魏晉南北朝詩》，上冊，頁621。

〔註32〕 逯欽立輯校，《先秦漢魏晉南北朝詩》，下冊，頁1916。詩末句為「靈桃恆可餌，幾迴三千年。」

〔註33〕 逯欽立輯校，《先秦漢魏晉南北朝詩》，下冊，頁2283。

〔註34〕 逯欽立輯校，《先秦漢魏晉南北朝詩》，下冊，頁2629。

〔註35〕 逯欽立輯校，《先秦漢魏晉南北朝詩》，中冊，頁867。

源，也是起源，是一切可能存在之物的蘊藏處；它們先於任何的形式，有『支持』所有的受造物。」〔註36〕西方的洗禮，透過浸入水中，象徵新生，漢文化中也多可見藉由水的滌淨灑洗，得到生命更新的宗教儀式。因此，水為生命孕育與回歸之所，是母體原型，與母神崇拜具有密切的關聯。

石頭也與母神崇拜具體相關，根據王孝廉〈石頭的古代信仰與神話傳說〉所闡釋，大地是原始母神的象徵。而因為「大地的神聖性在古代人的原始意識裡並不是很固定的，往往因為人類所處的地理環境與生產勞動方式的不同而藉著大地上的各種東西顯現出來，被視為大地象徵的往往是土地、樹木、河流、石頭、高山等大地上的東西。」〔註37〕因此，石頭、石頭所出所化之土，都是大地之母的象徵物。

在神話與傳說的敘述中，水與石已是母性生育的象徵物，降生神話多與水相關，如《拾遺記》記載庖犧母游於華胥水浦有娠、少昊之母皇娥游於窮桑水浦，與降乎水際的白帝子為戲而生少昊；《呂氏春秋》記載顓頊生自若水；《列女傳》記載契母簡狄浴於玄丘之水吞玄鳥卵有孕；《太平御覽》記載堯母慶都觀於三河之首，與赤龍合婚而有娠、夏禹之母汲山泉時吞服水中月精而有娠等等，均是母神生育與水相關的例子。在石的方面，亦有禹生於石紐、禹妻化為啓母石、石破生啓、女媧煉石補天、盤古精髓化為珠石、神女峰上望夫石等神話傳說。

在典籍記載中，亦可見以母性生命力量的象徵物，如水、石、芝草等，所串連出的生命永恆之仙境。

如《山海經·海外南經》「不死民」一條，郭璞注云：「有員丘山，上有不死樹，食之乃壽；亦有赤泉，飲之不老。」〔註38〕

《山海經·海內西經》：

> 海內昆侖之虛，在西北，帝之下都。昆侖之虛，方八百里，高萬仞。上有木禾，長五尋，大五圍。面有九井，以玉為檻。面有九門，門有開明獸守之，百神之所在。在八隅之巖，赤水之際，非仁

〔註36〕〔羅馬尼亞〕伊利亞德（Mircea Eliade）著，楊素娥譯，《聖與俗——宗教的本質》，頁175。
〔註37〕王孝廉，〈石頭的古代信仰與神話傳說〉，收入王孝廉，《中國的神話與傳說》（台北：聯經出版社，1979），頁45。
〔註38〕袁珂校注，《山海經校注》，頁239。

羿莫能上岡之巖。〔註39〕

又《山海經・海內經》：

> 西南黑水之閒，有都廣之野，后稷葬焉。爰有膏菽、膏稻、膏
> 黍、膏稷，百穀自生，冬夏播琴。鸞鳥自歌，鳳鳥自儛，靈壽實華，
> 草木所聚。爰有百獸，相群爰處。此草也，冬夏不死。〔註40〕

再如《淮南子・墜形篇》：

> 禹乃以息土填洪水，以為名山，掘昆侖虛以下地，中有增城九
> 重，其高萬一千里百一十四步二尺六寸。上有木禾，其脩五尋。珠
> 樹、玉樹、琁樹、不死樹在其西，沙棠、琅玕在其東，絳樹在其南，
> 碧樹、瑤樹在其北。旁有四百四十門，門間四里，里間九純，純丈
> 五尺，旁有九井，玉橫維其西北之隅，北門開以內不周之風。傾宮、
> 旋室、縣圃、涼風、樊桐在昆侖閶闔之中，是其疏圃。疏圃之池，
> 浸之黃水，黃水三周復其原，是謂丹水，飲之不死。河水出昆侖東
> 北陬，貫渤海，入禹所導積石山。赤水出其東南陬，西南注南海丹
> 澤之東。赤水之東。弱水出自窮石，至于合黎，餘波入于流沙，絕
> 流沙，南至南海。洋水出其西北陬，入于南海羽民之南。凡四水者，
> 帝之神泉，以和百藥，以潤萬物。昆侖之丘，或上倍之，是謂涼風
> 之山，登之而不死。或上倍之，是謂懸圃，登之乃靈，能使風雨。
> 或上倍之，乃維上天，登之乃神，是謂太帝之居。扶木在陽州，日
> 之所曤。建木在都廣，眾帝所自上下，日中無景，呼而無響，蓋天
> 地之中也。若木在建木西，末有十日，其華照下地。〔註41〕

水、石及植物，是其中藉以塑造聖境的主要素材。

如今遊仙詩描寫中，又想像透過這些象徵物，取得生命的力量，回到超越時間限制，願望無缺的最初樂園。於是發展出獲取不死藥與回歸母懷的固定描寫模式。其背後的生命思維隱喻，由不死藥的象徵內涵，可以略見。

（四）存在狀態的改變

遊仙詩中，主角透過想像飛翔，脫離塵世，回到女神所處的最初樂園，經由不死藥的獲取，超越時間限制、解除與外在世界主客對立的狀態，得到

〔註39〕袁珂校注，《山海經校注》，頁344～345。
〔註40〕袁珂校注，《山海經校注》，頁505。
〔註41〕何寧，《淮南子集釋》，上冊，頁322～329。

生命的自由，也就是存在狀態的改變。

1. 透過時間的跨越取得生命自由

何以時間的超越，帶來生命的自由？生命意識與時間意識本是一體。如胡吉省《死亡意識與神話》闡述：「神話的敘述是人類站在文明門檻上的回憶。此時人們已經從晝夜的更替、四季的轉換等等以及人類自身的生、長、老、死，意識到了有形體的死亡是一個過程。……於是在神話的敘述中，宇宙的起始和人類的誕生糾結在一起，與人俱生的還有時間，創世就有了時間的排序。」〔註42〕由此可見時間意識與人的生命意識間，具有緊密的連結。

神話作為人類試圖理解生命的原始解讀，時間於是成為神話的基本維度。關永中《神話與時間》認為：「任何神話都以時間因素作為其構成條件」〔註43〕。超越界的存在，人之生命時間限制的存在，及其神聖的規律，是神話思維中藉以安頓人之生命現實處境的重要依據。如今在創作思維的虛構中，想要解除生命存在狀態的綁縛，時間的跨越當為唯一的路徑。

遊仙詩中對於時間的跨越，有幾種主要的表現方式：

（1）以天地山或天地樹象徵生命永恆

仙境為不死藥之所在，見《史記・封禪書》記載：

> 自威、宣、燕昭，使人入海求蓬萊、方丈、瀛洲。此三神山者，
> 其傳在渤海中。去人不遠，患且至，則船風引而去。蓋嘗有至者，
> 諸僊人及不死之藥皆在焉。其物禽獸盡白，而黃金銀為宮闕。〔註44〕

而以蓬萊、昆侖等為名的仙境，其中多神山或神樹作為主要的空間標誌，如《山海經・海內西經》有：

昆侖南淵深三百仞。開明獸身大類虎而九首，皆人面，東嚮立昆侖上。〔註45〕

〔註42〕胡吉省，《死亡意識與神話》（北京：中國社會科學出版社，2007），頁124～125。

〔註43〕關永中《神話與時間》，頁333：「任何神話都以時間因素作為其構成條件，且讓我們從中窺見神話時間與歷史時間的張力。從顯然的角度上說，各文化都有其個別的神話故事在反省著時間的意義，但它們都向我們展示了一份共同的訊息，那就是——人的時間是宇宙進程的一部份，都在超越境界的鑑臨下進行。」

〔註44〕瀧川龜太郎，《史記會注考證》，卷28，〈封禪書〉，頁487～488。

〔註45〕袁珂校注，《山海經校注》，頁349～350。

開明北有視肉、珠樹、文玉樹、玗琪樹、不死樹。鳳皇、鸞
鳥皆戴蛇。又有離朱、木禾、柏樹、甘水、聖木曼兌，一曰挺木
牙交。〔註46〕

《淮南子‧墜形訓》記載與此相類，但更爲詳盡：

掘昆侖虛以下地，中有增城九重……上有木禾，其脩五尋。珠
樹、玉樹、琁樹、不死樹在其西。沙棠、琅玕在其東。絳樹在其南。
碧樹、瑤樹在其北。〔註47〕

此中以群樹環繞來形容仙境昆侖所在，並非無因，應該是以樹所代表的
生命力，象徵仙境母懷是不朽的生命源泉。至於凡人若登臨仙境，則可透過
藉取天地神樹的力量得到長生。如李白〈雜詩〉便描寫到食用玉樹可青春不
衰：

傳聞海水上，乃有蓬萊山。玉樹生綠葉，靈仙每登攀。一食駐
玄髮，再食留紅顏。〔註48〕

關於天地樹何以爲不死仙境的象徵，及神話思維中爲何出現藉取天地樹
力量的思維，可參考伊利亞德的論述。伊利亞德（Mircea Eliade）在《宗教思
想史》第二章〈最漫長的革命：農業的發明——中石器時代和新石器時代〉
中提到：

農耕文化發展出所謂的宇宙論的宗教（cosmic religion），因
爲宗教活動是圍繞著一個核心的奧秘進行的：世界週期性的更
新。與人類的存在一樣，宇宙的節律也是從植物的生命得以表達
的。宇宙神性的奧秘以「世界之樹」來象徵。宇宙被看做是一個
有機體，它必須週期性地更新，換言之，即每年一次。通過蘊藏
在某種果實或樹旁泉水中的力量，某些特權人物可以獲得「終極
實在」、返老還童以及不朽。宇宙之樹被認爲是生長在世界的中
心，並聯結著宇宙的三個部分，因爲它將根部插入地府，而枝葉
則直達天界。〔註49〕

樹的四季週期變化與通天入地的形象，使其成爲宇宙生命力的象徵。宇

〔註46〕袁珂校注，《山海經校注》，頁350～351。

〔註47〕何寧，《淮南子集釋》，上冊，卷4，〈墜形訓〉，頁322～324。

〔註48〕詹鍈主編，《李白全集校注彙釋集評》，第7冊，頁3645。

〔註49〕〔美〕米爾恰‧伊利亞德（Mircea Eliade）著，晏可佳、吳曉群、姚蓓琴譯，
《世界宗教史》，頁39。

宙生命力的展現為：在週期更新中，保有源源不絕與永續長存的力量。由於樹作為宇宙生命力的象徵，因此在神話思維中，被寄以神奇力量，於是發展出以不死樹、天地樹標註宇宙中心——仙境之所在，並相信藉取天地樹的力量可達不朽的相關描寫。

詩歌中可找到許多以天地樹標註仙境，象徵生命永恆的例子。

曹植〈升天行〉二首〔註50〕中，其一所寫的蓬萊山即以天地樹為標記：「靈液飛素波，蘭桂上參天」，其二則有對扶桑樹的集中描寫：「扶桑之所出，乃在朝陽谿。中心陵蒼昊，布葉蓋天涯。」

郭璞〈遊仙詩十九首〉中的仙境以扶桑為標記，見：「暘谷吐靈曜，扶桑森千丈。」〔註51〕

江淹〈效阮公詩十五首〉其六：「若木出海外，本自丹水陰。群帝共上下，鸞鳳相追尋。千齡猶旦夕，萬世更浮沈。」〔註52〕也以若木標示生命時間永恆的仙境。

陶淵明〈讀山海經十三首〉中尤多對扶桑木的描寫：

> 丹木生何許，乃在密山陽。黃花復朱實，食之壽命長。白玉凝素液，瑾瑜發奇光。豈伊君子寶，見重我軒黃。（其四）

> 逍遙蕪皋上，杳然望扶木。洪柯百萬尋，森散覆暘谷。靈人侍丹池，朝朝為日浴。神景一登天，何幽不見燭。（其六）

> 粲粲三株樹，寄生赤水陰。亭亭凌風桂，八榦共成林。靈鳳撫雲舞，神鸞調玉音。雖非世上寶，爰得王母心。（其七）

陶淵明〈讀山海經詩十三首〉〔註53〕第一首開篇「孟夏草木長」、「眾鳥欣有託」中所提出的鳥與樹，即為全詩想像的開啟與隱伏之書寫脈絡。第二首中「王母怡妙顏」的王母，是為仙凡洽接的重要中介。第三首「恨不及周穆」，寫恨不能往遊，第四首舉出作為仙境標誌的宇宙樹——丹木，以及仙境中的不死藥，其後由樹而及鳥，第五首開篇為「翩翩三青鳥」，循此托出自己欲因此鳥，向王母言，表達長生的願望。第六、七首集中寫扶桑木，其六「朝

〔註50〕以下括弧中曹植〈升天行〉引文，據逯欽立輯校，《先秦漢魏晉南北朝詩》，上冊，頁433。
〔註51〕逯欽立輯校，《先秦漢魏晉南北朝詩》，中冊，頁866。
〔註52〕逯欽立輯校，《先秦漢魏晉南北朝詩》，中冊，頁1582。
〔註53〕逯欽立輯校，《先秦漢魏晉南北朝詩》，中冊，頁1010～1012。

朝爲日浴」、「神景一登天」，由扶桑木舉出與時間有關的太陽。其七「靈鳳」寫鸞鳳得王母所喜。第八首「赤泉給我飲，員丘足我糧」，已是化身爲鳳鳥的想像，鳥與樹接上了關係，其後以王母爲中介，完成從凡界之繞屋樹與鳥，到仙界之扶桑木與鳳凰鳥的遊歸想像，並由此得以「不死復不老，萬歲如平常」、「方與三辰游，壽考豈渠央」。而在戰勝時間的限制後，第九首接寫與日競走的夸父，第十寫精衛、刑天，其中誇宏志、猛志故常在，都提到「志」，表現出時間限制的跨越，使生命得到自由，心志可與宇宙抗衡。而「莫信詩人真平淡」的陶淵明，心念仍在於政治世情，因此最後三首關注在此，仍以鳥類爲寄託線索，因此有「欽駆」、「鵁鶋」、「鶬鵝」、「奇鳥」等描寫。

（2）駕馭或化身爲太陽象徵──龍、鳥

龍與鳥均爲太陽的化身，太陽爲時間的象徵，因此駕馭或化身爲龍、鳥，或爲超越時間之願望的想像寄託。

關於駕龍、化龍方面的例子。如郭璞以無法駕馭雲龍飛翔，寄託受時間所控制，逐漸邁向年老的悲哀。其〈遊仙詩十九首〉〔註54〕中的第四首，首先以「六龍安可頓，運流有代謝」，透露龍與日的時間隱喻，因「六龍」，亦即太陽的運行不可停歇，因此生命時間的流動有時而盡，不由心生「時變感人思，已秋復願夏。淮海變微禽，吾生獨不化」之慨，此四句明確揭出感懷來自於時序的流動，並表達出郭璞渴望變化以求不朽的願望。「化」，來自於生命在永恆變化中不朽的神話思維，《國語・晉語》：「趙簡子歎曰：『雀入於海爲蛤，雉入於淮爲蜃。黿鼉魚鱉，莫不能化，唯人不能。哀夫！」〔註55〕《論衡・無形》：「歲月推移，氣變物類，蝦蟇爲鶉，雀爲蜄蛤。」〔註56〕郭璞雖沒有明確寫出化龍、化日的想像，但是「雖欲騰丹谿，雲螭非我駕。愧無魯陽德，迴日向三舍」等句明確顯露渴望駕龍飛翔以脫離時間限制的內心呼聲。最後感慨因無力迴日，致使「臨川哀年邁，撫心獨悲吒」。

又郭璞〈遊仙詩十九首〉的第九首：

> 採藥遊名山，將以救年頹。呼吸玉滋液，妙氣盈胸懷。登仙撫龍駒，迅駕乘奔雷。鱗裳逐電曜，雲蓋隨風迴。手頓羲和轡，足蹈閶闔開。東海猶蹄涔，崑崙螻蟻堆。遐邈冥茫中，俯視令人哀。〔註57〕

〔註54〕逯欽立輯校，《先秦漢魏晉南北朝詩》，中冊，頁 865。
〔註55〕《國語》，卷 15，〈晉語〉九，頁 498～499。
〔註56〕黃暉，《論衡校釋》（北京：中華書局，1990），卷第二，〈無形〉，頁 60～61。
〔註57〕逯欽立輯校，《先秦漢魏晉南北朝詩》，中冊，頁 866。

本詩以服食修鍊取得不死藥開啓遊仙想像，其後的飛翔描寫，透過駕馭龍駟達成。駕龍與太陽的控制、時間的把握有關，因此後續寫如同羲和御日車，自己如今得以傲視寰宇，使東海、崑崙皆在其下。

其他又如第十七首：「翹首望太清，朝雲無增景。雖欲思靈化，龍津未易上。」〔註58〕有相似的懷想。

王勃〈忽夢遊仙〉也以幻化駕龍寫對塵世的超越。

> 僕本江上客，牽跡在方內。寤寐宵漢間，居然有靈對。翕爾登霞首，依然躡雲背。電策驅龍光，煙途儼鸞態。乘月披金帔，連星解瓊珮。浮識俄易歸，真遊邈難再。寥廓沉遐想，周遑奉遺誨。流俗非我鄉，何當釋塵昧。〔註59〕

而除了龍，詩人化身爲鳥、遨翔遊仙的想像，亦可解釋爲時間的跨越。在遊仙詩中，時時可見化身爲鳥飛越，這一類太陽意象與時間意象的結合。

其中關於鳥的描寫，經常與龍並連出現。如鮑照〈白雲詩〉〔註60〕，因爲「情高不戀俗」，因此「厭世樂尋仙」，其超越透過「鳳歌出林闕，龍戾駕蓬山」達成，仙境的描寫爲：「凌崖採三露，攀鴻戲五煙。昭昭景臨霞，湯湯風媚泉」，前爲生命自由的狀態，後爲太陽的升降，日沒之後爲夜晚，因此接寫星月。透過星月發展與女神的互動關係，見「命娥雙月際，要媛兩星間」兩句。其中的命與邀，透露此時生命的自主自由。本詩對生命狀態超越與變化過程的描述，龍、鳳合用，此外，隱喻表現形式中象徵生命的不死藥、與女神的互動關係，亦均有所呈現。

其他如前引王勃〈忽夢遊仙〉：「電策驅龍光，煙途儼鸞態」等等，也是龍、鳳並連使用的例子。

而有時詩人駕馭龍、鳥的想像，則非常接近於自我化身爲太陽。如曹植〈五遊篇〉中的描寫：

> 九州不足步，願得凌雲翔。逍遙八紘外，遊目歷遐荒。披我丹霞衣，襲我素霓裳。華蓋紛晻靄，六龍仰天驤。曜靈未移景，倏忽造昊蒼。閶闔啓丹扉，雙闕耀朱光。〔註61〕

〔註58〕逯欽立輯校，《先秦漢魏晉南北朝詩》，中冊，頁867。
〔註59〕《全唐詩》，第3冊，卷55，頁671。
〔註60〕逯欽立輯校，《先秦漢魏晉南北朝詩》，中冊，頁1301。
〔註61〕逯欽立輯校，《先秦漢魏晉南北朝詩》，上冊，頁433。

其中披上「丹霞衣」、「素霓裳」，以及駕馭龍車，造臨天際，使「造昊蒼」、「耀朱光」等，從朝霞，寫到日出耀四方，都是有關於太陽的想像，且具有主動性，疑有化身太陽的想像在其中。

循著駕馭、化身為太陽及太陽象徵的思緒而來，駕馭日車，取得太陽的控制權，也成為超越時間限制的寫法之一。如曹植〈升天行〉：「扶桑之所出，乃在朝陽谿。日出登東幹，既夕沒西枝。願得紆陽轡，迴日使東馳。」〔註62〕郭璞〈遊仙詩十九首〉其九：「手頓羲和轡，足蹈閶闔開。」〔註63〕

羲和為太陽的誕育者、運轉者。記載見《山海經·大荒南經》：

> 東南海之外，甘水之間，有羲和之國。有女子名曰羲和，方日浴于甘淵。羲和者，帝俊之妻，生十日。〔註64〕

郭璞注引《歸藏·啟筮》：

> 羲和蓋天地始生，主日月者也。故《啟筮》曰：「空桑之蒼蒼，八極之既張，乃有夫羲和，是主日月，職出入，以為晦明。」又曰：「瞻彼上天，一明一晦，有夫羲和之子，出于暘谷。」故堯因此而立羲和之官，以主四時，其後世遂為此國。作日月之象而掌之，沐浴運轉之於甘水中，以效其出入暘谷虞淵也，所謂世不失職也。〔註65〕

羲和作為太陽的運轉者，延伸自羲和控馭太陽，具有操控時間之能的思維，於是發展出文學作品中，透過與女神羲和的互動關係，獲得時間之超越、生命之自由的描寫。如《離騷》：「吾令羲和弭節，望崦嵫而勿迫。路曼曼其修遠兮，吾將上下而求索。」〔註66〕李商隱〈樂遊原〉：「羲和自趁虞泉宿，不放斜陽更向東。」〔註67〕俱為其例。此節呼應了前述透過與女神的互動關係，寄託對生命存在處境之感懷的討論。

2. 不死藥的虛化與遊仙文學的開展

在早期的遊仙詩中，時間的超越及生命限制的解除，主要透過飛翔變化，

〔註62〕逯欽立輯校，《先秦漢魏晉南北朝詩》，上冊，頁433。
〔註63〕逯欽立輯校，《先秦漢魏晉南北朝詩》，中冊，頁866。
〔註64〕袁珂校注，《山海經校注》，頁438。「日浴於甘淵」一句，袁珂注引清·郝懿行《山海經箋疏》云：《藝文類聚》、《初學記》、李賢注《後漢書·王符傳》皆作「浴日於甘泉」，其中「淵」字疑避唐諱改為「泉」。
〔註65〕袁珂校注，《山海經校注》，頁438。
〔註66〕馬茂元主編，楊金鼎、王從仁、劉德重、殷光熹注釋，《楚辭注釋》，頁52。
〔註67〕唐·李商隱，〈樂遊原〉，劉學鍇、余恕誠，《李商隱詩歌集解》（台北：洪葉文化事業有限公司，1992），下冊，頁1941。

仙境的登臨，及女神的賜與不死藥達成。但即使透過女神之手，以獲取不死藥的固定情節不在書寫中出現，只要回返到以母懷爲原型的仙境樂園，使時間限制得到超越、生命獲得自由的作用便已經達成。這是因爲登臨仙境，便如同是回返最初的母懷樂園，其本身已象徵了母性生命力量——不死藥的取得。由於不是具體的獲取或服食不死藥，因此或可稱爲不死藥的虛化。

不死藥虛化的先決條件是代表著母性生命力量的仙境樂園、仙境中的女神，本身便是不死藥的象徵。

母神所在的仙境樂園是擁有生命力量之宇宙根源的例子。《海內十洲記》中有所呈現：

> 昆侖……其一角有積金，爲天墉城，面方千里。城上安金臺五所，玉樓十二所。其北戶山、承淵山、又有墉城。金臺、玉樓，相鮮如流，精之闕光，碧玉之堂，瓊華之室，紫翠丹房，錦雲燭日，朱霞九光，西王母之所治也，眞光仙靈之所宗。上通璇璣，元氣流布，五常玉衡。理九天而調陰陽，品物群生，希奇特出，皆在於此。
>
> 天人濟濟，不可具記。此乃天地之根紐，萬度之綱柄矣。〔註68〕

而在人神遇合小說的情節中，與女神間的關係斷裂代表不死藥的失落，失去女神如同失去不死藥，也可略見女神作爲不死藥之象徵的現象。

由於此一不死藥虛化的發展背景，使固定的蓬萊、扶桑木仙境描寫，固定的駕龍、馭鳳、迴日車等飛翔描寫，固定的女神授藥情節等等，這些已趨於僵化的書寫模式得以稍歇，遊仙文學也循此有了新的開展。

遊仙詩的創作以六朝爲盛，及至道教普及，煉丹服食的風氣盛行，求仙的思維逐漸傾向於自我追求。此時神仙文化形成了兩路的發展，神仙人物中，由神話傳說入於宗教的，趨向神聖化，形象固定，強調其靈驗的威能；至於融入社會文化的部分，則趨向世俗化，一方面解除仙凡之隔，一方面在想像、虛構中與世情大量融合，形象日趨多元，且可被天馬行空的自由塑造，成爲抒發意想的創作素材。

因此到了唐代，遊仙詩開始有夢仙〔註69〕、會仙〔註70〕、懷仙〔註71〕、

〔註68〕漢・東方朔撰、王根林校點，《海內十洲記》（王根林、黃益元、曹光甫校點，《漢魏六朝小說筆記大觀》，上海：上海古籍出版社，1999），頁70。
〔註69〕如白居易〈夢仙〉、項斯〈夢仙〉。
〔註70〕如鮑溶〈會仙歌〉。
〔註71〕如駱賓王〈懷仙引〉、王勃〈懷仙〉。

求仙〔註 72〕、學仙〔註 73〕等從題名上可見的多元發展。內容也增添了虛構想像，抒發意想的情韻。

所謂夢、懷、學仙，已與精神超越的「遊」，有所差異。就算以遊仙爲名，也已非六朝情調。如曹唐遊仙詩，其中「玉簫金瑟發商聲，桑葉枯乾海水清。淨掃蓬萊山下路，略邀王母話長生」〔註 74〕、「偷來洞口訪劉君，緩步輕抬玉線裙。細擘桃花擲流水，更無言語倚彤雲」〔註 75〕、「八景風回五鳳車，崑崙山上看桃花。若教使者沽春酒，須覓餘杭阿母家」〔註 76〕、「去住樓台一任風，十三天洞暗相通。行廚侍女炊何物？滿灶無煙玉炭紅」〔註 77〕等等描寫，仙凡空間關係、與女神互動關係皆已發生改變，女神的神聖性及隱喻精神，已經顯得稀薄。

至此，然則女神書寫中，飛翔變化，歸向仙鄉，求取不死藥以跨越時間、獲取生命自由的隱喻傳統，便已不復存在嗎？女神隱喻作爲一種心理形式，並不因此移易，只是隨文化發展，轉換了型態，在每個時代各自變化出盛行的典型。

以李白〈懷仙歌〉爲例。

> 一鶴東飛過滄海，放心散漫知何在？仙人浩歌望我來，應攀玉樹長相待。堯舜之事不足驚，自餘囂囂眞可輕。巨鼇莫載三山去，我欲蓬萊頂上行。〔註 78〕

在道教服食文化的盛行下，修鍊成仙成爲可能。於是詩人的想像化身，多了以己爲仙的一路寫法。自比爲仙，融入遊仙書寫，是唐代遊仙詩與六朝作品很大的差異。此一差異爲書寫模式趨於固定形式，作品漸少的遊仙文學注入活水。

李白的〈懷仙歌〉仍以飛翔變化展開仙境的探訪。過去的遊仙詩多半爲「無我之境」，因爲不死藥的獲取，生命侷限的超越，母子相存，樂園一體共生狀態的尋回，乃可拋開俗世中的「我」，求得一個無我的自由與永恆。但李

〔註 72〕 如孟郊〈求仙曲〉、張籍〈求仙行〉。
〔註 73〕 如韋應物〈學仙〉、許渾〈學仙〉。
〔註 74〕 唐・曹唐，〈小遊仙詩九十八首〉其一，陳繼明，《曹唐詩注》（上海：上海古籍出版社，1996），頁 111。
〔註 75〕 唐・曹唐，〈小遊仙詩九十八首〉其二六，陳繼明，《曹唐詩注》，頁 127。
〔註 76〕 唐・曹唐，〈小遊仙詩九十八首〉其四三，陳繼明，《曹唐詩注》，頁 137。
〔註 77〕 唐・曹唐，〈小遊仙詩九十八首〉其五八，陳繼明，《曹唐詩注》，頁 145。
〔註 78〕 詹鍈主編，《李白全集校注彙釋集評》，第三冊，頁 1216。

白此首遊仙詩反為「有我之境」，必須透過飛翔變化超越，而找回了自由而永恆的自我，詩末的命令巨鼇、凌蹈蓬萊，是自我已拋卻生命限制的刻意放懷表現。

對仙境中女神生活細節、往來互動的細膩經營，則是唐代遊仙詩的另一個發展。如儲光羲〈昇天行貽盧六健〉：

> 真人居閬風，時奏清商音。聽者即王母，泠泠和瑟琴。坐對三花枝，行隨五雲陰。天長崑崙小，日久蓬萊深。上由玉華宮，下視首陽岑。神州亦清淨，要自有浮沈。惻惻苦哉行，呱呱遊子吟。廬山逢若士，思欲化黃金。雨雪沒太山，誰能無歸心？逍遙在雲漢，可以來相尋。〔註79〕

本詩中的主人翁化身為真人，真，仙也，許慎《說文解字》：「真，僊人變形而登天也」〔註80〕，此一仙境中的仙人或為作者自喻。詩中的主人翁化身為神仙，於仙境彈琴，王母則為聽者，並且彈奏相和。雙人坐對、行隨，天長地久相伴，此刻仙境中的永恆與永樂，顯得崑崙小、蓬萊深。由其中下視塵寰，但見世人浮沈羈旅，令人悲憫。於是篇末有不妨相尋主人翁於逍遙雲漢之語。仙境的存在蘊含了回歸母懷、重返樂園的隱喻，本詩以與王母的互動寫仙境之永恆與長樂，與先前探討的隱喻形式，思維是一致的。

又如柳泌〈玉清行〉：

> 遙遙寒冬時，蕭蕭躡太無。仰望蕊宮殿，橫天臨不虛。下看白日流，上造真皇居。西牖日門開，南衙星宿疏。王母來瑤池，慶雲擁瓊輿。崑峨丹鳳冠，搖曳紫霞裾。照徹聖姿嚴，飄颻神步徐。仙郎執玉節，侍女捧金書。靈香散彩煙，北闕路軒輊。龍馬行無跡，歌鐘聲沸天。馭風升寶座，鬱景晏華筵。妙奏三春曲，高羅萬古仙。七珍飛滿座，九液酌如泉。靈佩垂軒下，旗幡列帳前。獅麟威赫赫，鸞鳳影翩翩。顧盼乃須臾，已是數千年。〔註81〕

本詩同樣以飛翔越界，描寫生命存在狀態的改變。變化後便可下看白日，上造仙居，透露出時間、空間限制的解除。接下來以大量的篇幅，刻畫王母之容貌、行動等細節，潛藏在這些細節刻畫之後的詩人之眼，以及潛藏在情

〔註79〕《全唐詩》，第4冊，卷137，頁1386。
〔註80〕漢・許慎撰，清・段玉裁注，民國・魯實先正補，《說文解字注》，頁388。
〔註81〕《全唐詩》，第15冊，卷505，頁5745。

節演述背後的時間流動，凝聚出詩人與仙境女神之互動關係的內容。最後的「顧盼乃須臾，已是數千年」，則是再度表現出時間的跨越、生命侷限的解除。整首詩的思維脈絡，仍依循既有的隱喻形式。

由以上儲光羲〈昇天行〉、柳泌〈玉清行〉的例舉可略知，到了唐代，儘管遊仙詩的內容發生變化，隱喻的底蘊仍是一致的。正如前所述，女神生命隱喻的精神形式是不會改變，只是隨文化開展，在不同的時代，轉換出不同的書寫典型而已。

人神遇合、女神接待，可說是唐代及唐以後小說中，常見的典型情節，以下將藉此探討關於回歸母懷的生命隱喻。

三、母懷的回歸：以遇合故事的女神接待情節為例

人神遇合故事的書寫，隱伏了透過母子相處情境的複製，回歸最初樂園，以獲得心靈想像之滿足的精神歸趨。

人神遇合故事與遊仙詩中精神式的超越不同，遊仙詩無須交代前後因由即上造天階，與群仙翔遊，但人神遇合故事往往具體的交代了出入仙境的前因後果及過程，且故事的展開，由於受到道教世俗化、洞天福地說普遍流傳等影響，仙境往往被設想位於人世，並因為仙境中人物、空間、時間、器用、食物等具象表現超越世俗，彰顯出仙凡之分，因而被認出此為仙境。其中仙境與凡塵的差異，由人物、時空、器用等這些外顯現象來分別，而不是內在的心靈向度，顯示出神仙文化發展中神聖性的消褪，但也由此開啟了文學書寫想像創造的無限可能。

女神及仙境雖然因其超越現實及神聖性的鬆動，而成為作家天馬行空創作的資材，但女神及仙境的想像產生，仍循人類共通的心理形式而來，據以構建女神概念的母親影像、神仙世界作為生命願望的投射，仍是不變的脈絡。甚至因為小說創作中對細節、情節的講究鋪陳，而使生命隱喻的意涵更為彰明。

人神遇合作為回歸母懷的隱喻，背後具有對象（母親）與空間（母懷樂園）兩大線索，這也正是女神生命隱喻形式中的「橫向組合：母子對待關係的展開」與「縱向聚合：母性力量象徵的運用」。透過母子關係的重建，達成母懷的回歸，或是透過進入充滿母性象徵的空間，達成母懷的回歸。在故事書寫中，有時橫向的組合（關係）、縱向的聚合（情境）同時俱在，有時僅出

現關係展開或情境象徵單一線索，但均無礙於被識別出這是一個象徵母懷的最初樂園。且其回歸的結果，均一致的指向時間的超越、生命限制的解除。而故事中一些由女神所帶來的命運轉折，則更進一步透露了人類心靈對於母親給予、教導、控制等的感知印記。

在「橫向組合：母子對待關係的展開」部分，遇合故事中許多一再出現的固定情節，均具有母子關係、母性心靈感知印記的影子。例如：在乏困中得到指引進入仙境，解除疲累、失措的狀態；經由賜食、飲食展開關係；和藹溫暖的問候關懷；解除生命時間的限制（不死藥的給予）；各種生活所求的滿足等等。

在「縱向聚合：母性力量象徵的運用」部分，各種代表源源不絕之生命力的母性象徵，被縱向聚合在母懷仙境的塑造中，包括了環境、器用，以及不死藥等等。形塑出一個可使生命限制得到解除、願望完滿無缺的母性空間。

以下將舉出「弱小狀態的呈現」、「母懷仙境的塑造」、「由餵食展開關係」等常見情節進行析論。

（一）弱小狀態的呈現

1. 窮蹇／迷途／飢餓／受傷

〈嵩岳嫁女〉故事中的田璆、鄧韶，生平背景為田璆「甚有文，通熟群書」，鄧韶「博學相類」，兩人「皆以人昧，不能彰其明」，然而一朝有此仙遇，得見王母、麻姑諸仙，獲飲瑞露之酒、薰髓酒、延壽酒。〔註82〕作者在故事中藉王母、穆天子、漢武帝、丁令威、葉靜能等的答歌賦詩，以及劉綱、茅盈、巢父等所作的催粧詩，在王母面前大展才學。此舉可視為作者自負其才的表現與內心世界的平反。

其他好學而孤獨，卻得遇女仙識才委身的例子，又如有〈張鎬妻〉中的張鎬：「張鎬，南陽人也。少為業勤苦，隱王屋山，未嘗釋卷。」〔註83〕其為人勤苦向學，得到仙女的欽睞，只是成婚後，寧可用心在書冊間，冷落了仙妻，因而使其忿而離去，張鎬得知自己失去長生的機會後，後悔莫及。〈郭翰〉：「太原郭翰，少簡貴，有清標，姿度美秀，善談論，工草隸。早孤獨處」〔註84〕，其因有美才，且獨處，於是織女相就；〈封陟〉：「寶曆中，有封陟

〔註82〕《太平廣記》，第二冊，卷50，頁309～312。
〔註83〕《太平廣記》，第二冊，卷64，頁399。
〔註84〕《太平廣記》，第二冊，卷68，頁420。

孝廉者，居於少室。貌態潔朗，性頗貞端。志在典墳，僻於林藪。探義而星歸腐草，閱經而月墜幽窗。兀兀孜孜，俾夜作晝。無非搜索隱奧，未嘗暫縱揭時日也」，上元夫人「慕其眞樸，愛以孤標。特謁光容，願持箕箒」〔註85〕，也是傾心於篤志向學，幽居獨處的文士。然而何以書生卓有才學，承受著俾夜作晝、僻於林藪的勤苦，會成爲女神光降相就的原因，理由或在於需要得到母性的安慰與肯定。

又有〈白水素女〉中的謝端：

> 謝端，晉安侯官人也。少喪父母，無有親屬，爲鄰人所養。至年十七八，恭謹自守，不履非法，始出作居，未有妻，鄉人共愍念之，規爲娶婦，未得。端夜臥早起，躬耕力作，不捨晝夜。〔註86〕

謝端雖非文人，但同樣強調其勤苦而孤獨，最後得仙女相助。

迷途與飢餓，也是幼年弱小狀態的呈現，著名的例子如〈天台二女〉：「劉晨、阮肇，入天台採藥，遠不得返，經十三日饑。」後得天台山仙女款待以胡麻飯、山羊脯、牛肉、美酒、桃子等食物。兩人居停在此氣候長春，仙女爲家室的仙境中半年，思歸苦求返家，方發覺原鄉零落，人間已十世。〔註87〕

至於受傷的例子，如〈太眞夫人〉：

> 小吏和君賢，爲賊所傷，殆死。夫人見愍，問之，君賢以實對。夫人曰：「汝所傷乃重刃關於肺腑，五臟泄漏，血凝絳府，氣激傷外，此將死之厄也，不可復生，如何？」君賢知是神人，扣頭求哀。夫人於肘後筒中，出藥一丸。大如小豆，即令服之。登時而愈，血絕創合，無復慘痛。君賢再拜跪曰：「家財不足，不知何以奉答恩施。唯當自展駑力，以報所受耳。」夫人曰：「汝必欲謝我，亦可隨去否？」君賢乃易姓名，自號馬明生，隨夫人執役。〔註88〕

太眞夫人救治了重傷的和君賢，將其改名爲馬明生，並收爲從者。在試以鬼怪虎狼、炫惑衆變、好女調戲等考驗後，認爲其材可教，於是授以長生之方。最後將他託與安期生。明生難以捨別，流涕相辭。

在以上這些故事裡，女神的傾慕或救助，皆出現在主角弱小狀態的呈現中。其中飢餓、迷路、受傷、孤獨、期待受肯定等種種感受，是心靈降回嬰

〔註85〕《太平廣記》，第二冊，卷68，頁424。
〔註86〕《太平廣記》，第二冊，卷62，頁387。
〔註87〕《太平廣記》，第二冊，卷61，頁383。
〔註88〕《太平廣記》，第二冊，卷57，頁350。

幼時期的表現，以帶來母親的呵護與被滿足的美好感受。

2. 愚濁／耽欲

除了處境的無助，與神聖母性對象在內在本質上的差異，也構成引領教導者——母親介入協助的弱小情境。

在漢武帝內傳中，王母、上元夫人與漢武帝的對待關係，顯然以母子關係為張本。漢武帝得見王母及夫人，是因為誠心的祈請，王母以其「有似可教者」，方應允降見。見面後，首先便是賜食，漢武帝「收桃核，欲種之」的幼弱舉動，引來王母的誨告，首先顯現出聖俗之別，與母子間教導的關係。

其後王母及上元夫人對漢武帝劉徹的種種評語，呈現出高下、清濁的強烈反差，茲羅列如下：

> 形慢神穢，腦血淫漏。五臟不淳，關胃彭亨。骨無津液，脈浮反升。肉多精少，瞳子不夷。三尸狡亂，玄白失時。雖當語之以至道，殆恐非仙才也。〔註89〕

> 五濁之人，耽酒榮利。嗜味淫色，固其常也。且徹以天子之貴，其亂目者倍于凡焉。〔註90〕

> 汝胎性暴，胎性淫，胎性奢，胎性酷，胎性賊，五者恒舍於榮衛之中，五臟之內。雖獲良針，固難愈也。暴則使氣奔而攻神，是故神擾而氣竭；淫則使精漏而魄疲，是故精竭而魂消；奢則使真離而魄穢，是故命逝而靈失；酷則使喪仁而自攻，是故失仁而眼亂；賊則使心鬪而口乾，是故內戰而外絕。此五事者，皆是截身之刀鋸，刳命之斧斤矣。雖復志好長生，不能遣茲五難。〔註91〕

> 此子性氣淫暴，服精不純，何能得成真仙，浮空參差十方乎？〔註92〕

兩位母親般女神口中所形容的漢武帝，十分不堪，似為天下第一等濁臭之人。但這樣的狀態，恰為二母對漢武帝的救贖開啟契機。

王母首先對漢武帝施以母性的迴護，當上元夫人嚴厲批評，並數度以「阿母」的稱謂指稱王母，藉以對劉徹展開曉諭，王母擔心漢武帝承受不起，竟

〔註89〕《太平廣記》，第一冊，卷3，頁15。
〔註90〕《太平廣記》，第一冊，卷3，頁16。
〔註91〕《太平廣記》，第一冊，卷3，頁16。
〔註92〕《太平廣記》，第一冊，卷3，頁20。

埋怨起上元夫人：「卿之爲戒，言甚急切，更使未解之人，畏於志意。」上元
夫人解釋：「急言之發，與成其志耳。」原來是另一番母親的心情，實是用心
良苦。王母接著出言維護漢武帝，說「此子勤心已久，不遇良師」，幾乎「毀
其正志」，王母憐憫，因此才不惜離開仙庭，降臨在此濁臭之世，爲的都是要
堅定其仙志，引導向化，且雙方孺慕情深，「今日相見，令人念之」。〔註 93〕
語畢，「王母因拊帝背曰：『汝用上元夫人至言，必得長生，可不勗勉耶？』」
王母的動作與勸勉，同樣是母子關係的複製。〔註 94〕

　　漢武帝此時見王母巾笈中有書一卷，請求觀閱。王母因該〈五嶽眞形圖〉
「文秘禁重」，先是不允，勸說另與一寶經，但漢武帝「下地叩頭，固請不已」，
王母無奈：「此子守求不已，誓以必得。故虧科禁，特以與之。」此種賴求與
溺愛，也如同母子。其後漢武帝故技重施，轉而啓叩於上元夫人，懇求其賜
與五帝六甲通眞招神之術，上元夫人不允，漢武叩頭堅求，王母出言相幫，
並再度埋怨上元夫人：「緣何令人主稽首請乞，叩頭流血耶」……類此種種雙
方對待的描寫，處處可見母子關係的影子。〔註 95〕

　　故事中漢武帝愚以濁弱小，然而卻乖巧受教的形象，順勢引導出兩位母
性女神的救贖與循循善誘。

（二）母懷仙境的塑造

　　象徵母懷的仙境，除了透過母親般的女神角色呈現，仙境樂園也可以單
獨透過各種母性象徵的運用，呈現出一個生命力豐沛而源源不絕，主體自由
而完滿無缺的世界。像這樣的境地，即使不一定有女神的存在，同樣可作爲
母懷的象徵。

　　女神生命隱喻表現形式中的「縱向聚合：母性力量象徵的運用」，便是主
要呈現在不死藥的各種類型，以及各種母懷樂園的塑造上。作者透過象徵的
運用，隱喻樂園及不死藥所具有的生命源泉力量，隱喻透過樂園的進入、仙
藥的服用，所能得到的時間超越與生命自由。

　　如〈柳歸舜〉中的仙境：

〔註 93〕《太平廣記》，第一冊，卷 3，頁 17：「王母曰：『此子勤心已久，而不遇良師，
　　　　遂欲毀其正志，當疑天下必無仙人。是故我發閬宮，暫舍塵濁，既欲堅其仙
　　　　志，又欲令向化不惑也。今日相見，令人念之。』」
〔註 94〕本段括弧中文字引自《太平廣記》，第一冊，卷 3，頁 17～18。
〔註 95〕本段括弧中文字引自《太平廣記》，第一冊，卷 3，頁 17～19。

忽道傍有一大石，表裡洞徹，圓而砥平，周匝六七畝。其外盡
生翠竹，圓大如盞，高百餘尺。葉曳白云，森羅映天。清風徐吹，
戛爲絲竹音。石中央又生一樹，高百餘尺，條幹偃陰爲五色，翠葉
如盤，花徑尺餘，色深碧，蕊深紅，異香成煙，著物霏霏。有鸚鵡
數千，丹嘴翠衣，尾長二三尺，翶翔其間。〔註96〕

周匝六七畝的大石、高百餘尺的翠竹與巨木、直徑尺餘散發異香的奇特
大花、數千隻曳長尾遨翔的鸚鵡，構築成超乎想像的奇異仙境。

又如〈元藏幾〉中的仙境：

洲人曰：「此滄洲，去中國已數萬里。」乃出菖蒲花桃花酒飲
之，而神氣清爽。其洲方千里，花木常如二月，地土宜五穀，人多
不死。出鳳凰、孔雀、靈牛、神馬之屬。更産分蒂瓜，長二尺，其
色如椹，二顆二蒂。有碧棗丹栗，皆大如梨。其洲人多衣縫掖衣，
戴遠游冠，與之話中國事，則歷歷如在目前。所居或金闕銀台，玉
樓紫閣。奏簫韶之樂，飲香露之醇。洲上有久視之山，山下出澄水
泉。其泉闊一百步，亦謂之流渠。雖投之金石，終不沉沒，故洲人
以瓦鐵爲船舫。更有金池，方十數里，水石泥沙，皆如金色。其中
有四足魚，今刑部盧員外尋云：「金義嶺有池如盆，其中有魚皆四足。」
又有金蓮花，洲人研之如泥，以間彩繪。光輝煥爛，與眞無異，但
不能拒火而已。更有金莖花，如蝶。每微風至，則搖蕩如飛。婦人
競採之以爲首飾，且有語曰：「不戴金莖花，不得在仙家。」更以強
木造船，其上多飾珠玉，以爲游戲。強木，不沉木也。方一尺，重
八百斤。巨石縋之，終不沒。〔註97〕

滄洲具有豐沛的生命能量，地宜五穀、人多不死，久視山下源源不絕的
流泉等，皆爲生命力無限的象徵。其餘光彩燦爛的金蓮花、隨風飛翔如蝶的
金莖花，一可施彩繪、一可爲婦女頭飾，脫離生命延續的需求，而進入彩飾
增華的心靈愉悅。不沈之水——流渠、不沈之木——強木，似得之於昆侖山
弱水的想像。

再如〈陰隱客〉中形體巨大，超越凡俗的大樹、紫花、蝶翅、五色鳥，
以及萬仞山千岩萬壑，每一岩中不斷湧出清泉與白泉，也都是生命力不絕的

〔註96〕《太平廣記》，第一冊，卷18，頁122。
〔註97〕《太平廣記》，第一冊，卷18，頁124。

表現：

> 其山傍向萬仞，千岩萬壑，莫非靈景。石盡碧琉璃色，每岩壑
> 中，皆有金銀宮闕。有大樹，身如竹有節。葉如芭蕉，又有紫花如
> 盤。五色蛺蝶，翅大如扇，翔舞花間。五色鳥大如鶴，翱翔樹杪。
> 每岩中有清泉一眼，色如鏡。白泉一眼，白如乳。〔註98〕

高聳的巨樹也出現在〈西王母〉的仙境構畫中：

> 所居宮闕，在龜山春山西那之都。崑崙之圃，閬風之苑。有
> 城千里，玉樓十二。瓊華之闕，光碧之堂。九層玄室，紫翠丹房。
> 左帶瑤池，右環翠水。其山之下，弱水九重，洪濤萬丈，非飆車
> 羽輪，不可到也。所謂玉闕暨天，綠臺承霄。青琳之宇，朱紫之
> 房。連琳綵帳，明月四朗。戴華勝，佩虎章。左侍仙女，右侍羽
> 童。寶蓋沓映，羽摻蔭庭。軒砌之下，植以白環之樹，丹剛之林。
> 空青萬條，瑤幹千尋。無風而神籟自韻，琅琅然皆九奏八會之音
> 也〔註99〕。

萬條千尋的白環之樹、丹剛之林，有《山海經》中扶桑若木的影子。

其他又如〈沈羲〉：「宮殿鬱鬱如雲氣，五色玄黃，不可名狀。侍者數百人，多女少男。庭中有珠玉之樹，眾芝叢生，龍虎成羣，游戲其間，聞琅琅如銅鐵之聲，不知何等」〔註100〕等等，不勝枚舉。

由以上所舉數例，可知遇合故事中母懷仙境的塑造，往往透過木、石、花、鳥等生命力量象徵物的大量運用，積聚出一個活力充沛、不同於凡俗的世界。為了凸顯生命源源不絕的活力，特別著重動態的描寫，如香氣的飄散、聲音的流動、泉水的湧出、花的綻放搖曳、禽鳥的穿梭翔舞，使仙境生氣蓬勃；為了凸顯其不同於凡俗，往往將木、石、花、鳥等表現為形體龐大或聳峙於天地間，彰顯出仙境的超凡。

而這些聚合了母性象徵的仙境描寫，在故事的最初出現，除了交代背景，還具有昭告「跨越」的作用。昭告這裡出現空間、時間的跨越，由短暫、渺小、受限的塵世空間，進入生命力豐沛而無有匱乏的母懷，由有限的生命時間，進入永恆的原初樂園。

〔註98〕《太平廣記》，第一冊，卷20，頁134。
〔註99〕《太平廣記》，卷56，頁344。
〔註100〕《太平廣記》，第一冊，卷5，頁36。

（三）從餵食展開關係

遇合故事中，「相見即飲食」是值得注意的固定情節。除了母子關係的複製外，汲取天地之物－烹調－飲食－消化－成長，本具有汲取天地生命力的象徵意涵，中國人依時而動的飲食文化，也有透過飲食進入天人和諧境地的寓意。如今遇合故事中的飲食情節，不管是賜食、誤食，總之其之所以往往出現在進入仙境前、或是剛進入仙境後，似隱藏了母子關係的暗示，以及透過飲食連接母懷中源源不絕之天地力量的暗示。

如〈成公智瓊〉：

> 魏濟北郡從事掾弦超，字義起。以嘉平中夕獨宿，夢有神女來從之，自稱天上玉女。東郡人，姓成公，字智瓊，早失父母，上帝哀其孤苦，令得下嫁。超當其夢也，精爽感悟，美其非常人之容，覺而欽想。如此三四夕，一旦顯然來。駕輜軿車，從八婢。服羅綺之衣，姿顏容色，狀若飛仙。自言年七十，視之如十五六。車上有壺榼，清白琉璃，飲啗奇異，饌具醴酒，與超共飲食。謂超曰：「我天上玉女，見遣下嫁，故來從君。蓋宿時感運，宜爲夫婦，不能有益，亦不能爲損。然常可得駕輕車肥馬，飲食常可得遠味異膳，繒素可得充用不乏。然我神人，不能爲君生子，亦無妒忌之性，不害君婚姻之義。」遂爲夫婦。〔註101〕

在這個故事裡，弦超與名爲成公智瓊的女神，見面之初，尚不知來者何人，即共飲食，食畢女子才自我介紹，說明自己的出身、下凡的原因，以及弦超將來可享受的待遇。見面時所食用之物，爲裝在清白琉璃酒器中的醴酒，及各色奇異的食饌。酒器的華美，以及食物的奇異，顯示此非凡間之物。食用之後，女神才敘明來意，開啓願爲夫妻的關係。這個飲食的經過，具有變化弦超之存在狀態，使其超脫凡俗的意涵。以另一〈嵩岳嫁女〉故事爲例，：

> 行數里，桂輪已升。至一車門，始入甚荒涼，又行數百步，有異香迎前而來，則豁然眞境矣。泉瀑交流，松桂夾道，奇花異草，照燭如晝，好鳥騰翥，和月闃。……書生曰：「某有瑞露之酒，釀于百花之中，不知與足下五醞孰愈耳。」謂小童曰：「折燭夜一花，傾與二君子嘗。」其花四出而深紅，圓如小瓶，徑三寸餘，綠葉形類盃，觸之有餘韻。小童折花至，於竹葉中凡飛數巡，其

〔註101〕《太平廣記》，卷61，頁379。

味甘香，不可比狀。飲訖，又東南行。數里至一門，書生揖二客
下馬，觴以燭夜花中之餘，賚諸從者，飲一盃，皆大醉，各止于
戶外。乃引客入，則有鸞鶴數十，騰舞來迎。步而前，花轉繁，
酒味尤美。其百花皆芳香，壓枝於路傍。凡歷池館堂榭，率皆陳
設盤筵，若有所待。〔註102〕

　　故事中的仙境，以月亮、泉湧、繁花異草、夜光如晝、好鳥鸞鶴等充滿
生命力的象徵物塑造，而田璆、鄧韶尚未抵仙境，一路上即不斷飲酒。所飲
之酒，以瑞露釀製於百花中，並以「燭夜花」裝盛飲用。而越靠近仙境，花
香、酒香的交織便更為繁郁。呈現出茂盛、豐足，生命源泉不虞匱乏的訊息。
及到抵達仙境，豐盛的飲饌餐肴是第一印象。此時仙境的核心——王母夫人
現身，仍命賜與「薰髓酒」，使田璆、鄧韶進一步消除塵氣，方可進前，見：
「命璆、韶拜夫人，夫人褰帷笑曰：『下域之人，而能知禮，然服食之氣，猶
然射人，不可近他貴婿。可各賜薰髓酒一盃。』璆、韶飲訖，覺肌膚溫潤，
稍異常人，呼吸皆異香氣。」〔註103〕此酒名為「薰髓酒」，已經說明了藉飲食
改變習氣，使生命狀態得到變化的作用。因此，〈成公智瓊〉故事中，先進行
飲饌，才展開關係，應該也是同樣的作用。而女神在向弦超說明將來可得的
待遇中，也特別提到了飲食：「飲食常可得遠味異膳」，顯示食物在這一類故
事中的特殊地位。

　　著名的〈天台二女〉，也以飲食串連整個故事：

劉晨、阮肇，入天台採藥，遠不得返，經十三日饑，遙望山上
有桃樹子熟，遂躋險援葛至其下，啖數枚，饑止體充，欲下山，以
杯取水，見蕪菁葉流下，甚鮮妍。復有一杯流下，有胡麻飯焉。乃
相謂曰：「此近人矣。」遂渡山，出一大溪，溪邊有二女子，色甚美，
見二人持盃，便笑曰：「劉、阮二郎捉向杯來。」劉、阮驚，二女遂
忻然如舊相識，曰：「來何晚耶？」因邀還家。南東二壁，各有絳羅
帳，帳角懸鈴，上有金銀交錯。各有數侍婢使令。其饌有胡麻飯、
山羊脯、牛肉，甚美。食畢行酒。俄有群女持桃子，笑曰：「賀汝婿
來。」酒酣作樂。夜后各就一帳宿，婉態殊絕。至十日求還，苦留
半年。氣候草木，常是春時，百鳥啼鳴，更懷鄉，歸思甚苦，女遂

〔註102〕《太平廣記》，第二冊，卷61，頁309～310。
〔註103〕《太平廣記》，第二冊，卷61，頁310。

－162－

相送，指示還路。鄉邑零落，已十世矣。〔註104〕

故事的開頭，在絕糧十三日，極度的飢餓中，得桃樹子因此得以解饑。又經過蕪菁葉、胡麻飯的暗示引導，兩人渡山涉水來到仙境。天台仙女見面相問：「來何晚也？」展現親情般的溫暖對待。而接待的方式，少不了豐盛的飲食，饌食有胡麻飯、山羊脯、牛肉等，家常而美味。整個故事在迷途失道後，藉由飲食承接以家庭的懷想。

其餘賜食的情節，又如〈周穆王〉：

> 王造崑崙時，飲蜂山石髓，食玉樹之實。又登羣玉山，西王母所居，皆得飛靈沖天之道。而示跡託形者，蓋所以示民有終耳。況其飲琬琰之膏，進甜雪之味。素蓮黑棗，碧藕白橘，皆神仙之物，得不延期長生乎？〔註105〕

周穆王與西王母的相會，可謂遇合故事之濫觴，這一則《太平廣記》錄自《仙傳拾遺》的記載，非常著重於飲食的描寫，並強調仙界飲食所具有的長生得道功效。

其他如〈燕昭王〉：

> 甘需曰：「王母所設之饌，非人世所有。玉酒金醴，後期萬祀。王既嘗之，自當得道矣。」〔註106〕

〈漢武帝〉：

> 王母自設天廚，真妙非常。豐珍上果，芳華百味。紫芝萎蕤，芬芳填標。清香之酒，非地上所有，香氣殊絕，帝不能名也。又命侍女更索桃果。須臾，以玉盤盛仙桃七顆，大如鴨卵，形圓青色，以呈王母。母以四顆與帝，三顆自食。桃味甘美，口有盈味。〔註107〕

其後上元夫人現身，見面也是先「夫人設廚，廚亦珍精，與王母所設者相似。」〔註108〕

又如〈姚氏三子〉：

> 夫人引三女昇堂，又延三子就座。酒肴珍備，果實豐衍，非常

〔註104〕《太平廣記》，第二冊，卷61，頁383。
〔註105〕《太平廣記》，第一冊，卷2，頁7。
〔註106〕《太平廣記》，第一冊，卷2，頁9。
〔註107〕《太平廣記》，第一冊，卷3，頁14～15。
〔註108〕《太平廣記》，第一冊，卷3，頁16。

世所有，多未之識。〔註109〕

〈趙旭〉：

為旭致行廚珍膳，皆不可識，甘美殊常。每一食，經旬不饑，

但覺體氣沖爽。〔註110〕

這一類的例子十分普遍，賜食、共飲，幾乎是女神遇合故事中的固定情節。

來自仙境的食物，除了透過長生的效用，以及精潔、豐盛、稀有等描寫，凸顯與凡間的差異。未經指導或未經允許誤食之後所遭遇到的後果，也強化了聖俗的差異。〈薛逢〉故事寫到所謂的「天倉洞」：

崖室極廣，可容千人。其下平整，有石床羅列。上飲食名品極

多，皆若新熟，軟美甘香。……及齎出洞門，形狀宛然，皆化為石

矣。洞中左右，散麵溲麨，堆鹽積豉，不知紀極。〔註111〕

洞內有各色軟美甘香的肴饌飲食，但不可持出，出洞則化為石。而誤食者，也會遭到石化的可怕命運：

王烈石髓，張華龍膏，得食之者，亦須累積陰功。天挺仙骨，

然可上登仙品。若常人啗之，必化而為石矣。〔註112〕

又如〈麻姑〉故事，王方平告訴蔡經家人：「此酒乃出天廚，其味醇醲，非世人所宜飲，飲之或能爛腸。」〔註113〕也是透過飲食彰顯仙凡的差異。

在仙境中，接受女神賜與具有聖俗之別的食物，除了是母子關係的再現，也是回到生命源泉不斷之母懷後，生命力獲得補充的表現。透過吃，和供應營養與生命的母親重新取得齊一的關係。

（四）賜予、教導與孺慕之情

遇合女神、回歸母懷後，得到生命時間的跨越，生活享受的豐足，是最常見的描寫，如〈裴航〉得仙妻：「瓊樓殊室而居之，餌以絳雪瓊英之丹。體性清虛，毛髮紺綠。神化自在，超為上仙」〔註114〕

裴航與〈太陰夫人〉中的盧杞相同，他們得到與女神和會的機會都是因

〔註109〕《太平廣記》，第二冊，卷65，頁403。
〔註110〕《太平廣記》，第二冊，卷65，頁405。
〔註111〕《太平廣記》，第二冊，卷54，頁334。
〔註112〕《太平廣記》，第二冊，卷54，頁335。
〔註113〕《太平廣記》，第二冊，卷60，頁370。
〔註114〕《太平廣記》，第二冊，卷50，頁315。

為年長女性的幫助。相助裴航的為一老嫗，盧杞則為麻婆。

〈太陰夫人〉故事敘述盧杞生病，鄰居一老嫗——麻婆，「來作羹粥」，精心照顧，盧杞見一美麗女子過訪麻婆，十分傾慕，於是問訪於麻婆，麻婆問「莫要作婚姻否」，慨然答應相助。在麻婆的幫助下，盧杞乘葫蘆來到水晶宮，將可與太陰夫人成婚。太陰夫人向其說明：「此水晶宮也，某為太陰夫人，仙格已高，足下便是白日升天」，又將此婚事啟奏於天帝。只是當上帝使者問盧杞願為水晶宮中地仙還是人間宰相時，盧杞選擇了人間宰相，因此婚姻未成。但故事裡還是寫出了與女神合婚可晉身成仙的結果。〔註115〕

另一〈太真夫人〉故事中，重傷將死的馬明生，得太真夫人賜丸藥施救，「血絕創合，無復慘痛」。馬明生願為執役，太真夫人於是將他帶到一個「上下懸絕，重岩深隱，去地千餘丈」、「有金床玉几，珍物奇瑋」、「有紫錦被褥，紫羅帳，帳中服玩，瑰金函玉，玄黃羅列，非世所有」的石室中。此石室即母懷仙境的象徵。馬明生通過了夫人對他設下的各種試煉，因此得以留在石室中，並與夫人同室異榻而居。〔註116〕夫人在飲食方面，能「立致精細廚食，殽果香酒奇漿，不可名目。或呼坐，與之同飲食」；在娛樂方面，「空中有琴瑟之音，歌聲宛妙。夫人亦時自彈琴，有一絃而五音並奏，高朗響激，聞於數里。眾鳥皆聚集於岫室之間，徘徊飛翔，驅之不去」，此中不能說沒有美好家庭生活的想像。最後夫人因自己所持的長生仙術「不可以教始學」，因此將他託付與安期生學習丹法。臨去時，馬明生流涕不已，夫人殷殷囑咐：「吾不得復停，汝隨此君去，勿憂念也，我亦時當往視汝」，也是親情的流露。〔註117〕

又〈姚氏三子〉故事中，有「頑駑不肖」之姚氏子三人，受父命結茅居於中條山苦讀，因奇遇結識一夫人，夫人嫁與織女、婺女、須女三仙女，後因事泄而失去姻緣。事起於姚生夜讀時，以書尺誤傷一白色小豬。結果此豬乃某「年可三十餘，風姿閑整，俯仰如神」之夫人的小兒子所變。小孩兒受

〔註115〕《太平廣記》，第二冊，卷64，頁400～401。

〔註116〕坎伯《千面英雄》中所提到英雄的歷經試煉與回歸，可作為參考，頁93：「神奇門檻通道為進入再生領域轉折點的這個概念，是鯨魚之腹這個世界性子宮意象所象徵的意義。英雄不具征服或撫平門檻的力量，反而被吞入未知領域，幾乎已經死去」；頁100：「一旦跨入門檻，英雄便進入一個形相怪異而流動不定的夢景，他必須在此通過一連串的試煉」：頁113：「在所有的障礙和食人魔都被征服後，終極的歷險通常以勝利英雄之靈與世界皇后女神的秘密婚姻來代表。」

〔註117〕《太平廣記》，第二冊，卷57，頁350～354。

傷後，首先有持笏蒼頭來謝，復有衣襦皆精麗非尋常之使者及乳褓數人，持抱小兒相示以無恙，後蒼頭及紫衣宮監數十，伴駕夫人親來，車隊茵席炳煥，香氣殊異，一輛青牛丹轂的油壁車，其疾如飛，數百寶馬，前後導從，夫人與姚氏三子拜見後，詢知三人皆未有家室，於是有一連串的賜與布置。首先指顧之間，變出三座畫堂亭閣，又喚來三位神仙女兒，各配一子。三子自承愚昧，夫人遂又召來孔子與姜子牙。孔子「指六籍篇目以示之，莫不了然解悟，大義悉通」；周尚父姜太公「示以玄女符玉璜秘訣，三子又得之無遺」，於是此時三人成了「文武全才，學究天人之際」的通才了，三子亦自覺「風度夷曠，神用開爽，悉將相之具矣」。然而最後在父親鞭撻逼問下，三子還是不能遵守夫人的告誡，洩漏了天機，於是失去此一仙遇。夫人遂命三子飲一湯，飲後「昏頑如舊，一無所知」，此時事如春夢了無痕。〔註118〕

　　細究〈姚氏三子〉故事，其中充滿母性特質的夫人，供給了三子一切需求，包括婚姻、物質、學問、壽命，做為父親的姚御史則破壞了美夢。父親姚御史是現實生活中，社會成就壓力的象徵，故事的一開頭即對子輩「日以誨責」，命隱居山中，杜絕一切外務苦讀，又恐嚇將每季考試，一旦無所長進將嚴加懲罰櫝楚。夫人的出現及其所帶來的一切，是三子心中由孩童時期美好記憶所打造的心靈出口。夫人像母親般，帶來了慰問與願望的滿足。然而此種美好，稍有閃失即斷然失去，反映出危懼的心理與被剝奪的記憶，「剝奪」是兒童發展中被迫離開母親照顧、解除對母親之依賴的主要感受，此一剝奪經驗，經常以代表社會挑戰的父親作為象徵。在此一故事的最後結局中，父親姚御史便忠實地呈現出剝奪者的角色。因此，〈姚氏三子〉故事可以說是所謂伊底帕斯情結（Oedipus Complex）的閃現。如同坎伯（Joseph Campbell）在《千面英雄》中所論述的：

> 　　小孩第一個具敵意和愛意的對象是同一的，他最初的理想典型（後來以幸福、真理、美和完善等各種意象保留下來成為無意識的基礎）便是聖母和聖嬰二合一的單元。倒楣的父親最先把另一種倫理秩序激烈入侵這種重現子宮完美境地的世間幸福想像；因此，他主要被經驗成敵人。原先附加於「壞」母親或不存在之母親的攻擊性責難遂轉移到父親身上，而附加於「好」母親或存在的、撫育的、保護的母親之慾求，則（通常）由母親自己保留。這個嬰兒期對死

〔註118〕《太平廣記》，卷65，頁402～404。

亡（thanatos：destrudo）與愛慾（eros：libido）衝動的致命分配，
建立了今日出名之戀母情結的基礎。〔註119〕。

　　人類在嬰孩時期，透過與母親的相處經驗，逐漸獨立出自我主體，而由
於主體的建立以母親爲根源，因此形成以好母親、壞母親的對待經驗，表達
生命存在之感知的基本精神形式。一個溫暖的、順遂的生命經驗，可能被表
達爲母親的照護，一個殘酷的、挫折的生命經驗，則可能被表達爲母親的遺
棄。此一好、壞母親形象的表達，建立在過去的母子相處經驗上，如今又從
眼前的生命經驗，連結到過去。母子的關係，被隱喻到自我與外在世界的交
手上，並且構成本文所論述的，透過母懷的回歸或失落，抒發與外在世界交
手經驗中的情緒感受，以達成心靈之平衡折衝的表現模式。

　　坎伯提到，當母子一體的美好相處情境被剝奪，代表倫理秩序的入侵者
──父親，成爲負面生命感知的轉嫁對象。父親成爲嬰孩時期經由「壞」母
親、母親不存在所得到之負面生命經驗的提供者。由於此種轉移，於是導致
必須必須挑戰父親、在英雄的戰鬥中贏得與公主的美好結合、向母親尋求庇
護等伊底帕斯情結的表現，不斷出現在故事或夢境中。

　　在〈姚氏三子〉故事裡，父親姚御史明顯扮演了施加社會秩序，並形成
壓迫與傷害的角色，夫人及三位仙女則提供了短暫的美好庇護。美好情境的
終究被破壞，可以解讀爲在主人翁的理性控制裡，此類的美好想像被意識爲
被壓抑的、不可輕易在現實生活中透露的夢境。夢境破滅的經驗，以及千萬
不可向他人透露的自我壓抑，也被帶到故事情節的發展中。

　　透過以上人神遇合故事中，充滿母性色彩之「弱小狀態的呈現」、「母懷
仙境的塑造」、「由餵食展開關係」、「賜與教導與孺慕之情」等元素的呈現，
可以略見背後渴望回歸母懷的集體願望。

小結

　　坎伯（Joseph Campbell）在透過英雄之啓程、歷險、回歸，所架構出的著
名神話理論中，引述到了中國的典型仙境：

> 中國不朽仙人聚居的人間仙境女主人，是虛構的女神西王母，
> 亦即「瑤池金母」。她住在崑崙山上的一座宮殿裡，四周被香花、珠
> 寶城垛和花園金牆圍繞著。她乃是西方之氣的純粹精華所成。參加

─────────────

〔註119〕　〔美〕Joseph Campbell 著，朱侃如譯，《千面英雄》，頁5。

她定期舉行之「仙桃會」（當桃子每六千年成熟時慶祝一次）的客人，在瑤池旁的花閣和涼亭中，接受金母優雅婢女們的款待。泉水由一處壯觀的源頭舞動而出。鳳凰髓、龍肝和其他的肉食任君品嘗；仙桃和仙酒則使人長生不死。無形樂器奏出的樂聲可聞，歌聲也非凡人之唇所唱；而有形少女跳的舞蹈則是永恆歡樂在時間中的顯現。

〔註 120〕

中國的典型仙境以西王母為核心，主人翁在西王母所在的昆侖山宮殿裡，所得到的各種款待，是當英雄擺脫內心衝突時，感覺自我重回母子一體之最初樂園的感受與體悟。仙境中的女性被「神化」，並由於其神化、非凡，因此能提供在永恆時間中的永恆歡樂。本章所探討的正面心理調節，包含了母懷的回歸與不死藥的獲取，都可在此一論述中得到參照。

而比較遊仙詩與女神遇合小說，其中關於神人關係的展開與不死境界的描寫，雖然都是正面心理調節的投射，但由於其體裁特性與創作傳統的差異，表現還是有所不同。

小說能夠充分的展開情節與發展敘述，並且預設了廣泛的閱讀對象，又有娛樂消遣的性質。因此試圖打造出具有具體的人、事、物描寫，具有具體的時空環境描寫，使讀者可循情節發展，移情投入的具象仙境。

而遊仙詩中則僅僅演示出夢境般的境界，主角通常透過飛翔變化輕易登臨，並隨即承接以仙境中的歡樂感受，不會詳細交代出入仙境的細節過程與最後結局。因此遊仙詩中的仙境傾向為個人的心靈境界。

早期遊仙詩盛行的時代過去後，迎來了道教普及的唐宋時期。仙道文化的盛行，使遊仙詩朝向與宗教活動結合、與山水隱逸結合的發展。與宗教活動結合的遊仙，例如步虛、煉丹、儀式、道觀等的融入；與山水隱逸的結合，例如洞天、修煉、山林田園生活等的融入，此皆開拓了遊仙詩的內容，但作為心靈境界、不雜人事的早期遊仙詩風格，已不可再得。

〔註120〕坎伯著，朱侃如譯，《千面英雄》，頁 176。

第七章　反向：不死藥的失落與母懷的阻隔

一、心理背景與表現形式

　　榮格在關於阿尼瑪母性形象的研究中，提到阿尼瑪是每一個男子之「內在的女性」〔註1〕，此一心中的女性自我化身，受嬰孩時期與母親相處經驗的影響，而有正、負兩種偏向，正面的形象，潛藏了關於母親的美好記憶，負面的形象，則延續了幼年對母性力量的恐懼。榮格認為，阿尼瑪母性形象具有「內在世界的嚮導和居中調停者」的特殊角色意義〔註2〕，當面臨現實生活的挑戰，內心矛盾衝突時，以母親為原型的阿尼瑪在潛意識中現身，扮演了折衝內在衝突的角色。

　　女神，是阿尼瑪母性形象化身中，非常具有鑑別意義與文學藝術價值的型態。神話思維中的女神，建立在初民素樸的原始生命觀上，女神形象的擬塑本身便是生命的象徵，具有絕對的生命隱喻意涵，而當人文漸進，女神進入人文藝術的創作中，則成為作者透過象徵的使用、對待關係的建構，想像、寄託生命感觸的對象，進一步的增添了詩學的意義。

〔註1〕　〔瑞士〕卡爾・榮格（Carl Gustav Jung），余德慧譯文校定，龔卓軍譯：《人及其象徵》，頁212：「困難與微妙的道德問題，並不一定是由陰影本身的出現所帶來。另一個『內在的形象』也常常會浮現出來。如果做夢者是個男人，他會發現他的潛意識有個女性的化身；如果做夢者是個女人，潛意識就會化身為一個男性形象。這第二個象徵形象往往隨著陰影之後出現，帶來新的、不同的問題。榮格稱其男性形式為『安尼姆斯』（animus），女性形式為『安尼瑪』（anima）。」

〔註2〕　〔瑞士〕卡爾・榮格主編：《人及其象徵》，頁217、220～221。

　　從精神分析的角度來看，人文藝術中，透過象徵對女神主題所進行的種種想像、虛構、創作，是內在阿尼瑪的折衝調節，而從文學來看，則是存在意識的隱喻寄託，即使不以生命的感懷為創作出發點，也先天內在的投射以對生命存在之景況的觀照，具有高度的藝術價值。

　　文學中的女神及其所在的仙境，如同是「內心美好的母性形象」在「最初的樂園」中的現身。人類的主體意識，透過鏡像階段的發展，以母親為最初的他者的進行想像化身，方逐漸獨立。這種主體的脫離與獨立，是透過脫離與母親為一體的同一感，脫離願望需求立即得到滿足的樂園意識所取得的。因此最初的依存同一對象——母親，以及最初的樂園——母親的懷抱，成為人類主體意識獨立後，永恆的追逐歸向。越是當現實生活或自我的矛盾衝突加臨，原初的家園越是鮮明湧現，成為平衡內心失序狀態的寄託。

　　觀諸女神的相關文學書寫，如遊仙詩對仙境的追逐、詩歌作品中以西王母為母親化身的抒懷、與羲和展開的時間對話、江河畔短暫歡聚，永世離別的女神等等，均可尋繹出其中來自於原初家園意識的心靈底蘊。

　　與原初家園意識連結在一起的母性感知記憶，包括了正面的與負面的感受，均在文學書寫中循女神生命隱喻的表現形式「橫向組合：母子對待關係的展開」與「縱向聚合：母性力量象徵的運用」反映出來，並體現為回歸與失落兩種心靈向度。其中生命力量之象徵物——不死藥的獲得，以及母親之象徵——女神的接納，可視為重回母懷的想像虛構，帶來了正面的心靈調節作用；另一方面，象徵生命力量之不死藥的失落，以及象徵母親之女神的阻隔離別，則是失落母懷之心靈陰影的複製，從反面的角度得到心靈的抒發。

　　本節討論反面的部分，以下將循「不死藥的失落」、「母懷的阻隔」各舉文學作品之例進行分析。

二、不死藥的失落：以遇合故事中的錯失情節為例

　　遇合故事，指的是神與人之間的交流逢遇，如同陽清《先唐文學人神遇合主題研究》中所統整出的意涵：

> 所謂的「人神遇合」，實際上是以「交流」、「溝通」、「逢遇」
> 等為關係型態或典型特徵的人類與神性集體之間的糾葛。〔註3〕

　　在過去的研究中，尚有幾個與「遇合」相似的名稱，例如神人婚戀、異

〔註3〕　陽清，《先唐文學人神遇合主題研究》（北京：人民出版社，2009），頁5。

類婚戀，然而由於此節所討論的錯失女神或錯失不死藥的故事，不必然以婚戀為情節，因此選擇了較具開放性的遇合為題。

神人遇合故事中，出於某些原因因而錯失與女神婚戀或偶遇關係的故事情節，是民間文學中常見的主題。如丁乃通所編的《中國民間故事類型索引》，在一般民間故事中便分出了「神奇的親屬」──「丈夫尋妻」一類。這類故事以凡男與神女的結合為背景，兩人的關係因為某些原因破滅，於是展開丈夫的追尋情節，而結果則往往是失落懊悔，無法挽回。根據丁乃通的歸納，造成關係破滅的原因，包括了幾個常見的情節單元（母題），如：「他表示不滿同她吵架」、「他表示寧可選擇塵世的榮華，而不願在仙界享福」、「他把他有仙侶的事告訴了別人」、「一大神或他（她）的父親把她召回天上」、「他懷疑她並設法傷害她」、「她的兒子受別的孩子凌辱，回家詢問她的過去」、「他的親戚中有人中傷她，辱罵她，或為難她」、「一個惡人想搶她」等。而最後的結局，則包含了「她的前妻未再婚」、「他沒有把她找回因為她已和別的男人結婚了」、「他只能隔很久才能再見她一面」、「她不能或不願再回到他身旁」等常見的狀態。〔註4〕

丈夫尋妻一類的故事，以凡男與神女的結合為背景，屬於「遇合」主題，而分離、失落之情節單元的歸納，則顯示錯失情節的存在十分廣泛。這一類的情節應該具有普遍的象徵意涵，能反映大眾心理，因此廣為流傳。

民間故事中的田螺姑娘，或《搜神後記》中〈白水素女〉便屬於這一類的故事。劉守華主編的《中國民間故事類型研究》分析這類悲劇背後的象徵意涵為：

> 《白水素女》這一核心母題的記述是忠實於故事的古樸型態的。可是當我們更深入地去探尋其象徵意義時，就會發現人們無意間違反禁忌無法阻止悲劇的發生，實際上是對自己的美麗幻想不能不被黑暗現實所打破而發出的無可奈何的哀嘆。〔註5〕

害怕「美麗幻想」遭到「黑暗現實」所打破，因而反過來，反覆的透過錯失與懊悔之故事情節，抒發內心的哀嘆。這樣的分析，與透過失落不死藥

〔註4〕〔美〕丁乃通主編，鄭建成、李倞、商孟可、白丁譯，李廣成校，《中國民間故事類型索引》（北京：中國民間文藝出版社，1986），頁101～102。

〔註5〕劉守華主編，劉守華、林繼富、江帆、顧希佳合著，《中國民間故事類型研究》（武漢：華中師範大學出版社，2002），頁365。

或女神的情節，寄託心靈生存感受，其背景假設是相一致。

只是，遇合故事中錯失情節背後的「美麗幻想」與「黑暗現實」，是不是具有更深層的象徵根源？本文將嘗試透過女神的生命隱喻意涵進行分析。

（一）人世中的兩個世界

不死神話中的女神居所，爲凡人所莫能親近。如西王母所居的昆侖山：

> 海內昆侖之虛，在西北，帝之下都。昆侖之虛，方八百里，高萬仞。上有木禾，長五尋，大五圍。面有九井，以玉爲檻。面有九門，門有開明獸守之，百神之所在。在八隅之巖，赤水之際，非仁羿莫能上岡之巖。〔註6〕

其高萬仞，有開明神獸駐守，又據說環以弱水，非如后羿般神奇的英雄人物，難以登臨。

至於遊仙詩中的神人遇合及獲取不死藥情節，則多爲凡人經由飛翔上企天界，因而有了與女神接觸，獲取靈藥的機會。如嵇康之遊仙詩，便是經由「輕舉翔區外」，達成「恆娥進妙藥，毛羽翕光新」的美好遇合。〔註7〕此中的仙境雖非遙不可及，但同樣與人間有明確的上下空間區隔。

在神人遇合這一類的故事中，其舞台背景的特殊之處，在於仙境既非難以登臨，也不是高高在上，而是同處於人世間的另一個世界。仙境與人間的區隔，僅在於存在狀態的不同。於是使凡人與女神間的遇合關係成爲導致凡人之存在狀態發生變化，並得以進入仙境的原因，而離開仙境的原因，則同樣繫之於兩人間關係的變化。這種特殊而固定的背景安排，反映出遇合故事中的女神，在象徵母親、象徵不死藥的意涵上，所具有的明確隱喻性。

首先就遇合故事的發生背景——仙境的存在狀態來看。仙境與人世同在，沒有上下空間的區隔，如何顯出其差異？除了空間裡各種神奇美妙之景色、建築、飲食的呈現外，時間的落差爲斷分兩者存在狀態不同的主要關鍵。

時間作爲斷分存在狀態具有差異的關鍵因素。如關永中《神話與時間》舉伊利亞德（Mircea Eliade）所論「神話時間」與「歷史時間」的四重張力，包括：「編年的／非時間性的」、「歷史的／超歷史的」、「不倒流的／循環的」、「個別的／永恆的」，得以下討論：

> 神話時間是神話事件構成條件；即神話時間是神話事件的框

〔註6〕 袁珂校注，《山海經校注》卷六〈海內西經〉，頁344～345。

〔註7〕 逯欽立輯校，《先秦漢魏晉南北朝詩》，上冊，頁489。

架，這框架支撐起神話故事的展現，使神話敘事成爲可能。〔註8〕

由於時間型態的差異，因而區分出神話與歷史。一個時間圓形循環而永恆，一個時間直線前行而有限，透過人世間時間的有限、生命的有限，凸顯出仙境的神聖，由此，聖與俗遂建立起相對成立、無法跨越的區隔性。

神人遇合故事在仙境背景的構成上，忠實的反映了這種透過時間差異，所造成的聖、俗狀態區隔。例如：蓬球偶入玉女山，返家時「其舊居閭舍，皆爲墟矣」〔註9〕；劉晨阮肇入天台，復出時「鄉邑零落，以十世矣」〔註10〕，皆爲其例。

在相關主題的創作中，時間落差所帶來的聖俗差異，成爲文人作意好奇，馳騁文筆的素材，許多研究者均提到操作時間落差所帶來的文學效果。如劉守華《中國民間故事史》：

> 這類故事的新奇動人之處，不在凡人遇仙，而在凡人進入仙鄉
> 短暫停留之後所感覺到的時間觀念的巨大差異。〔註11〕

又如小南一郎《中國的神話傳說與古小說》：

> 神仙世界的時間結構也與現實世界不同。在神仙世界裡，時間
> 的進展被以爲較現世爲緩，而其遲緩的比例似又沒有一定。……這
> 種時間流逝的差異，在南北朝時期小說中被用來製造各樣的效果。
> 〔註12〕

然而此一時間落差反映在女神文學隱喻中，最重要的象徵寓意，仍在於女神及仙境代表了最初的母懷樂園。由其處的時間永恆、願望得嘗，對比出個人生命的短暫微渺，於是揭出內心的回歸想望。

（二）主角造成關係的展開或破滅

女神與仙境，象徵母親與母親懷抱，生命時間的有恆，願望完滿無缺，是關於最初樂園的記憶。由於脫離最初樂園的失落感，肇因於與母親一體依存關係的斷裂，因此「母子關係的重新開展與回復」，成爲回歸母懷之想像寄託中，重要的線索。這也就是女神生命隱喻中「縱向組合：母子對待關係的

〔註8〕　關永中，《神話與時間》，頁160。

〔註9〕　《太平廣記》卷62〈蓬球〉，頁389。出《酉陽雜俎》。

〔註10〕　《太平廣記》卷61〈天台二女〉，頁383。出《神仙記》。

〔註11〕　劉守華，《中國民間故事史》（湖北教育出版社，1999），頁721～722。

〔註12〕　〔日〕小南一郎著，孫昌武譯，《中國神話的傳說與古小說》（北京：中華書局，1993），頁215。

展開」之表現形式。

其正向表現爲母子關係的重新展開與建立，失落的樂園因此得以追回；而反向的表現則是母子關係的斷裂，失落樂園的負面感知，重新被經驗。而不管是正向或反向，都是主體彌合心靈衝突的隱喻表現。這種表現，在女神的文學書寫中，透過遇合情節的展開，有了鮮明的演述。

遇合故事以女神和凡男的往來爲架構，一爲神仙、一爲凡人，高下本不對等，但男主角的態度與作爲，卻往往成爲這段關係展開與延續的決定因素。

如〈封陟〉中，上元夫人乘輜軨自天而降，懇求與趙旭爲婚配，曰：

> 伏見郎君，坤儀濬潔，襟量端明，學聚流螢，文含隱豹。慕
> 其眞樸，愛以孤標。特謁光容，願持箕帚。又不知郎君雅旨如何？
> 〔註13〕

不意，竟遭趙旭峻拒。上元夫人情深意摯，五度造訪懇求。後七日復來，懇求：「願操箕帚奉屏幃。」後七日復來，懇求：「幸垂採納，無阻精誠，又不知郎君意竟如何？」後七日復來，勸誘以古代神人遇合，全家登仙故事，但趙旭仍不爲所動。又後七日，仍復來，意態更加柔冶，重篇累詞祈請，還示知還丹之效，成仙之美。結果僅換來趙旭「是何妖精」的指責。上元夫人並未因此惱羞成怒，僅長吁慨嘆：「此時一失，又須曠居六百年」。〔註14〕儘管故事中的女神身爲上仙，但關係的展開仍全繫之於凡男主角的態度。

又如〈太陰夫人〉。太陰夫人覓求人間匹偶，盧杞透過麻婆媒合而中選，遂乘葫蘆至水晶宮。太陰夫人允盧杞以三事，任擇其一。這三個選項爲：其一「常留此宮，壽與天畢」，其二「次爲地仙，常居人間，時得至此」、其三「爲中國宰相」。若盧杞選了前兩個，等於答應與太陰夫人爲偶。然而最終盧杞竟選了爲中國宰相，遂自失「白日昇天」的機會。〔註15〕同樣是男主角的態度與做法，決定了彼此關係的延續或結束。

憾恨與失悔感受的複製，是女神隱喻中反向心靈調節的表現型態，因此造成悔恨的原因，必須歸諸於主角自己，如此悔恨方得以成立。這便是遇合故事的情節中，往往由於男主角的錯誤決定，導致關係未能展開或破滅的原因。

〔註13〕《太平廣記》卷68〈趙旭〉，頁424。
〔註14〕《太平廣記》卷68〈趙旭〉，頁424～425。
〔註15〕引述內容見《太平廣記》卷64〈太陰夫人〉，頁401。

此外，由於男主角之母的態度，導致關係斷裂的例子，亦有所見。如〈崔書生〉故事中，崔生因好植名花，得納西王母第三女——玉卮娘子為妻，本兩相好合，然由於崔書生之母質疑：「今汝所納新婦，妖媚無雙。吾於土塑圖畫之中，未曾見此。必是狐魅之輩，傷害於汝」，玉卮娘子遂黯然求去。其後有胡僧偶過崔家門，望氣知有異，乃示知當年所納美妻為玉卮娘子，並感嘆：「惜君納之不得久遠，若住得一年，君舉家不死矣。」〔註16〕此一情節以負面的母性角色，斷絕了回歸母懷、生命不朽的可能。由於是透過母親角色破壞自我回歸母懷的想像，因此更加深刻的體現了內心的衝突與壓制。

（三）錯失女神等同於錯失不死藥

主角造成關係的破滅，是悔恨的原因，而錯失永生機會，則是悔恨的內容。在心靈原初的母懷樂園中，生命永生，因此錯失了永生機會，隱喻錯失回歸母懷的機會。主角造成與女神間關係的斷裂，因而離開作為母懷象徵的仙境，使得錯失了女神，等於錯失了不死藥。

首先看女神與不死藥之間的隱喻關係，及其生命力量象徵的運用。

女神與仙境建立在生殖崇拜的神話思維基礎上，隱含了其人、其地具有豐沛不絕之母性生命力量的意涵。由於如此，女神及仙境中人事物的塑造，多見生命力量象徵物的運用。如〈天台二女〉運用了「桃」、「水」等相關象徵：

> 劉晨、阮肇，入天台採藥，遠不得返。經十三日饑，遙望山上有桃樹子熟，遂躋險援葛至其下。…出一大溪，溪邊有二女子。〔註17〕

〈張鎬妻〉運用「魚」、「水」象徵：

> 張鎬，南陽人也。少為業勤苦，隱王房山，未嘗釋卷。山下有酒家，鎬執卷詣之，飲二三盃而歸。一日見美婦人在酒家……婦人曰：「君非常人，願有所託。能終身，即所願也。」鎬許諾，與之歸。山居十年，而鎬勤於墳典，意漸疎薄，時或忿恚。婦人曰：「君情若此，我不可久住。但得鯉魚脂一斗合藥，即足矣。」鎬未測所用，力求以授之。婦以鯉魚脂投井中，身亦隨下。須臾，乘一鯉自井躍出。〔註18〕

〔註16〕引述內容見《太平廣記》卷63〈崔書生〉，頁393～394。
〔註17〕《太平廣記》卷61〈天台二女〉，頁383。
〔註18〕《太平廣記》卷64〈張鎬妻〉，頁399～400。

〈太陰夫人〉中太陰夫人以月亮為名，並且居住於水晶宮中。此水晶宮，位於水下，需乘巨大的葫蘆方能抵達。其間運用了「水」、「月」、「葫蘆」等生命象徵。見：

> 麻婆與杞歸，清齋七日，剷地種藥，纔種已蔓生。未頃刻，二葫蘆生於蔓上，漸大如兩斛甕，麻婆以刀刳其中。麻婆與杞各處其一，仍令具油衣三領。風雷忽起，騰上碧霄，滿耳只聞波濤之聲，久之覺寒。令著油衫，如在冰雪中，復令著至三重，甚煖。麻婆曰：「去洛已八萬里。」長久，葫蘆止息，遂見宮闕樓臺，皆以水晶為牆垣，被甲伏戈者數百人。麻婆引杞入見。〔註19〕

〈馬士良〉則大量使用「水」、「雲」、「蓮」、「谷神」、「魚」等生命力豐沛的象徵：

> （馬士良）入南山，至炭谷湫岸，潛於大柳樹下，纔曉，見五色雲下一仙女於水濱，有金槌玉板，連扣數下，青蓮湧出，每（艸止止止）旋開。先取擘三四枚食之，乃乘雲去。士良見金槌玉板尚在，躍下扣之，少頃復出，士良盡食之十數枚，頓覺身輕，即能飛舉。遂捫蘿尋向者五色雲所，俄見大殿崇宮。食蓮女子與群仙處于中，觀之大驚，趨下，以其竹杖連擊，墜於洪崖澗邊。澗水清潔，因憊熟睡。及覺，見雙鬟小女磨刀謂曰：「君盜靈藥，奉命來取君命。」士良大懼，俯伏求救解之。答曰：「此應難免，唯有神液，可以救君。君當以我為妻。」遂去。逡巡持一小碧甌，內有飯白色。士良盡食，復寢。須臾起，雙鬟曰：「藥已成矣。」以示之，七顆光瑩，如空青色，士良喜歡，看其腹有似紅綫處，乃刀痕也。女以藥摩之，隨手不見。戒曰：「但自修學，慎勿語人。儻漏洩，腹瘡必裂。」遂同住於湫側。又曰：「我谷神之女也，守護上仙靈藥，故得救君耳。」至會昌初，往往人見。漁者於炭谷湫捕魚不獲，投一帖子，必隨斤兩數而得。出《逸史》〔註20〕

此一故事中的馬士良竊取了長生秘藥，終將剖腹歸還。其後由於谷神之女願下嫁，因此獲得神液，終免一死。故事中的女仙為「谷神之女」，其名具有豐沛生命力的意味。故事末投帖則允捕魚豐收的情節，或亦可相印證。

〔註19〕《太平廣記》卷64〈太陰夫人〉，頁401。
〔註20〕《太平廣記》卷69〈馬士良〉，頁428。

這類故事中，桃、水、魚、雲、谷等象徵物的出現，是「縱向聚合：母性力量象徵的運用」中的一環，其與「橫向組合：母子對待關係的展開」結合在一起。形成了：能否獲取不死藥，取決於與女神之間關係的延續或破滅；失去了女神，等同於失落不死藥的關聯性。其中以關係斷裂作為再度離開母懷的隱喻，以錯失不死藥作為失卻母懷中永恆美好之生命時間的隱喻。

其例如前引〈太陰夫人〉故事中，盧杞因為選擇成為人間宰相而無法與太陰夫人成婚配，失去了「常留此宮，壽與天畢」的機會。〔註21〕

再如〈封陟〉中「體欺皓雪之容光，臉奪芙蓉之豔冶」的上元夫人，四度親臨苦讀書生──封陟所在的畫堂，並示知其擁有駐命不老之還丹，若相偕好，則得不老。言曰：

> 我有還丹，頗能駐命。許其依托，必寫襟懷。能遣君壽例三松，瞳方兩目。仙山靈府，任君追遊。莫種槿花，使朝晨而騁豔。休敲石火，尚昏黑而流光。〔註22〕

然而不解風情的封陟，卻指其「是何妖精？苦相逼凌」。直到三年後，封陟染疾病故，其魂魄在被幽冥使者鎖拿至太山的路上，巧遇太元夫人車駕。當年封陟無意，上元夫人卻仍有心，諭命「不能於此人無情」、「宜更延一紀」，至此，封陟方知上元夫人身份，也瞭解自己竟失去了世人苦追求的長生機會，最後僅能「追悔昔日之事，慟哭自咎」而已。〔註23〕

從中可見，女神具有等同於永恆時間、等同於美好願望等同於不死藥的隱喻性質。失去女神等於失去永生的機會。主人翁回歸母懷之路，在神人關係的斷裂中再度失卻。從精神分析的角度來看，這種斷裂是刻意的複製，用以模擬出失誤與悔恨的心情。

（四）失誤與悔恨：心靈壓制的模擬複製

誤失不死藥，悔恨莫及的情節，在民間故事中十分普遍。如雲南哈尼族的起死回生藥故事：

> 有兄弟三人老大和老二都被蛟龍吃掉了，老三阿翁用鐵鉤讓蛟龍吐出老大和老二，並用蛟龍的唾液救回了死去的兩人，於是他知道原來蛟龍的唾液可以起死回生。於是他們一路上用起死回生藥救

〔註21〕《太平廣記》卷64〈太陰夫人〉，頁400～401。
〔註22〕《太平廣記》卷68〈封陟〉，頁425。
〔註23〕引述內容據《太平廣記》卷68〈封陟〉，頁424～426。

活了老鼠、喜鵲和貓。後來發現藥發了霉便拿出來曬太陽，晚上忘
了收，結果白天被太陽偷，晚上被月亮偷。三兄弟造了登天梯，阿
翁便帶著狗爬天梯，要到月亮那兒討回起死回生藥。臨走前吩咐家
人要每天用開水洗梯子三次，可是家人聽錯了，就用冷水洗，結果
梯腳越來越小。人和狗爬到天梯中間時，狗一躍就跑到了月亮上，
梯子快斷了，阿翁來不及往回爬就摔死了。狗從此留在月亮，變成
了天狗，肚子餓了就咬月亮。雖然月亮被咬，但因為有起死回生藥，
輕輕一擦，又復活了。從此以後，地上的人再也找不到起死回生藥，
再也不能復活。〔註24〕

又如雲南白族的天狗追仙草：

　　一對夫婦丈夫得了皮膚病，全身一層癩皮。他聽說蛇肉可醫治
癩皮病，便去捕蛇。他把蛇剁成幾節放在鍋裡煮，卻發現另一條蛇
銜著一根草爬進來。蛇用尾巴把土鍋打翻倒出蛇肉，用銜著的草往
蛇肉上擦來擦去，把一節節蛇肉接起來，死蛇就復活了。他想這一
定是仙草，於是便用這仙草治褪了身上的癩皮，還救活了家裡的大
黑狗及許多人畜。一天仙草從盒子裡掉在地上，立刻被太陽搶走，
太陽又把仙草借給月亮。從此太陽月亮不再生病而更光亮。他種了
參天的百節樹，決定向太陽和月亮要回仙草。他帶著黑狗從百節樹
往上爬，黑狗一越跳上了天宮，他的妻子由於沒有按照吩咐用泉水
澆樹而用其他的水，結果樹根爛了，丈夫也摔下跌成肉泥。黑狗拼
命咬太陽、月亮，想要回仙草救主人。當狗咬太陽變成了日蝕，咬
月亮變成了月蝕。〔註25〕

　這一類的故事，具有「解釋」的功能，用以解釋何以壽命有限，何以有
死亡現象的存在。屬於譚達先所論的「解釋性傳說」：

　　解釋性傳說……往往是以某人、某事、某物、某習俗、某景物
或某現象為核心，虛構出一個有人物、情節而又曲折動聽的優美故
事，末尾又回到解釋題意所要求的「某一事項為何如此，就是如上

〔註24〕劉輝豪、阿羅編，《哈尼族民間故事選》（上海：上海文藝出版社，1989），頁
　　　　23～30。

〔註25〕陳慶浩、王秋桂主編，《雲南民間故事集》（三），（台北：遠流出版出版社，
　　　　1989），頁44～48。

的原因造成的」這個基點上。〔註26〕

　　而不死藥的失去，原可透過單純的遺失來陳述，如今卻往往以「偶然失誤」、「不可復得」、「悔之不及」的情節與對待關係來表現，其用意在於凸顯背後的恨惘心態，反映出共同的大眾心理。

　　與女神關係斷裂，誤失不死藥，因而悔恨莫及的心情，在遇合故事中有明確的表現，例如：〈成公智瓊〉故事，弦超與天上玉女——成公智瓊結爲夫婦，因爲「性疎辭拙」，不愼洩漏其事，於是導致關係的短暫破滅，玉女求去後，弦超「憂感積日，殆至委頓」。〔註27〕

　　又如〈張鎬妻〉故事，張鎬因爲用志於墳典，冷落仙妻，而失去同昇太清的機會，張鎬「拜謝悔過」、「常心念不終之言，每自咎責」、「每話於賓友，終身爲恨矣」。〔註28〕

　　再如〈封陟〉疑上元夫人爲異類，數度以「但自固窮，終不斯濫」、「身居山藪，志已頹蒙，不識鉛華，豈知女色」、「我居書齋，不欺暗室」等理由拒絕爲婚配的祈請，封陟染病身歿後，爲泰山幽冥所拘拿，因得到上元夫人的救助方得續命，返回陽世的封陟終於知道上元夫人的身份，但已悔之莫及，僅能「追悔昔日之事，痛哭自咎而已」。〔註29〕

　　民間故事中，誤失不死藥是爲了解釋死亡現實的存在，同時寄託對生命有限的遺憾。遇合故事雖非「解釋性的傳說」，亦非「普羅心理的集體反映」，而是文人群體的創作抒懷。但其中心靈的轉換寄託作用卻是相似的，同時包含了更深刻的精神隱喻。

　　如同托里・莫以（Toril Moi）《性別／文本政治：女性主義文學理論》中所提到，精神分析學家拉康認爲：

　　　　他所失去的是母親的身體，從此對母親的慾望或與她幻想之結
　　　　合必須壓抑。此首個壓制就是拉康稱之爲最初的壓制，而正是這最
　　　　初的壓制開啓潛意識。在想像期中沒有潛意識，因爲沒有缺少。

　　　　對拉康而言，如果進入象徵組織開啓潛意識，那即使說希望與
　　　　母親像徵性結合之最初的壓抑創造潛意識。換言之，潛意識出現

〔註26〕譚達先，《中國的解釋性傳說》（北京：商務印書館，2002），頁4。
〔註27〕《太平廣記》卷61〈成公智瓊〉，頁378～380。
〔註28〕《太平廣記》卷64〈張鎬妻〉，頁400。
〔註29〕《太平廣記》卷68〈封陟〉，頁424～426。

作爲壓制慾望之結果。在某一層面上，潛意識就是慾望。拉康最著
名的句子：「潛意識建構如語言」包含對語言本質重要的發現：對拉
康來說，慾望的行爲與語言相同：它不停移動，由一個對象到另一
個對象，由徵符到徵符，而永遠不會找到完全的滿足，正如意思永
遠不能被捉住爲完全存在。〔註30〕

主體獨立後，渴望回復到與母親爲一體的關係，卻必須自我壓抑，這種
壓制，拉康稱之爲「最初的壓制」，並且認爲是此一最初的壓制，開啓了人類
心靈的潛意識。潛意識中回歸母懷的慾望，驅動主體展開一場永遠無法得到
滿足的追逐，人們操作象徵符號不斷捕捉意義的生存行爲，表現的便是這種
以心靈壓制爲起點的追逐。

前舉神人遇合故事中，透過「對待關係破滅」、「失落不死藥」所想像構
造出的失誤與悔恨，可以說是拉康所論述的壓制與追逐行動中，非常鮮明深
刻的反映。

三、母懷的阻隔：以水畔女神的離別情節爲例

（一）水、生命時間與女神

人類心靈關於生命存在與變化的感知，透過「時間」概念來闡述，而水
由於其線性、連續性、恆久性、週期變化性等特質與時間相謀合，因此水、
生命、時間，自神話時代伊始，即成爲一組穩固的原型象徵。在神話的敘說
中，水經常出現在有關於宇宙起源或生命降生的故事裡，並被作用爲啓動與
延續生命時間的關鍵。

在中國神話故事中，象徵時間軌跡的太陽便是透過水降生。見《山海經·
大荒南經》：「東南海之外，甘水之閒，有羲和之國。有女子名曰羲和，方日
浴于甘淵。羲和者，帝俊之妻，是生十日。」〔註31〕

而在宇宙論的建構方面，郭店楚簡〈太一生水〉亦有以水爲宇宙源頭，
並助使其流動循環的說法：

太一生水，水反輔太一，是以成天。天反輔太一，是以成地。

〔註30〕〔美〕托里·莫以（Toril Moi）著、陳潔詩譯，《性別／文本政治：女性主義
文學理論》，頁 90、92。

〔註31〕袁珂校注，《山海經校注》，頁 438。「日浴於甘淵」一句，袁珂注引清·郝懿
行《山海經箋疏》云：「《藝文類聚》、《初學記》、李賢注《後漢書·王符傳》
皆作『浴日於甘泉』，其中『淵』字疑避唐諱改爲『泉』。」

天地（復相輔）也，是以成神明。神明復相輔也，是以成陰陽。陰
陽復相輔也，是以成四時。四時復相輔也，是以成寒熱。寒熱復相
輔也，是以成濕燥。濕燥復相輔也，成歲而止。故歲者，濕燥之所
生也。濕燥者，寒熱之所生也。寒熱者，（四時之所生也）。四時者，
陰陽之所生（也）。陰陽者，神明之所生也。神明者，天地之所生也。
天地者，太一之所生也。是故太一藏於水，行於時，周而又（始，
以己爲）萬物母；一缺一盈，以己爲萬物經。〔註32〕

　　文中描述，太一與水之間具有生、反輔的關係，水不僅是創始開源的關
鍵，還同時扮演了動能的角色。此中的「（太一：水）⇨天地⇨神明⇨陰陽⇨
四時⇨寒熱⇨濕燥⇨歲」是一個包含時間與空間架構的宇宙遞生關係鍊，源頭
爲太一生水，然而水又藏於太一，因此建立起互爲因果、無限生發的動力源
頭，並由此展開具有持續性（行於時）、週期性（周而又始）、恆久性（萬物
經）的宇宙秩序。在此一關係鍊中，水具有建立宇宙空間與時間，並助使其
運轉的關鍵地位。

　　至於在生命降生故事方面，水也豐富地參與在女性產育的神話傳說裡。
這一類的故事，以帝王因水降生、女性入水而孕爲大宗。其中帝王之母多通
過「水」得到天力的交接，因而產下天之子。值得注意的是，關於帝王感生
的產育情節，多被賦予了時間的蘊義。

　　如前秦・王嘉《拾遺記》卷一〈春皇庖犧〉：

春皇者，庖犧之別號。所都之國，有華胥之洲。神母遊其上，
有青虹繞神母，久而方滅，即覺有娠，歷十二年而生庖犧。長頭修
目，龜齒龍唇，眉有白毫，須垂委地。或人曰：歲星十二一周天，
今協以天時。……以木德稱王，故曰春皇。其明睿照於八區，是謂
太昊。昊者，明也。位居東方，以含養蠢化，協於木德，其音附角，
號曰「木皇」。〔註33〕

　　記載中神母乃遊於華胥水浦因而有孕，在經歷了長達十二年的孕期後，
生下庖犧，由於歲星十二年一周天，因此人們認爲庖犧的降生與天地時間的

〔註32〕李零，《郭店楚簡校讀記》（北京：北京大學出版社，2002），頁32。古字太、
　　　　大通用，原文依古體字，太一作大一。
〔註33〕上海古籍出版社編，王根林、黃益元、曹光甫校點，《漢魏六朝筆記小說大觀》，
　　　　頁493。

規律相呼應，實質上，庖犧也確實正是太陽神的化身。庖犧號為太昊，昊，明也，指太陽在天，大，崇偉也，因此太昊之名已喻指其為「偉大的太陽神」。庖犧又稱春皇，位在東方，並且助育了萬物的滋長，此一功能也和太陽相一致。其中神母透過水降生太陽之神——庖犧，和日母羲和透過水降生太陽，故事的象徵背景是相同的。又，在同書卷二〈夏禹〉中，庖犧稱母親為「九河神女」〔註34〕，顯示神母不是偶然於水畔得孕產子的凡間女子，其本為與水有關的女神。

再如《列女傳》記載契母簡狄浴於玄丘之水吞玄鳥卵有孕〔註35〕；《太平御覽》記載堯母慶都觀於三河之首與赤龍合婚而有娠〔註36〕、夏禹之母汲山泉時吞服水中月精而有娠〔註37〕等等，也都是帝王之母透過「水」交接、孕育神聖生命的例子。帝王被視為太陽神的化身、一個世代時間的開啟者，其代表的圖騰如鳥、龍、月等也都有時間遷移、生命狀態變化的寓意，帝王之母雖然生育了天之子，但是母體的功能與作用，在敘事中是被隱藏的，帝王之母僅僅透過「水」得到天之力的交接，並藉由「水」生育了天之子，達成生命時間的傳遞。這些感生神話不僅完整演繹了固有的「水：生命：時間：女性」象徵系統，還同時凸顯了在人文思維的操作下，水在隱喻生命、時間、女性方面功能的發展。

針對此一「水、時間、生命、女性」的象徵系統，學者的研究成果甚為豐富，茲以伊利亞德在《神聖的存在：比較宗教的範型》一書的論述為例：

〔註34〕 《拾遺記》，卷二〈夏禹〉：「禹鑿龍關之山，亦謂之龍門……又見一神，蛇身人面。禹因與語，神即示禹八卦之圖，列於金版之上。又有八神侍側。禹曰：『華胥生聖子，是汝耶？』答曰：『華胥是九河神女，以生余也。』乃探玉簡授禹，長一尺二寸，以合十二時之數，使量度天地。禹即執持此簡，以平定水土。蛇身之神，即羲皇也。」上海古籍出版社編，王根林、黃益元、曹光甫校點，《漢魏六朝筆記小説大觀》，頁503。

〔註35〕 鄭曉霞、林佳鬱編，《列女傳彙編》（北京：北京圖書館出版社，2007），第三冊，頁333：「契母簡狄者，有娀氏之長女也，當堯之時，與其妹娣浴於玄丘之水，有元（玄）鳥銜卵，過而墜之，五色甚好，而狄與其妹娣，競往取之，簡狄得而含之，誤而吞之，遂生契焉。」

〔註36〕 《太平御覽》（《四部叢刊》子部，台北：台灣商務印書館，1968），卷八十，頁502引《春秋合誠圖》：「堯母慶都，有名於世，蓋大帝之女，生於斗維之野，常在三河之南……及年二十，寄伊長孺家，出觀三河之首，常若有神隨之者，有赤龍負圖出……赤龍與慶都合婚，有娠。」

〔註37〕 《太平御覽》，卷四，頁151引《遁甲開山圖榮氏解》：「女狄暮汲石紐山下泉，水中得月精如雞子，愛而含之，不覺而吞，遂有娠。十四月，生夏禹。」

作為一切無形潛在事物的原則、每一種宇宙現象的基礎、一切
種子的容器，水象徵著第一實體，各種形式起源於它，也要以復歸
或者大劫難的方式回到它那裡。它自太初就存在，到每一個宇宙的
或者歷史循環的終點它又要回來。它永遠存在，但是並不孤單，因
為水總是流動的，在不間斷的統一性中包含著各種潛在的形式……
水本身就包含各種可能性和極大的流動性，維繫著一切事物的發
展，因此可以直接同月亮相比，甚至直接等同於月亮。潮汐和月亮
的盈虧正好相符；它們掌管著種種週期性出現和消失的形式，它們
把一種周而復始的形式賦予各種事物的發展。於是，自史前時代以
來，水、月亮和婦女就被視為構成人類和宇宙的豐產軌跡。〔註38〕

透過這段綜合性的分析可知，水不僅作為宇宙之源頭、基礎、容器，還
賦予各種事物發展一種周而復始的規律形式，伊利亞德雖然沒有以「時間」
來註解水所賦予的形式，但是此一形式的內在本質，毋庸置疑的便是時間。

有關於時間，亦即有關於人類以及宇宙生命軌跡的陳說，往往透過由水、
月亮、婦女所共同構築出來的象徵系統來闡述，諸如水神、與水形式有關的
女神（江海湖澤霜雪等）、月亮女神等，都是立基於此一象徵系統的產物。這
一類女神的相關故事，例如嫦娥奔月、精衛填海、麻姑滄海等，都和生命時
間有關。嫦娥由於不死藥得到生命時間的永久延續；炎帝之女溺於海，失去
了生命時間，因此化身精衛鳥投石填海，作與宇宙規律的搏鬥；麻姑透過三
度見證滄海變為桑田顯示其生命時間的恆久。這些女神都是生命時間的化
身，其故事演述人們對生老病死之生命變化規律的感觸。

同樣是透過與水有關的女神，講述對生命時間的感懷，但是在神話與文
學中，女神的定位有所差異，水的形式也別有發展，並呈現階段性的軌跡。

在神話中，水作為與宇宙開創、生命誕育有關的元素，透過水孕育宇宙
生命的女神，角色多半為具有神聖性的母神，其面貌崇高而模糊，由於空間
上屬於神聖境域，或時間上位於創世之初，凡人不會與孕育宇宙生命的母神
有所觸接。例如：浴日於甘淵，開啟並運轉時間之輪的日母羲和；以水搏土
造人，止住水患的女媧；透過水感生帝王或英雄人物，傳遞上天的生命力，
開啟人間世代的神聖母親等。

〔註38〕〔羅馬尼亞〕米爾恰・伊利亞德（Mircea Eliade）著，晏可佳、姚蓓琴譯，《神
聖的存在：比較宗教的範型》，頁178～179。

　　至於在後代的女性神仙故事中，女性神仙則開始有了鮮明的面貌，其所處的空間、時間與人世共存，女性神仙的神聖性來自於與凡俗世間的對比互動，「水」在這些互動情節中，依然保有象徵生命時間的作用，但是存在形式具有多樣的變化，在情節中發揮的功能也有所不同，已然發展出差異性。

　　再到文學創作中，那些不再具有賜予生命時間之神聖性的水畔女神們，則更趨近於世俗，個性鮮明，與凡世間發展出各種愛恨情節，而水則似乎退位為具有隱喻性的背景，僅僅作為對生命時間之感懷的抒發。

　　從神話、仙傳故事到文學創作，作品性質與角色定位，整體上呈現出由神聖走向世俗的發展趨勢。水由孕育宇宙生命時間的元素，成為傳遞生命時間的媒介，再其次到文學創作中，則成為不具有神聖性的生命時間象徵。那些文學作品中往往無情遠逝、一去不返、行蹤飄忽、難以掌握的水畔女神，如同是對不可追回之生命時間的形象擬塑。

　　以下將由水象徵在女性神仙故事中的發展切入，展示女神及作為生命時間象徵的水，其角色與內涵在神話與仙傳中的差異，再以此為基礎，對比文學創作中，水多阻隔、水畔女神多離別之主題情節所具有的落差變化，藉以彰顯出從神話、仙傳到文學創作，水、生命時間、女神此組象徵確實呈現階段性轉變發展的現象。其中，隨著神話思維的除魅，生命時間不再是循環往復的圓形時間，女神不再是賜予生命的神聖母親，作為生命時間象徵的水，及與水畔女神別離的情節，是否即為文人們透過創作之筆對不可挽回、無情遠逝之時間的追摹？本文將嘗試討論。

（二）水作為時間象徵在神仙故事中的運用

　　水作為生命時間的象徵，在神話中多作為宇宙開創的元素，或生命誕育的媒介，女神則以具有神聖性的母親現身。而在神仙傳記中，則可以明顯看出不同的發展，不僅女神的角色產生差異，水作為生命時間的表徵，也有了更豐富的變化性。舉《太平廣記》中的仙傳故事為例，至少有「女神居於時間永恆的環水聖域」、「女神以水示知時間的循環規律」、「女神透過水賜予生命時間」、「女神導引渡水跨越時間至聖域」四種表現：

1. 女神居於時間永恆的環水聖域：西王母

　　據《太平廣記》卷 56〈西王母〉所載：宇宙混沌之初先有一凝寂無為的道體存在，因意欲化生萬物，因此以「東華至真之氣」化生出木公（東王公），

又以「西華至妙之氣」，化生出金母（西王母）。西王母乃是「大道醇精之氣」
所凝結成形，與東王公共理陰陽二氣，「育養天地，陶鈞萬物」。〔註39〕在此
段敘述中，西王母被定位為先天地萬物而生，且外於生命時間規律之外，其
存在是恆常而不朽的。

《莊子·大宗師》亦有：「夫道，有情有信，無為無形；可傳而不可受，
可得而不可見；自本自根，未有天地，自古以固存……西王母得之，坐乎少
廣，莫知其始，莫知其終」的說法。〔註40〕莊子之言，雖然是哲學性的比喻，
但所謂莫知其終始，仍然點出了世人對西王母的存在認知，乃是超然於時間
之外的。

處於超越境界中的西王母，其所居必然要與世俗有所區隔，以顯示出存
在定位的神聖性。據《太平廣記》所載：

> 所居宮闕，在龜山春山西那之都。崑崙之圃，閬風之苑。有城
> 千里，玉樓十二。瓊華之闕，光碧之堂。九層玄室，紫翠丹房。左
> 帶瑤池，右環翠水。其山之下，弱水九重。洪濤萬丈，非飈車羽輪，
> 不可到也。〔註41〕

其中以瑤池、翠水環繞建築，再以九重弱水圍護崑崙山，其難以跨越的
萬丈洪濤，正是西王母超乎世俗之外的標記。而此一區隔要以「水」來表示，
正由於水是生命時間的象徵。跨越了神聖的河流、透過聖水，能夠超越生命
時間有限的世俗，而進入生、死、重生為一體、無有時間之分的神聖境界中。

2. 女神以水示知時間的循環規律：太真夫人、麻姑

《太平廣記》卷 57〈太真夫人〉記述，安期先生請教太真夫人何謂「陽
九百六之期，聖主受命之劫」，答以：

> 夫天地有大陽九大百六，小陽九小百六。天厄謂之陽九，地虧
> 謂之百六。此二災是天地之否泰陰陽，九地之牽蝕也。大期九千九
> 百年，小期三千三十年。而此運所鍾，聖人所不能禳。〔註42〕

太真夫人所揭示的乃是天地時間的規律，顯示其存在外於時間，具有超
越性，據此超越之眼所知，當天地時間規律逢天厄地虧之劫時，將出現透過

〔註39〕《太平廣記》，卷56〈西王母〉，頁344。
〔註40〕清·郭慶藩撰，王孝魚點校，《莊子集釋》，第一冊，〈大宗師〉，頁246～247。
〔註41〕《太平廣記》卷56〈西王母〉，頁344。
〔註42〕《太平廣記》，卷57〈太真夫人〉，頁352。

「水」來呈顯的效應，所謂：

> 夫陽九者，天旱海消而陸自憔。百六者，海竭而陵自填。四海
> 水減，滄溟成山。連城之鯨，萬丈之鮫，不達期運之度，唯叩天而
> 索水。詞訟紛紜，佈於上府。〔註43〕

陽九百六之期來臨時，大海將枯竭，滄溟變爲山，水府中的鯨鮫難以生
存，紛紛叩天求索，須藉神靈之力，使「飛洪倒流」，「飛陰風以撓蒼生，注
玄流以布遐邇」，方能解眾生之難。但是「得道之眞，體靈合妙」之輩，則能
不受劫苦，而遨翔在「騰虛空而盼山陂，遊浮嶽而視廣川，乘玄鴻以湊州城，
御虯輦而邁景雲耳。咄嗟之間，忽焉便適。可以翔身娛目，豈足經意乎」的
逍遙境界中。〔註44〕

此間循環的規律以水的變化來呈現，超越的神聖境界也以水來表示，顯
現水作爲神聖與世俗之區隔的特質。而水之所以具備這樣的作用，是因爲水
象徵生命時間，時間便是生命的狀態，生命是不是受時間限制，也就是世俗
生命與神聖存在的判分點，因此透過時間的象徵——水來加以區隔。

著名的麻姑滄海桑田故事，也是以水示知時間循環規律的例子。王方平
降於蔡經家，令人邀麻姑相見。麻姑傳言「不見忽已五百餘年」，以時間的悠
遠，顯示其存在的超凡，及麻姑現身，卻是一「年十八九許，於頂中作髻，
餘髮垂至腰。其衣有文章，而非錦綺，光綵耀目，不可名狀」的少女，塑造
出古遠與青春的落差。宴席中，麻姑自言：「接侍以來，已見東海三爲桑田，
向到蓬萊，水又淺於往者會時略半也」，透過東海、蓬萊等水的變化來顯示時
間的遷移。〔註45〕

3. 女神導引渡水跨越時間至聖域：太陰夫人、驪山姥

〈太陰夫人〉故事中，太陰夫人的現身，乃是「雷電風雨暴起，化出樓
台」，而引渡盧杞至水晶宮相見時，也是令乘大葫蘆，穿上防水的油衣，穿越
波濤方得抵達。見：

> 雷電風雨暴起，化出樓臺。金殿玉帳，景物華麗。有輜軿降空，
> 即前時女子也。與杞相見曰：「某即天人，奉上帝命，遣人間自求匹
> 偶耳。君有仙相，故遣麻婆傳意。更七日清齋，當再奉見。」女子

〔註43〕《太平廣記》，卷57〈太眞夫人〉，頁352。
〔註44〕《太平廣記》，卷57〈太眞夫人〉，頁352。
〔註45〕據《太平廣記》，卷60〈麻姑〉，頁369～370。

呼麻婆，付兩丸藥。須臾雷電黑雲，女子已不見，古木荒草如舊。
麻婆與杞歸，清齋七日，斸地種藥，纔種已蔓生。未頃刻，二葫蘆
生於蔓上，漸大如兩斛甕。麻婆以刀剖其中，麻婆與杞各處其一，
仍令具油衣三領。風雷忽起，騰上碧霄，滿耳只聞波濤之聲。久之
覺寒，令著油衫，如在冰雪中，復令著至三重，甚煖。麻婆曰：「去
洛已八萬里。」長久，葫蘆止息，遂見宮闕樓臺，皆以水晶爲墻垣，
被甲伏戈者數百人。〔註46〕

在另一則〈驪山姥〉故事中，驪山姥也是授與李筌一葫蘆，命他於谷中
取水，水滿後葫蘆沈於水中，李筌回頭已失驪山姥所在，只剩下石頭上的麥
飯，李筌食用了麥飯因得以絕粒不食，變化了生命的狀態。〔註47〕此中的葫
蘆、水都是生育崇拜的象徵物。

由以上數例，已可見水不再是神話中作爲源頭與動能的定位，而更多作
爲在發展變化中產生作用的媒介角色。如：西王母故事中，水發揮了範圍神
聖境域的作用；太眞夫人及麻姑故事中，水發揮了以其變化顯示時間循環規
律的作用；驪山姥故事裡，水發揮了世俗與神聖間的過渡通道作用。在這些
女性仙傳的刻畫發展中，水的生命時間象徵作用仍在，但均退位爲發揮作用
的媒介角色。而女性神仙的形象，則仍具有母性的特質，但其身份的神聖性，
與所處的空間環境、對待的對象，則趨向於世俗。

同樣的主題，呈現在神話、神仙故事與文學創作中，性質有所不同。

文學創作是以自我存在的意識發聲，在作家詩性的創發裡，神話的、宗
教的話語，皆成爲織就存在意義之網的媒材，原本神聖的對象、空間、時間，
被賦予了自我心靈的存在感懷，化身爲自我在彼岸的鏡與影。

在創作活動中，這些神話、宗教的創作素材，並非「神聖性」已不復存
在，而是雖然具有本質上聖與俗的差異，但神聖的素材已不具有宗教的宰制
力，反而因爲其具有特殊的神聖性，使作者能夠藉以創作出跨越所存身之凡
俗世界的視角與精神境界。而由於在作家進行文學創作的心靈活動中，神話
的、宗教的素材不是凌駕於其意志之上的神聖對象，而是驅遣於筆下的意識
之聲，因此在這樣的背景脈絡裡，個人的存在意識尤易在既運用神聖素材，
又不受宗教心理侷限的情況下，促使生命思維流瀉於筆下，因此成爲追蹤生

〔註46〕《太平廣記》，卷64〈太陰夫人〉，頁400～401。
〔註47〕《太平廣記》，卷63〈驪山姥〉，頁395～396。

命之思絕佳的研究材料。

在關於水畔女神的文學創作中，具有大量出現阻隔、離別與消逝之命運情節的現象。在「水、生命、時間、女神」象徵系統的支持下，這樣的情節隱喻了什麼樣的生命思維？以下試舉其例，加以分析。

（三）牽牛織女

牛女神話爲中國四大神話傳說之一，相傳織女爲天帝之女，偶然下凡遊玩與牛郎結下情緣，生下兒女一雙，然而由於仙凡結合觸犯天規，織女最終被解送回天庭。其時牛郎受老牛幫助，以牛皮製成得以騰雲駕霧的皮鞋，在後苦苦追趕，王母娘娘爲阻隔二人，遂以髮簪劃下天河爲界。其後復受眞情感動，同意每年七夕得由喜鵲搭成鵲橋，彼此渡河相會。牛女神話起源很早，版本也各有差異。〔註 48〕但是織女與牛郎的婚配走向離別、兩人受到天河阻隔，七夕方得相會，此一故事的軸心是不變的。

在最早的記載中，牽牛郎並不是世間的男子，也沒有孤兒、家貧、偷取沐浴之織女的衣裳等衍生故事，只有「婚配荒廢工作」與「被罰阻隔於天河兩端一年一會」兩大情節。所見如李善注〈洛神賦〉：「嘆匏瓜之無匹兮，詠牽牛之獨處」引曹植《九詠注》：「牽牛爲夫，織女爲婦。織女、牽牛之星，各處河鼓之旁。七月七日，乃得一會。」〔註 49〕又如，宋・陳元靚《歲時廣記》卷 26〈七夕〉上：「淮南子：烏鵲塡河成橋而渡織女。」〔註 50〕

〔註 48〕 牛女故事在流傳過程中除可見細節的添補增繁，其情節亦衍生出歧異版本，如袁珂，《中國神話史》（重慶：重慶出版社，2007），頁 274 提到：「牛女神話，不管是古書記敘的或近代民間傳說的，大都以夫妻恩愛、被迫分離爲主題，但也偶有異文，講的是牛郎織女婚後由於某些原因，感情不睦，時常爭吵，由織女拿金釵或由王母娘娘拿玉簪劃空爲河，使兩人睽隔，不得常聚。」，王暉、王建科〈出土文字資料與古代神話原型新探〉（《北京師範大學學報（哲學社會科學版）》，2005 年第一期）則根據《睡虎地秦簡・日書甲種》：「丁丑、己丑取妻，不吉。戊申、己酉，牽牛以取織女，不果，三棄」、「戊申、己酉，牽牛以取織女而不果，不出三歲，棄若亡」兩條，提出牛郎在結婚不到三年時間內便拋棄了織女，甚至是多次拋棄織女的看法。然而李立〈論雲夢秦簡與牛郎織女神話〉一文認爲秦簡中的記載可能是一種爲了占驗吉凶而出的矯言，未可逕以爲據。見李立《神話視閾下的文學解讀》（北京：中國社會科學出版社，2008），頁 247～265。

〔註 49〕 梁・蕭統編、唐・李善注，《文選》，卷 19，頁 271。

〔註 50〕 宋・陳元靚編，《歲時廣記》（《叢書集成》，北京：中華書局，1985），卷 26，頁 297。此條今本《淮南子》無。

　　溯源到先秦《詩經·小雅·大東》與漢末古詩十九首〈迢迢織女星〉中的取材創作，《詩經·小雅·大東》：「維天有漢，監亦有光。跂彼織女，終日七襄。雖則七襄，不成報章。睕彼牽牛，不以服箱。」〔註51〕寫織女、牽牛受河漢的阻隔，在辛勤的勞作中懷抱著相思之苦。又《古詩十九首·迢迢牽牛星》：「迢迢牽牛星，皎皎河漢女。纖纖擢素手，箚箚弄機杼。終日不成章，泣涕零如雨。河漢清且淺，相去復幾許。盈盈一水間，脈脈不得語。」〔註52〕呈現的也是兩人受到銀河阻隔，辛勤於勞作但相思而不得相見的悲傷，顯示兩人的分離與受到天河阻隔，是最基礎核心的情節。

　　織女、牽牛並非永久不得相會，阻隔兩人的是時間，跨過了一年的時間距離即得相會，而造成時間距離的原因，乃是透過「水」──天河來表現。《古詩十九首·迢迢牽牛星》有一半的篇幅在集中描寫水的阻隔意識，「河漢清且淺，相去復幾許，盈盈一水間，脈脈不得語」寫空間上的距離似乎不是那麼遙遠，但盈盈一水卻造成了心靈上難以跨越的嚴峻阻隔。

　　後代以牛郎織女為題材的相關書寫中，也多集中在此。如：魏·曹丕〈燕歌行〉：「牽牛織女遙相望，爾獨何辜限河梁？」〔註53〕唐·杜甫〈牽牛織女〉：「牽牛出河西，織女處其東。萬古永相望，七夕誰見同？」〔註54〕唐·曹唐〈織女懷牽牛〉：「……桂樹三春煙漠漠，銀河一水夜悠悠。欲將心向仙郎說，借問榆花早晚秋？」〔註55〕宋·方夔〈七夕織女歌〉：「牛郎咫尺隔天河，鵲橋散後離恨多。今夕不知復何夕，遙看新月橫金波。……」明·張泰〈河仙謠〉：「銀河迢迢界秋昊，碧沙兩岸生瑤草。冰輪半浸練影寒，兔杵聲乾桂花老。錦雞宮對烏鵲橋，鸞車輾雲天女嬌。河西郎君雙髻小，牽牛耕煙種蘭苕。翠帔仙裙笑相遇，星羅鬥帳穠相護。嬴女吹簫慶合歡，羿姬獨宿啼清露。天上恩情惟此夕，求巧女兒那刺促。跧鳥不管經年思，須臾入上扶桑枝。」等等歷代作品，均透過河梁、河、銀河、天河等，點出阻隔與離別的現實，而後或透過「等待」凸顯時間的漫長、或透過「短暫的相聚」凸顯時間的快速流逝、或透過「離別」凸顯時間的無情。

　　牛郎織女故事所演示的，可以說幾乎是人類心靈對時間印象的全部。對

〔註51〕屈萬里，《詩經詮釋》，頁389。
〔註52〕〈迢迢牽牛星〉，梁·蕭統編·唐·李善注，《文選》，卷29，頁411。
〔註53〕魏·曹丕，〈燕歌行〉，梁·蕭統編·唐·李善注，《文選》，頁391。
〔註54〕唐·杜甫，〈牽牛織女〉，清·楊倫箋注，《杜詩鏡銓》，頁618。
〔註55〕唐·曹唐，〈織女懷牽牛〉，陳繼明注，《曹唐詩注》，頁23。

時間漫長等待、快速流逝、無情等印象，透過與一位高高在上、珍貴難得、容顏絕麗之女子的偶然遇合，與一再一再地被強迫分離來詮釋，不僅表達了對生命時間的觀感，還傳遞了對掌握生命時間之女性的感受。

從神話傳說與宗教民俗來看，七夕是一個帶有濃厚生殖崇拜色彩的節日，而織女民俗中稱爲「七娘媽」，正是掌管生命、護佑婚姻與婦幼的母神。

在中國古代的宇宙論中，天地由混沌一氣，分爲陰陽二元，又因爲陰陽的交互作用，形成宇宙萬物。陰陽的變化不僅是動能，也是規律。〔日〕小南一郎在《中國的神話傳說與古小說》一書的〈西王母與七夕文化傳承〉中指出，所謂的牛郎織女傳說與七夕文化，演繹的正是中國古代的陰陽二元宇宙論。如其「宇宙運動的最基本的類型，就是處在宇宙兩端的相對照的要素之間進行交流。牽牛的功能，不只是在天河兩端架上津渡，還在更廣大的宇宙兩端架上津渡，這一推測前已說明過。這樣，可以事前提出結論：正是從主要是象徵宇宙功能的部分，形成了古代的傳說」〔註56〕一段所述。又「宇宙，如果加以抽象化，不僅可認爲是由總地分爲陰與陽的兩個對照要素所構成，而且爲了它的存續，這兩個要素又有必要定期地結合」〔註57〕，因此牽牛所代表的陽，與織女所代表的陰，在象徵生殖的節日七月七日，渡過陰陽兩方的交界相會，代表的正是「陰陽結合」、「宇宙永續」的神聖意義。

在這一層意旨中，天河作爲生命時間之河的象徵更爲明確〔註58〕，牽牛渡河與織女相會，代表了陰陽結合，天地的生命力量重新得到灌注，跨越了時間的侷限，生命將不斷重生永續。如〈西王母與七夕文化傳承〉一文所闡述：

> 通過陰陽的結合產生出新的生命力，不死的觀念，或永生的觀念，並非一個生命單調地永遠延續下去。在時間流逝中已經衰退的生命力，由於重新得到激勵而再生，定期地反復如此再生從而確認其永生。這重新激勵或再生，是處在二元論的宇宙觀之中，是通過

〔註56〕〔日〕小南一郎著，孫昌武譯，《中國的神話傳說與古小說》，頁88。
〔註57〕〔日〕小南一郎著，孫昌武譯，《中國的神話傳說與古小說》，頁89。
〔註58〕天河具有生命時間之河的意象，因此在宇宙論中有天河流經代表時間的斗杓，由天入地，進入代表重生之地底，並與地底之水（黃泉）會流的說法。如清・周亮工，《書影》（《讀書箚記叢刊》第二集第14冊，台北：世界書局，1963），第七卷，頁182：「天河兩條：一經北斗中，一經東斗中過。兩河隨天轉入地，地下水相得……。」

這個世界的兩個根本要素以某種形式結合來實現的。這種結合，更
確切地說是以男女兩性的結合來象徵的。〔註59〕

然而由於世俗化、倫理化等社會發展，加上顛覆母性力量之宰制的心理
動能，母神逐漸失去了掌握生、死、重生之輪迴奧秘的地位，而單方面的成
為傳達對女性依戀的愛與美之女神，或傳達對女性恐懼的死亡恐怖之女神。
能夠跨越生死兩面，使生命在輪迴重生中不斷延續的母神力量銷褪了，只剩
下管生或管死的單面女神。而主宰「死」的女神，不為世人所喜，逐漸湮沒；
主宰「生」的女神，復又被塑造為不可侵犯、封存生育力於神聖境域中的愛
與美女神，生殖繁衍的功能更為薄弱。麻姑、嫦娥俱為其代表，織女在文學作
品中同樣也成為美麗、聖潔，可歡會而不可佔有的對象。如《太平廣記》錄自
《靈怪集》的〈郭翰〉故事，織女因「帝命有程」，不得不黯然訣別〔註60〕，
又《太平廣記》錄自《神仙感遇傳》的〈姚氏三子〉，也是因為天機洩漏，不
得不分離。〔註61〕

在此一發展下，神話中由母神所掌握的、生命循環不盡之「圓形時間」，
也成為一去不返、人命苦短的「直線時間」。死亡成為無法救贖的現實，對生
命時間消逝的無奈，也成為世人亙古的哀悼，而其中一部分便是透過水澤之
畔女神的背離來傳譯心聲。水象徵生命時間的流動與不可跨越，一位在水的
那方，不斷遠離、反覆遠離，而且無法捉摸的身影，表達的便是女性與生命
時間在心靈上的印記。

牛郎織女故事是此類意象的代表，因此相關書寫永遠不會探求如何打破
這種障礙，想方設法穿越天河的阻隔，而是由天河的必然存在著筆，反覆吟
詠分離隔絕的無奈，共同發出對女性與時間的感慨。

（四）蒹葭伊人

《詩經‧蒹葭》中所描述的秋水伊人雖非女神，但傳達的也是相似的情
懷，詩人在水的阻隔、伊人的不可捉摸中，透露與女性、生命時間相關的阻
隔意識。其詩為：

> 蒹葭蒼蒼，白露為霜。所謂伊人，在水一方。遡洄從之，道阻
> 且長；遡游從之，宛在水中央。

〔註59〕〔日〕小南一郎著，孫昌武譯，《中國的神話傳說與古小說》，頁91。
〔註60〕《太平廣記》，卷68〈郭翰〉，頁420～421。
〔註61〕《太平廣記》，卷65〈姚氏三子〉，頁402～404。

　　　　蒹葭淒淒，白露未晞。所謂伊人，在水之湄。遡洄從之，道阻
　　且躋；遡游從之，宛在水中坻。

　　　　蒹葭采采，白露未已。所謂伊人，在水之涘。遡洄從之，道阻
　　且右；遡游從之，宛在水中沚。〔註62〕

　　這是一首關於秋天的詩作，傷春悲秋，其背景類同，都是特別容易引起
對生命時間之感懷的季節。作品以蒼茫的秋日景象開篇，水岸旁叢生著茂密
的蘆荻，在清冷的早晨，露水凝結成雪白的霜花，隨著太陽升起，露水在日
光中晶瑩閃爍，水澤畔呈現一片迷離之美。然而霜露即將因陽光的照射而逐
漸消融，同時也引發了作者對生命的感慨。

　　露水的蒸發消散，自古即爲死亡的象徵，如古代的喪歌〈薤露〉：

　　　　薤上露，何易晞。露晞明朝更復落，人死一去何時歸。〔註63〕

　　此詩首先感嘆露水日出即晞散，十分脆弱短暫，復以露水可再而人不可
再，感嘆人生命的消逝。

　　又如《說文解字》中，也有將「死」解釋爲水之索盡的說法。見《說文
解字》：「死，澌也，人所離也。」段玉裁注：「水部曰：澌，水索也。方言：
澌，索也，盡也。是澌爲凡盡之稱。人盡曰死。」〔註64〕

　　〈蒹葭〉這種，集中描寫了露水的成霜、蒸晞、未已，此一歷程除了代
表時間的持續進行，似也可從露水生命狀態的變化，解釋爲生命時間的逐漸
消逝。如此一來，後面所接續的對追尋伊人不可得的描寫，便包含了追尋遠
逝之生命時間而不可得的惆悵。在這個基礎上，伊人成爲生命時間的象徵，
水則發揮了阻隔的作用。蒹葭伊人與牽牛織女故事雖不可類比，但在這個解
釋下，採取的象徵和訴說的生命思維，卻是雷同的。

（五）湘水女神

　　關於湘水女神的身份與源流發展，歷代研究者的看法有所分歧，爭論點
包括：湘水之神源自於原始宗教還是歷史傳說？湘水女神是否即舜之二妃娥
皇、女英？娥皇、女英是否即《山海經》中的帝之二女？《楚辭》中湘君、
湘夫人的身份爲何？等等課題。整體而言，湘水女神的身份背景包含了三個
主要的來源：帝之二女、娥皇女英、湘君湘夫人。其中帝之二女的形象與後

〔註62〕屈萬里，《詩經詮釋》，頁221。
〔註63〕〈薤露〉，逯欽立輯校，《先秦漢魏晉南北朝詩》，頁257。
〔註64〕漢・許慎撰、清・段玉裁注、民國・魯實先正補，《說文解字注》，頁166。

第七章　反向：不死藥的失落與母懷的阻隔

兩者落差較大。

《山海經・中山經》載：

> 又東南一百二十里，曰洞庭之山，其上多黃金，其下多銀、鐵，
> 其木多柤、梨橘、櫾，其草多葌、蘪蕪、芍藥、芎藭。帝之二女居之，
> 是常遊于江淵。澧沅之風，交瀟湘之淵，是在九江之間，出入必以飄
> 風暴雨。是多怪神，狀如人而載蛇，左右手操蛇。多怪鳥。〔註65〕

帝之二女居於洞庭之山，顯示未必是「江河神」，二女常遊行於江淵，並
且以急遽猛烈的風雨為出入之徵候，這一類的傳說，往往是為了解釋當地莫
測的風雨氣候變化所衍生出來的故事，並且由於生命受制的心理原型，因此
將實施者擬塑為女神。從這個生發角度來看，帝之二女與娥皇女英、湘君湘
夫人之間，似乎沒有太大聯繫。但是從有關「生命」的線索來看，帝之二女
存在著濃厚的生存威脅、生育崇拜思維，除了興風作雨的威能，風雨、蛇、
鳥也都是與生育有關的象徵。而娥皇女英、湘君湘夫人訴說的則都是與「生
命時間受到阻隔」有關的故事。

馬茂元《楚辭注釋》認為湘君湘夫人的形象變化，具有從自然崇拜到人
事聯繫的發展過程：「『湘君』和『湘夫人』為配偶，是楚國境內所獨有的最
大河流湘水之神。這一神祇最初也和天上的雲日之神一樣，只不過是初民崇
拜自然的一種意識型態的表現。後來，它與人事逐漸聯繫起來，有關的神話
傳說逐漸充實了它的內容，使之不但和人一樣有了配偶，而且滲透了神與神
之間的悲歡離合的故事因素。」〔註66〕於是「二妃成為湘水的女神，而且舜
帝也成為湘水的男神了。」〔註67〕以生命思維為軸心加以觀察，從主宰生命
的原始神（帝之二女），到演述生命離別的傳說故事（娥皇女英），再進入文
學創作的心靈美學（湘君湘夫人），可以一貫來看，其發展亦有跡可尋。

娥皇、女英故事的記載以《博物志》、《述異記》為代表。張華《博物志》
卷八：

> 堯之二女，舜之二妃，曰湘夫人。舜崩，二妃啼，以涕揮竹，
> 竹盡斑。〔註68〕

〔註65〕袁珂校注，《山海經校注・中山經》，頁216。
〔註65〕袁珂校注，《山海經校注・中山經》，頁216。
〔註66〕馬茂元主編，《楚辭注釋》，頁131。
〔註67〕馬茂元主編，《楚辭注釋》，頁134。
〔註68〕晉・張華，《博物志》，卷八〈史補〉，王根林、黃益元、曹光甫校點，《漢魏
六朝筆記小說大觀》，頁217。

－193－

梁・任昉《述異記》卷上：

> 湘水去岸三十里許，有相思宮、望帝臺。昔舜南巡而葬於蒼梧之野，堯之二女娥皇、女英追之不及，相與慟哭，淚下沾竹，竹文上爲之斑斑然。〔註69〕

這兩則記載，以志怪筆記式的筆法，簡要敘明娥皇女英的身份爲堯之女、舜之妻，後續直接點出舜之死，以及竹上何以有斑然淚痕，敘述焦點僅著重在斑竹淚痕的由來，對於故事細節、人物性情均缺乏進一步的刻畫。文本性質屬於譚達先所謂的「解釋性傳說」〔註70〕。

而湘水女神的活化，則肇源於屈原筆下的〈湘君〉、〈湘夫人〉。篇中以文學手法描摹一對彼此慕戀的伴侶，苦苦守候卻不得相見，鮮明化了彼此生命時間遭到阻隔的惆悵心理。

〈湘君〉：

> 君不行兮夷猶，蹇誰留兮中洲？美要眇兮宜修。沛吾乘兮桂舟，令沅湘兮無波，使江水兮安流！望夫君兮未來，吹參差兮誰思？駕飛龍兮北征，邅吾道兮洞庭。薜荔柏兮蕙綢，蓀橈兮蘭旌。望涔陽兮極浦，橫大江兮揚靈。揚靈兮未極，女嬋媛兮爲餘太息。橫流涕兮潺湲，隱思君兮陫側。桂櫂兮蘭枻，斲冰兮積雪。采薜荔兮水中，搴芙蓉兮木末。心不同兮媒勞，恩不甚兮輕絕。石瀨兮淺淺，飛龍兮翩翩。交不忠兮怨長，期不信兮告餘以不閒。朝騁騖兮江皋，夕弭節兮北渚。鳥次兮屋上，水周兮堂下。捐余玦兮江中，遺餘佩兮醴浦，采芳洲兮杜若，將以遺兮下女。時不可兮再得，聊逍遙兮容與。〔註71〕

〈湘夫人〉：

> 帝子降兮北渚，目眇眇兮愁予。裊裊兮秋風，洞庭波兮木葉下。

〔註69〕梁・任昉，《述異記》(《文淵閣四庫全書》第 1047 冊，台北：台灣商務印書館，1986)，頁 615。

〔註70〕譚達先，《中國的解釋性傳說》，頁 4：「解釋性傳說……往往是以某人、某事、某物、某習俗、某景物或某現象爲核心，虛構出一個有人物、情節而又曲折動聽的優美故事(自然，也有少數解釋性傳說，僅著重於敘事，而缺乏情節)，末尾又回到解釋題意所要求的『某一事象爲何如此，就是如上的原因造成的』這個基點上。」該書的「植物傳說」一節，收錄了斑竹的故事，指出其爲「解釋了斑竹(湘妃竹)得名之由」的解釋性傳說。

〔註71〕馬茂元主編，楊金鼎、王從仁、劉德重、殷光熹注釋，《楚辭注釋》，頁 135～136。

登白蘋兮騁望，與佳期兮夕張。鳥何萃兮蘋中，罾何為兮木上？沅有芷兮澧有蘭，思公子兮未敢言。荒忽兮遠望，觀流水兮潺湲。麋何食兮庭中，蛟何為兮水裔？朝馳余馬兮江皋，夕濟兮西澨。聞佳人兮召予，將騰駕兮偕逝。築室兮水中，葺之兮荷蓋。蓀壁兮紫壇，播芳椒兮成堂。桂棟兮蘭橑，辛夷楣兮藥房。罔薜荔兮為帷，擗蕙櫋兮既張。白玉兮為鎮，疏石蘭兮為芳。芷葺兮荷屋，繚之兮杜衡。合百草兮實庭，建芳馨兮廡門。九嶷繽兮並迎，靈之來兮如雲。捐余袂兮江中，遺餘褋兮澧浦。搴汀洲兮杜若，將以遺兮遠者。時不可兮驟得，聊逍遙兮容與。〔註72〕

〈湘君〉、〈湘夫人〉之筆意如篇中裊裊秋風、連翩木葉、洞庭波濤，看似不著力，卻有著籠天蓋地、襲入人心的力道。通篇半是虛想，所思之人並不在眼前，兩位主角的容貌形象也全不做正面的刻畫，只憑就眼前之景、心中所思串連全篇，卻凝聚出沈鬱的情境、鮮明的形象。

兩篇中結束語的「時不可兮再得」，印證了這是一個與「時間」有關的陳述，娥皇女英的眼淚，所悲慟的也是生死無法跨越所帶來的時間阻隔，這兩個故事存在著主題思維的一致性，而且都發生於水畔。水，正是固有的生命時間意象。因此不管〈湘君〉、〈湘夫人〉所詠對象為何，內在思維、象徵的一致性，使它們能緊密的連結在一起。

首先〈湘君〉、〈湘夫人〉兩篇建立了鮮明的「生命時間之阻隔與離別」的文學主題，其後舜與二妃因為主題相近以及地緣關係被附會進來，並產生了互益的效果。舜與娥皇女英為湘君湘夫人增添了故事性的背景，湘君湘夫人為舜與娥皇女英提供了離別情境，兩相密合，舜與二妃因而得以脫離簡略的「解釋性傳說」，建立起專屬的沈鬱情境與鮮明形象，進而成為文學中一個獨立的主題。此一主題專就在陳說離別，並且以悲苦、悲尋為特徵。

從相關文學創作的形象演繹來看，進入湘君湘夫人情境中的舜與二妃，同樣只為了陳述離別主題而存在，不管背景情境如何被豐富化，舜都是沒有面目的，形象、個性不明，只是為了造成生死阻隔的離別事實，以開啟湘夫人之悲泣與追尋而存在，而湘夫人除了悲泣與追尋，亦無其他發展。情節的明確與單一，更彰顯這是一個以訴說分離為功能的主題。

〔註72〕馬茂元主編，《楚辭注釋》，頁141～142

（六）洛神凌波

洛神，即洛水女神，又有雒嬪、宓妃之說。洛、雒相通，王逸注《楚辭·天問》：「帝降夷羿，革孽夏民。胡射夫河伯，而妻彼雒嬪？」〔註73〕曰：「雒嬪，水神，謂宓妃也。羿又夢與雒水女神交接也。」指出洛水女神爲宓妃，羿嘗妻之。曹植〈洛神賦〉序言中也指出洛水之神便是宓妃：「古人有言，斯水之神，名曰宓妃。」〔註74〕李善注《文選·洛神賦》引《漢書音義》進一步提出宓妃爲宓羲氏之女，死於洛水，因成爲洛水之神的說明，見：「宓妃，宓羲氏之女，溺死洛水，爲神」〔註75〕。然則洛水之神即雒嬪、宓妃，身份爲宓羲之女。

曹植在〈洛神賦〉中曾提到「感宋玉對楚王神女之事，遂作斯賦」〔註76〕，可見曹植之賦洛神，與宋玉之賦神女，其中情思是相通的。

宋玉〈神女賦〉所描寫的是其與楚襄王遊於雲夢之浦，王命試賦高唐之事，宋玉當夜夢見與美麗的神女相遇，隔日稟陳於王前，並詳爲敷述的故事。其間的情節，大致爲神女「望余帷而延視」、「褰余幬而請御」，然而「卒與我兮相難」，最終留下「歡情未接，將辭而去。遷延引身，不可親附」的結局。〔註77〕宋玉的情緒，由剛開始的「私心獨悅，樂之無量」，到「心凱康以樂歡」，最終沉落爲：

> 徊腸傷氣，顛倒失據。闇然而暝，忽不知處。情獨私懷，誰者可語。惆悵垂涕，求之至曙。〔註78〕

此段文末的「惆悵」與「求」，點出整體情節與宋玉的心境。襄王命宋玉賦高唐之事，埋下「求」的因由，引出宋玉忽有所喜、心緒紛擾之「有所求」的情感變化，因茲恍惚寤寐間似見神女前來。剛開始忽自美夢中醒來，因此「罔兮不樂，悵然失志」，復又「撫心定氣」，方「復見所夢」。此一心緒搖蕩，忽喜忽悲，寤寐夢之，重尋夢境的過程，便是「求」。意近於《詩經·關雎》中的「窈窕淑女，寤寐求之。悠哉悠哉，輾轉反側。」〔註79〕

〔註73〕馬茂元主編，《楚辭注釋》，頁235。

〔註74〕梁·蕭統編、唐·李善注，《文選》，頁270。

〔註75〕梁·蕭統編、唐·李善注，《文選》，頁269。

〔註76〕梁·蕭統編、唐·李善注，《文選》，頁270。

〔註77〕宋玉，〈神女賦〉，梁·蕭統編、唐·李善注，《文選》，卷19，頁268。

〔註78〕宋玉，〈神女賦〉，梁·蕭統編、唐·李善注，《文選》，卷19，頁268。

〔註79〕〈關雎〉，屈萬里，《詩經詮釋》，頁4。

　　而在從神女「望余帷」到「褰余幬」的情節中，對於神女情態的描寫，幾可視爲宋玉心境的流露，如「若流波之將瀾」、「立躑躅而不安」、「時容與以微動兮，志未可忽得原。意似近而既遠兮，若將來而復旋」等描寫，全爲求之將得未得，患得患失的心緒搖蕩。

　　最後神女因爲「懷貞亮之絜清」，終究宛言辭拒。原本情緒激動的宋玉此刻感到極端的孤獨，於是有所謂「魂煢煢以無端」的失落感，並「唱揚音而哀嘆」，發出惆悵的嘆息。然而這一聲嘆息，竟引來神女的薄怒，遂遽然辭去。

　　何以宋玉之求，是以神女的自願親就來表現？又何以當宋玉眞正流露求之不得的貪慕與失落時，便如誤觸禁忌般，引發神女的不滿與求去？其間的心理背景是相同的，即「不可求」。

　　〈神女賦〉中兩情斷裂的因由──「懷貞亮之絜清」，明爲神女的自我壓抑，實爲宋玉的自我壓抑，而其原因，倫常教化爲一端，因此神女最後是「顧女師，命太傅」後離去，女師、太傅，李善注「古者皆有女師，教以婦德，今神女亦有教也。」〔註80〕女教與婦德限制了神女，亦是宋玉不可跨越的原因。其二，從神話人類學研究及人類學詩學的角度來看，生殖功能的取消與保留、母親特質的抹除，正是女仙美學建立的基礎。如中國神話中的嫦娥，雖然永居於孤獨的廣寒宮，但是她的潔淨不可親就，使嫦娥成爲青春永駐之美麗女神的代表。母神原本所掌握的生死二元，即生育－成長－死亡－重生之圓形時間循環的功能，被切割爲片面的生，只剩下美善慈藹形象、正面的生養功能，最終生養的功能，也因爲抹除母親特質而消褪，剩下昇華的愛與美之女神。葉舒憲〈神女──愛神在中國的隱形與置換〉同樣指出具有生育功能的女神，發生了逐漸轉向無性女神的變化，其雖然以政治化、哲學化、宗教儀式化解釋其成因，而非母性色彩的抹除，但亦可印證此一現象的存在。〔註81〕

　　總言之，〈神女賦〉無論從整體情節或作者情志來看，均可以「求」、「求之不可得」來總括，而其背景，則隱含了「不可求」的壓抑心理。

　　曹植〈洛神賦〉爲「感宋玉對楚王神女之事」的作品，將兩文對讀，可發現許多相似的背景脈絡。〈洛神賦〉同樣以「求」爲線索，但〈神女賦〉爲神女望余帷，褰余幬，主動前來，〈洛神賦〉則爲曹植主動懇切的慕求，其文曰「余情悅其淑美兮，心振蕩而不怡。無良媒以接懽兮，託微波而通辭。願

〔註80〕宋玉，〈神女賦〉，梁・蕭統編、唐・李善注，《文選》，卷19，頁268。
〔註81〕葉舒憲，〈神女──愛神在中國的隱形與置換〉，《高唐神女與維納斯》（北京：中國社會科學出版社，1997），頁309～328。

誠素之先達兮，解玉佩以要之」〔註82〕，透過通辭、贈佩，希望得到對方的
回應，而因為「有所求」，宋玉〈神女賦〉中患得患失的心理在此也重現了：
「執眷眷之款實兮，懼斯靈之我欺。感交甫之弃言兮，悵猶豫而狐疑」〔註83〕，
其後因為擔心冒犯了「習禮而明詩」〔註84〕的洛神，復又自我克制，決定「收
和顏而靜志兮，申禮防以自持」〔註85〕，而洛神果然因為曹植貞定的心志，
願意徙倚流連於身旁。這一段描寫，同樣顯示出禮教為雙方間不可貿然觸犯
的界線，與〈神女賦〉中的思維相通，只是寫法不同。短暫的徘徊後，由於
「人神之道殊」〔註86〕，洛神不得不離去，留下曹植「背下陵高，足往神留。
遺情想像，顧望懷愁。冀靈體之復形，御輕舟而上遡。浮長川而忘反，思綿
綿而增慕。夜耿耿而不寐，霑繁霜而至曙。命僕夫而就駕，吾將歸乎東路。
攬騑轡以抗策，悵盤桓而不能去」〔註87〕的惆悵心理。

　　雖然〈神女賦〉、〈洛神賦〉背後，仍有作者真偽、感諷寄託、甄妃本事
等影響解讀的因素，但單就作品內容分析，兩者均以「求」為主軸，「不可求」
為內蘊，殆可成立。至於求的對象，表面看來雖是神女與洛神，若由本文的
研究論題，關於女神與生命時間意象間的關聯來看，亦可分析出另一面向的
作者心理。

　　這兩篇作品均有明確的時間因子，試列表比對：

作品	事起	事終	事後作者的表現	女神形象與「時間」相合的描寫
宋玉〈神女賦〉	晡夕之後	闇然而瞑	求之至曙	日、月： 其始來也，耀乎若白日初出照屋梁；其少進也，皎若明月舒其光。須臾之間，美貌橫生。曄兮如華，溫乎如瑩。五色並馳，不可殫形。詳而視之，奪人目精。 行動： 婉若遊龍乘雲翔。

〔註82〕曹植，〈洛神賦〉，梁・蕭統編、唐・李善注，《文選》，卷19，頁270。
〔註83〕曹植，〈洛神賦〉，梁・蕭統編、唐・李善注，《文選》，卷19，頁271。
〔註84〕曹植，〈洛神賦〉，梁・蕭統編、唐・李善注，《文選》，卷19，頁270：「嗟佳人之信脩，羌習禮而明詩。」
〔註85〕曹植，〈洛神賦〉，梁・蕭統編、唐・李善注，《文選》，卷19，頁271。
〔註86〕曹植，〈洛神賦〉，梁・蕭統編、唐・李善注，《文選》，卷19，頁271：「動朱脣以徐言，陳交接之大綱。恨人神之道殊兮，怨盛年之莫當。」
〔註87〕曹植，〈洛神賦〉，梁・蕭統編、唐・李善注，《文選》，卷19，頁271～272。

曹植〈洛神賦〉	日既西傾	悵神宵而蔽光	夜耿耿而不寐，霑繁霜而至曙。	年： 榮曜秋菊，華茂春松。 日、月： 髣髴兮若輕雲之蔽月，飄飄兮若流風之回雪。遠而望之，皎若太陽升朝霞。 光景： 神光離合，乍陰乍陽。 行動： 屏翳收風，川后靜波。馮夷鳴鼓，女媧清歌。騰文魚以警乘，鳴玉鸞以偕逝。六龍儼其齊首，載雲車之容裔。 居處： 潛處於太陰

　　兩文均是在日落之後產生的追逐，女子之美以日、月來擬喻，在其他文學作品中不多見，日月的輪轉移動，開啓了人類的時間觀念，並將人的生命變化比附於其上，以日出為生，日落為亡，並形成太陽神的信仰，因此太陽是最根本的生命時間意象，這兩篇賦作中，神女的形象閃耀似太陽初昇，五色奪目，洛神亦如太陽昇朝霞，顯示均以太陽為主要賦形依據，而其移動的飄忽、迅疾、難以追跡亦如陽光的移轉，其行動出入均有時節，並駕乘雲車，也近似於太陽。因此，以生命時間意象來解釋神女、洛神存在的心理原型，以感嘆、追逐生命時間的流逝，來解釋對神女、洛神的追求，以及求之不可得的惆悵，亦可成立。

小結

　　由以上所舉的類型故事可見：水及水畔的女性共同演述出了人類心靈對生命時間的集體記憶，包括了分離、阻隔、消逝的情節，追尋與惆悵的心理等。

　　在牽牛織女主題中，天河（水）的阻隔凸顯了時間的直線流動與不可跨越，透過學者關於七夕傳說的研究，確認了牽牛織女七月七日的相會，具有宇宙二元要素陰、陽再度結合、重獲永生力量的象徵性。從「與織女跨越天河相會」代表「求取生命時間再生」來看，天河的阻隔以及牽牛織女的反覆離別，的確具有象徵生命時間的作用，不可跨越與殘酷遠逝正是人們對時間

共同的印象。同樣的象徵模式也反映在〈蒹葭〉的創作中，該篇作品以露水的蒸晞貫穿全文，隱喻生命的消逝，延伸出對時間的化身——伊人，即使窮盡追尋，仍是在水一方的惆悵心理。湘水女神的身份雖然匯集了帝之二女、娥皇女英、湘君湘夫人三大來源，但一致的呈現有關生命的象徵意涵。舜的死亡是永久的時間阻隔，不管是娥皇女英或湘君湘夫人，均敷陳對「時不可兮再得」的感嘆與無奈。神女與洛神的書寫，同樣表現出對生命時間的追求與失落。二女的出現都是在黃昏之後，其形象以五色耀目之朝霞來比喻，一如代表時間的太陽，而其行動之迅疾飄忽、驟然離去所帶來的惆悵感受，也與人們對時間消逝的感觸一致。因此，綜合水在四個故事中的象徵作用，及織女、伊人、神女、洛神這些水畔女性所展現的形象來看，其具有時間的象徵意涵，並且呈現了人們對生命的感受與思維，應可成立。

「水、生命、時間、女性」此一象徵體系的存在，穩固而源遠流長，由此回溯其在神話、仙傳的表現，亦可觀察到：從神聖性較強的神話，到具有世俗傾向的神仙傳記，再到文人的文學創作中，水的功能與作用已有所不同，女神形象與定位也發生變化。

神話中的水象徵多半出現在宇宙開創與生命降生的故事中，並且作為開啟並助使其流動循環的動能角色；在神仙傳記中，水成為幫助生命時間發生變化的媒介角色；至於文學創作中，水則透過阻隔、離別與消逝等情節，演示出生命時間不可再的內涵。而生命時間之所以不可追回，和神話思維之永恆循環的「圓形時間」，遞變為永逝不返的「直線時間」有關，這種從神聖到世俗的發展，和神話、仙傳、文學創作的性質變化相謀合。

而在這三類故事中，女神的身份與功能也有所不同。在神話中，女神具有「神」的地位，開創、啟動了圓形時間的存在；在神仙傳記中，女神多為具有母親特質的女神，透過水賜予生命時間，此時生命雖非永恆循環的圓形時間，但透過母神與水，獲得線性時間狀態的保存；而在文學創作中，女神成了終須一別的女性，對生命時間的執著與追求，終不可得，如水之恆長逝去。李商隱〈謁山〉有句：「欲就麻姑買滄海，一杯春露冷如冰」，透過水及女神所演示的關於人類對生命時間的心靈印記，可以進一步貼近詩人的心理。

第八章　神話與信仰中生、死女神的
發展現象

一、執掌「生」之正面女神孕育功能的弱化

（一）創世神話：女神象徵生命自身

「創世神話」概指與宇宙起源有關的神話。宇宙的概念由人類的存在意識而起，因此創世神話往往以人的降生為核心，並延伸出人所存身的宇宙如何被開闢、人類生命如何延續、世界中各項事物的起源等主題。陶陽、牟鍾秀《中國創世神話》認為創世神話的內容範圍包括了：「天地開闢、人類起源、民族誕生、文化發端以及宇宙萬物肇始的神話」〔註1〕，並認為：創世神話的名稱與宇宙起源神話、推源神話很接近，但是創世神話一詞能夠突顯出「意味著有一個創世者與某些被創之物」〔註2〕的特點。此一分類名稱將創造與被創造的關係揭示出來，在分析女神與生命的詩學關係上具有意義，因此加以選用。

創世神話中的女神，例如有造人的女媧、浴日的羲和、浴月的常羲等，陳鈞編著的《創世神話》中則收錄了包括滿族〈海倫格格補天〉、〈白雲格格〉〔註3〕、蒙古族〈麥德爾神女開天闢地〉〔註4〕、哈尼族金魚娘〔註5〕、瑤族〈密洛陀〉〔註6〕等大量其他民族創世女神的故事。

〔註1〕陶陽、牟鍾秀，《中國創世神話》（上海：上海人民出版社，2006），頁2。
〔註2〕同上注。
〔註3〕陳鈞編著，《創世神話》（北京：東方出版社，1997），頁351～359。
〔註4〕陳鈞編著，《創世神話》，頁366。
〔註5〕陳鈞編著，《創世神話》，頁485～491。
〔註6〕陳鈞編著，《創世神話》，頁670～672。

　　這一類女神的共同特色在於其形象與故事，廣泛集合多種與生命有關的象徵，並呈現母體即宇宙，女神與宇宙生命一體化的現象。

1. 象徵的集合體

　　女媧、羲和、常羲是最常見的創世女神，這三位女神的形象擬塑與故事敘述均呈現顯著的象徵集合性。

　　例1：女媧（水、土、石、蛇、蛙、漩渦紋、交繞紋、陰等）

　　以「生育力表徵之集合體」的功能來看，女媧是女神中的代表。其形象同時被加諸了水、土、石、蛇、蛙、大地等各種生育力象徵，其身份除了母親神外，還被賦予了皇者的地位。張選駿〈中國古籍中的女神〉認為：「女媧是中國女神中最複雜的一位。」〔註7〕楊利慧《女媧的神話與信仰》則指出女媧不僅是中國最古老的神話之一，其流傳之廣、影響之深遠，十分少見。見：

> 　　女媧神話是我國最古老的神話之一，即使從文字記載來看，也已有二千多年的歷史，可見它的淵源之久遠了。在以後漫長的歲月中，它不僅出現在文人史官筆端、墓刻畫像之中，而且還一直活躍在民間大眾的口頭。它的流布區域，也擴展到幾乎全中國，不僅在漢民族中具有較大的影響，在一些少數民族中也有存在。它的生命力和流傳力可謂強矣！〔註8〕

　　神話本是「故事體裁的象徵、以寓意著超越境界的臨現、并道出莊嚴深奧的訊息」〔註9〕，一個源遠流長，被廣泛接受的神話，其象徵結構的詮釋功能必然強大，其所能攜帶的神聖訊息必然豐滿。有關於女媧的文字記載，雖然隻言片語，但就其象徵內涵來看，確實均指向了生命觀、母性最根本的層次。

　　首先由女媧的異名來看，女媧又號為「女皇」〔註10〕、「媧皇」〔註11〕、

〔註7〕張選駿，〈中國古籍中的女神〉，收入王孝廉編，《神與神話》（台北：聯經出版事業有限公司，1988），頁178。

〔註8〕楊利慧，《女媧的神話與信仰》，頁82。

〔註9〕關永中，《神話與時間》，頁15。

〔註10〕《世本·氏姓篇》：「女氏，天皇封弟（王+□）於汝水之陽，後為天子，因稱女皇，其後為女氏，夏有女艾，商有女鳩、女方，晉有女寬，皆其後也。」

〔註11〕如：唐·王勃〈七夕賦〉：「媧皇召巨野之龍，莊叟命雕陵之鵲。」宋·秦觀〈代賀坤成節表〉：「斷鼇立極，追配於媧皇；用楫濟川，責成於傅說。」清·黃遵憲〈己亥雜詩〉：「籬邊兀坐村夫子，極口媧皇會補天。」

「女希氏」〔註12〕、「九君」〔註13〕等。另外，根據楊利慧《女媧的神話與信仰》所提供的民俗資料，女媧在西北地區多被稱作「驪山老母」〔註14〕；在河南淮陽縣當地被稱為「人祖姑娘」、「人祖奶奶」、「老母娘」〔註15〕；在河南西華縣女媧又被稱為「媧皇」、「老皇娘」〔註16〕；在河北涉縣又被稱為「皇母」、「老奶奶」、「當央奶奶」、「媧皇聖母」〔註17〕。無論是文史典籍或民俗資料，均顯示女媧具有與一般古女神不同的地位，其為天皇、為君王。在古史的序列中，有時也被列為三皇之一，見《史記‧補三皇本紀》：「女媧氏亦風姓，蛇身人首，有神聖之德，代宓犧立，號曰女希氏。無革造，惟作笙簧，故易不載，不承五運。一曰，女媧亦木德王，蓋宓犧之後，已經數世。金木輪壞，周而復始，特舉女媧，以其功高而充三皇。」〔註18〕又王延壽〈魯靈光殿賦〉：「上紀開闢，遂古之初。五龍比翼，人皇九頭。伏羲鱗身，女媧蛇軀。」張載注：「女媧，亦三皇也。」〔註19〕

再從其相關的象徵物來看，在女媧摶土造人、煉石補天故事中發揮了重要的角色作用的土與石，都是神話原型中生命力的重要表徵。

〔註12〕《史記‧補三皇本紀》：「女媧氏亦風姓，蛇身人首，有神聖之德，代宓犧立，號曰女希氏。」

〔註13〕劉琳，《華陽國志校注》（成都：巴蜀書社，1984），〈漢中志〉，頁144：「又有作道——九君摶土作人處。注：古有女媧摶土作人之傳說。《御覽》卷78、卷360引應劭《風俗通義》：『俗說天地開闢，未有人民，女媧摶黃土作人。劇務，力不暇供，乃引繩於泥中，舉以為人。故富貴者黃土人，貧賤凡庸者絙人也。』所謂『九君摶土作人』當指此。」

〔註14〕楊利慧，《女媧的神話與信仰》，頁161。又見楊利慧〈古代女媧信仰及女媧在中國民族信仰中的地位〉，頁74：「女媧在西北地區多被稱作『驪山老母』，影響很大，不少地區都流行著有關的神話傳說和信仰習俗。」該文收入周天游、王子今主編，《女媧文化研究》（西安：三秦出版社，2005），頁66～116。

〔註15〕淮陽古稱宛丘，為太昊氏伏羲之都，相關神話的流傳及祭祀活動均特別興盛。楊利慧，《女媧的神話與信仰》，頁146：「伏羲在淮陽被尊奉為『人祖爺』、『人根之祖』、『斯文鼻祖』，女媧則一般被稱作『人祖姑娘』、『女媧姑娘』、『老母娘』等，『人祖奶奶』的稱法常常受到指正。張××（女，80多歲，不識字）說：伏羲兄妹滾磨但磨散開了，二人並未成親，所以女媧還是女兒身。王××（女，58歲，陵內攤販）說：兄妹結親了，但不好意思，所以還是稱女媧為『人祖姑娘』。可見古神話在後世受正統倫理觀念影響所發生的變異。」

〔註16〕楊利慧，《女媧的神話與信仰》，頁153、154。

〔註17〕楊利慧，《女媧的神話與信仰》，頁156、158。

〔註18〕司馬貞，《三皇本紀》，瀧川龜太郎，《史記會注考證》，頁7。

〔註19〕王延壽，〈魯靈光殿賦〉，梁‧蕭統編，唐‧李善注，《文選》，卷11，頁171。

　　除此之外，在學者對女媧原型研究中，女媧幾乎和所有與生育、豐產有關的象徵有所關聯。如葫蘆，聞一多〈伏羲考〉提出女媧為葫蘆的化身〔註20〕；又如蛙，楊堃〈女媧考〉認為女媧是蛙的人格化〔註21〕；再如水，李智信〈媧神論〉認為字來自於流水渦紋，女媧是具有創始神地位的水神〔註22〕；女媧也與土相關，如《抱朴子‧釋滯》記述：「女媧地出。」〔註23〕其餘作為母性生育力量的紋樣，如漩渦紋、螺旋紋、迴旋交繞、盤旋向上，也均在女媧圖象中出現，因此女媧可謂複合生命觀與母性認識之女神形象典型。女媧幾乎附合這些形象於一體，從這個角度可以解釋女媧神話的傳佈何以既深且廣，因為其所能提供的詮釋非常根本而全面。

　　例2：羲和、常羲：日、月、水、木、谷

　　羲和為日之母，常羲為月之母，太陽與月亮為時間的標記，同時也象徵了宇宙孕育萬物的永恆生命力，羲和、常羲為日月之母，當為宇宙生命力之所從出，但是在相關了神話記載中，這兩位女神是沒有任何的神力的，只有生育與協護的母職。而關於羲和、常羲如何孕生日月也無所記載，而是以具有生育力象徵的「水」來表示。

　　《山海經‧大荒南經》：

　　　　東南海之外，甘水之間，有羲和之國。有女子名曰羲和，方日
　　浴于甘淵。羲和者，帝俊之妻，是生十日。〔註24〕

〔註20〕聞一多《神話與詩》（上海：華東師範大學出版社，1997），〈伏羲考〉頁67：
　　　　「女媧之媧，《大荒西經》注、《漢書古今人表》注、《列子‧黃帝篇》釋文、
　　　　《廣韻》、《集韻》皆音瓜。《路史後記》二注引《唐文集》稱女媧為『（女+包）
　　　　媧』，以音求之，實即匏瓜。包戲與（女+包）媧，匏瓠與匏瓜皆一語之轉。
　　　　然則伏羲與女媧，名雖有二，義實只一。二人本皆為葫蘆的化身，所不同者，
　　　　僅性別而已。稱其陰性的曰『女媧』，猶言『女匏瓠』、『女伏羲』也。」

〔註21〕中國社會科學院考古研究所，《新中國的考古發現與研究》（北京：文物出版
　　　　社，1997）：「蛙的人格化，具有人形，是女媧氏的由來。女媧的本義，應指
　　　　繁衍人類的始祖或老母。」

〔註22〕李智信〈媧神論〉：「乾旱和洪水氾濫造就了作為農耕民的華夏先祖對水神的
　　　　無以復加的敬畏。／中國人最早的神或者說最主要來源於水，而這水神具體
　　　　一點說就是指女媧。」《青海民族研究》，第十八卷，第1期，2007年1月，
　　　　頁141。

〔註23〕王明，《抱朴子內篇校釋》，頁154。

〔註24〕袁珂校注，《山海經校注》，頁438。「日浴於甘淵」一句，袁珂注引清‧郝懿
　　　　行《山海經箋疏》云：《藝文類聚》、《初學記》、李賢注《後漢書‧王符傳》
　　　　皆作「浴日於甘泉」，其中「淵」字疑避唐諱改為「泉」。

《山海經‧大荒西經》：

> 有女子方浴月。帝俊妻常羲，生月十有二，此始浴之。〔註25〕

太陽的出生地，名爲甘淵。甘淵另見於《山海經‧大荒東經》：

> 東海之外有大壑，少昊之國。少昊孺帝顓頊于此，棄其琴瑟。

> 有甘山者，甘水出焉，生甘淵。〔註26〕

由此可知甘淵位於東方，與日出的方向相符。其處另有暘谷、咸池、扶桑等相關記載，見《山海經‧海外東經》：

> 下有湯谷。湯谷上有扶桑，十日所浴，在黑齒北。居水中，有
> 大木，九日居下枝，一日居上枝。〔註27〕

《淮南子‧天文訓》：

> 日出於暘谷，浴于咸池，拂於扶桑，是謂晨明。〔註28〕

樹木的生長規律，及原始巨木的通天入地，使古人產生透過樹的交通，可上通天、下入地的神話想像，衍生出具有神性之宇宙樹的宗教思維，如古籍中所載的「建木」，其在天地之中，日照無影、呼而無音，是具有神力的「帝」自由出入上下的通道〔註29〕，便是典型的宇宙樹。

在《淮南子‧墜形訓》的敘述中，崑崙中的增城上有五尋木禾，西有珠樹、玉樹、琁樹、不死樹，南有絳樹，北有碧樹、瑤樹，再上倍之，至太帝所居，則有日之所曝的扶木、日中無影的建木、末有十日的若木……，〔註30〕集中以樹象徵建構起宇宙爲生命中心的神聖性。這些繁多的樹名，大約增衍自原始的扶桑神話。

扶桑高聳入天，且上通於天，下達地泉，〔註31〕又爲太陽出入之所由，具有充分的宇宙樹特徵，而此樹之所以爲桑木，和社會文化有所關連。《墨子‧明

〔註25〕袁珂校注，《山海經校注》，頁463。

〔註26〕袁珂校注，《山海經校注》，頁390。

〔註27〕袁珂校注，《山海經校注‧海外東經》，頁308。

〔註28〕何寧，《淮南子集釋》，上冊，卷三〈天文訓〉，頁234。

〔註29〕王利器，《呂氏春秋注疏》（成都：巴蜀書社，2002），第二冊，卷第十三〈有始覽〉，頁1270：「自民之南，建木之下，日中無影，呼而無響，蓋天地之中也。」《淮南子集釋》，上冊，卷四〈墜形訓〉，頁326：「建木在都廣，眾帝所自上下，日中無景，呼而無響，蓋天地之中也。」

〔註30〕何寧，《淮南子集釋》，卷四〈墜形訓〉，頁323～329。

〔註31〕《九歌‧東君》王注云：「言東方有扶桑之木，其高萬仞。」《玄中記》：「天下之高者，有扶桑無枝木焉，上至於天，盤蜿而下屈，通三泉。」

鬼》：「燕之有祖，當齊之社稷，宋之有桑林，楚之雲夢也。此男女之所屬而觀也。」〔註32〕《路史餘記》之六云：「桑林，社也。」殷商以桑木為社，社祭為源自生殖崇拜之祭祀活動，桑林則為儀式進行時男女歡會的場合，因此「桑」具有強烈的生命力意涵。太陽為生命的象徵，因此以桑木作為其出生地、居處與出入的通道。出於桑樹的象徵性，因此趙國華《生殖崇拜文化論》認為：「這『桑林』的神話化，便是日出之處的神木『扶桑』。」〔註33〕

日之母羲和本身是沒有面目，只有生育和協護太陽運作的母職，但是甘淵、咸池、扶桑木，以及具有母體象徵意涵的山谷——暘谷，塑造出羲和以母性為表徵的女神形象。

至於月之母常羲，同樣透過具有生命力象徵的水誕育了月亮。月中有桂樹、月中有蟾蜍的說法，很早便見於記載。如《論衡・說日》：「儒者曰：『日中有三足烏，月中有兔、蟾蜍。』」〔註34〕《淮南子・精神訓》：「月中有蟾蜍。」〔註35〕《太平御覽》卷 957 引《淮南子》：「月中有桂樹。」在比較晚期的典籍中所出現的吳剛伐木故事，唐・段成式《酉陽雜俎・天咫》：

> 舊言月中有桂、有蟾蜍，故異書言月桂高五百丈，下有一人常斫之，樹創隨合。人姓吳名剛，西河人，學仙有過，謫令伐樹。
> 〔註36〕

桂樹的旋斫旋合，可視為永恆之生命力的象徵。蟾蜍、桂樹，至若其他與月亮有關的兔、狐等象徵物，也都與生命力有關，〔註37〕這些象徵雖然與常羲故事的細節脈絡不相干涉，但是有助於凸顯月亮作為生育力象徵之集合體的現象。跟太陽比起來，日重於前行與運轉，月則重於回復與恆常，同樣使用木象徵，但在神話故事的傳述中，已經透露了兩者在心理原型上的不同。

〔註32〕孫詒讓，《墨子閒詁》卷八〈明鬼〉，《諸子集成》（北京：中華書局，1996）第四冊，頁 142。

〔註33〕趙國華，《生殖崇拜文化論》（北京：中國社會科學出版社，1990）。

〔註34〕黃暉，《論衡校釋》，第二冊，卷第 11〈說日篇〉，頁 502。

〔註35〕何寧，《淮南子集釋》中，頁 509。

〔註36〕唐・段成式撰，曹中孚校點，《酉陽雜俎》前集卷一〈天咫〉，《唐五代筆記小說大觀》（上海：上海古籍出版社，2000），上冊，頁 563。

〔註37〕三足烏、月中兔的論說，參考劉惠萍，〈太陽與神鳥：「日中三足烏」神話探析〉，《民間文學年刊》2，2008.12，頁 309～332。劉惠萍，〈月中有兔神話探源〉，《民間文學年刊》2，2008.7，頁 55～76。

2. 母體即宇宙，母體即生命

女媧摶土煉石，保全了宇宙的時間（造人）與空間（補天），義和產出生命時間的象徵——太陽，其自身的移動帶動了時間的運轉，亦即生命的流動。這些神話敘事均內含母體即宇宙生命的隱喻。

再以其他民族的創世女神故事爲例。維吾爾族〈女天神創世〉故事中，女神的一舉一動即天地之動靜，又日月星辰等全吞吐自其體內：

> 古時，宇宙還沒有日、月、星，也無大地，更無人類與家畜。在茫無邊際的宇宙裡只有一個女神。平時她靜靜地睡覺，醒後，舒展一下身體，就把整個宇宙蓋住了。她睜開眼睛，宇宙一下子就亮堂了；眼睛一閉宇宙就全黑了；一打呼嚕，雷聲就震動整個宇宙。她很寂寞，就用力吸了一口氣，把宇宙間所有的塵土和空氣全吸進肚子裡。爾後，又用力一吐，吐出來個又大又圓又亮的東西，飛起來掛在了東邊的天上，這就是太陽；又一吐，吐出來個月亮；再一吐，吐出來個地球……女天神還要造人，便又使勁一吐，把吸進肚子裡的塵土都吐了出來，這些吐出來的泥巴點點落在地上，就變成了一些又小又矮的人。……〔註38〕

另見：

> 女天神創造地球的時候，吸了宇宙間的空氣和塵土，然後使勁一吐，塵土就變成一個大大的地球，從天神嘴裡滾了出來。地球被吐出來後，就從天上往下掉。因爲它特別大，特別重，所以掉得特別快，離天越來越遠了。／女天神看到地球飛似地往下掉，怕地球掉得找不著了，自己心裡會難受的，就命令一頭公天牛下去頂住地球，不讓它繼續往下掉。公天牛急忙從天上飛下來，越過往下掉的地球，鑽到下面，用一支角把地球頂住了。……你們一定會問，地球往下掉，因爲下面是空的，公牛頂住了地球，不讓地球往下掉，那頂地球的公牛站在哪裡呢？／實際上，女天神早就想到了，她又派了一個大大的烏龜。這烏龜比地球和公天牛大得多。女天神讓它從天上飛下來，趴在公天牛的蹄子底下。公天牛就是站在烏龜的背上頂著地球的。／你們肯定還要問：那烏龜趴在什麼上面呢？其實

〔註38〕阿布都拉、姚寶瑄，〈維吾爾族女天神創世神話試析〉，《民間文學》，1985年第9期，頁47。引自陶陽、牟鍾秀，《中國創世神話》頁41。

這些女天神也早就想好了，烏龜趴在水面上嘛。／你們必定還會再
問：那水在什麼地方呀？那水有多大呀？／這些女天神也早就想好
了。水是女天神吐出來的氣變的。整個宇宙都是氣，那烏龜還沒有
地方趴嘛！〔註39〕

女天神吐出來的水氣托住烏龜，烏龜又承載著頂住地球的公天牛，此一
宇宙全在女神的構造中，再加上前述女天神的動靜與天地一體化，日、月、
星、地球、人類等全來自女天神體內，呈現女神之母體等同於宇宙、生命為
女神母體之分化的關係。所使用的象徵：空氣、塵土、公牛、烏龜、水等，
都是以生育力為特性的象徵物，這些象徵物自身等同於宇宙以及其生命力。

再如滿族的〈白雲格格〉：

白雲格格變成白樺樹，心還向著世上人。人們用它的軀體，做
爬犁轅，蓋漂亮的哈什和芭米樓；用她身上一層層的銀衫，編筐織
簍；夏天，過路人口渴，在樹上劃個小口，插根細棍，喝它胸膛裡
的水汁，清甜潤口。北方人都喜愛白樺樹，都讚美這個變成白樺樹
的白雲格格。〔註40〕

此一滿族的創世女神白雲格格，是天神阿不凱恩都里的三女兒，因不忍
生靈受水患所苦，竊取了聚寶宮中的黃沙土止住了大水，卻因此觸怒了父親，
不得不離家。她穿著雪白的銀光衫，圍著紅霞披肩、黃雲彩帶避逃到人間，
阿不凱恩都里派雪神降雪逼她返家，白雲格格受凍，於是將銀光衫裹了一層
又一層，最後就變成了身穿層層白紗，木質潔白的白樺樹。〔註41〕如前一段
引文所述，變成白樺樹後的白雲格格，以自身變為生活所需器具屋樓，並以
木汁哺育世人，具有母體化生的意涵。而此中的白樺樹——「木」象徵物，
跟〈女天神創世〉故事一樣，都是以自身的變化隱喻了宇宙的生命力。

（二）感生神話：女神傳遞生命力

感生神話，意指透過交感而孕育生命的神話，在這一類神話中，女子經
由交感得生命之種，因而孕育出不平凡的偉大人物。在這類的敘事中，男性
的缺席、巫術交感的對象、所生育的偉大人物，各自具有意義。

關於男性的缺席，根據學者的分析研究，一說可能出於遠古時代血緣傳承

〔註39〕陳鈞編著，《創世神話》，頁374～375。
〔註40〕陳鈞編著，《創世神話》，頁359。
〔註41〕本段敘述彙整自陳鈞編著，《創世神話》，頁355～358。

依於母系，知母而不知父所致；一說可能出於遠古時期的「群婚制」，因此父系不詳。所謂的群婚制，指的是沒有固定婚姻形式、無特定對象的時期〔註42〕。關於此一時期是否存在？學者已發出質疑，如基辛《文化人類學》認為：「早期作者擬想的『群婚』或原始亂婚完全是維多利亞時代的空想。」〔註43〕至於母系社會的因素，亦有學者指出，殷、周二代早已進入父系社會階段，不會有只知其母的問題。如林祥庚〈殷契周棄時代社會性質再認識〉認為：無論地下考古材料或文獻記載，均顯示殷契周棄時代已進入父系公社的晚期，因此不會有只知其母的情況產生。〔註44〕關於男性缺席現象的探討，或不如跨越社會文化的因素，而集中在為何僅有母親的問題上。

母親生育生命的現象具有特殊的現實意義與神話意義。Rich《Of Woman Born》指出：「這顆星球上所有人的生命都為女人所生。」〔註45〕西蒙波娃《第二性》亦有：「（女人）也屬於大自然，生命之流源源不斷地從那裡流過。所以她在個體和宇宙之間好像一個調解者。」〔註46〕母體如同宇宙生命流動的中樞。所有的生命皆經母體所生是既有的現實，而此一現實在神話的思維中，使母體具有了微型宇宙的蘊意，每一次生命的產育，就如同再現了一次宇宙創世紀的歷程，此一歷程使女性的母體具有了神聖性。而其中透過母體與宇宙的生命力得到交接，以及如同再現宇宙端源的開創性意義，是不平凡的偉大人物所必須具備的出身。感生，強化了其與天之力的聯繫，且顯示其生命的來源並非嫁接於一凡間男子的血脈，這對於世代的開創者來說，尤具意義。

至於巫術交感方面，感生神話中所感之物，絕大部分都蘊含了源源不絕、生命永存永續的象徵性，即前一節所舉的以生育力為核心的女神象徵物，如：日、水、石、蛇、熊等等。被感生的對象，透過蘊藏天地生命力的象徵物降生，如同承接了天之力，因此具有了天之子的存在高度。如許慎《說文解字》釋「姓」字便有：「姓，人所生也。古之神聖人母，感天而生子，

〔註42〕宋光宇，《人類學導論》（台北：桂冠圖書公司，1984），頁324：「早年探討人類文化的起源和發展過程的各家理論，都自行認定人類在原始混沌狀態的時候，沒有固定的婚姻形式，所有的人都處於『雜交』（promiscuity）的狀態。」

〔註43〕〔美〕基辛（R. Keesing）著，張恭啓、于嘉雲合譯，陳其南校訂，《文化人類學》（台北：巨流圖書公司，1992），頁248。

〔註44〕《歷史研究》，1987第2期。

〔註45〕〔美〕艾德麗安・里奇 Adrienne Rich 著，毛路、毛喻原譯，《女人所生——作為體驗與成規的母性》，頁1。

〔註46〕西蒙波娃《第二性》第九章〈夢想、恐懼與偶像崇拜〉，頁183。

故稱天子」〔註47〕的說法。

綜上可知，透過感生神話所降生的偉大人物，由於直接承接自天之力的象徵物，並非嫁接自另一凡間男子的血脈，因此被視為天之子，具有神聖性。

然而在感生神話中，女神所由感生之物，並不像創世女神那樣的多元集合，而是產生了限定化的現象。另外，女神的角色功能也發生變化，在這一類的神話故事中，以宓犧之母華胥、黃帝之母附寶、少昊之母女節等最為著名，這些女性是否能被視為女神？亦是一個問題。至於感生神話中的母親們扮演了什麼樣的角色？則具有剖析生命思維的探討價值。

1. 女神的出身

感生神話中的女神，與創世女神最大的差異，在於多半具有明確而世俗的出身。首先將著名感生神話中的母親出身做一簡表，以為參考。

表：感生神話中母親出身、所感之物簡表

被感生者	母親	母親出身資料	母親所感之物
伏羲	華胥氏	又稱「神母」（《拾遺記》） 一曰為「帝女」（《路史後紀》注引《寶櫝記》）	大跡出雷澤（《詩含神霧》） 感虵而孕（《路史後紀》注引《寶櫝記》）
炎帝神農	有蟜氏 名佳姒	名佳姒，有嬌氏女，名登，為少典妃。（《帝王世紀》）	有龍首感之（《帝王世紀》）
黃帝	有蟜氏 名附寶	及神農氏之末，少典氏又取附寶。（《帝王世紀》）	見大電光繞北斗樞星（《帝王世紀》、《史記·五帝本紀》）
少昊	方雷氏 女節		大星如虹（《帝王世紀》）
顓頊	蜀山氏 景僕	黃帝孫——昌意之正妃，蜀山氏之女，一名「女樞」。（《初學記》卷9）	瑤光之星，貫月如虹，感女樞幽房之宮（《初學記》卷9）
帝嚳			
契	簡狄	帝嚳之次妃，有娀氏女	玄鳥墮其卵，簡狄取吞之（《史記殷本紀》）
棄	姜原	帝嚳之元妃，有邰氏女	巨人跡（《詩經》、《史記周本紀》）

〔註47〕漢·許慎撰，清·段玉裁注，《說文解字注》，頁618。

堯	慶都	帝嚳之妃，陳隆氏 大帝之女，生於斗維之野。天大雷電，有血流潤大石之中，生慶都（《春秋合誠圖》）	赤龍（《春秋合誠圖》）
摯	常儀	帝嚳之妃，陬訾氏	
帝嚳八子	鄒屠氏	帝嚳之妃	妃常夢吞日，則生一子，凡經八夢，則生八子。（《拾遺記》卷一）
舜	握登		見大虹意感（《竹書紀年》）
禹	有莘氏	有莘氏之女，鯀之妻（《吳越春秋》）一名女嬉（《吳越春秋》）、一名修己（《帝王世紀》） 又有「女狄」之說（《遁甲開山圖》榮氏解）	得神珠薏苡而吞之（《吳越春秋》、《帝王世紀》） 女狄得月精如雞子，不覺而吞（《遁甲開山圖》榮氏解）
湯	扶都	契十三氏孫——主癸之妃（《帝王世紀》）	見白氣貫月（《帝王世紀》）
周文王	太任	季歷之妃（《繹史》引《宋書符瑞志》）	夢長人（《繹史》引《宋書符瑞志》）

　　由上表可見感生神話中的母親多有明確的出身，其稱謂也顯示出了氏族的標記。這是一個世俗的特徵，也是感生女神和創世女神本質上最大的差異，創世女神由「聖」生「凡」，感生女神卻是由「凡」生「聖」，創世女神具有那樣的神力與高度，感生女神不具備，之所以能感生聖主，是由於外來的觸發，也就是薏苡、月精、大虹、赤龍、巨人跡等聖物。

　　這些聖物象徵著什麼？族群的神話歷史透過敘說流傳，並被銘記於心成為後人存在的定位。神聖英雄是族群史的源頭，而觸發感生女神的聖物又是神聖英雄的源頭，此一作為終極源頭的聖物，是不是被特別擇訂的？是不是具有特定的意義因此必須被敘說銘記？在學者過去的研究成果中，「圖騰說」是廣見的觀點。

2. 象徵成為限定化的政治圖騰？

　　鍾宗憲〈圖騰與神話〉回顧了圖騰理論在中國神話研究中的運用史，並檢討了圖騰理論在感生神話詮釋上的問題，認為「目前以圖騰理論研究中國古典神話，確實缺乏一些合適的條件來配合，當然也缺乏許多共時性（Synchronic）的資料」〔註48〕，因此運用上仍須謹慎。如以龍或鳳為楚圖騰、

〔註48〕鍾宗憲，《中國神話的基礎研究》（台北：洪葉文化事業有限公司，2006），頁330。

以鳥爲商圖騰、以熊爲周圖騰等普遍的說法都不是毫無爭議的。

商始祖契由玄鳥感生、周始祖棄由足跡感生的故事，鍾宗憲認爲：

就個人而言，是在突顯出個人的神聖性，使其與眾不同，有非
等同於常人的意義。……契或棄的誕生，感應力量來源應該都是「天」
或「帝」，也就是造物主；或許這個造物主原來是太陽、是鳥或其他
的崇拜對象，但未必就是圖騰。〔註49〕

此說甚是。感生神話的存在是爲了凸顯主角的神聖性，而未必具有圖騰
的意義。如王孝廉亦認爲「天命玄鳥，降而生商」，僅在於顯示「受天命而生
的商是天之子」，玄鳥並非圖騰，「玄鳥只是執行天命的使者」而已〔註50〕。

然而感生之聖物之所以爲日、月、卵等物，並非偶然，從女神形象及其
以生育力爲特徵的象徵物來看，可見出其承接天地源源不絕之生命力的旨意。

這些故事中的感生之物，概有屬於夜晚的月亮、星辰，與水有關的雷電、
水澤，與生育崇拜有關的動物：鳥、蛇、龍等。這些都是藉以擬塑女神生生
之能的象徵物。神聖英雄透過這一類型的象徵被感生，中間雖隔了一個世俗
的媒介——母親，仍具有源生於宇宙生命之源，承接了宇宙生命力的意涵。
也就是其爲彼循環流轉不朽之神聖生命體的一部分，所謂天之子。

具有不朽生生之能的宇宙生命之源，最根本的象徵就是太陽，太陽的規
律變化循環，每日由初生（日出）到死亡（夕陽），再透過夜晚變身月亮死而
又育的變化，翌日重生，就是不朽生生之宇宙生命的根本象徵。因此這些感
生的聖物幾乎都指向太陽，或太陽的化身——鳥，或使太陽死而又育的夜晚
象徵物——星辰、電光等。事實上透過感生女神所連接的，便是宇宙生生之
源。

3. 母體傳遞生命力

女神是存在的隱喻，女神的擬塑，來自於母性體驗與生命觀的鎔鑄。人
類認爲自己「生於天地間」，認爲天地賦予時間、空間，認爲天地具有循環不
朽的生命力，因此塑造出生育萬物、開創空間、賦予時間、掌握天地源源不
絕之生命力的女神。

如前所述，太陽是不朽生生之宇宙生命的根本象徵。那麼，作爲生命隱

〔註49〕鍾宗憲，《中國神話的基礎研究》，頁312。
〔註50〕王孝廉，《中國的神話世界‧上編——東北、西南族群及其創世神話》（台北：
　　　時報文化，1987），頁92～93。

喻，擁有此一力量的女神與太陽的關係爲何？

　　一說創世女神羲和、常羲，以「羲」爲名，其實就是太陽神的化身。如王逸注《楚辭》：「羲和，日神。」又如何新《諸神的起源・第一卷・華夏上古的日神與母神崇拜》：

> 這位偉大的羲，或者更確切地按古音應讀作「偉大的羲俄」的人物，不是別人，正是先秦古籍中那位赫赫有名的太陽神——羲和。由此可知他與《尚書・堯典》中那位名曰「析」的春天之神以及甲骨文中那位東方之神「析」也正是同一個人。〔註51〕

　　此說能體現創世女神爲生生之源的存在寓意。只是難以確證。

　　而感生女神透過天之力的象徵物，降生天之子，神聖地位已不如創世女神，其母體不等於生命，而是天地生命力的傳遞者。

　　天地生命力以太陽作爲主要象徵，從感生神話中觸發女神的象徵物已可見出，至於感生女神所與生及所生者，也有太陽之化身的寓意。

　　如王嘉《拾遺記》卷一〈少昊〉：

> 少昊以金德王。母曰皇娥，處璇宮而夜織。或乘桴木而晝遊，經歷窮桑滄茫之浦。時有神童，容貌絕俗，稱爲白帝之子，即太白之精，降乎水際，與皇娥宴戲，奏（女更）娟之樂，游漾忘歸。窮桑者，西海之濱，有孤桑之樹，直上千尋，葉紅椹紫，萬歲一實，食之後天而老。帝子與皇娥泛於海上，以桂枝爲表，結薰茅爲旌，刻玉爲鳩，置於表端。言鳩知四時之候，故春秋傳曰「司至」，是也。今之相風，此之遺象也。帝子與皇娥並坐，撫桐峰梓瑟。皇娥倚瑟而清歌曰：「天清地曠浩茫茫，萬象回薄化無方。涵天蕩蕩望滄滄，乘桴輕漾著日傍。當其何所至窮桑，心知和樂悅未央。」……帝子答歌曰：「四維八埏眇難極，驅光逐影窮水域。璇宮夜靜當軒織。桐峰文梓千尋直，伐梓作器成琴瑟。清歌流暢樂難極，滄湄海浦來棲息。」及皇娥生少昊，號曰窮桑氏，亦曰桑丘氏。〔註52〕

　　少昊爲黃帝之子，傳說黃帝有四妃，分別爲正妃西陵氏嫘祖、次妃方雷

〔註51〕 何新，《諸神的起源・第一卷・華夏上古的日神與母神崇拜》（北京：中國民主法制出版社，2008），頁46。
〔註52〕 上海古籍出版社編，王根林、黃益元、曹光甫校點，《漢魏六朝筆記小說大觀》，頁495～496。

氏女節、次妃彤魚氏、最末為嫫母。少昊的母親一說為正妃嫘祖，一說為次妃女節，〔註53〕，《拾遺記》則稱之為皇娥，皇娥有神女、天之女的意思，比作為黃帝后妃更具神聖性。皇娥平日處璇宮夜織，形象與教人民養蠶紡織的嫘祖較為相像，而夜織這一點，則與織女星相近。皇娥與太白之精的交接，是在窮桑蒼茫的水畔。兩人泛於滄海之上，所乘坐之船駕以玉鳩為標記，代表司風之至，掌握天地四時的變化規律，這些都是與時間有關的象徵。皇娥與白帝之子，一處於蕩蕩滄滄的水中璇宮，以紡織展現母性形象；一縱橫四維八埏，驅光逐影，最終以得以棲息於滄湄海浦，流露回歸母懷的悅樂。此一白帝之子及其與皇娥所生的少昊，從形象特徵與命名看來，原型都是太陽。太陽之母——皇娥和少昊的角色關係，以及水與日象徵在敘事中的運用，和日母羲和、太昊之母九河神女的故事，一般無二致。至於白帝之子雖為少昊之父，但與皇娥的對待關係中，仍可見水與日的母子隱喻色彩。

（三）不死神話：生育功能的取消

生命不死的思維，具有幾個不同的層次，一是在「圓形時間」的觀念下，認為生命在生－死－重生的規律中，永恆輪轉，是以無有所謂真正的死亡，死亡只是邁向重生之始。其二，在生命永恆輪轉的神話思維逐漸消褪的同時，懼怕死亡、希冀生命永存的想法，使人們滋生出「保存生命」的願望，於是有長生不老的想像產生。幻想在人世之外，存有生命永生的聖境或「樂園」，於是有如不死國、不死民、海外仙島等故事產生。其三，則是出於保存生命的願望，因而衍生的修仙求長生文化，以道教為主，又稱為仙道文化。除了世外長生之境的幻想，還進一步具體發展出長生方、養生修鍊術等實踐追求。

不死藥的出現，必然是在時間永恆回歸、生命不朽的思維破滅後，出於保存生命的希望方得產生的。各民族的神話中，普遍可見透過人類遺失不死藥，解釋死亡現象的例子。而其進一步的具體追求，便是求取不死藥或是上天贈予不死藥。此處欲討論的，是關於女神贈藥的神話。

〔註53〕 見《史記・五帝本紀》：「黃帝居軒轅之丘，而娶西陵氏之女，是為嫘祖。嫘祖為黃帝正妃，生二子，其後皆有天下，其一曰玄囂，是為青陽，青陽降居江水。」《索隱》：「案黃帝立四妃，象后妃四星。皇甫謐云：元妃西陵氏女，曰累祖，生昌意；次妃方雷氏女，曰女節，生青陽；次妃彤魚氏女，生夷鼓，一名蒼林；次妃嫫母，班在三人之下。……太史公乃據《大戴禮》以累祖生昌意及玄囂。玄囂即青陽也。皇甫謐以青陽為少昊，乃方雷氏所生。是其所見異也。」瀧川龜太郎，《史記會注考證》（高雄：麗文文化公司，1997），頁22。

不死神話中的贈藥故事，所贈予的不死藥型態爲何？何以全是女神贈藥而非男性？而贈藥的所在地又具有什麼樣的意義？都是討論的焦點。

1. 聯通天地的場域

《山海經》中有幾處關於不死國、不死民的記載。如：

《山海經・海外南經》：

> 不死民在其東，其爲人黑色，壽，不死。〔註54〕

《山海經・大荒南經》：

> 有不死之國，阿姓，甘木是食。〔註55〕

《山海經・大荒西經》：

> 大荒之中，有山名曰大荒之山，日月所入。有人焉三面，是顓頊之子，三面一臂，三面之人不死，是謂大荒之野。〔註56〕

《山海經・海內經》：

> 流沙之東，黑水之間，有山名不死之山。〔註57〕

這些記載顯示當時生命永恆循環的神話已破滅，因此「不死」成爲志怪述異的材料，除了地理空間的窅渺，其人亦具有特殊性，如《大荒西經》所載的不死之人，乃是神之子，且具有三面的神異形貌。這是經由日常與超越的對比所設下的界線。一般的凡常之人若想要晉越到不死的生命狀態，則必須對其「常性」有所突破，常見者爲空間上的突破，例如涉足永生的聖地；其次則爲存在本質上的變化，例如由於修鍊、特殊的境遇，因得由凡入聖。〔註58〕

值得注意的是，這兩種情況通常都以一個「聯通天地的場域」爲背景，女神則是其中的主人。此一現象，可以以母神擁有永恆重生的生命力、母腹的回返、天地生命力的獲取等原型意象來詮釋。伊利亞德（Eliade）的理論是是此說主要的支持依據。以鄭振偉〈埃利亞代的「比較宗教學」在兩岸三地的接受過程〉所詮釋的「大地母親」概念爲例：

> 大地母親（Earth-Mother）是一個原始意象。人類的母親模仿和重複生命在大地的子宮孕育的行爲，胎兒和出生，也就是重複著

〔註54〕 袁珂校注，《山海經校注》，頁238。
〔註55〕 袁珂校注，《山海經校注》，頁425。
〔註56〕 袁珂校注，《山海經校注》，頁472。
〔註57〕 袁珂校注，《山海經校注》，頁504。
〔註58〕 參考李豐楙先生著名的「常與非常」論述，李豐楙，《神化與變異：一個「常與非常」的文化思維》，北京：中華書局，2010。

宇宙創生人類的行爲，女性的生產也就是微型的宇宙生產。進入迷宮或洞穴，相當於神秘地回歸到母體。在永生神話中，「回歸母體」（regressus ad uterum）是傳播最廣的主題，即返回創造的本源或象徵生命之源的子宮。……崑崙就是「一個內在經驗，回到出生前的胚胎狀態」。〔註59〕

著名的不死神話——后羿登崑崙就西王母取得不死藥，崑崙山因可解釋爲創造的本源、生命之源的子宮象徵，西王母是爲大地母神，不死藥則隱喻著使大地子宮重複孕育生產的宇宙生命力。其中無論是聯通天地的場域或不死藥的力量，均透過代表生生之力的象徵來陳述。相關記載見：

《文選》謝莊〈月賦〉注引《歸藏》：

　　昔常娥以不死之藥犇月。〔註60〕

《山海經・海內西經》：

　　海內昆侖之虛在西北，帝之下都。昆侖之虛，方八百里，高萬仞。上有木禾，長五尋，大五圍。面有九井，以玉爲檻。面有九門，門有開明獸守之。百神之所在，在八隅之巖，赤水之際。非仁羿莫能上岡之巖。〔註61〕

郭璞《山海經圖贊》：

　　萬物暫見，人生如寄。不死之樹，壽蔽天地。請藥西姥，烏得如羿。〔註62〕

《初學記》卷一引《淮南子・覽冥訓》：

　　羿請不死之藥於西王母，姮娥竊以奔月，托身於月，是爲蟾蜍，而爲月精。〔註63〕

月、樹、水、規律而豐產的蟾蜍，都是前舉具有源源不絕之生命力的象徵物，因此用來代表月亮及仙藥具有不死的力量蘊藏其中。

此類具有聯通天地性質的場域，通常透過具有宇宙聯通性質的象徵來表現，例如宇宙山、宇宙樹，與宇宙空間有關的水。如《山海經》中不死之國

〔註59〕鄭振偉，《意識・神話・思維——文本批評的尋索》（北京：中國社會科學出版社，2005），頁66〜67。
〔註60〕《文選》卷13謝莊〈月賦〉李善注引，頁197。
〔註61〕袁珂校注，《山海經校注》，卷六〈海內西經〉，頁344〜345。
〔註62〕袁珂校注，《山海經校注》，卷六〈海內西經〉，頁345引郭璞《山海經圖贊》。
〔註63〕何寧，《淮南子集釋》卷六〈覽冥訓〉注，頁501。

的食物甘木；《淮南子》中的珠樹、玉樹、不死樹〔註 64〕；《山海經》、《括地圖》所記環繞崑崙山的弱水〔註 65〕等，這些都是伊利亞德曾論具有天地聯通性的連結物。至於不死藥所運用的象徵，則較具有多樣性。

2. 不死藥：宇宙生命力的象徵物

不死藥多以具有生生不息之力量的象徵物來塑造，如隨季節循環，只有興衰規律，無有生命盡頭的植物和水，這兩類以不死樹、不死草、芝草、泉水最為著名。

如《海內十洲記》祖洲有「不死之草」：

> 祖洲近在東海之中，地方五百里，去西岸七萬里。上有不死之草，草形如菰苗，長三四尺，人已死三日者，以草覆之，皆當時活也，服之令人長生。〔註 66〕

瀛洲有令人長生之「神芝仙草」、「玉醴泉」：

> 瀛洲在東海中……上生神芝仙草。又有玉石，高且千丈。出泉如酒，味甘，名之為玉醴泉，飲之，數升輒醉，令人長生。〔註 67〕

元洲有「五芝玄澗」：

> 元洲在北海中，地方三千里，去南岸十萬里。上有五芝玄澗，澗水如蜜漿，飲之長生，與天地相伴。服此五芝，亦得長生不死，亦多仙家。〔註 68〕

張華《博物志》卷八則有「神芝」、「不死之草」、「英泉」、「不死樹」、「赤泉」：

> 地性含水土山泉者，引地氣也。山有沙者生金，有穀者生玉。名山生神芝，不死之草。上芝為車馬，中芝為人形，下芝為六畜。
>
> 神宮在高石沼中，有神人，多麒麟，其芝神草有英泉，飲之，

〔註 64〕《淮南子・墜形訓》：「（崑崙虛）上有木禾，其脩五尋。珠樹、玉樹、璇樹、不死樹，在其西。」

〔註 65〕《山海經・大荒西經》：「西海之南，流沙之濱，赤水之後，黑水之前，有大山，名曰崑崙之丘……其下有弱水之淵環之。」；《太平御覽》卷 920 引《括地圖》：「崑崙之弱水中，非乘龍不得至，有三足神鳥為西王母取食也。弱水有二源：具出女國北阿傐達山，南流會於國北，又南歷國北東去一里，深丈餘，闊六十步，非乘舟不可濟，流入海。」

〔註 66〕《漢魏六朝筆記小說大觀》，頁 64～65。

〔註 67〕《漢魏六朝筆記小說大觀》，頁 65。

〔註 68〕《漢魏六朝筆記小說大觀》，頁 66。

服三百歲乃覺，不死。去琊琊四萬五千里，三珠樹生赤水之上。

　　員丘山上有不死樹，食之乃壽。有赤泉，飲之不老。〔註69〕

　　除了以規律興衰、循環不盡特徵的水、植物，形體堅固，具有永久性的石頭，亦爲長生方。見《海內十洲記》：

　　　　滄海島在北海中，地方三千里，去岸二十一萬里。海四面繞島，各廣五千里。水皆蒼色，仙人謂之滄海也。島上俱是大山，積石至多。石象八石，石腦石桂，英流丹黃子石膽之輩百餘種，皆生於島。石服之神仙長生。島中紫石宮室，九老仙都所治，仙官數萬人居焉。〔註70〕

《博物志》：

　　　　名山大川，孔穴相內，和氣所出，則生石脂、玉膏，食之不死，神龍靈龜行於穴中矣。〔註71〕

　　石之所以爲不死藥，除了形體的堅固永久，其出於土中，及伴隨生殖崇拜而來的崇拜想像亦爲一端。《山海經》中甚至有「食土」，則人死軀體入土可更生復活的想像。見《山海經・海外北經》：「無綮之國在長股東，爲人無綮。」郭璞注：「綮，肥腸也。其人穴居，食土，無男女，死即埋之，其心不朽，死百廿歲乃復更生。」〔註72〕這種想像大約是從大地對植物的滋長力量而來。

　　大地母親所擁有的宇宙生命力，在創世神話中由女神掌有，至於在不死神話中，宇宙生命力則不必然全歸於女神，凡常人皆可透過不死藥，獲取此一力量。此時宇宙的生命力被包藏在單一的象徵物中，女神則擔任了持贈的角色。

　　上舉不死樹、不死草、泉水、靈石所具有的生生之力，原本是和女神、生育崇拜緊密連結在一起的。但由上可見，不死草、不死泉等長生藥被獨立出來了，在不死神話中，女神的存在不再具有必要性。

　　《海內十洲記》、《博物志》都是丹道修鍊文化興起後的作品，宇宙循環不息的生命力可被蘊藏在象徵物中，是丹道文化的重要支持理論，由此形成了將動植物燒煉成含藏宇宙生命力的仙丹、將人體養煉爲等同於宇宙之不朽丹爐等活動的可能性。在這些活動的相關敘事中，女神仍然活躍，但不再是

〔註69〕 《漢魏六朝筆記小說大觀》，頁188～189。
〔註70〕 《漢魏六朝筆記小說大觀》，頁69。
〔註71〕 《漢魏六朝筆記小說大觀》，頁189。
〔註72〕 袁珂校注，《山海經校注・海外北經》，頁276。

一體化的生命關係，而更多是抽身出來，成為彼不朽聖境，與此有限之凡塵間，一個智慧引導者的角色。

　　神仙故事中可見許多相關的情節，其為不死神話的後期演變。此中較大的變化是受丹道文化的影響，不死藥不再是芝草仙泉，而是長生仙方或秘傳仙經。如上元夫人授茅固、茅衷長生仙經：

　　　　茅君之師乃總真王君。西靈王母與夫人，降於句曲之山金壇之陵華陽天宮，以宴茅君焉。……王君告二君曰：「夫人乃三天真皇之母，上元之高尊，統領十方玉女之籍。汝可自陳。」二君下席再拜，求乞長生之要。夫人憫其勤志，命侍女宋辟非出紫錦之囊，開綠金之笈，以《三元流珠經》、《丹景道精經》、《隱地八術經》、《太極緣景經》，凡四部，以受二君。〔註73〕

太真夫人授與馬明生燒金液丹法：

　　　　夫人嘆而謂之曰：「汝真可教，必能得道者也。以子俗人，而不淫不慢。恭仰靈氣，終莫之廢。雖欲求死，焉可得乎。……欲教汝長生之方，延年之術。而我所受，服之以太和自然龍胎之醴。適可授三天真人，不可以教始學。故非汝所得聞。縱或聞之，亦不能用以持身也。有安期先生燒金液丹法，其方秘要，立可得用，是元君太乙之道，白日昇天者矣。……」〔註74〕

　　女神授與仙方仙經，跟不死神話中直接贈與不死藥，雖然都得到長生的結果，但最大的不同是得之者付出了養鍊的努力與過程，除了女神的定位有所差異，凡人可經自我努力變化生命的狀態，意義更是重大。

　　另一後期變化是場域的轉換，不死神話中凡人需經由登臨聯通天地的聖境，乃得以獲取不死藥。神仙故事中則有許多女神自降、自入凡塵的情節。如萼綠華降羊權家授與尸解藥：

　　　　萼綠華者，女仙也。年可二十許。上下青衣，顏色絕整。以晉穆帝昇平三年己未十一月十日夜降於羊權家。……世人得老死，我得長生，故我行之已九百歲矣。授權尸解藥。〔註75〕

便是其例。而前舉王姓、茅姓、羊姓主角，都是在道教擴展的過程中發

〔註73〕《太平廣記》卷57〈上元夫人〉，頁346。
〔註74〕《太平廣記》卷57〈太真夫人〉，頁351。
〔註75〕《太平廣記》卷57〈萼綠華〉，頁355。

揮影響力的重要家族。其中或有出於展教需求，因而構造下降傳經情節的可能因素，亦應考慮。

3. 母體生育功能的取消

與創世神話、感生神話中的女神相比，不死神話中的女神，具有聯通天地之場域的依賴性，與傳遞不死藥的功能性。其雖同出於大地母親、母體回歸的概念，但是大地母親的生育力量、母體中生－死－重生的永恆時間，卻可被轉移出去，或者取消。

在其他少數民族的不死神話裡，可見到透過特定情節，將女神所擁有的宇宙生命力轉與他者的情節。如哈尼族〈永生不死的姑娘〉透過「婚嫁」將永生的神力過渡與九位男神：

> 傳說，在古遠古遠的時候，上面沒有天，下面沒有地，天神地神造了天，造了地，造了高山大海，造了世間的萬物。可是，天地有了，天地命不長；太陽月亮有了，太陽月亮命不長；萬種莊稼有了，萬種莊稼命不長；萬股水源有了，萬股水源命不長；年有了，年命不長；樹有了，樹命不長；人有了，人命不長。

> 天神、地神、太陽神、月亮神、莊稼神、年神、水神、樹神還有人神，九個大神走來商量：「弟兄們啊，沒有長命，天要坍，地要陷，太陽要烏，月亮要黑，莊稼不飽滿，日子不會長，水要乾，樹要枯，人要死，要找我們的長命去啦！」

> 九個神一個跟著一個，去到大神沙拉那裡。「阿波沙啦，你是我們的第三代神王，造天造地的時候，樣樣都造下來了，沒有造的只有一樣，就是長命這個東西。沒有長命，我們不會活，你給我們一個長命吧！」

> ……

> 大神煙沙勸他們：「不要急，不要怕，我領你們去找我阿媽阿匹梅煙要去。」

> 阿匹梅煙說：「我的兒孫們啊，沒有長命不能怪，沒有長命不要氣，長命不是造出來的，是生出來的，天上地下都沒有長命，要去生才會有。」

> 大神煙沙說：「親親的阿媽，你是沒有一樣不會生的萬能的神，

請你生下萬事萬物中只差一樣的長命來吧！」

　　萬能的大神，最高的神王阿匹梅煙答應了，她生了九天，生出九個姑娘，就是大神煙沙的親妹子，就是大神沙拉的親阿娘。

　　……

　　九個神討得了九個永生不死的姑娘，就得到永生不死的長命，從此，天再也不會坍，地再也不會陷，太陽月亮永遠有光，莊稼永遠永遠也栽不完，江河泉水流不斷，日子永遠過不完，樹木青草永遠綠，世上永遠有人煙。〔註76〕

在這個哈尼族的不死神話裡，具有大母神地位的最高神王「阿匹梅煙」，仍具有生生萬物的神能，她是生命之力的終極來源。為了維護生命的存在，她生出了代表天、地、月亮等內在生命力的九位姑娘，這九位姑娘長生不死，如同最高神王阿匹梅煙的分身，但是卻不具備神王生育的神力，她們的功能在於嫁與九位天神，使他們得到長生不死的力量。此節和服用蘊藏宇宙生命力的不死藥，功能是相同的。

　　前述三類神話中的女神，與生命體的關係各自不同。創世女神的母體等同於生命，具有無限生化的力量；感生神話中的女神，雖僅是傳遞了上天的生命力，但仍是一個具有孕育力量的母體；不死神話中的女神，處在聯通天地的場域中，所執行的是傳遞不死藥的功能，其本身並不具備母體生育的功能。造成這種落差的原因，在於不死概念的產生，源自於永恆回歸之圓形時間的破滅，女神及其所處的生命體，是一個被架構出的夢境，人與女神（母神）間已經失去了生命一體化的連結，沒有受孕育、同命連根的關係，也因此宇宙生命力可被獨立取出，例如將宇宙生生不息的生命力封存在不死藥中，使女神的現身僅僅是完成賜予的情節而已。這種轉變，同時也開啟了神仙故事中神人遇合情節的舞台。

（四）民俗信仰：生命的護佑者

　　神話傳說為道教神仙信仰譜系主要的源頭之一。如卿希泰主編《中國道教》所述：

　　道教根植於中國文化土壤中，其崇奉之神靈數量眾多，但無一例外地都能從這塊土壤中找到它的源頭。歸納起來，不外四端：第

〔註76〕陶陽、鐘秀編，《中國神話》（北京：商務印書館，2008），下冊，頁1095～1099。

一，對中國古代「天神、地祇、人鬼」信仰的繼承和改造。……第二，對神話傳說人物的繼承和改造。……第三，取材於戰國秦漢間流傳的神仙人物。……第四，對讖緯的承襲。〔註77〕

由此可知，道教信仰中的女神多數具有古老的淵源，如今所見的型態為歷經長時間演化的結果。而宗教作為人心願望的寄託，女神信仰所呈現的內涵，可視為人性願望的鏡影。人們所投射在女神身上的主要寄託為何，可以由如今女神所呈現的樣貌觀之。

馬書田《華夏諸神・道教卷》〔註78〕所舉的女神，有：王母娘娘、斗姆、九天玄女、天妃娘娘（媽祖）、閃電娘娘（金光聖母）等。這些女神多數具有神話傳說源頭。如王母娘娘與西王母神話、斗姆與天文神話、九天玄女與黃帝蚩尤傳說、媽祖與海神、金光聖母與電母等。

從神話到當代信仰，這些女神歷經了長久的發展與分化，最後作為人心祈求的對象而固定為具有特定功能的神靈。這些民間信仰中的女神，與創世神話、感生神話、不死神話、遇合故事相較，所呈現出來最大特色便是護佑生命功能的凸顯，其孕育生命的功能，以及神話中著重的母體象徵，皆已模糊。

二、執掌「死」之負面女神滅亡功能的凸顯

世人對女神的印象，大抵是慈愛、美麗而善良的。〔註79〕而在關於女神的研究中，學者也曾提出：「中國古代的女神是單向度的至善神」的說法〔註80〕。雖然關於所謂惡女神之「惡」，究竟是面容醜惡、性情兇惡，還是威能使人懼惡？仍待進一步深入探討，但若說中國女神中，不具有與正面慈藹佑生形象相對的負面女神存在，倒也未盡然。至少在神話記載中，西王母便以容貌醜惡、性情兇惡的早期形象存在，其「蓬髮戴勝，豹尾虎齒」，面容使人恐懼，且「司天之厲及五殘」，具有操縱瘟疫、兵災等使人命滅亡的

〔註77〕卿希泰主編，《中國道教・三》（上海：東方出版中心，1994），頁3～4。

〔註78〕馬書田，《華夏諸神・道教卷》，台北：雲龍出版社，1993。

〔註79〕如唐代小說裴鉶〈封陟傳〉中的仙姝，不僅有「侍從美麗，玉珮敲磬，羅裙曳雲，體欺皓雪之容光，臉奪芙蕖之豔冶」的姿容，更轉生出「既厭曉妝，漸融春思」、「特調光容，願持箕帚」等滿足文人心理的嬌柔情態。唐・裴鉶，〈封陟傳〉，何滿子審定、李時人編校，《全唐五代小說》（西安：陝西人民出版社，1998），頁1765。

〔註80〕李素平，《女神・女丹・女道》（北京：宗教文化出版社，2004），頁123～125。

恐怖威能。〔註81〕又見典籍記載中，如任昉《述異記》所述鬼母：「一產十鬼，朝產之，暮食之」，形象亦可怖；〔註82〕而在民俗信仰方面，也有掌管肅殺秋氣之霜神青女、掌管冥間秩序之君主女青、掌管陰兵之六丁六甲玉女等多位具有負面威能的女神存在。因此中國女神並不是僅有單向度的至善神，同時也有呈現出惡形象的負面女神。

神話是初民透過上帝之眼，對萬事萬物的神聖化解讀，如王孝廉《中國神話與傳說》：「神話是古代民眾以超自然性威靈的意志活動為底基，而對周圍自然界及人文界諸事象所做的解釋或說明的故事。」〔註83〕對神聖秩序的理解與遵循，帶來了心靈的安定；至於宗教信仰中神靈的存在，也莫不出於人心的仰賴。Louis Dupré《人的宗教向度》如是說：

> 宗教的行徑並非一種簡單的經驗，而是心靈藉以發現新的實在界之一種複雜的活動；這種新的實在界雖然超越現象世界並與之對立，但卻在更高的綜合中統攝了一切的實在界。……宗教經驗的基本特色，就是要克服主體與客體之間的對立。這種主客合一的境界由宗教象徵及其神話的詮釋而得以表達。〔註84〕

如果宗教的信仰活動無非一種「在更高的綜合中克服主客對立」的追求，那麼，負面女神雖呈現出惡形象，究其信仰的產生心理，仍應建立在民眾理解生命現象與求取心靈依靠的共同背景上。那麼，支持發展出負面女神惡形象的心理背景為何？此一心理背景又出於什麼樣的主客對立存在體驗？其是否亦為 Louis Dupré《人的宗教向度》中所謂「人類一旦發現原始統一體，並藉由神話與儀式使自己回歸其中以後，就能將存在之悲愁與張力轉化為平安與喜悅」〔註85〕的一個面向呢？這些疑問，均是負面女神存在現象背後值得探討的課題。

〔註81〕袁珂校注，《山海經校注》，〈西山經〉，頁 59：「又西三百五十里，曰玉山，是西王母所居也。西王母其狀如人，豹尾虎齒而善嘯，蓬髮戴勝，是司天之厲及五殘。」

〔註82〕舊題任昉，《述異記》（台北：台灣商務印書館，1986，《景印文淵閣四庫全書》，1047 冊），卷上，頁 613：「南海小虞山中有鬼母，能產天地鬼。一產十鬼，朝產之，暮食之。今蒼梧有鬼姑神是也。虎頭、龍足、蟒目、蛟眉。今吳越間防風廟土木作其形。龍首牛耳，連眉一目。」

〔註83〕王孝廉，《中國的神話與傳說》（台北：聯經出版事業公司，1994），頁 1。

〔註84〕〔比利時〕Louis Dupré 著，傅佩榮譯，《人的宗教向度》，頁 9。

〔註85〕〔比利時〕Louis Dupré 著，傅佩榮譯，《人的宗教向度》，頁 17。

生命現象中的生與死，及生死所賦予人類心靈對存在的感受，本是宗教的核心。而若將「生」與正面女神聯繫在一起，則負面女神或便源自「生」的另一端——死亡。〔德〕卡西勒（Ernst Cassirer）《人論》提到：「在某種意義上，整個神話可以被解釋爲就是對死亡現象的堅定而頑強的否定。由於對生命的不中斷的統一性和連續性的信念，神話必須清除這種現象。原始宗教或許是我們在人類文化中可以看到的最堅定最有力的對生命的肯定。」〔註86〕然則，負面女神的存在，是不是即出自「生命統一而連續之信念」，而對死亡現象所作出的解讀與維護呢？此爲據以分析負面女神存在現象的重要進路。

由於過去對神話與民俗中負面女神的呈現較爲闕如，因此在本文的討論中，將首先透過精神分析學與宗教學原理，探討負面女神產生的心理背景，其次則例舉所見的數位負面女神，略述其形象、執掌及負面特徵，藉以印證此一女神群體的存在。最後，嘗試引用符號學中肖似記號、指號、符號三分法，初步理出負面女神的類型及其發展脈絡。希望能有助於呈現女神文化中，此一過去較少被關注的特殊面向。

（一）母性體驗與宗教心理：關於形成背景的探討

女神宗教或曾普遍存在於世界各地〔註87〕，關於女神宗教文化的內涵，〔美〕馬麗加‧金芭塔絲（Marija Gimbutas）透過考古研究指出：「古歐洲人崇拜的一位『大女神』所體現的是出生、死亡和再生」、「女神既是一，又是多；既是統一的，又是多樣的。鳥、蛇合身的女神是主管生命延續的大女神，是出生、死亡與再生女神」。〔註88〕其中強調，雖然整體而言女神所掌管的是生命，但是伴隨著女神信仰的核心生命思維是：出生、死亡、再生循環三階一體的概念。金芭塔絲觀察到，大部分女神的象徵物都具有變化週期性，如陰晴圓缺的月亮、冬眠復甦的熊、冬眠蛻皮的蛇，這些象徵物因爲展現了生命的循環流程，因此被視爲神顯。所謂的女神宗教，便是建立在對女神掌握生

〔註86〕〔德〕恩斯特‧卡西爾（Ernst Cassirer），甘陽譯，《人論》，頁 132。

〔註87〕Merlin Stone《上帝爲女性時》（When God Was a Woman）：「女神宗教的崇拜中心是生殖崇拜——大母神崇拜；女神宗教發展的最高型態是女性創世主的神話觀念；母神作爲一切生物乃至無機物之母，是她生育出天地萬物和人類。這樣一種女性創世主的神話可見於蘇美爾、巴比倫、埃及、非洲、澳大利亞和中國。」〔英〕Merlin Stone, When God Was a Woman (San Diego: Harcourt Brace Jovanovich, 1976), pp.18～19.譯文引自李素平，《女神‧女丹‧女道》，頁 95。

〔註88〕〔美〕 Marija Gimbutas 著，葉舒憲等譯，《活著的女神》，頁 4。

命奧秘的敬畏上，女神除了帶來生命、也收回生命，還主宰了其間的循環流動。

西蒙波娃認爲此一似乎與天地相連結的神秘功能，判分了男、女性別上的差異，並帶來某種先天的恐懼意識，其《第二性》第九章〈夢想、恐懼與偶像崇拜〉指出：

> 男人是受時空限制的，他只有一個身體，只有一次有限的生命，他在自然和歷史之間不過是一個孤獨的個體，而兩者都與他無關。女人也受到限制，和男人一樣，她也有精神；但也屬於大自然，生命之流源源不斷地從那裡流過。所以她在個體和宇宙之間好像一個調解者。〔註89〕

而除了存在上的差異，在生長歷程以及存在意識的發展中，對女性的高度依存仰賴關係，更造成根深柢固的崇拜敬畏心理。著名的大母神原型研究者埃利希・諾伊曼（Erich Neumann）對此有深刻的分析，其《大母神——原型分析》指出，所謂的「大母神原型」（the primordial image or archetype of Great Mother），是介於原型女性和阿尼瑪之間的心理現象〔註90〕。原型女性的基本特徵，永遠具有「母性」的決定性影響因素，因爲無論是自我或意識的發展，都包含了從無到有、依存仰賴於母體的過程，而大母神之「偉大」，便是由此一感受建立。

> 女性之所以表現爲偉大，是因爲那些被容納、被庇護、被滋養者依賴於它，並且完全處於它的仁慈之中。一個人可能被經驗爲「偉大」的，但也許遠不如在母親身上所經驗的偉大那樣明顯。看看嬰兒和兒童，他們把母親的地位等同於大母神。她的神聖尊嚴反映了人類幼兒不同於新生動物的特殊狀況，剛出生的動物遠比新生的嬰兒更加獨立。動物出生後，立即會產生一種感覺意識，而人的意識是在生命的第一年中才產生的，而且部分地由嬰兒和團體的社會關係、特別是其最主要的代表——母親所模塑。〔註91〕

前引 Erich Neumann 的論述除了提及原型女性之所以被經驗爲偉大，是始

〔註89〕〔法〕西蒙・波娃著，陶鐵柱譯，《第二性》（台北：貓頭鷹出版社，1999），頁 183。
〔註90〕〔德〕埃利希・諾伊曼，《大母神——原型分析》，頁 36。
〔註91〕〔德〕埃利希・諾伊曼，《大母神——原型分析》頁 42。

於嬰幼兒時期對母親的仰賴關係，還提到關於生命的感覺意識，是從無到有，在出生後，主要透過與母親的相處慢慢建立的。出於這種生存依賴，以及對生育現象的崇拜，使原型女性不僅僅只有正面的形象，同時也包含了負面的恐懼。

> 原型女性的基本特徵遠不只是容納的正面形象。正如大母神可以是恐怖的，也可以是善良的，原型女性也不僅是生命的施與者和保護者，而是像容器那樣，也攫取和收回；她同時是生命和死亡女神。〔註92〕

這種意識，在人類的心理活動中不時作用，「當意識與自我越薄弱，傾向於重返無意識狀況的心理重力越強」，心理學中「原型的侵襲」作用便越強烈，於是有吞噬恐怖母神的出現，白晝、太陽、光亮、英雄等正面象徵，被夜晚、黑暗、深海、怪獸等負面力量所覆滅〔註93〕。這些代表恐怖母神吞噬力量的象徵，包括夜晚、黑暗、深海等，均源自於母性體驗的恐懼，同時也形成爲塑造負面女神形象的素材。

除了心理原型，宗教意識也是負面女神產生背景之一端。宗教的本質，如奧托所述，是 numinous（神聖），意指「當著某個具有超常力量與絕對權能的對象的面所產生的感受」，其內涵包括了：受造感、依賴感、畏懼感、絕對不可抗拒性等。〔註94〕負面恐怖女神的存在，反映的便是神聖的宗教體驗——numinous 中的畏懼感、絕對不可抗拒感。

負面女神被誇大的恐怖形象，如同一種被固化、複製的宗教神聖體驗，人們能夠透過負面女神此一宗教對象的存在，一再喚醒生命的負面恐懼經驗，使神聖感一再臨加到心靈中，並在宗教活動中，透過對負面女神的信仰崇拜，一再獲得救贖。負面女神本透過恐懼心理被擬塑出來，人們卻經由宗教活動，使令人恐懼的形象反過來療癒了恐懼。而這種心靈歷程本身，同時鞏固了負面女神及其所屬宗教的存在。

結合以源出於母性體驗與宗教心理的敬畏感受，再加上宗教文化傳佈過程中的塑造渲染，於是在世界各地的女神文化中，除了美麗、慈愛、養護生命的正面女神外，往往也有可觀的醜惡、兇殘、覆滅生命之負面女神存在。

〔註92〕〔德〕埃利希·諾伊曼，《大母神——原型分析》頁45。
〔註93〕〔德〕埃利希·諾伊曼，《大母神——原型分析》頁25～26。
〔註94〕〔德〕魯道夫·奧托（Rudolf Otto），《論神聖》，頁12。

（二）神話與民俗中具有滅亡威能的負面女神

中國神話與民俗中所見的負面女神，以下列六位流傳最廣，最爲人所知。茲略述其形象與執掌，以呈現其共同具有的負面特質。

1. 司天之厲及五殘──西王母

《山海經》中凡有三處關於西王母早期形象的重要記載。見《西山經》：

> 又西三百五十里，曰玉山，是西王母所居也。西王母其狀如人，豹尾虎齒而善嘯，蓬髮戴勝，是司天之厲及五殘。〔註95〕

《海內北經》：

> 西王母梯几而戴勝杖，其南有三青鳥，爲西王母取食。在昆侖虛北。〔註96〕

《大荒西經》：

> 西海之南，流沙之濱，赤水之後，黑水之前，有大山，名曰昆侖之丘。有神一人面虎身，有文有尾，皆白一處之。其下有弱水之淵環之，其外有炎火之山，投物輒然。有人，戴勝，虎齒，有豹尾，穴處，名曰西王母。此山萬物盡有。〔註97〕

《山海經》中所記西王母形象，豹尾、虎齒、蓬髮，不僅容貌醜惡，還摻雜了猛獸的色彩，與後代雍容美麗的王母，形象差異甚大。虎、豹的元素，研究者咸認爲與部落圖騰有關，但無論如何，西王母之所以呈現令人敬畏的形貌，必因其具有令人敬畏之威能。

西王母的職掌，如《西山經》所言：爲「司天之厲及五殘」。郝懿行疏曰：「厲及五殘皆星名也」。厲及五殘星的性質，從典籍看來，俱爲凶星。《禮記·月令·季春》：「是月也……命國難，九門磔攘以畢春氣」鄭玄注：

> 此難，難陰氣也，陰寒至此不止，害將及人。所以及人者，陰氣右行。此月之中，日行屬昴，昴有大陵積尸之氣，氣佚則厲鬼隨而出行，命方相氏索室歐疫以逐之。又磔牲以攘於四方之神，所以畢止其災也。〔註98〕

說明厲星藏有墳墓積屍的陰寒之氣，若不加以祭祀攘除，則其中厲鬼隨

〔註95〕袁珂校注，《山海經校注》，頁59。
〔註96〕袁珂校注，《山海經校注》，頁358。
〔註97〕袁珂校注，《山海經校注》，頁466。
〔註98〕《禮記注疏》，《十三經注疏》，第五冊，頁305。

出害人。

至於五殘星，據《史記·天官書》所述：「五殘星出正東東方之野，其星狀類辰星。」正義注云：「五殘，一名五鋒，出正東東方之分野，狀類辰星也，去地可六七丈，見則五分毀敗之徵，大臣誅亡之象。」〔註99〕則可知五殘象徵分裂毀敗、大臣誅亡，也與生命的傷亡有關。

雖然西王母晚期的形象變化極大，但從《山海經》所載形象與執掌看來，早期西王母確實屬於反映生命恐懼的負面女神。

2. 秋霜之神──青女

《淮南子·天文訓》有：

> 季春三月，豐隆乃出，以將其雨。至秋三月，地氣不藏，乃收其殺，百蟲蟄伏，靜居閉戶，青女乃出，以降霜雪。行十二時之氣，以至於仲春二月之夕，乃收其藏而閉其寒。女夷鼓歌，以司天和，以長百穀禽鳥草木。孟夏之月，以熟穀禾，雄鳩長鳴，爲帝候歲。是故天不發其陰，則萬物不生；天不發其陽，則萬物不成。〔註100〕

如同眾所熟知的蒙書《幼學瓊林》所載：「青女爲霜之神」，青女執掌的是具有肅殺氣息的秋霜。《淮南子》透過天地陰陽之氣的流動與萬物生殺的關係解釋季節變化，並具體記述了青女帶來衰殺之氣的神能。季春三月時，雷神豐隆現身降雨，雨有天陽地陰相合的角色作用，也有生養的意味，此一從天而出的生氣，爲萬物帶來滋長能量，此後百物榮榮；到了秋三月，天地陰陽之氣則開始輪轉。地面下的陰氣逐漸發散出來，佈化出殺氣，群生蟄伏，青女於是現身降下霜雪，宣告百物的衰歇。

青女此時擔任的角色，正與豐隆相對應。如果豐隆及其所掌的雷雨，是使生命滋長的力量，那麼，青女及其所掌的霜雪，便是使萬物衰亡之殺氣的象徵。這種萬物生命的衰歇，是由季節變化所造成，但在神話的思維裡，卻被認爲是天地間神聖秩序的顯現，作爲神聖秩序執行者的青女，便是上天意志的擬現。由於其所執掌的爲秋氣、殺氣，因此具有負面特徵。此外，由霜雪的屬性，亦可見青女負面特徵之一斑。

霜雪由代表陰性力量的水積聚而成，如《淮南子·天文訓》中有：「積陰

〔註99〕瀧川龜太郎，《史記會注考證》，頁474。
〔註100〕何寧，《淮南子集釋》，頁231～232。

之寒氣爲水，水氣之精者爲月。」〔註101〕《史記·天官書正義》亦載：「陰陽交感，激爲雷電，和爲雨，怒爲風，亂爲霧，凝爲霜，散爲露。」〔註102〕這兩段引文顯示，古人認爲陰氣所積聚的寒氣是爲水，陰氣平日含藏不動，如同水斂收於地底，而當它發散出來與陽氣相感時，天地間便產生雷、電、風、雨、霧、霜、露等各種陰陽交感的氣候變化。在這些陰氣之變中，霜雪因爲出現在百物衰歇的秋冬，因此被視爲陰氣極盛的表徵。漢代緯書《春秋考異郵》明確指出，霜就是亡、盡的象徵：

> 霜者陰精，冬令也，四時代謝，以霜收殺。霜之爲言亡也，物
> 以終也。〔註103〕

《淮南子·天文訓》亦載霜雪是陰氣極盛的現象：

> 天之偏氣怒者爲風，地之含氣合者爲雨。陰陽相薄，感而爲
> 雷，激而爲霆，亂而爲霧，陽氣勝則散而爲雨露，陰氣盛則凝而
> 爲霜雪。〔註104〕

其他又如《黃帝內經素問·六元正紀大論》稱霜氣的發佈爲「霜殺」〔註105〕。可見霜雪普遍代表寒氣、陰氣、殺氣，是衰亡終盡的象徵。以此來看，其執掌者青女應屬負面女神之一。

3. 幽冥執掌者——泰山女神

泰山自古有冥府之說，《帝王世紀》中有「泰山稽鬼」，古典小說中亦常以太山使者拘提代稱死亡，如〈封陟〉：「後三年，陟染疾而終，爲太山所追，束以大鎖，使者驅之，欲至幽府。」〔註106〕泰山女神作爲泰山的主神，其執掌與幽冥地獄有關。

泰山女神又名碧霞元君、天仙玉女，道經《碧霞元君護世弘濟妙經》記述泰山女神——碧霞元君的權能爲：

> 若有孝子順孫，欲追先祖。虔修善功，沐浴齋戒。恭請高行道

〔註101〕何寧，《淮南子集釋》，上冊，卷三〈天文訓〉，頁167。

〔註102〕瀧川龜太郎，《史記會注考證》，頁461。

〔註103〕安居香山、中村璋八輯，《緯書集成》，中冊，頁795。

〔註104〕何寧，《淮南子集釋》，頁170。

〔註105〕清·張隱庵注，孫國中、方向紅點校，《黃帝內經素問集注》，卷八〈六元正紀大論〉，頁701：「水鬱之發，陽氣乃辟，陰氣暴舉，大寒乃至，川澤嚴凝，寒氣結爲霜雪，甚則黃黑昏翳，流行氣交，乃爲霜殺，水乃見祥。」

〔註106〕《太平廣記》卷68〈封陟〉，頁425。

士，或一或二，或三或五，於家就觀，嚴肅敬慎，看誦此經。或千
或萬，諸苦俱脫，洗滌罪愆。青姑變善，灰河化池。幽爽滯魄，承
經托化。若人缺祀繼世，虔誠求請，看念此經，便生福德智慧之男。
舍欲爲女，便生端正有相之女。若爲壽、爲災、爲官、爲訟、爲妖，
嚴肅敬慎，無不感應。〔註107〕

其中所提追度先祖、洗滌罪愆、幽爽滯魄、青姑灰池、承經托化等等，
均與死亡、地獄有關，顯示泰山女神的權能集中在對幽冥的執掌。

民國十四年顧頡剛、孫伏園、容庚、容肇祖、莊嚴等人曾受「北京大學
研究所國學門風俗調查會」所託，對妙峰山碧霞元君信仰進行田野調查與研
究，原先連載於京報，後來集結出版爲《妙峰山》出版。〔註108〕由於這批考
察成果最初發表在報紙上，因此引起極大迴響，許多讀者紛紛投書針對調查
的內容進行討論，其他學者也加以附和研究，於是形成一次罕見的民俗信仰
集體研究風潮。在《妙峰山》這本難得的研究記錄中，顧頡剛〈妙峰山的香
會〉一文比較明代以來妙峰山祠祀碧霞元君風俗的改變，其討論透露了泰山
女神與幽冥的聯繫。

顧頡剛文中引述明代劉侗、于奕合著之《帝京景物略》解說明代至妙峰
山進香的風俗。當時多旗幢鼓金而進，其中隊伍後所標舉的乃是二丈高、上
有七星圖樣的黑色大旗；又，至妙峰山進香的香客，喜歡在歸途中戴上紙泥
面具，稱爲鬼臉、鬼鼻，又串染鬆鬣，稱爲鬼鬣。這些風俗在民國初年顧頡
剛等前往考察時，雖已不復見，〔註109〕但是由文中古今風俗的比較描述，亦
可看出諸多與幽冥執掌相關的跡象。

泰山女神與幽冥的關聯，從各地碧霞元君（泰山女神）廟的配殿亦可看

〔註107〕經文引自范恩君，〈碧霞元君護世弘濟妙經考辨〉，《宗教學研究》，2006年第
一期，頁28。《萬曆續道藏》亦收有《元始天尊說碧霞元君護國庇民普濟保
生妙經》，文字略有出入。

〔註108〕原先爲民國14年連載於京報副刊的「妙峰山進香專號」，民國17年（1928）
由中山大學語言歷史學研究所出版爲民俗學會叢書之十八《妙峰山》，書中將
讀者迴響討論的部分也收入，成一專冊。近年出版的《典藏民俗學叢書》（哈
爾濱：黑龍江人民出版社，2003）中冊，將《妙峰山》一書完整收入，即爲
本文所引用的版本。

〔註109〕顧頡剛，〈妙峰山的香會〉：「把這篇所記與現在妙峰山的香會一較，眞要使人
發出『人心不古，世風日下』的慨嘆了。現在的妙峰山，只有寥寥落落的幾
竿中幡，哪裡有百十個繡旗丹旐……只有秸編的草帽，哪裡有什麼鬼臉，鬼
鼻，鬼鬣！」，收入《典藏民俗學叢書》中冊，頁1029。

出來，根據田承軍〈碧霞元君與碧霞元君廟〉〔註110〕一文的介紹，可知各地的碧霞元君廟往往附有閻君殿、三曹官殿、十王殿等配殿，這樣的情形並不常見，此亦泰山女神作爲幽冥執掌者的信仰痕跡之一。

而學者何新甚至認爲西王母就是中國的死神，其治所爲泰山，見：

> 《帝王世紀》中有「太山稽鬼」之說。馬王堆出土帛書《十六經》中，記黃帝有臣名「太山稽」。按，「太山稽」，即「太山姬」，亦即西王母，正是中國神話中的死神。〔註111〕

這樣的論點尙未被普遍接受，碧霞元君與西王母間的關係也待釐清〔註112〕，但作爲古冥府之神的泰山女神，因爲所居、所掌都與死亡有關，自然也屬負面女神。

4. 地府君主──女青

前引《碧霞元君護世弘濟妙經》提到泰山女神可使地獄中「青姑變善，灰河化池」，此中所言的青姑，應即女青，女青主掌地獄，具有敕鬼、降災之能。

女青的主要典籍爲六朝時期的《女青鬼律》，其餘又有《太上太玄女青三元品誡拔罪妙經》、《太上洞玄靈寶滅度五鍊生尸妙經》等部。具體的文物方面則有刻以「如女青律令」字樣的賣地卷、鎮墓文。綜觀道經記載與出土文物數量，女青信仰在墓葬文化中應曾盛極一時。

女青的部份職掌與泰山碧霞元君相同，均可考校功過，定人生死禍福。其中最大的不同爲：碧霞元君的職權雖與負面的死亡、幽冥有所關連，但在正面的生育、養護部分仍很明顯，並且強調對婦女孩童的庇佑威能；而女青則強烈的單獨凸顯出與「死亡」相關的方面，特別是女青所羈管的是鬼，其降福解災的方式，是禁管鬼魅，使不危害。如《女青鬼律》中有：女青因見「日有千鬼飛行不可禁止」，於是才頒下鬼律，授與敕鬼之法，欲使「萬鬼不干，千鬼賓伏」的記載。〔註113〕而根據《太上太玄女青三元品誡拔罪妙經》，女青除了能敕鬼外，其所控制的災禍還包括了「家多疾病，人口迍衰，

〔註110〕田承軍，〈碧霞元君與碧霞元君廟〉，《史學月刊》，2004年第四期。

〔註111〕何新，《諸神的起源：第一卷──華夏上古日神與母神崇拜》第五章〈古昆侖──天堂與地獄之山〉，頁126。

〔註112〕根據今泰山靈應宮內所存明代銅鐘上所銘刻的《碧霞元君護世弘濟妙經》，碧霞元君的來歷爲：「西天斗母精運元氣發現金蓮化身」，西王母爲元星之母，又稱斗母（斗姆），從此句經文看來，西王母與泰山女神碧霞元君間，似乎有所關聯。

〔註113〕《女青鬼律》，《道藏》，第十八冊，頁239。

或咒詛侵凌，或邪魔爲禍，或遭瘟疫，或患風狂，或運厄爲災，或凶星降禍」〔註114〕，都與死亡相關。

至於女青在賣地卷、鎮墓文中的呈現情形，參考黃景春〈道教早期神仙女青考〉一文可知：東晉漢魏的賣地卷、鎮墓文均以「如女青律令」結尾，到了南北朝時期，有些卷文的結尾則變爲「如太上老君地下女青律令」。以劉宋元嘉十年（433）的徐副賣地卷爲例，此一青石板所製的賣地卷文末便是「一如太清玄元上三天無極大道太上老君地下女青詔書律令」。〔註115〕又以劉宋元徽元年（473）賣地卷爲例，文末署「如五帝使者女青律令」。及至隋唐，女青鎮墓的信仰似已成定制，如隋朝賣地卷有「不得復連生人，女青制地，一如律令」字樣；唐代出土賣地卷多有「一切神靈侍衛安鎮如元始明眞舊典女青文」字樣。根據出土文物所見，黃景春認爲：

> 在賣地卷、鎮墓文中的女青，在她剛出現不久的南北朝時期還不夠活躍；唐朝以後，在五代、北宋時期，她出現的頻率是最高的；然後，在南宋（包括金）、元代、明代，出現的頻率依次降低。〔註116〕

而在黃景春之後，又有白彬、代麗鵑針對女青考古文物進行深入研究。兩人合著的〈試從考古材料看女青鬼律的成書年代和流行地域〉一文，對賣地卷、鎮墓文等相關文物的蒐集較爲全面，總共掌握了 120 件，並將其依出土地點、年代一一序列，最後提出：1.考古材料中的女青字樣共有「女青詔書」、「女青律令」、「女青君主者律令」、「女青天律」四類型；2.《女青鬼律》應出於南天師道；3.女青墓葬習俗首先流行於南方，後乃逐漸影響北方4.目前所見年代最早的女青字樣銘刻文物，是東晉永和八年（352），最晚是明崇禎二年（1629），文物出現最多的年代是明朝等等研究結論。〔註117〕

以上兩篇論文在「女青信仰起於南北朝」上的看法是一致的，至於對女青信仰高峰期的認定，則因爲所掌握的文物不同，而一說爲五代，一說爲明代。但無論如何，至少可以確認：直到明代，女青賣地卷、鎮墓文的習俗仍然盛行。

〔註114〕《太上太玄女青三元品誡拔罪妙經》，《道藏》，第一冊，頁 845。

〔註115〕黃景春，〈道教早期神仙女青考〉，《中國道教》，2003 年第二期，頁 39。原文徐副賣地卷錄自長沙市文物工作隊，〈長沙出土南朝徐副賣地卷〉，《湖南考古輯刊》第一輯，1982。

〔註116〕黃景春，〈道教早期神仙女青考〉，《中國道教》，2003 年第二期，頁 41。

〔註117〕白彬、代麗鵑，〈試從考古材料看女青鬼律的成書年代和流行地域〉，《宗教學研究》，2007 年第一期，頁 6～17。

可進一步觀察的是：在白彬、代麗鵑所列舉的 120 條銘刻文字中，女青在早期多是單獨出現，且地位崇高，具有如帝王般的威權，有時被稱為「女青君主」，所施行亦是「頒律令」、「下詔書」一類的君王詔令，而所統轄的範圍則包含整個地府及所有亡靈。

參見古靈寶經《太上洞玄靈寶五鍊生尸妙經》中的記載：

　　皇道既陶，死骸還人，三界清肅，土府太平。諸以滅度，託尸太陰，寄形地官，功微德少，未蒙還者，皆依女青符命，隨所統領，安慰撫恤，供給營衛，不得搖動，使還託生人。

其中說明女青主管土府，轄下各有地官，土府中亡靈皆依女青符命，且由土府地官管理，等待功德足夠，方可還託為生人。而女青轄治土府地官亦極嚴明，「九土地官，各依部界，經營侍衛，供給有無」，若照護不週，有違女青，則會得到「削官罰形」的嚴懲。〔註118〕由此可見女青帝王般的威權。

但是到了五代，女青開始被普遍著錄為「五帝使者」，文物上的銘刻轉變為「如五方使者女青律令」、「急急如五帝使者女青詔書律令」等。可看出此時女青的神格地位已發生變化，由早期的女性君主降格為五帝的從屬使者。然而，不管女青的身份地位如何改變，不變的是其始終對土府地官、鬼眾具有絕對的管轄權，並且擁有制化一切妖祟疾疫的威能，可以說是集死亡權能於一身的角色。

5. 六陰玉女

六陰玉女，又稱六丁玉女、六甲玉女，六陰法門的原始經典為《六陰玉女經》或《六丁經》，《六陰玉女經》之名曾見於《抱朴子·暇覽》〔註119〕，今傳亦有《六陰洞微經》(即《秘藏通玄變化六陰洞微遁甲真經》)〔註120〕、《靈寶六丁秘法》。〔註121〕

據道經《秘藏通玄變化六陰洞微遁甲真經》所述：

　　六陰者，六甲之陰也。……六丁乃六陰也，則六甲之為陽將，六丁為陰神。用六丁而不用六陽者，陰為無也。無則能變化，能有

〔註118〕《道藏》本《五鍊生尸妙經》非完秩，引文依敦煌寫卷 P.2865。黃永武編，《敦煌寶藏》(台北：新文豐出版公司，1981～1986)，第 124 冊，頁 555～562。

〔註119〕王明，《抱朴子內篇校釋》(北京：中華書局，1985)，卷十九〈暇覽〉，頁 334。

〔註120〕《秘藏通玄變化六陰洞微遁甲真經》，《正統道藏》，第十八冊，頁 585：「昨受太上玉女六陰洞微經法。」

〔註121〕《正統道藏》，第十冊，頁 748～753。

能無，出生入死，包容顯要也。〔註122〕

可知六陰玉女這套調兵遣將的符法，分有屬陽的六甲、屬陰的六丁兩類兵將，雖然陰陽兼具，但陰才是其中發動的力量，因此這一套法門又稱爲六陰。

甲、乙、丙、丁等符號，本爲天神之名，且與星辰崇拜相關。〔註123〕丁，是具有女性特質的星神，如《秘藏通玄變化六陰洞微遁甲眞經》中，祈請六丁玉女的咒啓詞爲：「斗星百靈，十二日直。玉女六丁，願垂眞光，助法敕攝。」〔註124〕再以術數中的文字爲例，《御定六壬直指》第五章：「丁神在天爲星精，在神爲玉女，其神最靈」〔註125〕；奇門遁甲的口訣中有：「丁奇時，下臨丁，出幽入冥，至老無刑，臨險不驚。丁爲玉女，三奇之中，此星最靈，凡隱匿、逃亡、絕跡，當從天上六丁方出入，人皆不見，故曰出幽入冥，吉。」〔註126〕從這些敘述中一致稱「丁」爲玉女、爲星精，又言其垂眞光、斗星百靈等語，可以確認「丁」乃是女性星神的身份。

運用六丁六甲進行星占的紀錄，在《後漢書》中已可見。《後漢書·孝明八王列傳·梁節王暢》：「梁節王暢，永平十五年封爲汝南王……帝崩，其年就國。暢性聰惠，然少貴驕，頗不遵法度，歸國後，數有惡夢，從官卞忌自言能使六丁，善占夢。」唐·李賢注曰：「六丁，謂六甲中丁神也。若甲子旬中則丁卯爲神、甲寅旬中則丁巳爲神之類也。役使之法，先齋戒然後其神至，可使致遠方物及知吉凶也。」〔註127〕

而六丁、六甲神除了可示吉凶，還能辟鬼，如《雲笈七籤》卷十四所錄《黃庭遁甲緣身經》有：「若辟除惡神鬼者，書六甲六乙符持行，并呼甲寅神，鬼皆散走。」〔註128〕

〔註122〕《正統道藏》，第十八冊，頁590。

〔註123〕除了六丁之外，透過星辰崇拜建立的兵將系統，還有六甲、六壬。六壬之說參見晉·范望注揚雄《太玄經》「丁壬六」：「卯之數六，丁爲卯干，丁爲壬妃，故俱六也。」六甲神則爲甲子、甲戌、甲申、甲午、甲辰、甲寅，與六丁神丁卯、丁丑、丁亥、丁酉、丁未、丁巳，配爲一對，且陰丁、陽甲需配合而行。

〔註124〕《秘藏通玄變化六陰洞微遁甲眞經》卷上，《道藏》，第十八冊，頁586。

〔註125〕李峰註解，《御定六壬直指》，（海南：海南出版社，2002），上冊，頁445。

〔註126〕古傳奇門遁甲口訣中「三奇臨宮吉凶格」。丁爲玉女、爲星精，亦見於奇門遁甲集大成之書《御定奇門寶鑑》。

〔註127〕清·王先謙，《後漢書集解》（台北：藝文印書館，1972），第一冊，頁600～601。

〔註128〕宋·張君房編，李永晟點校，《雲笈七籤》（北京：中華書局，2003），第一冊，頁361。

前述關於六陰玉女的星神身份及鎮邪伏鬼的威能，在其主要經典《秘藏通玄變化六陰洞微遁甲眞經》中能得到更明確的確認，以經中敕符咒爲例：

> 九天敕下日月星符，左敕青龍，右敕白虎，前敕朱雀，後敕玄
> 武，四十萬人，辟除不祥。符到之處，永亨利眞。萬邪入地，惡鬼
> 藏形。急急如律令！〔註129〕

文中青龍、白虎、朱雀、玄武，是古代天文學中四方星象之名，六陰玉女能透過星符調遣數十萬星兵神將，展現夜之星神的威權，而其效驗，爲「萬邪入地，惡鬼藏形」，神威與幽冥有關。

除了敕符咒，《秘藏通玄變化六陰洞微遁甲眞經》還收錄了「祈求旱潦符法」、「求雪符」、「延壽符」、「行路借鬼兵符」、「生產符」、「收鬼符」、「治瘟疫鬼符」、「薦拔亡人冥府符」等等符法。〔註130〕所謂求旱潦、求雪，與陰陽二元論中陰性的水能量相關，借鬼兵、收鬼、辟除疾疫、薦拔亡魂，則與幽冥相關，透露六陰玉女的神威來自於與死亡有關的負面生存感知。

值得注意的是：六陰玉女所掌有六陰符法，及其差遣星兵神將的權能，跟西王母透過九天玄女傳授的陰符經十分相似。見〈金母元君傳〉：

> 王母遣使披玄狐之裘，以符授帝曰：「太一在前，得之者勝，
> 戰則克矣。」符廣三寸，長一尺，青瑩如玉，丹血爲文。佩符既畢，
> 王母乃命一婦人，人首鳥身，謂帝曰：「我九天玄女也。」授帝以三
> 宮五意陰陽之略、太一遁甲六壬步斗之術、陰符之機、靈寶五符五
> 勝之文。〔註131〕

此中關於北極星太一、步斗之術的描寫，透露玄女與星神相關，而其以陰符差遣兵將的方式，也與六陰玉女相似。除此之外，在六陰玉女的相關經典中，可看到驅使六丁星神須先奏祭北斗的儀式記載。從西王母爲斗母〔註132〕、玄女又爲西王母之化身或使者的聯繫來看，西王母、六陰玉女、玄女之間具有交互關係。然而，也許因爲斗母信仰轉型爲眞武玄天上帝信仰，西王母在六丁陰符的經典中已不見記載，僅存九天玄女傳法情節。至於在實際儀式進行中，呈現

〔註129〕《正統道藏》，第十八冊，頁604。
〔註130〕《正統道藏》，第十八冊，頁598～605。
〔註131〕《墉城集仙錄・金母元君傳》，《正統道藏》，第十八冊，頁168。
〔註132〕《老子中經》（一名《珠宮玉曆》）卷上：「西王母者，太陰之元氣也，姓自然，字君思。下治崑崙之山，金城九重，雲氣五色，萬丈之巔。上治北斗華蓋紫房北辰之下。」引自宋・張君房編，李永晟點校，《雲笈七籤》，第一冊，頁420。

的則是祈請北極眞武眞君降壇，以差遣六丁玉女的設計。〔註133〕再到後期，六丁玉女進一步演化為男性神將，且各有名號，〔註134〕其原始的女性星神色彩已更為湮沒。

6. 九天玄女

玄女又名九天玄女，關於玄女的淵源與身份，學者的看法較為分歧。就身份淵源而言，共有玄鳥、玄狐、蚩尤、女魃、西王母諸說；就屬性言，也有天女、戰神、使者〔註135〕、旱神等多元觀點。例如：胡萬川〈玄女・白猿・天書〉認為玄女是天女魃〔註136〕；袁珂《中國神話史》認為玄女是玄鳥的化身〔註137〕；孫紹先〈上古女性神族〉認為玄女是天女神〔註138〕；周曉薇〈中國的戰爭女神——九天玄女〉則認為玄女為戰神〔註139〕。雖然玄女的身份淵源，看法如此分

〔註133〕以《秘藏通玄變化六陰洞微遁甲眞經》為例，其中〈遁甲神經出處序〉顯示經的來由，是「昔蚩尤作亂，黃帝頻戰不克。帝曰：『聞伏羲治天下無兵，今蚩尤一庶人生妖氣，伐而無功，戰而不克，吾之過矣。』忽目前五色雲從空而下，雲中有六玉女，持書出，二童曰：『奉九天玄女聖命，送遁甲符經三卷……』。」（《正統道藏》，第十八冊，頁588。）顯示經書為九天玄女所授，已不見王母角色。經首還冠上了太上老君說法的情節，太上傳授：運用此法需先仰視北斗，祝啓玉皇上帝、九天玄女、聖師玄天上帝，言明自己為太上弟子，因此得傳此經。而祝啓後，另設壇降請眞武眞君，乃得以驅使六陰玉女。（《正統道藏》第十八冊，頁585～586。）

〔註134〕六丁六甲神後期演變為男性神將，神將之名版本各有不同，如《老君六甲符圖》為：丁卯神司馬卿、丁丑神趙子任、丁亥神張文通、丁酉神臧文公、丁未神石叔通、丁巳神崔石卿；甲子神王文卿、甲戌神展子江、甲申神扈文長、甲午神衛上卿、甲辰神孟非卿、甲寅神明文章。從命名、民俗造像均可見出明顯的男性特質。

〔註135〕玄女的使者身份，可以《墉城集仙錄・金母元君傳》為例：「王母乃命一婦人，人首鳥身，謂帝曰：『我九天玄女也。』」《正統道藏》，第18冊，頁168。

〔註136〕胡萬川，〈玄女・白猿・天書〉，載《中外文學》12卷6期（總號138），1983.11，頁136～164。

〔註137〕袁珂，《中國神話史》（重慶：重慶出版社，2007），頁92：「推想這個『人首鳥形』的神話人物玄女的來源，大約最初可能是《詩・玄鳥》『天命玄鳥，降而生商』的玄鳥的化身；玄鳥神話滲入黃帝神話中，便成為玄女教黃帝戰法，以克蚩尤的神話。其後經過道家方士的改造與渲染，『天遣』的玄女，便成為『王母』所遣，玄女進一步又成為王母的『弟子』……。」

〔註138〕孫紹先，〈上古女性神族〉，《民間文學論壇》，1992年第3期。

〔註139〕周曉薇，〈中國的戰爭女神——九天玄女〉，《文史知識》，1991年第8期。「戰神說」近年較受注目，如2007年有于丹〈中國戰爭女神源流論〉，遼寧師範大學學報，第30卷第1期，2007.1；顏建眞〈戰神的更替：玄女替代蚩尤〉，《天府新論》，2007年第5期。

歧。但無論是戰神、玄鳥、玄狐、女魃、蚩尤，均具有負面、陰性的特質。

除了身份淵源，九天玄女的命名也有負面、陰性的意涵。九，自古以來便被認爲具有神秘力量，許多與天相關的事物，都以九爲標記。如《呂氏春秋·有始》中有：「天有九野，地有九州，土有九山，山有九塞，澤有九藪」〔註140〕，又如《黃帝內經素問·三部九侯論篇》中有：「天地之至數，始於一，終於九焉」，也以九爲天地終極之至數。〔註141〕

九字的本義爲何？各家看法不同，根據于省吾《甲骨文字詁林》整理：丁山認爲九本肘字、劉鶚認爲是象蛇形、于省吾認爲是「屈曲究極之蟲形」〔註142〕，而衛聚賢《古史研究》則另有九爲鱷魚之說。以上說法中的蟲、蛇、鱷魚，在陰陽二元的分類中，都是陰性、屬水的。而九除了陰性、屬水外，還有負面、黑暗的意涵，前引《黃帝內經素問》說明九爲終極之數，另外古籍中也有「九」字與象徵死亡之「鬼」字相通的用法，如《禮記》：「昔殷紂亂天下，脯鬼侯以饗諸侯」，孔疏：鬼侯又作九侯。〔註143〕所謂終極、鬼，都是負面的。《說文解字》「九」字注云列子、春秋繁露、白虎通、廣雅皆稱：「九，究也」，究爲九在土穴之下，究，《說文》解爲「窮也」，亦指出其終極意味。〔註144〕

而從神話宇宙觀中，也可看出玄字所具有的負面死亡意象，如葉舒憲《中國神話哲學》：

> 中國上古地域觀念的形成，實與太陽運行的方位有關。太陽白晝自東向西運行，夜晚潛入地底自西向東回返。古人認爲太陽在夜晚所經行的是另一世界，由於該世界處於地底和水下，所以被想像成黑暗的陰間，諸如「玄」、「冥」、「蒙」、「昧」、「幽」等詞，皆與陰間世界相關。〔註145〕

〔註140〕漢·高誘注、王利器疏，《呂氏春秋注疏》，第二冊，卷第十三，〈有始〉，頁1224。
〔註141〕清·張隱庵注，孫國中、方向紅點校，《黃帝內經素問集注》，卷四，〈三部九侯論篇〉，頁194。
〔註142〕以上見于省吾，《甲骨文字詁林》（北京：中華書局，1996），頁3581～3582。
〔註143〕《禮記·明堂位》：「昔殷紂亂天下，脯鬼侯以饗諸侯」，孔穎達疏：「鬼侯」周本紀中作「九侯」，虞氏云鬼、九音聲相近，互通。漢·鄭玄注，唐·孔穎達疏，《禮記注疏》（台北：藝文印書館，1997，初版13刷，《十三經注疏》，第五冊），頁576。
〔註144〕漢·許慎著，清·段玉裁注，《說文解字注》，頁350、745。
〔註145〕葉舒憲，《中國神話哲學》，頁17。

文中論述指出，在透過太陽運行所建構的宇宙認知模式中，太陽在天的白日爲生／陽間的世界，日落後的暗夜則爲死／陰間的世界；而玄、幽、冥等字，便是透過對幽暗之地底的想像所形成的語言符號，因此具有地底、水下、陰暗、幽冥等象徵意義。

《山海經》的記載也透露了玄字與陰暗幽冥的關係。如《山海經·海內經》有：

> 北海之內，有山，名曰幽都之山，黑水出焉。其上有玄鳥、玄蛇、玄豹、玄虎、玄狐蓬尾。有大玄之山，有玄丘之民，有大幽之國。〔註146〕

這裡的北海、幽都、山丘、黑暗，都屬於幽冥的記號，〔註147〕而居處在此一充滿死亡意象之境地中的動物、人民、國度，其名稱也皆冠以「玄」字，顯見玄字具有陰暗、死亡的意味。

至於在執掌方面，玄女的負面威能還展現在對戰爭兵符的掌握上。據《龍魚河圖》記載：

> 黃帝攝政前，有蚩尤兄弟八十一人，並獸身人語，銅頭鐵額，食沙石子，造立兵仗刀戟大弩，威振天下，誅殺無道，不仁不慈。萬民欲令黃帝行天子事，黃帝仁義，不能禁止蚩尤，遂不敵，乃仰天而歎。天遣玄女下，授黃帝兵信神符，制伏蚩尤，以制八方。
> 〔註148〕

這段文字描寫蚩尤持造大型武器，誅殺四方，殘忍無道，黃帝雖欲加以聲討，但因秉賦仁義，不具殺戮力量，因此無法與蚩尤抗衡。最後因天降玄女，授與兵符相助，才得以取勝。戰爭是與死亡具有因果關係的指號，玄女以殺制殺，透露出負面的威能。

綜觀上舉六位負面女神，所執掌均環繞著最深的生存恐懼——死亡。其形貌未必醜惡，但威能使人懍懍，威能的顯化方式透過陰陽二元論中「陰」的性質呈現，例如：死亡、水、夜晚、星辰、戰爭、鬼等等，而制化對象則

〔註146〕袁珂，《山海經校注》，頁525。

〔註147〕黑水、山丘的死亡意涵，參見王昆吾〈論古神話中的黑水、崑崙與蓬萊〉，收入王昆吾，《中國早期藝術與宗教》（北京：東方出版中心，1998），頁88～110。

〔註148〕《龍魚河圖》，引自安居香山、中村璋八輯，《緯書集成》（石家莊：河北人民出版社，1994），下冊，頁1149。

多與幽冥相關。

（三）負面女神之符號標記與類型分析

透過六位負面女神的介紹，及對其形成背景的掌握，可知負面女神的特徵不在於形貌，而在於與恐懼有關的心靈體驗，因此針對其類型的分析，應該重視有關表現負面體驗及生存恐懼的心理形式。

埃利希・諾伊曼《大母神——原型分析》認為：負面女神的形象特徵，源自於人類面對死亡與毀滅、危險與困難、飢餓和無防備等狀態時的恐懼心理〔註149〕，並提及：對女神的敬畏之情，透過造成這些現象的原因來表達，於是負面女神的形象往往被擬塑為具備了黑暗的深淵、海水、夜晚、猛獸、骷髏、利齒等象徵的恐怖樣貌。〔註150〕諾伊曼的論述為負面女神類型分析中，「外在表徵」與「內在心理」的聯繫，提供了依據。但這些負面女神外在的形象表徵，是不是存在著足以作為分析負面女神類型脈絡的系統性呢？若具有系統性，又是以什麼樣的層次結構起來？

符號的分類，目前以皮爾士（Charles S. Pierce）三分法運用最廣。〔註151〕Pierce 將記號分為肖似記號（icon）、指號（index）、符號（symbol）三類，icon「與對象有共同性質，二者在某方面有相似性。如照片與本人的記號關係」；index「與對象之間有存在性關係。如手指和所指對象之間、風帆和風之間、煙和火之間的關係」；symbol「具有代表該對象的意義，無關於相似性和存在性的關聯，並具有任意性，或者二者關係只按人為規定確定。如天然語言和其他象徵標誌（旗子、圖符等）」。〔註152〕

運用 Pierce 的三分法，分析負面女神形象中與死亡恐懼有關的象徵符號，可列舉出以下三類：

〔註149〕〔德〕埃利希・諾伊曼，《大母神——原型分析》，頁149：「正如世界、生命、自然和靈魂被經驗為有生殖力、賦予營養、防護和溫暖女性一樣，它們的對立面也在女性意象中被感知：死亡和毀滅、危險與困難，飢餓和無防備，在黑暗恐怖母神面前表現為無助。」

〔註150〕據《大母神——原型分析》第11章〈負面的基本特徵〉，頁148～214。

〔註151〕李幼蒸，《理論符號學導論（第三版）》（北京：中國人民出版社，2007），頁513～514：「皮爾士的記號分類學思想，是符號學思想史上最豐富的貢獻之一……第二組三分法：肖似記號（icon），指號（index），符號（symbol）。這組三分法，是現代符號學中運用最廣的。」

〔註152〕李幼蒸，《理論符號學導論（第三版）》，頁514。

1. 死亡的肖似記號（icon）

這一類的符號等同或相似於與延續生命、維繫生存意識有關的恐懼。例如：死亡；等同於死亡概念的屍體、喪葬、地獄、鬼魂等；象徵死亡的夕陽、夜晚、秋冬等。

2. 指向死亡原因的指號（index）

這一類符號與延續生命、維繫生存意識有關的恐懼具有依存關係，包括了「因果性意指關係」與「約定性意指關係」〔註153〕。如造成死亡的洪水、暴風、猛獸、戰爭、疾病等；帶來生存恐懼的黑暗、寒冷、飢餓、窒息等。又如與死亡有關之墳墓、殯葬、骷髏等；與猛獸有關之尖牙、利爪、毛皮等；與戰爭有關之武器、兵法、鮮血等；與疾病有關之醫藥、病徵等；與天災有關之地震、風雪、雷電等；與夜晚有關的月亮、星辰等；與秋冬有關之寒冷、霜雪、落葉等。

3. 代表死亡現象的符號（symbol）

代表與延續生命、維繫生存意識有關之恐懼，但具有任意性，彼此不具有相似性、存在性的關聯。如：陰、玄、九、下、方位（西方／北方）、色彩（黑色／白色）等。此與漢文化陰陽二元分立的哲學體系有關。

葉舒憲在《中國神話哲學》中提出對中國二元宇宙認知模式的看法，認爲中國太極二元的哲學體系，正是由對太陽循環運動的觀察而來。〔註154〕據其研究，太陽的升降與運行，是先民建構宇宙觀的基礎。此一透過觀察太陽所建立的宇宙模式，日行最高點與最低點的縱軸，分別可以「昆」和「昔」來表示，而由此對立統一模式所衍生的象徵系統，是爲：

> 「昆」模式：上＝陽＝南＝神界＝男＝天（氣）＝光明＝正＝夏＝白晝
>
> 「昔」模式：下＝陰＝北＝鬼界＝女＝水＝黑暗＝負＝冬＝夜晚〔註155〕

〔註153〕李幼蒸，《理論符號學導論（第三版）》，頁531～532。

〔註154〕葉舒憲，《中國神話哲學》，頁11：「太一祭儀的本來面目似應追溯到史前時代的太陽神崇拜儀式活動」、頁18：「作爲宗教範疇的太一和作爲哲學範疇的太極，都是對神話思維中太陽循環運動的抽象」、頁19：「我將借鑑結構主義的二元對立系統，對中國上古神話宇宙觀做進一步的結構分析和系統還原，以求構擬出一整套作爲神話思維的符號基礎的宇宙模式。」

〔註155〕葉舒憲，《中國神話哲學》，頁24。

　　除了垂直軸，其中平行的橫軸，則可以以日出地平線的「旦」和日沒的「一日（昏）」來表示，這兩極，分別有生與死的蘊義。〔註156〕綜合上下四方，再加上天圓、地方、大地環水的概念，於是完成了下述的完整宇宙圖式：

> 通過對神話宇宙模式的垂直系統和水平系統的描述，我們已經有了一個較爲清晰的神話宇宙觀的立體圖象，用極概括的語言來描述這個立體宇宙圖象整體的基本特徵，那就是：天圓，地方，大地環水。／在這裡，大地環水的觀念十分重要，由於水平系統中環繞大地的四海之水與垂直系統中地底的黃泉之水相通相連，這就使垂直模式同水平模式聯繫起來，它們共同和由昆、旦所代表的光明、生命價值構成二元對立。從方位上說，這是東與南對西與北的對立；從時間上說，這是晝與夜的對立，又是春夏對秋冬的對立；從抽象的哲學意義上說，這是陰與陽的對立，《易經》的太極圖象便是這種對立的最簡明、最精確的表達。／由天、地、水三種不同的物質形態所構成的三分世界以地爲界限形成二元對立：天神世界和人類世界共同爲陽界，同地下的水世界即陰界形成對立。因此，地下的陰間神同時又兼爲水神或海神。〔註157〕

　　此段文字對中國固有的宇宙觀提出完整說明，認爲其由垂直系統與水平系統所共同建構，透過方位上的東南／西北，時間上的日／夜、春／秋，發展出哲學意義上的陰／陽二元對立體系。前舉代表死亡現象之符號中的陰、玄、九、下、方位（西方／北方）、色彩（黑色／白色）等，都可以範圍在陰陽二元分立中陰性的一面。〔註158〕

　　而在負面女神的類型分析上，除了符號的分類，符號系統的發展進程也值得參考。王昆吾《中國早期藝術與宗教》提到：

> 在神話哲學的演進中，符號系統乃是由「具象物體符號」進入「具象事物符號」，最後爲「抽象事物符號」。〔註159〕

〔註156〕葉舒憲，《中國神話哲學》，頁34：「以『旦』和『昏』爲標誌的中國神話宇宙模式的水平軸線的兩端，分別具有生與死的象徵價值。」

〔註157〕葉舒憲，《中國神話哲學》第三節〈神、鬼、人的分野──神話的三分世界結構〉，頁36～37。

〔註158〕從陰陽二元分立而相成的角度來看，生命的生死現象爲相依相存，因此執掌死亡之負面女神的存在，具有完整對生命現象的解釋，以及透過生死相依、輪迴不息以維護生命永續之理念的意義。

〔註159〕王昆吾，《中國早期藝術與宗教》，頁107。

　　由於前述肖似記號、指號、符號三分法與死亡現象間的對應關係，也隱然呈現從具象到抽象、從物體到事物的發展層次。若結合三分法與符號系統的發展加以分析，則除可勾勒出負面女神所歸屬的三種類型外，還可略見其發展脈絡：

　　1. 以「肖似死亡的具象符號」爲標記：如來自於冥府所在的泰山女神、執掌賣地卷與地下有關的女青。

　　2. 以「指向死亡原因的具象事物」爲標記：如司天之厲及五殘的西王母、握有肅殺秋氣的青女。

　　3. 以「代表死亡現象的抽象符號」爲標記：如來自於陰陽二元哲學，統合陰性力量的六陰玉女與九天玄女。

　　其中泰山女神是淵源久遠、死亡執掌現今已不明顯的遠古女神；女青賣地卷民俗信仰，後代多不可見；西王母的恐怖形象僅出現在早期，其後有了正面化的發展；執掌秋天肅殺之氣的青女，形象在作家筆下顯得可親，模糊了與死亡的連結；六陰玉女、九天玄女似乎繼承了所有與死亡有關的陰性威能，同時也是在民俗中流傳最廣，於當代信仰活動中較爲活躍的。透過符號發展的進程，或許能夠窺探出負面女神群體開展的階段性。

　　過去女神創生神話、女神護生神話，向爲女性神話傳說研究的焦點，至於與生命存在一體兩面的死亡，則較被忽視。然而生命的死亡現象，卻是神話與信仰發展的重要起點。如胡吉省《死亡意識與神話》指出：「混沌狀態和神的永恆世界，實質是原始先民逃避時間、抗拒死亡的幻想世界，也可說是精神上的避難所」〔註160〕、「混沌是不死的永恆，也是孕育死的地獄。死亡意識使人類迷狂於永生」〔註161〕。先民最初透過生命的誕育、成長與死亡現象，辨識出時間，形成對生命的認知，並由此產生對不死樂園的追逐。死亡意識及其恐懼的萌生，正是中國神話仙話中瑤池裡超越滄海桑田、貌美如花之女仙存在的原因，瑤池眾女仙的形塑，表達出人心對生之永恆的眷戀追逐。由此延伸，源出於死亡恐懼的心理，也應該呈現在負面死亡女神的塑造上。但過去由於負面女神的研究較爲闕如，中國女神文化中是否存在著這樣的群體，猶令人懷疑。通過本文的研究，已可確認反映死亡恐懼的負面女神確實存在，如早期的西王母、青女、女青、玄女等便屬之。而其與死亡有關的職

〔註160〕胡吉省，《死亡意識與神話》（北京：中國社會科學出版社，2007），頁113。
〔註161〕胡吉省，《死亡意識與神話》，頁122。

掌，及所施化來自於陰性、令人懼怖的相關威能，亦印證了負面女神的塑造，源生自以死亡為核心的負面存在感知。

本文以母性體驗與宗教心理為線索，進一步深入分析作為負面女神形成背景的存在感知，並運用符號學「肖似記號」、「指號」、「符號」三分法，嘗試歸納負面女神的類型。所得出的三類為：

其一，以「肖似死亡的具象符號」為標記：如來自於冥府所在的泰山女神、執掌賣地卷與地下有關的女青。

其二，以「指向死亡原因的具象事物」為標記：如司天之厲及五殘的西王母、握有肅殺秋氣的青女。

其三，以「代表死亡現象的抽象符號」為標記：如來自於陰陽二元哲學，統合陰性力量的六陰玉女與九天玄女。

符號的發展，有其從具體到抽象、從物體到事物的既定演進歷程。將此歷程對應到負面女神的歸類上，隱然可見其先後發展關係。其中透過符號演進較後期之「抽象符號」所標記的負面女神，身份特別多元、權能特別複雜，呈現包覆所有負面女神功能的現象，如玄女便吸納了其他負面女神的特質，同時具備死亡女神、戰爭女神、命運女神的印記，顯示出集合的功能。

除了集合作用，負面女神的發展還呈現出取消母親對生命循環奧秘的掌握，甚至取消母親角色意義的現象，取而代之的是單取生命歷程中的死亡部分，並且放大了與死亡有關的恐怖威權。母親地位與影響力的逐漸消褪，是人文演進歷程中廣為眾知的現象，如今透過對負面女神的考察，或可提供出一個值得參照的面向，期能有助於完整觀照女神文化所呈顯的生命意識與人文思維。

小結

生命一體化（solidarity of life），又稱為宇宙一體化，指的是在詩性思維的狀態中，主體跨越了意識上與客體的區別，將自我的存在與外在一切鎔鑄為一整體，形成了生命同步的境界。如同恩斯特‧卡西勒《人論》所述：

原始人絕不缺乏把握事物的經驗區別的能力，但是在他關於自然與生命的概念中，所有這些區別都被一種更強烈的情感湮沒了：他深深地相信，有一種基本的不可磨滅的生命一體化（solidarity of life）溝通了多種多樣形形色色的個別生命形式。〔註162〕

此一連通了各種個別生命形式的宇宙觀，以及其背後驅動的詩性思維，正是神話的起源及其核心精神。

在生命一體化的神話建構中，日昇月落、春去秋來，被視同爲人之生命變化，而孕育滋長萬物的大地，則被視同爲帶來生命的母親，人與大地母親間，聯繫著來自同一心靈的脈動，所有人類母與子之間的情感體驗，包括懷抱、依賴、餵養、拋棄等，也被投諸其中。當人類放懷於天地間，有時得到如母親擁抱般溫暖；也有時感受到如同被母親離棄時的孤獨無助。

艾德麗安・里奇 Adrienne Rich 在《女人所生——作爲體驗與成規的母性》中提到，所有人的生命皆孕育自女性，來自於母親的情感體驗，成爲人類共通的初始經驗。〔註163〕此一生命存在體驗的起始點，將兩相和融的情感契求刻印到人類的心靈中。

神話學家喬瑟夫・坎伯 Joseph Campbell《神話的智慧——時空變遷中的神話》一書中也有相似的論述，並且認爲女人懷抱著小孩，是「所有神話最基本的形象」〔註164〕，又：

> 任何人的第一次人生經驗都始於母親的身體懷抱。這種存在於母親與子女間既神秘又微妙的親密關係可說道盡了生命的極樂。大地與宇宙，作爲人類共同的母親，再將這種經驗擴展到人類成年經驗裡。當我們俯仰於天地間，對於宇宙萬物也感到如母子間那般自然而契合之時，我們就是達到了與宇宙全然和諧的境界。神話的首要功能就是讓我們達致並且悠遊於這種和諧的境界中。〔註165〕

這種母子間親密和融的關係，不僅成爲人類生命體驗共通的起點，也成

〔註162〕〔德〕恩斯特・卡西勒著、甘陽譯，《人論》，頁 129。

〔註163〕見〔美〕艾德麗安・里奇 Adrienne Rich，毛路、毛喻原譯，《女人所生——作爲體驗與成規的母性》（重慶：重慶出版社，2008），頁 1：「這顆星球上所有人的生命都爲女人所生。我們在女人身體裡度過的幾個月光陰無疑是所有女人和男人生命中一個不可否認的共同經歷。」頁 4：「對我們大多數人來說，一個女人爲我們早期生活所提供的那些持久與穩定的東西─同時也可能是抵制或拒絕的東西─總是與女人的手、眼睛、身體、聲音聯繫在一起的，正是它們才構成了我們最初的情感，形成了我們最早的社會經驗。」

〔註164〕喬瑟夫・坎伯 Joseph Campbell 作，李子寧譯，《神話的智慧：時空變遷中的神話》（台北：立緒文化事業有限公司，1996），頁 2。

〔註165〕Joseph Campbell 作，李子寧譯，《神話的智慧：時空變遷中的神話》，頁 2。

為精神追求的趨向，Joseph Campbell 甚至認為，所有的神話想像與構築，都是在重塑這種心靈契合的母子關係，希望能回到那種全然和諧的狀態中。

此一心靈的需要與追求，在關於女神的神話與信仰中，特別能見出端倪。如女媧補天，阻絕了人心對環境生存威脅的恐懼〔註166〕；又如民間關於「無生老母」的信仰，相信天宮中有一「思衣得衣，思食得食，無寒無暑，無煩無腦，又無憂慮」的清淨家鄉，還有垂淚思念兒女的老母，人們須要勤奮修行，方可重返母懷。〔註167〕俱是其例。

而在另一方面，對於回歸母親懷抱的自我壓制、患得患失、分離記憶的再現；受遺棄、受控制等親子經驗帶來的恐懼心理等，也在宗教與信仰中，形塑出殘酷又威能強大的負面女神。本章呈現的，便是神話與民俗中，以生、死執掌為特徵的兩類女神發展路向。以生為執掌的正面女神，在社會文化的發展中，孕育功能一再弱化，以死為執掌的負面女神，則單方面的凸顯了以神威消除死亡恐懼的宗教功能性。雖然同樣以「母子對待關係的展開」、「母性力量象徵的展開」體現生命思維，卻呈現與女神文學書寫之間的發展差異。

〔註166〕《淮南子・覽冥訓》：「往古之時，四極廢，九州裂，天不兼覆……。」
〔註167〕馬西沙、韓秉方，《中國民間宗教史》（上海：上海人民出版社，1992），頁 230～231。

第九章　結　論

　　本書以「女神的生命隱喻及其文學表現」為課題，針對女神何以為生命之隱喻、其表現是否具有結構性、宗教與文學中的女神有何差異等面向進行探究。

　　研究的展開，以精神分析學和結構符號學為基礎。首先透過精神分析中榮格的母親原型理論、埃利希諾伊曼的大母神原型理論、拉康的鏡像理論等，論述女神建立在母性感知基礎上的生命隱喻意涵；其次則援引以索緒爾為首的結構符號學，嘗試建立女神之生命隱喻的表現形式。希望透過此一結構形式的建立，使相關文學作品的分析研究，具有可藉以操作分析的明確依據。

　　論述共分九章進行，各章的組成脈絡為：首先探討女神抽象概念的組成，其次考察女神具體形象擬塑的背景。接下來透過原始生命觀與女神形象的互為演述現象，揭出女神作為生命之隱喻的詩學內涵，並在此一隱喻關係得到確認後，展開對其建構背景與表現形式的探究。其後將所建立出的結構形式與表現向度，應用在實際文學作品的分析中，以印證符號如何循結構形式，展現心靈向度。最後則與神話與信仰的發展現象進行對比，以凸顯女神文學創作的詩學特質。

　　各章探討所得出的初步結論為：〈女神概念的組成〉一章透過神聖性的來源、性別意識的加諸，指出人類由於受嬰孩時期母親養育的經驗影響，其時空觀、存在意識，無一不具有母性的因子。在原始思維的象徵對比下是如此，在理性思維的符號操作中也是如此。女神是時空觀、宇宙觀的縮影，同時也是生命觀的化現。女神的存在本身，便是一種隱喻。運用女神題材進行書寫，則是以生命的隱喻，隱喻自身的生命。

　　女神概念的組成以母性爲核心，最初對母性力量的感知被投射在石頭、流水等與生命力有關的象徵物中，因此產生以木、石等爲母神、爲社神的崇拜文化，而當人形化的女神出現，母性的力量被形塑到具體的外在對象中，其中母性力量的作用，母性的心靈感知，如何能被忠實的攜帶與反映到女神形象上，此成爲瞭解女神隱喻之表現形式的重要觀察依據。〈女神形象之擬塑──以「母性」爲核心〉一章，即就此展開討論。文中首先界定出自然的以及社會的兩層母性意涵，其內容分別爲「自然的母性：母體、生育與親子關係」與「社會的母性：母職、母儀與倫常孝道」。社會母性本來自對自然母性的感動，但後來卻形成由社會母性規範自然母性的倒反現象。對母性意涵的考察，使原初的母性核心能夠鮮明的浮現，此一作爲女神概念形成與形象擬塑源頭的母性原始核心，即是：女性可孕育的身體及親子聯繫。初民透過主客不分的原始思維，將女性可孕育的身體及親子關係拓增到宇宙的觀照中，於是形成爲母性的宇宙及其主宰者母性女神。母性女神的形象及一切施爲，都是生命存在及生命力的展現。此一女神與生命互爲隱喻的關係，在〈原始生命觀、女神的同質現象及其詩學意義〉一章的探討中，可得到進一步的認識。

　　該章首先透過「生死現象：盤古神話與時間的寓意」、「生育力量：透過太陽神演述的生命思維」、「生命秩序：季節神話及其儀式」、「超越死亡：不死樹與不死鳥」四個面向，歸納出原始生命觀的樣貌，接下來復舉女媧、義和、常義、青女等女神的形象表現爲例，印證前所述：女神的存在是生命的隱喻，女神的形象是宇宙觀的化現。由此一來，便形成女神既是宇宙生命的縮影，又是個人生命之隱喻投射的微妙關係。而個人存在與宇宙縮影之所以能在女神形象中共同呈現，這是因爲兩者皆以母親原型及母性感知爲發展基礎。循著女神與生命間隱喻關係的確立，以及以母親原型爲共同源頭之發展背景的確立，有關於〈女神生命隱喻之建構歷程與表現形式〉的具體考察，於是得以展開。

　　其中建構背景的部分，主要引用了精神分析學的鏡像理論，論證母親在人類心靈主體建立、世界觀成形的過程中具有的特殊地位。女神爲母親在最初樂園中的化現，是主體將生命意識與存在感懷寄託於仙境所作出的隱喻表達。由於感知可共通、感知具有結構性的象徵系統、感知可在心靈中類比再現等背景因素，使作者個人生命經驗的隱喻內涵，能夠在讀者心中循共通的

象徵系統、表現形式，被成功的轉換生成出來，並複合了讀者自我的感懷在其中，形成隱喻的再生。而所謂的共通象徵系統與表現形式，本文嘗試透過結構語言學的理論，建構如下：其橫向組合爲「母子對待關係的展開」、縱向聚合爲「母性力量象徵的運用」。

其中生命象徵的運用、對待關係的展開，不僅是女神形象擬塑的路徑，也是女神形象在文學書寫中的表現形式。其同樣以「橫向組合：母子對待關係的展開」、「縱向聚合：母性生命象徵的運用」兩條路徑爲架構，既作爲作者隱喻寄託生命感觸的媒材，又不致丟失原始的象徵意涵與結構關係。

而除了結構形式，女神的生命隱喻還具有來自於成長歷程的影響，所形成的正、反兩種向度。根據精神分析的研究，人類關於母性的感知經驗，具有兩種固有的感知印記，一爲母親的慈愛呵護，一爲需求得不到回應的遺棄恐懼、行動受控制的嚴酷感受。這兩種對母性的感知印記，在以母親原型作爲基礎的女神形象中，具體實現爲好母親／善女神、壞母親／惡女神兩種典型的形象。好母親／善女神、壞母親／惡女神的原型投射，在宗教民俗中呈現強化神威功能、反應人心的發展。而在文學創作中，則成爲自我存在意識的表達，進一步發揮了女神作爲隱喻生命的深層意涵。

在文學表現方面，其中正向的心靈向度，呈現爲：「橫向組合：母子關係的複製」、「縱向聚合：母性力量的尋回」；而反向的心靈向度，則呈現爲：「橫向組合：母子關係的斷裂」、「縱向聚合：母性力量的失落」，正、反向的女神隱喻表現，從精神分析的角度來看，皆是在文學的想像虛構中，所進行的內在心靈調節。

第六章〈正向：不死藥的獲取與母懷的回歸〉、第七章〈反向：不死藥的失落與母懷的阻隔〉舉具體作品爲例展開討論。嘗試探討正、反兩種心靈向度，在共同的形式結構下，所操作出的差異表現。女神的書寫以仙境與不死藥題材爲固有傳統，運用前揭表現形式進行解讀，可開展出正向的「不死藥的獲取與母懷的回歸」，以及反向的「不死藥的失落與母懷的阻隔」兩種路線。在這兩章透過遊仙詩、遇合故事所進行的舉例探討中，結果和前述結構形式及表現向度都是全然相符的。

最後的〈神話與信仰中生、死女神的發展現象〉一章，則呈現神話、信仰此類具有宗教性之人文表現的女神發展路向。發現其傾向爲：「執掌生之正面女神孕育功能的弱化」、「執掌死之負面女神滅亡功能的凸顯」。神話、宗教

與文學中的女神，本出於同一背景，但宗教民俗卻著重在護佑功能的發展上。最初以孕育為核心的母性女神觀念，已較稀薄。且亦缺乏在虛構中想像化身，寄託生命意涵的空間。

整體而論，女神以母親原型為基礎，透過生命象徵的運用，對待關係的展開，形塑出女神的形象，其形象本身便具有生命的隱喻性，而此一具有隱喻性的女神形象，又在文學中，透過文學創作的想像與虛構，成為寄託生命存在感觸的對象。女神的形象、女神所存在的世界、女神的生命狀態、主人翁與女神的對待關係等，在作者想像虛構的筆下，轉化為作者自我生命狀態、作者對所存身之世界的感觸、作者主體與生命本身的對待關係等種種存在感懷的隱喻表達。

正如精神分析學者拉康之名言：「無意識像語言一樣被結構化。」語言具有結構性，而因其具有固定的表達形式，因此能夠進行溝通；而無意識也一樣，由於具有其結構性及定型化的表達形式，因此能夠被還原追蹤。女神隱喻建立在母親原型的基礎上，母親原型，是人類透過成長經驗所逐漸積累出的集體無意識，具有代表最初女性、最初世界想像的深層意涵。最初的女性——母親，作為世界的基本象徵形式，其母性的形象時時以保有循環不盡之永生生命力的象徵，展示世界或生命本身。而當主體歷經鏡像階段，脫離最初的同一狀態取得獨立，此時彌除我與世界、主與客之間的隔閡，回歸一體的狀態，便成為永恆的心靈追逐。宗教、文學、藝術等一切人文創造中，皆可見此一以母子依存關係的斷裂為起點的永恆主題展現。女神的文學書寫，便是此中特別具有代表性的文本。

透過本書的寫作，初步達成了透過社會學科理論的援引，開啓觀照傳統文學之新面向的願景。女神生命隱喻之文學表現形式的提出，是一大膽的拋磚引玉，希望能提供另一個探討神仙文學、女神文學的深度面向。有關於隱喻內涵與表現形式的先期探討，已初步完成，至於在更多相關文學作品的運用分析上，則仍有很大的開拓空間。由於本秩篇幅已繁，此一後續的努力，或留待將來。

徵引文獻

一、傳統文獻

1. 《諸子集成》，北京：中華書局，1954。

2. 《十三經注疏》，台北：藝文印書館，1997。

3. 《漢魏六朝筆記小說大觀》，上海：上海古籍出版社，1999。

4. 《唐五代筆記小說大觀》，上海：上海古籍出版社，2000。

5. 《正統道藏》，文物出版社、上海書店、天津古籍出版社聯合出版，1988。

6. 何滿子審定、李時人編校，《全唐五代小說》，西安：陝西人民出版社，1998。

7. 黃永武編，《敦煌寶藏》（台北：新文豐出版公司，1981～1986。

8. 漢・許慎著，清・段玉裁注，《說文解字注》，台北：黎明文化事業有限公司，1974。

9. 梁・蕭統編，唐・李善注，《文選》，台北：華正書局，1995。

10. 梁・任昉，《述異記》，《文淵閣四庫全書》，第 1047 冊，台北：台灣商務印書館，1986。

11. 唐・徐堅等，《初學記》，北京：中華書局，1962。

12. 唐・歐陽詢等，《藝文類聚》，上海：上海古籍出版社，1982。

13. 唐・房玄齡等撰，《晉書》，北京：中華書局，1974。

14. 宋・李昉等編，《太平廣記》，北京：中華書局，1961。

15. 宋・李昉等編，夏劍欽、王巽齋校點：《太平御覽》，石家莊：河北教育出版社，2000 重印。

16. 宋・陳元靚編，《歲時廣記》，《叢書集成》，北京：中華書局，1985。

17. 宋・張君房編，李永晟點校，《雲笈七籤》，北京：中華書局，2003。

18. 宋・歐陽脩、宋祁撰，《新唐書》點校本，北京：中華書局，1975。

19. 宋・何薳撰、張明華點校，《春渚記聞》，《歷代史料筆記叢刊・唐宋史料筆記》，北京：中華書局，1983。

20. 清・郭慶藩撰，王孝魚點校，《莊子集釋》，北京：中華書局，1961。

21. 清・嚴可均輯，《全上古三代秦漢三國六朝文》，北京：中華書局，1999重印。

22. 清・馬驌纂，劉曉東、周德鈞、彭忠德、孫言誠、戴和冰、侯仰軍、北海點校，《繹史》，濟南：齊魯書社，2001。

23. 清・張隱庵注，孫國中、方向紅點校，《黃帝內經素問集注》，北京：學苑出版社，2002。

24. 清・楊倫箋注，《杜詩鏡銓》，台北：華正書局，1993。

25. 清・王先謙，《後漢書集解》，台北：藝文印書館，1972。

26. 清・王先謙，《漢書補注》，台北：藝文印書館，1996。

二、近人論著

1. 丁茂瑞，《樸古與精妙——漢代武梁祠畫象》，台北：中央研究院歷史語言所，2007。

2. 于省吾，《甲骨文字釋林》，北京：中華書局，1999。

3. 山東省博物館等編，《山東漢畫像石選集》，濟南：齊魯書社，1982。

4. 中國社會科學院考古研究所，《新中國的考古發現與研究》，北京：文物出版社，1997。

5. 牛天偉、金愛秀，《漢畫神靈圖像考述》，開封：河南大學出版社，2009。

6. 王利器，《呂氏春秋注疏》，成都：巴蜀書社，2002。

7. 王孝廉，《中國的神話與傳說》，台北：聯經出版事業公司，1979／1994。

8. 王孝廉，《中國的神話世界・上編——東北、西南族群及其創世神話》，台北：時報文化，1987。

9. 王孝廉，《中國的神話世界——中原民族的神話與信仰》下編，台北：時報文化，1987。

10. 王孝廉編，《神與神話》，台北：聯經出版事業有限公司，1988。

11. 王昆吾，《中國早期藝術與宗教》，北京：東方出版中心，1998。

12. 王明，《抱朴子內篇校釋》（增訂本），北京：中華書局，1985。

13. 古添洪、陳慧樺編著，《從比較神話到文學》，台北：東大圖書公司，1988。

14. 田合祿、田峰，《周易與日月崇拜——周易・神話・科學》，北京：光明日報出版社，2004。

15. 田自秉、吳淑生、田青,《中國紋樣史》,北京:高等教育出版社,2003。

16. 朱光潛,《文藝心理學》,合肥:安徽教育出版社,1987。

17. 朱謙之,《老子校釋》,台北:華正書局,1986。

18. 安居香山、中村璋八輯,《緯書集成》,石家莊:河北人民出版社,1994。

19. 何新,《諸神的起源‧第一卷‧華夏上古的日神與母神崇拜》,北京:中國民主法制出版社,2008。

20. 何寧,《淮南子集釋》,北京:中華書局,1998。

21. 呂思勉、童書業編,《古史辨》,香港:太平書局,1963。

22. 呂學明、朱達,《重現女神——牛河梁遺址》,天津:天津古籍出版社,2008。

23. 宋光宇,《人類學導論》,台北:桂冠圖書公司,1984。

24. 李小光,《中國先秦之信仰與宇宙論:以《太一生水》爲中心的考察》,成都:巴蜀書社,2009。

25. 李幼蒸,《理論符號學導論》(第三版),北京:中國人民出版社,2007。

26. 李立,《神話視閾下的文學解讀》,北京:中國社會科學出版社,2008。

27. 李峰註解,《御定六壬直指》,海南:海南出版社,2002。

28. 李素平,《女神‧女丹‧女道》,北京:宗教文化出版社,2004。

29. 李零,《郭店楚簡校讀記》(北京:北京大學出版社,2002。

30. 李滌生,《荀子集釋》,台北:台灣學生書局,1979。

31. 李豐楙,《憂與遊:六朝隋唐遊仙詩論集》,台北:學生書局,1996。

32. 李豐楙,《神化與變異:一個「常與非常」的文化思維》,北京:中華書局,2010。

33. 杜聲鋒,《拉康結構主義精神分析學》,台北:遠流出版事業股份有限公司,1988。

34. 季廣茂,《隱喻理論與文學傳統》,北京:北京師範大學出版社,2002。

35. 周天游、王子今主編,《女媧文化研究》,西安:三秦出版社,2005。

36. 尚秉和,《周易注釋》,台北:里仁書局,1981。

37. 屈萬里,《詩經詮釋》,台北:聯經出版事業公司,1983。

38. 林芳玫等作,《女性主義理論與流派》,台北:女書文化,2000再版。

39. 胡吉省,《死亡意識與神話》,北京:中國社會科學出版社,2007。

40. 高莉芬,《絕唱:漢代歌詩人類學》,台北:里仁書局,2008。

41. 高莉芬,《蓬萊神話:神山、海洋與洲島的神聖敘事》,台北:里仁書局,2008。

42. 孫希旦撰，沈嘯寰、王星賢點校，《禮記集解》，台北：文史哲出版社，1990。

43. 袁珂校注，《山海經校注》，成都：巴蜀書社，1993。

44. 袁珂，《中國神話史》，重慶：重慶出版社，2007。

45. 郝春文編著，《英藏敦煌社會歷史文獻釋錄》，北京：科學出版社，2001。

46. 馬茂元主編，楊金鼎、王從仁、劉德重、殷光熙注釋，《楚辭注釋》，台北：文津出版社，1993。

47. 馬書田，《華夏諸神·道教卷》，台北：雲龍出版社，1993。

48. 常若松，《人類心靈的神話——榮格的分析心理學》，台北：貓頭鷹出版社，2000。

49. 張沛，《隱喻的生命》，北京：北京大學出版社，2004。

50. 張振國、吳忠正，《道教符咒選講》，北京：宗教文化出版社，2006。

51. 陳香編註，《歷代仙逸詩選》，台北：國家出版社，1990。

52. 陳鈞編著，《創世神話》，北京：東方出版社，1997。

53. 陳慶浩、王秋桂主編，《雲南民間故事集》（三），台北：遠流出版出版社，1989。

54. 陳遵嬀，《中國天文學史》，台北：明文書局，1985。

55. 陳繼明，《曹唐詩注》，上海：上海古籍出版社，1996。

56. 陶陽、牟鍾秀，《中國創世神話》，上海：上海人民出版社，2006。

57. 陶陽、鐘秀編，《中國神話》，北京：商務印書館，2008。

58. 陽清，《先唐文學人神遇合主題研究》，北京：人民出版社，2009。

59. 黃暉，《論衡校釋》，北京：中華書局，1990。

60. 黃徵、吳偉編校，《敦煌願文集》，長沙：岳麓書社，1995。

61. 逯欽立輯校，《先秦漢魏晉南北朝詩》，北京：中華書局，1983。

62. 新疆天山天池管理委員會編，《西王母研究集成·圖象資料卷》，桂林：廣西師範大學出版社，2009。

63. 新疆天山天池管理委員會編，《西王母研究集成·論文卷》，桂林：廣西師範大學出版社，2008。

64. 楊克勤，《夏娃、大地與上帝》，上海：華東師範大學出版社，2008。

65. 楊利慧，《女媧的神話與信仰》，北京：中國社會科學出版社，1997。

66. 楊儒賓主編，《中國古代思想中的氣論及身體觀》，台北：巨流圖書公司，1993。

67. 葉舒憲選編，《神話——原型批評》，西安：陝西師範大學出版社，1987。

68. 葉舒憲，《中國神話哲學》，北京：中國社會科學出版社，1992。

69. 葉舒憲，《高唐神女與維納斯》，北京：中國社會科學出版社，1997。

70. 葉舒憲，《千面女神——性別神話的象徵史》，上海：上海社會科學院出版社，2004。

71. 葉舒憲，《英雄與太陽》，台北：文津出版社，2005。

72. 詹鄞鑫，《神靈與祭祀——中國傳統宗教綜論》，南京：江蘇古籍出版社，1992。

73. 詹鍈主編，《李白全集校注彙釋集評》，山東：百花文藝出版社，1996。

74. 路揚，《精神分析文論》，濟南：山東教育出版社，1998。

75. 廖明君，《生殖崇拜的文化解讀》，南寧：廣西人民出版社，2006。

76. 劉守華，《中國民間故事史》，湖北：湖北教育出版社，1999。

77. 劉守華主編，劉守華、林繼富、江帆、顧希佳合著，《中國民間故事類型研究》，武漢：華中師範大學出版社，2002。

78. 劉岩編著，《母親身份研究讀本》，武昌：武漢大學出版社，2007。

79. 劉青，《甲骨卜辭神話資料整理與研究》，昆明：雲南人民出版社，2008。

80. 劉琳校注，《華陽國志校注》，成都：巴蜀書社，1984。

81. 劉輝豪、阿羅編，《哈尼族民間故事選》，上海：上海文藝出版社，1989。

82. 劉惠萍，《圖像與神話：日、月神話之研究》，台北：文津出版社，2010。

83. 劉惠萍，《伏羲神話傳說與信仰研究》，台北：文津出版社，2005。

84. 劉學鍇、余恕誠，《李商隱詩歌集解》，台北：洪葉文化事業有限公司，1992。

85. 潛明茲，《中國神源》，重慶：重慶出版社，1999。

86. 潛明茲，《中國神話學》，上海：上海人民出版社，2008。

87. 蔡鳳書，《中國史前文化》，濟南：山東教育出版社，1991。

88. 鄭炳林，《敦煌地理文書匯集校注》，蘭州：甘肅教育出版社，1989。

89. 鄭振偉，《意識‧神話‧思維——文本批評的尋索》，北京：中國社會科學出版社，2005。

90. 鄭曉霞、林佳鬱編，《列女傳彙編》，北京：北京圖書館出版社，2007。

91. 鄧啟耀，《中國神話的思維結構》，重慶：重慶出版社，1992。

92. 盧曉輝，《地母之歌——中國彩陶語言化的生死母題》，上海：上海文化出版社，2001。

93. 鍾宗憲，《中國神話的基礎研究》，台北：洪葉文化事業有限公司，2006。

94. 顏進雄，《唐代遊仙詩研究》，台北：文津出版社，1996。

95. 魏慈德，《中國古代風神崇拜》，台北：台灣古籍出版公司，2002。

96. 譚達先，《中國的解釋性傳說》，北京：商務印書館，2002。

97. 關永中，《神話與時間》，台北：台灣學生書局，2007。

98. 瀧川龜太郎，《史記會注考證》，高雄：麗文文化事業股份有限公司，1997。

99. 顧燕翎主編，林芳玫、黃淑玲、鄭至慧、王瑞香、劉毓秀、范情、張小虹、顧燕翎、莊子秀、邱貴芬作，《女性主義理論與流派》，台北：女書文化事業有限公司，1996。

三、外文譯著

1. 〔日〕小南一郎著，孫昌武譯，《中國神話的傳說與古小説》，北京：中華書局，1993。

2. 〔日〕林巳奈夫著，常耀華、王平、劉曉燕、李環譯，《神與獸的紋樣學——中國古代諸神》，北京：三聯書店，2009。

3. 〔比利時〕Louis Dupré 著，傅佩榮譯，《人的宗教向度》（The Other Dimension），台北：幼獅文化事業股份有限公司，1986。

4. 〔加〕弗萊（Northrop Frye）著，陳慧、袁憲軍、吳偉仁譯，《批評的解剖》，天津：百花文藝出版社，2006。

5. 〔法〕列維‧布留爾（Lévy-Brühl）著，丁由譯，《原始思維》，北京：商務印書館，2004。

6. 〔法〕西蒙‧波娃（Simone de Beauvoir），《第二性》，台北：貓頭鷹出版社，1999。

7. 〔法〕保羅‧利科（Paul Ricoeur）著，汪堂家譯，《活的隱喻》（La Métaphore Vive），上海：上海譯文出版社，2004。

8. 〔俄〕葉‧莫‧梅列金斯基（E. M. Meletinskij）著，魏慶征譯，《神話的詩學》，北京：商務印書館，2009。

9. 〔美〕M.艾瑟‧哈婷著，蒙子、龍天、芝子譯，《月亮神話——女性的神話》，上海：上海文藝出版社，1992。

10. 〔美〕丁乃通主編，鄭建成、李倞、商孟可、白丁譯，李廣成校，《中國民間故事類型索引》，北京：中國民間文藝出版社，1986。

11. 〔美〕韋勒克、華倫著，王夢鷗、許國衡譯，《文學論——文學研究方法論》，台北：志文出版社，1996 再版。

12. 〔美〕古德曼（Kenneth S. Goodman）著，洪月女譯，《談閱讀》，台北：心理出版社，1998。

13. 〔美〕伊萬‧布萊迪（Ivan Brady）編，徐魯亞等譯，《人類學詩學》（Anthropological Poetics），北京：中國人民大學出版社，2010。

14. 〔美〕托里‧莫以（Toril Moi）著、陳潔詩譯，《性別／文本政治：女性主義文學理論》（Sexual/Textual Politics：Feminist Literary Theory），板橋：駱駝出版社，1995。

15. 〔美〕米爾恰‧伊利亞德（Mircea Eliade）著，晏可佳、吳曉群、姚蓓琴譯，《宗教思想史》（Histoire des croyances et des idées religieuses），上海：上海社會科學院出版社，2004。

16. 〔美〕艾德麗安‧里奇（Adrienne Rich）著，毛路、毛喻原譯，《女人所生——作為體驗與成規的母性》（Of Woman Born），重慶：重慶出版社，2008。

17. 〔美〕喬瑟夫‧坎伯（Joseph Campbell）著，李子寧譯，《神話的智慧：時空變遷中的神話》（Transformations of Myth through Time），台北：立緒文化事業有限公司，1996。

18. 〔美〕喬瑟夫‧坎伯（Joseph Campbell）著，朱侃如譯，《千面英雄》（The Hero with a Thousand Faces），台北：立緒文化事業有限公司，1997。

19. 〔美〕威廉‧詹姆斯（William James）著，蔡怡佳、劉宏信譯，《宗教經驗之種種》（The Varieties of Religious Experience），台北：立緒文化事業有限公司，2001。

20. 〔美〕馬麗加‧金芭塔斯（Marija Gimbutas）著，德克斯特主編（Dexter，M.R.），葉舒憲等譯，《活著的女神》（The Living Goddesses），桂林：廣西師範大學出版社，2008。

21. 〔美〕基辛（R. Keesing）著，張恭啓、于嘉雲合譯，陳其南校訂，《文化人類學》，台北：巨流圖書公司，1992。

22. 〔美〕羅伯特‧休斯（Robert Scholes）《文學結構主義》（Structuralism in Literature: an Introduction），台北：桂冠圖書公司，1994。

23. 〔美〕蘿特（Rosemary Radford Ruether）著，楊克勤、梁淑貞譯，《性別主義和言說上帝》，香港：道風書社，2004。

24. 〔英〕珍妮特‧謝爾絲（Janet Sayers）著，劉慧卿譯，《母性精神分析》（Mothering Psychoanalysis），台北：心靈工坊文化事業股份有限公司，2001。

25. 〔英〕菲奧納‧鮑伊（Fiona Bowie）著，金澤、何其敏譯，《宗教人類學導論》（北京：中國人民大學，2004。

26. 〔意〕翁貝爾托‧埃科（Umberto Eco）著，王天清譯，《符號學與語言哲學》（Semiotics and the Philosophy of Language），天津：百花文藝出版社，2005。

27. 〔瑞士〕卡爾‧榮格（Carl Gustav Jung）主編，余德慧譯文校定，龔卓軍譯：《人及其象徵》，台北：立緒文化事業有限公司，1999。

28. 〔瑞士〕索緒爾（Ferdinand de Saussure）著，高名凱譯，岑麒祥、葉蜚聲校注，《普通語言學教程》，北京：商務印書館，1980。

29. 〔德〕魯道夫・奧托（Rudolf Otto）著，成窮、周邦憲譯，《論神聖》（The Idea of the Holy），成都：四川人民出版社，1995。

30. 〔德〕埃利希・諾伊曼（Erich Neumann）著，李以洪譯，《大母神——原型分析》（The Great Mother: An Analysis of the Archetype），北京：東方出版社，1998。

31. 〔德〕恩斯特・卡西勒（Ernst Cassirer）著，于曉譯，《語言與神話》（台北：桂冠圖書股份有限公司，1990。

32. 〔德〕恩斯特・卡西爾（Ernst Cassirer）著、甘陽譯，《人論》，上海：上海譯文出版社，2003。

33. 〔德〕漢斯・比德曼（Biedermann Hans）著，劉玉紅、謝世堅、蔡馬蘭譯，《世界文化象徵辭典》，桂林：漓江出版社，2000。

34. 〔羅馬尼亞〕伊利亞德（Mircea Eliade）著，楊素娥譯，《聖與俗——宗教的本質》（THE SACRED & THE PROFANE：The Nature of Religion），台北：桂冠圖書股份有限公司，2001。

35. 〔羅馬尼亞〕伊利亞德（Mircea Eliade）著，晏可佳、姚蓓琴譯，《神聖的存在——比較宗教的範型》（Patterns in Comparative Religion），桂林：廣西師範大學出版社，2008。

36. 〔羅馬尼亞〕伊利亞德著，晏可佳、姚蓓琴譯，《神聖的存在——比較宗教的範型》（Patterns in Comparative Religion），桂林：廣西師範大學出版社，2008。

四、期刊論文

1. 江曉原，〈六朝隋唐傳入中土之印度天學〉，《漢學研究》第 10 卷第 2 期，1992.12。

2. 李智信，〈媧神論〉，《青海民族研究》，第 18 卷第 1 期，2007.1。

3. 阿布都拉、姚寶瑄，〈維吾爾族女天神創世神話試析〉，《民間文學》，1985年第 9 期。

4. 范恩君，〈碧霞元君護世弘濟妙經考辨〉，《宗教學研究》，2006 年第一期。

5. 黃景春，〈道教早期神仙女青考〉，《中國道教》，2003 年第二期。

6. 劉成紀，〈維柯與當代文化詩學〉，《南京師範大學文學院學報》，2003 年第一期。

7. 鄭振偉，〈道家與原始思維〉，《漢學研究》第 19 卷第 2 期，2001。